U0540169

齊佩瑢　著

# 訓詁學概論

臺灣學生書局印行

# 目錄

# 訓詁學概論

## 第一章 緒說

### 第一節 何謂訓詁學

「訓詁學」是研究我國古代語言和文字的意義的一種專門學術。這裏所謂「字義」乃是文字的「用義」，而非字形構造所示的「本義」。文字是紀錄語言的符號，具有形、音、義、三個要素，形爲文字所獨有，音義乃語言文字之所同，所以解說文字本義的學問固然也可以視作訓詁的廣汎領域中的一部，但是嚴格的站在語言方面來說，只有訓釋古語古字的用義才能配稱「訓詁」。文字本義的研究應該屬於文字學的範圍之內的。因此，從前認爲訓詁學是兼括文字形體的訓詁和語言音義的訓詁二者的界說，實際上是不合理而欠缺精確的。那麼，訓詁學既是探求古代語言的意義，研究語音與語義間的種種關係的唯一學科，它就應當是「歷史語言學」全體中的一環。

這樣，訓詁學也可以叫做「古語義學」。

「訓詁」二字一名的含義及其由來，以及「訓詁」與「訓詁學」的區別是我們應該首先明白的。大概在秦漢的時候，是只有「訓故」的稱謂的，而且訓故和經學小學簡直是三位一體而不可分離，那時研究經學古學或小學的學者，也僅是爲了講解古書而去訓釋古籍中的古字故言，去闡發古聖賢的微言大義；至於如何訓釋古字故言——即訓詁的方法技術以及理論系統等等的問題，却尙無自覺的有系統的概述及綜合的研究；換言之，那時只有「訓故」而無「訓詁學」，只有工作的實行而無學理的解說。理論的產生是靠著事實的歸納，在一個訓故工作剛萌芽的時候，自然不會同時就有成熟的系統理論的。這也是時代使然，直到二千年後的現在，不是還沒有一部「訓詁學」的著作出現麼？

訓詁的「詁」字，漢人通行寫作「故」，詁是故言，故是古舊，詁故古三字的含義雖小有廣狹專汎的不同，聲音語原却是完全一樣的。而「古訓」一名在尙書和詩經裡面都早已提到過，於是一般慕古的學者就說這是後來「訓故」「訓詁」的出處，因爲他們誤認「訓故」可以倒說成「故訓」或「詁訓」的緣故。清朝有名的小學家都如此肯定的主張，從未有人發生過疑問，例如錢大昕在經籍纂詁序裏說：

「……而其詩述仲山甫之德，本於古訓是式；古訓者，詁訓也，詁訓之不忘，乃能全乎民秉之彝；詁訓之於人大矣哉！」

如果我們仔細去翻讀一下書詩的原文，就知道錢氏的話純是有意的傅會。商書說命裏說：

「王人求多聞，時惟建事，學于古訓乃有獲；事不師古，以克永世，匪說攸聞。」

孔傳解釋這段話說：「王者求多聞以立事，學於古訓乃有所得；事不法古訓而能以長世，非說所聞。」可見古訓只是古昔的教言之意。又詩大雅烝民篇說：

「仲山甫之德：柔嘉爲則，令儀令色，小心翼翼，古訓是式，威儀是力。」

毛傳說：「古，故。訓，道。」鄭箋說：「故訓，先王之遺典也。」我覺得舊日的解說並沒有什麼錯誤的地方，兩書所言的古訓都是指著「先人教言，聖王遺典」的意思，猶之乎國語中稱「遺訓」一樣。周語說：

「賦事行刑，必問於遺訓，而咨於故實。」

問於遺訓，就是式於古訓，學於古訓的意思。所以詩中的古訓一名，雖然鄭箋及列女傳明賢篇所引都直書作「故訓」，而毛公又取以爲詩故訓傳之名，但是詩中原意既是明指古昔教訓而言，而「訓故」一名在漢人的用法上又不能顚倒作「故訓」，所以古訓和訓故絕不能混爲一談而傅會其含義及出處。況且在詩書的時代，去古未遠，典籍未富，也不需要訓故的工作。這樣看來，訓故一名的成立及取義自當以漢人所說爲準才對，因爲訓故的萌芽雖散見於春秋戰國時代人的語錄傳記之中，然而訓故專著的出現及大成却到秦漢之間才開始的。

漢人著作，關於訓故的稱呼，也不很一致，例如班固漢書藝文志和列傳前後所說便多不同：

或名「訓故」，或單稱「訓」，或單稱「故」，或名「解故」，或名「訓纂」；不過以「訓故」和「故」的稱謂爲最多而普遍，而且這些名稱的含義也幾乎完全一樣的。現在爲了明白起見，姑就志傳所說，略舉數例如左：

㈠行文多複稱「訓故」：

(1)志曰：「蒼頡多古字，俗師失其讀。宣帝時徵齊人能正讀者，張敞從受之，傳至外孫之子杜林，爲作訓故，並列焉。」

(2)又曰：「魯申公爲詩訓故。」

(3)儒林傳：「申公獨以詩經爲訓故以敎。」

(4)又曰：「寬至雒陽，……作易說三萬言，訓故舉大誼而已。」

(5)又曰：「誼爲左氏傳訓故。」

(6)劉歆傳：「初左氏傳多古字古言，學者傳訓故而已。」（師古曰：「故謂指趣也。」）

(7)揚雄傳：「訓詁通而已。」（師古曰：「詁謂指義也。」）

由上七例，可知訓故就是能正讀古字，通曉古言，蒼頡篇爲秦人編集的字書，到漢宣帝時就非專家不能正讀了。這裏所謂「讀」，是指字音字義而言；所謂「義」，是指日常通行的用義而言。可見通曉古字古言的音義而爲之訓解明白者便是「訓故」，杜林申公賈誼等人之爲諸書作訓故都是此意。師古所說，失之廣汎，故即古字古言也。而揚雄傳獨作「詁」，蓋當時即有此新體，依例當爲「故」。

㈡簡稱「故」者多爲書名：

(1)志曰：「詩魯故二十五卷。」（師古曰：「故者通其指義也，它皆類此。今流俗毛詩改故訓傳爲詁，字失眞耳。」）

(2)又曰：「詩齊后氏故二十卷。」

(3)又曰：「詩齊孫氏故二十七卷。」

(4)又曰：「詩韓故三十六卷。」

(5)又曰：「杜林蒼頡故一篇。」

案杜林爲蒼頡作訓故，申公爲詩訓故已見前引文中，行文稱「訓故」而書名則稱「故」，可證故即訓故的簡稱，所以唐志把蒼頡故直名爲蒼頡訓詁了。至於師古注將故字又解爲動詞，似乎不大妥當。此外還有把古字古言直叫作「故」的，亦可證故字非動詞。例如：

(6)儒林傳：「孔氏有古文尚書，孔安國以今文字讀之，因以起其家。……而司馬遷亦從安國問故，遷書載堯典、禹貢、洪範、微子、金縢諸篇，多古文說。」

(7)揚雄傳：「玄文多故不著，觀之者難知，學之者難成。」

案古文尚書多古字，孔安國讀以今文便可自成一家；志也說：「古文讀應爾雅，故解古今語而可知也。」可知司馬子長所從問的「故」就是古字古語的意思，自非讀以今文，解以今語而不易使人知曉，所以史記中引用古文尙書的地方，並非原文，只是用今字代古字，以今語譯古語罷了。揚子雲是個好古的怪人，自我作古，予聖自君，著述擬之於經傳，以爲「經莫大於易，故作太玄。」大概玄文多故者，就是好用古字古言，猶今人之好用典故及喜寫古字耳。

由上七例，可知某故某故者，即言某書之古音古義耳，古字古言謂之故，古音古義亦謂之故，故字既然沿用爲古代語文音義的專稱，所以解釋古字古言的音義便叫作「訓故」也。

㈢書名「解故」者，即「訓故」之異稱：

志曰：「書大小夏侯解故二十九卷。」

案解者釋也，判也。艱深晦澀謂之結，判分滯結即謂之解，是解亦訓釋順通之意，解故猶訓故也。此例他不多見。

㈣書名「訓」及「訓纂」者，與訓故稍有不同：

⑴志曰：「淮南道訓二篇。」

案雜家中又錄有淮南內二十一篇，外三十三篇；今本淮南子二十一卷，除敘目命名要略外，他如原道訓、俶眞訓等都以訓名篇。要略說：「懼爲人之惛惛然弗能知也，故多爲之辭，博爲之說。」高誘的敘目也說：「其義也著，其文也富。」這樣看來，名訓的取義有些和訓故不同，而且此例也不多見，蓋係後起之名。其體辭多說博，其旨闡微著隱，著眼在說解義理，已超出訓釋古字古言的樸素本色了。

(2)志曰：「揚雄蒼頡訓纂一篇。」

(3)又曰：「杜林蒼頡訓纂一篇。」

案此二書介于蒼頡傳及蒼頡故之間，蓋亦訓釋蒼頡篇音義之書，猶後來顏師古王伯厚之注急就篇耳。杜林既爲蒼頡作訓故，又爲之作訓纂，雖皆注釋之體，其間必有不同之處，否則，何以分爲兩書而異其稱呢？原書久佚，不可詳究。

(五)外此四類，毛公以「故訓」名書者，並非「訓故」的同義倒文，不應混入。志曰：「毛詩故訓傳三十卷。」蒙案：鄭玄詩譜及陸機毛詩草木蟲魚疏皆稱「訓詁傳」，朱彝尊經義考也稱「訓故傳」，這都是錯誤的。蓋漢人稱謂以「訓故」爲多，稱「故訓」者僅毛公一人，後人不明二名的來源及取義各別，就以常見者改不常見者於無意之中，甚至積久相沿，誤認爲一，所以正義本毛詩故訓作詁訓，顏師古斥爲流俗失眞。陸德明釋文又認爲可以兩通，他說：「故訓舊本多作故，今或作詁，音古，又音故。案詁故皆是古義，所以兩行。」詁故固然是古字的後起分別文，但是毛公所謂故訓，只可作「古訓」，而不可作「詁訓」，因漢人無以「訓故」倒作「故訓」，或「訓詁」倒作「詁訓」者。我們絕不能因其音同義近而混淆莫辨，以訛傳訛的。又故訓傳命名的取義，孔氏正義說：「詁訓傳者，注解之別名，毛以爾雅之作多爲釋詩，而篇有釋詁釋訓，故依爾雅訓而爲詩立傳，傳者通其義也。爾雅所釋十有九篇，獨云詁訓者，詁者古也，古今異言，通之使人知也；訓者道也，道物之貌以告人也。……然則詁訓者，通古今之異辭，辨物之形貌，則解釋之義，盡歸於此。……今定本作故，以詩云古訓是式，毛傳云古故也，則故訓者，故昔典訓，依故昔典訓而爲傳。……」孔氏的說法頗有些自相矛盾，他也明知故訓傳是用了詩經古訓是式的意義，故訓本是故昔的典訓，這故昔典訓的所指，無論是師說或雅義，都尙較合理近是，然而他還強要牽扯到釋詁等的篇名上去，就很有些傅會了。（蒸民疏又從鄭箋而爲之說，以古訓爲古舊之道，故爲先王之遺典。）故訓的故字是形容詞，訓故釋故的故字是名詞，二者絕不相同。段氏說文注說：「毛詩云故訓傳者，故訓猶故言也，謂取故言爲傳也。取故言爲傳，是亦詁也。賈誼爲左氏傳訓詁，訓詁者，順釋其故言也。」可見故訓傳雖亦爲訓詁之作，然而故言之傳和順釋故言的立名取義都不大相同的。馬瑞辰有毛詩詁訓傳名義考一文，所說也多錯誤，詳見下文所引。

看了以上五類略例，訓故一名的源淵大概可有個簡括的認識吧。故爲故舊，古字古言的古音古義謂之故，順釋疏解之便謂之訓故；古字古言後人多不識，故爲之作釋也。此其一。漢人稱謂以「訓故」爲最多而普遍，或改名「解故」，或簡稱「故」，稱謂雖殊，取義則一。至於單名「訓」的，旨在廣其辭說，與訓故之僅爲推求古音古義者不同，統言無別而對稱有異。此其二。毛傳以故訓名書，非訓故之倒稱，故訓猶言故昔訓釋之意，雖亦訓故之體，立名究不相侔，不可混而爲一；後人或名訓故爲詁訓者，相沿而訛也。此其三。

不過，漢人傳注之作，並不僅限於訓故一類，廣義言之，如傳、記、傳記、說、說義、略說、微、以及章句等四大類的著作，也都屬於訓故的範圍。究竟它們的體例之間有如何的不同，這也是我們極應明白的。茲據漢志所載，略撮其要：

(一)傳、記、傳記、雜記。

(1)易有周氏傳，韓氏傳。儒林傳曰：「寬至雒陽，復從周王孫受古義，號周氏傳。」又曰：「韓生亦以易授人，推易意而爲之傳。」

(2)書有大小夏侯解故；又有傳四十一篇。

(3)詩有齊后氏故，齊孫氏故，韓故等；又有齊后氏傳，齊孫氏傳，韓內傳、外傳等。志曰：「魯申公爲詩訓故；而齊轅固，燕韓生皆爲之傳，或取春秋，采雜說，咸非其本義。與不得已，魯最爲近之。」儒林傳曰：「嬰推詩人之意而作內外傳數萬言。」此外傳又曰：「申公獨以詩經爲訓故以教，亡傳，疑者則闕弗傳。」師古曰：「口說其指，不爲解說之傳。」案楚元王傳云申公始爲詩傳，號魯詩，是魯詩本有傳也。史記儒林傳文上傳字下多一疑字，漢書誤脫，當讀「亡傳疑，疑者則闕弗傳。」雖然，依師古注中之意，可見故和傳是有區別的，這由齊韓二家之有故又有傳也可以看得出來。

(4)春秋有左氏傳，公羊傳，穀梁傳，鄒氏傳，夾氏傳。志曰：「丘明恐弟子各安其意以失其眞，故論本事而作傳，明夫子不以空言說經也，……其事實皆形於傳。……及末世口說流行，故有公羊、穀梁、鄒、夾之傳。」

(5)禮有曲臺后倉記。儒林傳曰：「倉說禮數萬言，號曰后氏曲臺記。」

(6)樂記二十三篇。志曰：「河間獻王好儒，與毛生等共采周官及諸子言樂事者以作樂記。」

此外尚有劉向的五行傳記，及公羊雜記等。釋名釋典藝曰：「傳、傳也，以傳示後人也。」漢儒最重師傳，漢志及後漢書儒林傳述六經傳授甚詳。釋典藝又曰：「記、紀也，紀識之也。」漢志禮記百三十一篇，班氏自注云：「七十子後學者所記也。」大概訓故只是就字釋義，而傳記則在轉錄師說，或推其意，或廣其事，蔓延泛濫而不能守其本原，故志譏詩傳咸非其本義也。

(二)說、略說、說義。

(1)詩有魯故，韓故，及韓傳等。又有魯說、韓說。

(2)書有歐陽說義。儒林傳曰：「小夏侯說文，恭（秦恭）增師法至百萬言。」師古曰：「言小夏侯本所說之文不多，而秦恭又更增益，故至百萬言也。」志曰：「後世經傳既已乖離，博學者又不思多聞闕疑之義，而務碎義難逃，便辭巧說，說五字之文至於二三萬言。」（桓譚新論云：「秦近君能說堯典篇目兩字之說至十餘萬言，但說曰若稽古三萬言。」）

(3)易有五鹿充宗略說。儒林傳曰：「（丁寬）作易說三萬言。」又曰：「劉向校書，考易說，以為諸易家說皆祖田何、楊叔、丁將軍，大誼略同；唯京氏為異黨，焦延壽獨得隱士之說。」

傳記之屬已經就有些駁雜濫漫，而說義之類更是大放厥辭，絮絮不休；是故通人惡煩，智者羞學，幼童守一藝，白首而後能言。儒林傳贊感慨系之曰：「一經說至百餘萬言，大師衆至千餘人，蓋祿利之路然也。」

㈢微。

春秋有左氏微，鐸氏微，張氏微，虞氏微傳等。師古曰：「微、謂釋其微指。」此例僅春秋有之，蓋夫子微言大義，必待後學闡發而始著明也。

㈣章句。

(1)書有歐陽說義，又有歐陽章句。有大小夏侯解故，又有大小夏侯章句。

(2)春秋有公羊傳，穀梁傳，又有公羊章句，穀梁章句。

(3)儒林傳曰：「費直治易，長於卦筮，亡章句，徒以彖象繫辭十篇文言解說上下經。」又曰：「（尹更始）又受左氏傳，取其變理合者以爲章句。」劉歆傳曰：「及歆治左氏，引傳文以解經，轉相發明，由是章句義理備焉。」揚雄傳曰：「雄少而好學，不爲章句，訓詁通而已。」

毛詩傳箋通釋書前有毛詩訓詁傳名義考一節，文中分辨訓故和章句，訓故和傳，訓和故等之間的分別，大致尚無過誤，茲節錄如下：

……則知詁訓與章句有辨：章句者，離章辨句，委曲支派，而語多傅會，繁而不殺；蔡邕所謂前儒特爲章句者皆用其意傳，非其本旨；…………。詁訓則博習古文，通其轉注假借，不煩章解句釋，而奧義自闢；班固所謂古文讀應爾雅，故解古今語而可知也。……………則訓故與傳又自不同：蓋散言則故訓傳俱可通稱，對言則故訓與傳異，連言故訓與分言故訓者又異。…………。至於傳則釋名訓爲傳示之傳，正義以爲傳通其義。蓋詁訓第就經文所言者而詮釋之；傳則並經文所未言者而引伸之，此詁訓與傳之別也。

……………詁第就其字之義旨而證明之；訓則兼其言之比興而訓導之，此詁與訓之辨也。毛公傳詩多古文，其釋詩實兼詁訓傳三體，故名其書爲詁訓傳。嘗即關雎一詩言之，如窈窕、幽閑也，淑、善也，逑、匹也之類，詁之體也；關關、和聲也之類，訓之體也；若夫婦有別則父子親，父子親則君臣敬，君臣敬則朝廷正，朝廷正則王化成，則傳之體也。而餘可類推矣。

馬氏的說法，除了以「故訓」爲「訓故」的錯誤外，其他尚無可斥之處。如果和前面所引漢書志傳中的話對照參看，訓故和傳記、說義、微、章句等體之間的同異，當更爲明顯易知了。不過所謂差異，也只是自其異者而言之，大體上他們仍然互成聯係，相依爲命，所以有許多書常是兼備各體的。假如站在語學的立場上說，只有訓故是一切解釋古書方法的基礎，而且也只有它較爲可靠，較爲客觀，較爲科學。

訓故一名的由來及其取義既如上述，末了，再就訓故二字的本身含義來說一說：說文云：「訓，說教也。從言川聲。」釋詁：「訓，道也。」道與導通，僅爲名動之別。訓字又通作順，大雅抑「四方其訓之」，左傳哀二十六引作順，廣雅云：「訓，順也。」案訓順馴三字都從川聲，蓋即川字之孳乳分化，貫穿通流者謂之川，川不流則成災，故災字古寫從一阻川，因此訓順馴三字都有疏通循從的意思。說文又云：「詁，訓故言也。從言古聲。」案詁乃古字之分別文，古爲古昔，古言仍是古，因爲言，遂加言旁以別之，範圍雖有廣狹之殊，而語言本沒有兩樣。說文云：「古，故也。從十口，識前言者也。」故本爲原故，引申之爲故舊，故曰古故也。這樣說來，故詁二字都是古字的孳乳分化。故漢人多書作訓故，而後來則寫成訓詁了。

總而言之，故是古昔故舊的意思，因而古字古言亦謂之故，古字古言之原來的音義亦謂之故，（這裏所謂原本，只是古書作者當時通行的用字之義，而非上溯到原始造字時的本音本義。）故字故言，時地懸隔，音義難明，必待訓故家爲之順釋疏通，然後始知古語某即今語某，古字某即今字某。不但一語一字之音義暢曉無阻，即句讀篇章之義也都了然無疑。文通字順，而後昔賢著述之情意始得大白於永世，不因古今南北語言變易而生隔閡。這種工作——順釋故言的工作便叫作「訓故」或「訓詁」。研究前人的注疏，歷代的訓詁，分析歸納，明其源流，辨其指歸，闡其樞要，述其方法，演爲統系而條理之；更進而溫故知新，評其優劣，根據我國語文的特質提出研究古語的新方法、新途徑，這便是「訓詁學」。沈兼士在研究文字學形和義的幾個方法一文裏（北大月刊第八期），曾經指出訓詁學的範圍如左：

訓詁學
- ㈠訓詁學概論——總論源流、要義及方法。
- ㈡代語沿革考——依據古籍，探尋歷代文語嬗蛻的軌迹。
- ㈢現代方言學——研究現代方言的流變，專以音義爲主。

這可以說是訓詁學範圍的擴大，由專門順釋故言的工作，進而探尋歷代古今語言轉化的軌迹及規律，更進而調查現在方言的音義以究古語的遺留及流變，已有些侵入古語學的領域了。本書既名概論，當然不能都完全包括。

至如劉師培在中國文學教科書中說：「訓詁之學與繙譯之學同，所以以此字釋彼字耳。」黃侃的訓詁述略說：「訓詁者，用語言解釋語言之謂。至於以此地之語釋彼地之語，或以今時之語釋昔時之語，斯固訓詁之所有事，而非構成之原理。蓋眞正之訓詁學即以語言解釋語言，初無時地之限域也。」（制言半月刊第七期）。案以上兩說，固不能斥爲非，亦不可認爲是，似是而非，粗疏失要，都不能推明古人立名的精意。外此如何仲英的訓詁學引論所說：「詁是通異言，訓是說字義。詁爲古今的代語，訓爲文字的義界。」以及還有人說的「推尋文字之原古，解說文字之本義，謂之詁；研索文字之流轉，注釋文字之引申，謂之訓。詁爲推原，訓爲通變。」凡此等說，都有些支離破碎，更不足道矣。

## 第二節　訓詁的起因

訓詁既是順釋古字古言的工作，那麼，同是一國的語言文字爲什麼還有古今方俗的分歧而需要解說呢？這都是因爲語言文字是隨著時代地域而變遷的東西，時有古今，地隔南北，語文自然不能無變異，無差別。這樣，語言方面有語音、語義、語法的不同，文字方面又有體制體勢的興廢，正假的習用，再加上社會制度、人情風俗的損益改革，於是古今方國之間，就生出種種情意交通媒介上的障礙和困難。大概古人思想粗疏，事物簡質，後世文化增繁，心情細密，因此在語文表意的方法上，一詞孳乳爲數語者有之，稱謂興替改易者有之，一詞音變而另造字者有之，音義無殊而另造字者又有之；至於措詞之術，次句之序，也都有很大的不同；加以字體屢變，假借紛紜，諸如此類，皆是讀古書治古學者的莫大困難，設無訓詁爲之注釋，何以使別國如鄉鄰，古今如旦暮，前後南北了無隔閡也哉？

語言文字本無雅俗之分，古之俚語，即後之雅言。漢志說：「尙書古文讀應爾雅，故解古今語而可知也。」姚文燮在通雅序裏說：「有如盤庚諸誥，諄諄訓民遷都，此即今之曉諭耳，其文詰曲聱牙，後世博士家窮年呫嗶尙未盡通其義，當時閭巷編氓何以一見而即曉然於上指也？則盤庚之文句，後世以爲艱奧，必當時所謂通俗淺近者矣。」可見古代的白話，到後來就成爲文言了。家諭戶曉的一篇商代君王的訓話，到漢人手裏就非拿爾雅來對照著讀不能懂得了；六國人手寫的尚書，到漢朝就認爲古文而非孔安國不能讀以今文了。這樣一部古書既有語言的不同，又有文字的別異，自非借助訓詁，便不能展卷了然的。戴震序其爾雅文字考曰：

「蓋士生三古後，時之相去千百年之久，視夫地之相隔千百里之遠無以異；昔之婦孺聞而輒曉者，更經學大師轉相講授仍留疑義，則時爲之也。」

固然古代語文後人不能盡悉無疑，但是懂得十分之七八者也都是藉賴著訓詁的力量與幫助。陳澧東塾讀書記說：

「詁者古也，古今異言，通之使人知也。蓋時有古今，猶地之有東西有南北，相隔遠則言語不同矣。地遠則有翻譯，時遠則有訓詁；有翻譯則能使別國如鄉鄰，有訓詁則能使古今如旦暮，所謂通之也。訓詁之功大矣哉！」

由此可知訓詁的興起完全是由於古今語文不同，而古今語文不同之諸方面約可分爲下列七項：

㈠由於語音之轉異者：

陳第讀詩拙言曰：「一郡之內聲有不同，繫乎地者也，百年之中語有遞轉，繫乎時者也。」時地不同，轉語生焉。故爾雅方言之作，其目的都在「釋古今之異言，通方俗之殊語。」而清人疏證小學典籍也往往好說「一音之轉」。戴東原程瑤田王念孫並有專書，題曰「轉語」。爾雅：「粵、于、爰，曰也。」「爰、粵，于也。」詩中曰聿遹三字通用。我曾作詩三百篇于字及其語族之硏究一文（北大文學院國文文法講義附錄），指出詩中虛字「于聿遹曰越言爰云攸…

」等詞為同根之語族，茲再以音轉之理之同例者證之：

(1)于爰聲轉之例——虛字曰為于，亦為爰；於為于，亦為爰（見釋詁）。遙為迂，亦為遠；緩為迂，亦為爰（緩從爰聲，詩曰：「有兔爰爰。」）。大為于，亦為桓；故大葉實根者為芋，張弓使大為扜；大言為訏（為誇），又為諼；大目為盱，又為暖；大首為顒，又為願。高平為原，首為元，大鼈為黿，大樹為杬，大火為烜。屋邊曰宇，周垣曰院。痛曰忬，亦曰咺。大呼曰吁，亦曰喧。悅曰欲，亦曰願。昧曰愚，亦曰愿。引曰揄，亦曰援。

(2)于曰聲轉之例——虗字之于為曰，（字亦作越粵），猶動詞之語為曰。亦猶越之為逾（迂），𨒪之為踰（廣雅「越遠也」，說文「𨒪踰也」）。悅（說）之為愉（娛豫），恤之為盱（憂也）。穴之為窬，越之為窬（儀禮注「越、瑟下孔也」）。故大為于（見前），大斧為鉞，大蔭為樾，發揚為越。

(3)于云聲轉之例——于為云，猶語為云，迂為永，豫為容（容與），裕為容，忬為慍，愚為庸。故大為于，亦為夽，大水為沄，盛多為紜，衆貌為芸，長遠為云（廣雅「云遠也」）。爾雅「永融、長也」），常為庸，高垣為墉，大鐘為鏞，牛領上肉隆起為𤛱。

(4)于言聲轉之例——于為言，猶語為言，迂為衍（延），豫為晏，裕為裺，愉為燕。故大為干，大簫為䇾（見爾雅），崖高為巖，水大為淹，覆蓋為掩，火上為欻，豐滿為豔。

(5)于聿聲轉之例——于為聿，猶于為以，吁為咦，迂為繹，豫為逸，逾為溢，愉為懌，虞為疑，餘爲遺，予爲台，與爲遺（貽），羽爲翼。故大爲于，又爲奕，茂盛爲薿，露多爲浥，增加爲益，山高爲嶷。

(6)云爰聲轉之例——云爲爰，猶水爲遠，云爲遠，夽爲亘，沄爲淵，墉爲垣，容爲緩，縈爲圓，囩爲圓，云爲員，庸爲愿，慵爲緩。

(7)云言聲轉之例——云爲言，猶云爲言（曰謂義），永爲延，夽爲衍，[illegible]爲黸，容爲顏，雲爲煙。

這樣互相聯繫起來，便可見「于聿曰言爰云」等字，聲義兩方，都可互相通轉。上舉字例爲義雖不一樣，而聲轉之理則是相同的。此皆古今南北語音之變也。

(二)由於語言之尋究者：

劉熙釋名序說：「夫名之於實各有義類，百姓日稱而不知所以然之意。」普通人對於一個詞或字的解釋，往往都是知其然而不知其所以然，這樣就需要語原的尋究及解釋了。例如：釋名釋形體：「尾，微也，承脊之末稍微殺也。」尾微二字同音，論語微生高即國策之尾生高，尾之得名由於其狀微而位末。推而廣之，末標杪秒眇妙苗藐蔑窈麪緜微尾……等字都是細小微末之意，雖然字形完全不同，而音義的源淵則一。今音尾讀如遺，廣雅：「𥚁、末也。」尾𥚁之轉猶委蛇、委遺、爲以、……之轉。

廣雅：「梇（峯鋒）標杪苗𥚁㡚、末也。」又「稗細纖微緜紗麼㡚杪眇藐鄙、小也。」又「[illegible]

糜、糏也。」又「粘䊊粖粰糜、饘也。」又「穖謂之麪」。王念孫廣雅疏證曰：「䴿之言濛濛也，糜之言糜細也，米麥屑謂之糜，猶玉屑謂之糜。又「䊊之言微，粖之言末也。」又「麪穖語之轉，穖猶末也。」由這些字群的含義及讀音上可以知道「䊊之言微」和「尾、微也」是同樣的道理。這種語原語族的討論不但使我們澈底地把握住字義，而且能令我們打破漢字的形體障，進一步明了語言和文字的奧妙關係。如此，若能將釋詁釋言釋訓以及釋草釋木諸篇，雙方對照打成一氣，觀其會通，那麼，對於訓釋字義將要隨心所欲，游刃有餘了。例如柄秉、把欛、…………之別，雖分名動，柄之言秉也，而語原實是相同的。

㈢由於語義之變遷者：

語言的意義也是隨時在那裏演變著，演化的方式可以分成幾十種類別，其中最顯著的要算語義範圍的擴大和縮小了。例如道字原本是實名，後來分化成道路、領導、道德、道理、說道…………等等的玄名及動詞。論語中用了八十多個道字，就有好些種意思：

(1)「道、道路也。」（陽貨「道聽而塗說」皇侃疏。）

(2)「道、導也。」（顏淵「忠告而善道之」陸德明音義。別本或作導。）

(3)「道、治也。」（學而「道千乘之國」包咸注。馬融注云「道謂爲之政教。」意同。）

(4)「道、道德。」（學而「就有道而正焉」孔安國注。）

(5)「道、謂禮樂也。」（陽貨「君子學道則愛人」孔注。）

(6)「道、猶禮也。」(衞靈公「與師言之道與？」皇疏。)

(7)「道、猶說也。」(季氏「樂道人之善」劉寶楠正義。)

(8)其他。

這都是語義的擴大。爾雅中有同字異訓而並列一處之例，如「懌悅愉、樂也」之下，接次「懌悅愉、服也」一條，「卒、已也」之下，接次「卒、終也」，「卒、死也」兩條。樂與服，已與終死，都義相近而爲一語之分化，故接次一處以見意。此外語義演變中還有幾個最有趣的例子，就是由好變壞，或由壞變好，以及訓詁上所謂「相反爲訓」的例子，如：詩云「君子好逑」，「公侯好仇」，逑爲仇之假；爾雅說：「仇偶妃匹、合也。」又說：「仇讎敵妃、匹也。」可見仇讎的本來意思並無好壞的分別，仇敵和偶匹，都是互相當對，雙方配合的旨趣，夫婦是對偶，仇敵也是對偶。後來漸漸有了分別：善意的對頭謂之妃匹配偶，惡意的對偶則謂之仇讎敵對，其實再推廣一點，連酬儔二字和仇讎的語原也本相同的。不過一般人不明白古義的渾然天成，總覺得「君子好逑」的逑釋爲仇匹有些不大自然，於是鄭玄箋詩便採用左傳上的說法，以爲「嘉耦曰妃，怨偶曰仇」了。諸如此類語義演變之例，眞是隨處皆是，如果沒有訓詁爲之解釋，怎樣可以去確切把握字義呢？至於像以臭爲香，以落爲始等反訓之例，更令人大惑不解，如墜五里霧中了。

㈣由於語法之改易者：

語言的音和義固然無時無地不在變動，就是語詞結合表意的法則也都在隨時隨地改易。漢語文法最主要的地方便是詞的次序，次序前後不一，意義便不相同，例如古語中常有一種倒序的文法（以今語爲主而比較，故謂之倒也）：

詩云「葛之覃兮，施于中谷。」毛傳：「中谷、谷中也。」孔氏正義：「中谷、谷中，倒其言者，古人之語皆然，詩文多此類也。」陳奐傳疏：「中谷、谷中，此倒句法，中谷有蓷同。凡詁訓中多用此例。」案詩中此種倒句甚多，如中林，中河，中阿，中田……等都是，所以然者，當時習慣法則如此，非爲叶韻而倒，更非故意而倒。這樣看來，小雅所說的「瞻彼中原」，中原就是原中，和現在所說的中原絕不一樣，因爲現在的中原和原中，含義有別，詞的前後次序已經變得固定了。

又如詩云「既見君子，不我遐棄。」正義云「不我遐棄，猶云不遐棄我，古人之語多倒，詩之此類衆矣。」其實古人之語豈能隨便而倒？也有他們的自然法則，歸納起來，如詩中之「不我知者」，「能不我知」，「亦不女從」，「豈不爾思」，「寧莫之懲」等例，以及論語中的「不吾知也」，「莫己知也」，「未之有也」，「未之思也」等句，便可以得到一個定律：凡否定句中的外動的賓詞如爲代名詞，在古語法裏此種賓詞必置於外動之前。由這條定律上，便可看出古今語法改易的一斑了，因爲現在說「不知道我」，絕不能倒說成「不我知道」。至於像左傳的「室於怒而市於色」，「私族於謀」，墨子的「野于飲食」……等種種怪僻的文法，就非靠著訓詁的解釋不易明白了。文法學在從前本來是附屬於訓詁範圍之內的，後來因爲實字易訓，虛字難釋，所以清代的訓詁學家王引之才作了一部經傳釋詞，專門來解釋語詞，獨立成爲一種虛字之學；其實那部釋詞本是從經義述聞裏摘出而加以擴大的。

㈤由於字體之差別者：

語言有古今的不同，文字也有古今的不同。文字的改變雖只是字體上的差別，然與音義也很有關係，有因音變而異體，有因義變而體別。漢時經籍有今文古文的分別，讀今文尚易，讀古文就非專家不可。這裏所謂字體，是指文字的體制及體勢二者而言，體制的不同與訓詁的關係尤爲重要。爾雅中有以今字釋古字之例，如：

釋詁：「于、於也。」毛傳、說文皆同。案詩書例用于字（清人如錢大昕段玉裁等皆已察及此異），論語例用於字；然論語引書經原文則仍作于，爲政篇說：「書云孝乎惟孝，友于兄弟；施於有政，是亦爲政。」宋翔鳳四書釋地辨證說：「上文引書作于，下文作於是夫子語，顯有于於字爲區別。」東晉古文書經的作僞者不明此理，遂以施於有政也是書經原文，就完全錯誤了。于於二字既爲古今字，所以現在就有人利用這類的材料來考證古書的眞僞及時代了。

又如釋詁：「茲、斯、此也。」顧炎武日知錄說：「尚書多言茲，論語多言斯，大學以後之書多言此；論語之言斯者七十而不言此，檀弓之言斯者五十有三，言此者一而已，大學成於曾氏之門人，而一卷之中言此者十有九。語音輕重之間，而世代之別從可知矣。」可見茲此二字也是古今字了。此外如廼與乃（爾雅「廼、乃也。」），余與予（曲禮鄭注「余予古今字。」）等也都是以今字釋古字之例。這裏所謂古今，並不是嚴格地文字的發生時代先後的問題，而是用法上的通行與否的問題，例如爾雅說：「誥、告也。」說文同，案誥爲告字之分別文，以字體言，合體自較獨體者爲後起，那麼，這是以古字釋今字了；但是按用法上說，以言告人，古用誥字，後則習用告字，而以誥爲上告下之字。然則以告釋誥，仍是以今字釋古字的原則了。段玉裁說文注誼下云：「凡讀經傳者不可不知古今字，古今無定時，隨時異用者謂之古今字。」又有以重文或體互訓者，如爾雅之「諶誠」，「輔俌」，「嗟⿱髟差」等皆是。又有以分別文釋母體者，如論語釋文之「弟悌」，「道導」，「莫暮」等皆是。凡此種種，都是由於古今字體與替陳謝的緣故。

(六)由於用字之假借者：

古書多假借，本無其字者固得依聲託事而借，即本有其字者，在書寫時往往也好假借，這都是由於字形比字音難於記憶的緣故。王引之在經義述聞裏特別立了一個經文假借的節目來闡明讀古書須識假借的重要，他說：「至於經典古字聲近而通，則有不限於無字之假借者，往往本字見存，而古本則不用本字而用同聲之字。學者改本字讀之則怡然理順，依借字解之則以文害辭。是以漢世經師作注有讀爲之例，有當作之例，皆由聲同聲近者以意逆之而得其本字，所謂好學深思心知其意也。」讀爲之例如論語鄭注：「純讀爲緇」，「厲讀爲賴」；當作之例如周禮醢人注：「齊當爲齍」等，這固然都是以正字釋借字之例，就是其他不明言者也有此例，如爾雅釋言的「甲、狎也。」「粲、餐也。」「履、祿也。」等都是。不過這裏所謂本字，並不是一定要以說文爲準，只是以義之常行通用者爲正耳。詩云「式燕且譽」，「韓姞燕譽」，這兩個譽字舊日或訓爲名譽之譽，完全錯了；王引之說譽並豫之假，爾雅：「豫、樂也，安也。」豫正字，譽借字。但如照說文所說，豫字的本義原是象之大者，並非安樂之義。或曰大物亦可曰豫，安舒與寬大義近，故樂謂之豫也；那麼，這也僅是豫的引申義罷了。所以說訓詁上的正假本借，和文字學上的不大一樣。這種用字的混亂現象，很容易使人望文生義而引起種種的誤會，設無順釋，何以是正？

(七)由於習俗之損益者：

古今體制，多有損益，風俗習尙，也很不同。就是同一事物的名稱，前後也會各異。例如：

孟子：「夏曰校，殷曰序，周曰庠。」

爾雅：「夏曰歲，商曰祀，周曰年，唐虞曰載。」

因爲時代習俗的不同而生出來的語言上的差異，既非音轉，又非字變，和前面所舉音轉字異的例子是不大相同的。換言之，兩個同義語詞的中間，並無父子相傳的血緣關係，只是前後二詞相當罷了。論語：「必也正名乎？」鄭注：「正名謂正書字也。古者曰名，今世曰字。」自其有聲音言謂之名，自其孳乳浸多言則謂之字也。名與字的異稱，純由古今習俗之不同。

此外由於禮俗制度的不同而加注者，如詩云：「言告師氏，言告言歸。」毛傳：「古者女師敎以婦德婦言婦容婦功；祖廟未毀，敎于公宮三月；祖廟旣毀，敎于宗室。」此因古今禮俗不同也。周禮：「珍圭以徵守。」杜子春注：「若今時徵郡守以竹使符也。」此因古今制度不同也。所以一件事或物的名稱，雖然會從古一直沿襲到現在，但是隨著社會的進化，事物的實質便會各時不一。易經說：「古之葬者厚衣之以薪，葬之中野，不封不樹，喪期无數；後世聖人易之以棺椁。」可見古今都叫作葬，然而埋葬的方法並不一樣。古制渺茫，不可目覩，如無訓詁爲之解釋和考證，恐怕一般人都會以今測古，以己度人了。

以上七種起因，無非是因時地不同所生的語言文字之差異。古字古言後人多不知其音義，故必待訓詁家爲之作釋，釋以今字今言而後始能大明於世也。

此外，訓詁的興起還有個間接有力的原因，就是儒家的正名主義和諸子間的辯學。語文的功用一方面可以表示自己的情意，相對的另一方面又可指出他人言行的是非善惡。孔子目擊當時是非的混淆，名實的錯亂，想建設一個是非的標準，於是就提倡正名主義，論語中說：「名不正則言不順，言不順則事不成，事不成則禮樂不興，禮樂不興則刑罰不中，刑罰不中則民無所措手足。」因爲名是代表思想的符號，語言是由許多的名組成的，每個名每個字若沒有正確的肯定的含義，那麼就會以黑爲白，指鹿爲馬，語言如此，名實已亂，還用什麼來指示是非善惡呢？荀子正名篇主張更爲積極，他說：「今聖王沒，名守慢。奇辭起，名實亂，是非之形不明，則雖守法之吏，誦數之儒亦皆亂也。……異形離形交喻，異物名實互紐，貴賤不明，同異不別，如是則志必有不喻之患，而事必有困廢之禍。」可見正名的必要，名實關係確定的迫切，這種語義範圍的嚴格分別和解釋，實是語言學、訓詁學上的事業。

儒家正名主義的具體表現，就是一部春秋的編定，所以一般人認爲它是道名分，寓褒貶，含有微言大義的著作。既然如此，所以一字一詞也不能輕用，對於字義的分別就得有精密的研究。分別春秋字義最精的書莫過於公羊穀梁二傳，例如公羊傳說：

「車馬曰賵，貸財曰賻，衣被曰襚。」

「天子曰崩，諸侯曰薨，大夫曰卒，士曰不祿。」

「春曰苗，秋曰蒐，冬曰狩。」

「春曰祠，夏曰礿，秋曰嘗，冬曰蒸。」

「觕者曰侵，精者曰伐。」

他們不但分別名動的詞性如此精細，就是對於文法成分——虛字也不肯輕輕放過，如：

「日有食之既。既者何？盡也。」

「及者何？與也。會、及、暨，皆與也，曷爲或言會？或言及，或言暨？會猶最也，及猶汲汲也，暨猶暨暨也。及、我欲之，暨、不得已者。」

「祭公來，遂逆王后于紀。遂者何？生事也。大夫無遂事，此其言遂何？成使乎我也。」

「丁巳，葬我君定公，雨，不克葬；戊午日下昃，乃克葬。」又云「冬十月己丑，葬我小君頃熊，雨，不克葬；庚寅，日中而克葬。而者何？難也；乃者何？難也。曷爲或言而或言乃？乃難乎而也。」

像這樣的例子，幾乎全書都是，舉不勝舉，因此公穀二傳都頗帶些字典的氣味。後來研究春秋的名家董仲舒更進一步的去分析字形，推尋語原，已經純是訓詁學的方法了。他們的目的都是爲了達到名實相符，名正言順，言無所苟的境地，雖無明顯的提倡訓詁的旗幟，然而正名的工作，恰好是語言學、訓詁學、文法學等方面的事業。

諸子間的辯學也曾對字義的界說加以很大的注意，因爲語言是爭辯的利器，如果那「以名舉實，以辭抒意，以說出故」的語言文字的義界漫無定則，還如何去辯論，如何去「明是非，審同異，察名實，決嫌疑」呢？例如墨子上說的「盡、莫不然也。」「或也者，不盡也。」「仁、體愛也。」「義、利也。」「禮、敬也。」「恕、明也。」「信、言合於義也。」以及「狗、犬也。而殺狗非殺犬也可。」莊子天下篇曰：「辯者曰：狗非犬。」相對的我們看到爾雅上說：「犬未成豪、狗。」說文上說：「犬、狗之有縣蹏者也。」這種訓詁上對於名實的關係嚴加區別的空氣，未嘗不是受了辯學的影響。

訓詁的起因已如上述，我們生在中華開國數千年後的現在，如不欲讀古書則已，如欲達古通今，明瞭我們祖先的生活——包括文學、史學、哲學等，就不得不靠著訓詁來作讀古書入門的階梯了。

## 第三節　訓詁的效用

上節所說的八種起因，也可以說是訓詁的功用。不過訓詁學的用處還不止此，總起來說：不外㈠研讀古書，㈡探討語言兩大方面。

### ㈠研讀古書

我們為了瞭解我國古代的思想、歷史、文學、美術、工業、農學……等種種的學術起見，不得不去鑽研典籍。古昔賢哲的音容已渺，不可覩聞，所賴者唯有文字的記載，文字之不明，義理何由而知？清儒戴東原說得好：

「士生千載之後，求道於典章制度，而遺文垂絕，今古縣隔，時之相去，殆無異地之相遠，廑廑賴夫經師故訓乃通。……後之論漢儒者，輒曰故訓之學云爾，未與於理精而義明；則試詁以求理義於古經之外乎？若猶存古經中也，則鑿空者得乎？烏乎！經之至者道也，所以明道者其詞也，所以成詞者，未有能外小學文字者也；由文字以通乎語言，由語言以通乎古聖賢之心志，譬之適堂壇之必循其階而不可以躐等。」（古經解鈎沈序）

胡適之在給章太炎兄弟論墨學的信裡也曾說訓詁是治古書的第一步工夫。他說：

「至於治古書之法，無論治經治子，要皆當以校勘訓詁之法為初步。校勘已審，然後本子可讀；本子可讀，然後訓詁可明；訓詁明，然後義理可定。」（文存二集卷一論墨學。）可見訓詁是治古學的唯一門徑。訓詁譬諸翻譯，古今語言的不同就像兩國語文的不同一樣，欲想了解他一個國家民族的一切，就非得通曉其語文不可。那麼，要想明白本國古代的一切，就非得知道古代的語文不可。雙方的道理是一樣的。古書難讀的原因約有六個：(1)多古音，(2)多古義，(3)多古字，(4)多古語，(5)多借字，(6)多誤字。我在中國文字學概論的緒言（第三節）裡已經說得很詳細，讀者可以參看，這裡不再重贅了。

或者要有人說：「古書誠然該讀，也誠然難讀；但是應讀的古書都已有了詳細甚至重複的注解，例如一部詩經，有毛公的故訓傳，有鄭康成的箋，有齊魯韓三家的遺說，有魏晉人的舊訓，又有唐人的注疏和音義，再加上宋元人的新義，清人的經解，幾乎汗牛充棟，何止千百部？還不夠入門的讀本嗎？還研究什麼訓詁學？」我說這話似是而非，請問你要想讀詩經，是讀毛傳呢？朱傳呢？還是注疏呢？經解呢？恐怕立刻就感到束手無策的。所以胡適之，周知堂幾位大師，都想給詩經另作一部新解。學問是時時進步的，舊日的訓詁雖多，可是錯誤也不少，正因爲衆說紛紜，莫知胡適，所以需要給它們一個是非評判的標準，給他們另作一個合理的新解。換言之，設無訓詁學的知識，專憑舊訓古注去治古書，仍是不十分可信的，舊日訓詁的通病約有五端：

(1)守訛傳謬——古書典册，鈔刊屢易，錯字訛文，層出不鮮。清以前的訓詁家多不注意校勘的工作，雖然劉向校書，問舉訛謬，如以立爲齊，以肖爲趙之類，但終因學派的關係，經師都死守己說，不肯改己從人。後來束晳、玉劭、顏師古等人也曾匡正過諸書的訛謬，陸德明也曾「搜訪異同，校之蒼雅。」不過他們的動機大多偏重於字體，與校勘很少關係。以致舊日的訓詁家大多以訛傳訛，曲意傅會，如史記酷吏列傳：「罪常釋聞即奏事，上善之。」集解不知聞爲閒字之誤，乃斷「罪常釋聞」爲句，引徐廣曰：「詔荅聞也，如今制曰聞矣。」

(2)妄改古書——清人校勘之學固然遠勝前人而有很大的成就，但是過猶不及，一般訓詁家就不免有些濫施權威，私以意改了。故有本不誤而誤改的，即以精博見稱於時的王氏父子也不能免。例如墨子經說上曰：「今久古今旦莫，宇東西家南北。」王念孫讀書雜志謂上今字因下今字而衍，當爲「久、古今旦莫。」因此爲了對偶的關係，下句又刪家字，即成「宇、東西南北。」案家爲冡之訛，冡者蒙也。今爲合之訛，原文應作「久合古今旦莫，宇冡東西南北。」孫詒讓札迻序曰：「……及其蔽也，則或穿穴形聲，捃摭新異，憑肊改易，以是爲非。」這都是訓詁校勘者的通病。

(3)望文生訓——前人不明白歸納的方法，往往緣詞生訓，隨文立解。如詩云「維葉莫莫，是刈是濩。」「莫莫葛藟，施于條枚。」毛傳因有刈濩及施于字樣，就說莫莫是「成就之貌」，又是「施貌」。不知莫莫原是茂密之意，殊有失詩旨。又如詩云「終風且暴」，毛傳以終風爲「終日風」，韓詩又以爲「西風」，實際上都完全錯了。終既一語之轉，終風且暴，猶既風且暴。詩云「終和且平」，又曰「既和且平」可證。

(4)章句不一——漢人有章句之學，也是訓詁的一支，因必須先明文義而後始可分章斷句也。古書簡策，數經錯亂；經師傳授，復不一致；故同是一書而章句頗有不同。例如毛詩鄭箋周南篇首題云：「關雎五章，章四句。故言三章，其一章四句，二章八句。」釋文曰：「五章是鄭所分，故言以下是毛公本意，後放此。」俞曲園古書疑義舉例又謂應該分成四章，每章皆有「窈窕淑女」句。

又如論語「廐焚，子退朝，曰傷人乎？不問馬。」釋文：「曰傷人乎絕句，一讀至不字絕句。」武億經讀考異又謂「證之揚雄太僕箴：廐焚問人，仲尼深醜；若依箴言問人爲醜，則不徒問人矣。漢時近古，授讀必有所自，是不宜作一讀，問馬又作一讀。依文推義，尤于聖人仁民愛物，義得兩盡，從古讀爲正。」這樣一來，就可有三個讀法。何去何從，那就看讀者的評選了。

(5)訓釋互異——同是一書，諸家所立訓解，便各不同。衞風芄蘭：「雖則佩觿，能不我知？」毛公於能字無傳，僅謂「不自謂無知以驕慢人也。」鄭箋則以能爲才能之能，云「其才能實不如我衆臣之所知爲也。」毛鄭於此開口便錯，可笑得很。清儒已攻其誤，王引之經義述聞說：「能乃語之轉，非才能之能也。能當讀爲而，言童子雖則佩觿，而實不與我相知。」俞曲園群經平議又謂能當訓會，其言曰：「正月篇寧或滅之，漢書谷永傳引作能或滅之，是能與寧通。日月篇寧不我顧，箋云寧猶會也。能不我知與寧不我顧同。言此幼稚之君雖則佩觿，而曾不我知也。」案王氏謂能爲虛字，實是一大發現，但釋爲乃爲而，也不大妥。兪氏又謂能寧曾三字通而知比類其句法，固然很是，但釋曾爲肯定語氣，亦非詩人原意。我前在詩三百篇詢問詞之地域性一文（北大文院國文法參考資料本）裡考究的結果，知道詩中的詢問副詞計有：何曷害遐胡蓋豈緜安寧能曾憯……等十餘字，其中安寧能曾豈憯六詞並爲一語之轉，現代國語中的哪、怎、恁等語便是從此中變來的。詩十月之交的「胡憯莫懲？」節南山的「憯莫懲嗟？」沔水正月的「寧莫之懲？」三句語義全同，胡憯猶「胡寧忍予？」之胡寧，並是複語。說文：「朁、曾也。」鄭箋：「寧，曾也。」（日月、小弁、四月）方言：「曾、何也。」可知「胡憯」「胡寧」猶孟子之「何曾」，都是詢問副詞。能既然和寧相通，而且音也相近，那麼「能不我知」的句法，和「寧不我顧？」「寧莫我聽？」「曾莫惠我師？」「曾不知其玷？」「憯不畏明？」……等可以說是完全相同的，是「能不我知」即「怎不知我」也。不過詩中問語，多爲反言加重之詞，如「豈不爾思？」之類皆是。此處依上下文義看來，蓋爲頌美之意，言童子雖則佩觿而貴，安有忘我之理，贊其不忘故人也。

以上所舉五種踳錯訛誤的現象，如果不用訓詁學的知識去衡量，怎樣可以評判是非？改正謬說，自下新解呢？王引之爲經籍纂詁作的序說得很對：

「後之覽是書者，去鑿空妄談之病而稽於古，取古人之傳注而得其聲音之理，以知其所以然；而傳注之未安者，又能博考前訓以正之，庶可傳古聖賢著書本旨。」

這種不僅「知其所以然」，而且「正傳注之未安」的工作，恐怕不是一個普通的讀書人所能擔當得了的。所以說訓詁學的效用，不但可以直接去研讀古書，還可以批判古書傳注的錯誤，爲古書重作個合理的新的訓解。

### (二)探討語言

訓釋古語固然得靠著訓詁的法術，就是探討現代方言也得借重於訓詁的技巧，因爲語言不是孤立的東西，古今音轉語變常是有跡可尋的。今語有僅知其音而不知其究應爲何字者，有知其字而不識其爲古語之遺或流變者，故欲考音問字，探原溯流，搜羅方言，證以古籍，捨訓詁學之外，是沒有旁的捷徑的。這裡且先舉一個元曲俗語的考證來作例子吧。元曲中常見到「曲律」的形容詞，字的寫法和詞的單複不大一樣：

(1)（酷寒亭）丑扮店小二上。詩云：「曲律」竿頭懸草稕，綠楊影裏撥琵琶；……

(2)（黃粱夢）不爭夫人死呵，枉「乞兩」的兩個小冤家不快。

(3)（殺狗記）將這雙「乞量曲律」的肐膝兒罰他去直僵僵的跪。

(4)（魔合羅）你看他吸留忽剌水流「乞留曲律」路。

(5)（李逵負荊）那老兒一會家便怒吽吽在那柴門外哭道：我那滿堂嬌兒也！他這般「乞留曲律」的氣。

(6)（魯齋郎）我一時間不認的人，您兩個忒做的出，空敎我「乞留乞良」，迷留沒亂，放聲啼哭。

(7)（望江亭）這椿事你只睜眼兒覷者，看怎生的發付他賴骨頑皮。……你休得便「乞留乞良」搥跌自傷悲。

這七個例子裏面，單言「乞兩」「曲律」，和複語「乞量曲律」「乞留乞良」的意思是一樣的，都是屈曲不伸，寃鬱不舒的意味。如以音義求諸古語，則爲「傴僂」、「稽留」、「鼃律」……等語之遺存於今日者。如追溯其語族，將見其子孫繩繩繁衍之狀如左：

(1)考老——考老轉注，二字義同音轉，蓋因老翁背駝而得名。語轉作耇老（國語），耆老（孟子），黎老（書經）。物名則爲栲栳，元曲漁樵記量米器具有栲栳，玉鏡台等曲中又有栲栳圈銀交椅之名。推廣言之，物之空甲曰殼，洞穴曰窩，曰坎，曰科，曰竅，曰坑，曰孔，曰窟窿。都是圓曲之意。

(2)傴僂——通俗文曰「曲脊謂之傴僂」，傴僂猶曲律也。字亦作偊旅（漢書），偊僂（文選）。而背駝之病則書作痀瘻（莊子），亦作曲僂（莊子），傴僂（淮南），可見其爲一詞之異寫。勞苦則背駝，故曰劬勞（詩經），亦作拘錄（荀子），劬祿（淮南）。以言動作則爲拘摟（爾雅注）；語轉作搜牢（後漢書），搜略（方言）。以言物名則爲籧筐（月令），筥筐（淮南），籧筥一音之轉。本之柔曲者名杞柳，或作柜柳（後漢），欅柳；柳之性狀均有樛聊之意，故可以爲桮棬。寇宗奭本草衍義說：「欅木今人呼爲欅柳，……嫩枝取以綠栲栳箕唇。」詩中有樛木，爾雅謂下句曰料，故束物纏繞曰糾繚，又曰綢繆，繾綣。

(3) 坑閬——單言曰坑（阬）曰漮（爾雅），複語則爲漮㝗（方言），㝩㝗（說文），閌閬（揚賦）。語轉作窐寥（宋玉賦），亦作巧老，馬融馬笛賦：「窂窌巧老，港洞坑谷。」巧老猶考老也。語轉作角落，亦作砣落（圖書集成），閣落（元曲選）。牛馬圈則曰廄牢，或曰欄牢（墨子）；囚所則曰牢獄，語轉爲囹圄（月令），字亦作囹圉（史記），又轉作岸獄（詩）。遮欄曰干闌（北史），鉤欄（水經注），句欄（廣韵），俗謂院落籬藩曰格欄，宋元俗語謂教坊曰勾闌。以言動作，則曰拘留（漢書），稽留（淮南），拘攣（後漢書）。疑軌范（禮記），軌範（書序），規範等與此並爲一語之轉。

(4) 詰詘——屈曲不申爲詰詘，字亦作詰𩋾，詰屈，詰曲，結曲。又爲膕朏（廣雅釋親）。轉爲卻曲（莊子），迟曲（廣雅）；曲木曰枳枸（毛傳），枝拘（淮南），枳椇（禮記），稜椒，𥡴椒（說文）。道路高低屈曲曰踦 䡱（漢書），踦 䡱（文選）；邪坐不直曰箕踞（史記），箕倨（淮南），踑 踞（文選）；蟲之屈曲者曰蝍且（莊子），蝍蛆（爾雅）；心情憂迫曰切促（後漢書），戚促，亦曰戚戚（論語），慼慼（廣雅）；方圓準繩曰規矩。以言動作則爲執拘，縶拘，語轉作鳩聚，遒聚。曲局亦詰詘之轉，屋隅曰區隅（論衡），陬隅（呂覽）區陬（文選）；疆域或區宇（後漢書），草木鉤萌曰權輿，灌渝（說文），語轉爲𪓰律（方言），𪓰萃（廣雅），又轉爲規率，法律。

上面列舉「乞兩曲律」的連語之最明顯易知者，已經不勝其多，假如再將它們的單字重言也收集到一塊兒，恐怕尚不止此，這裏不過略舉大概以見一斑罷了，研討俗語固有待於訓詁學的幫助，而訓釋古言也頗有借重於方言的地方，揚子雲作方言，就是想在方俗習語中尋求五經訓詁的證驗，因爲古音古義的存遺也和禮失而求諸野的道理是一樣的。宋元曲本話本中有不少的當時方言俗語，近來頗有人注意考釋，但是如果不從訓詁學語言學文法學等方面著眼，恐怕所得的成績仍是靠不住的。

又如現代國語中「打盹」「打水」「打油」「打傘」……等語的打字，由來已久，宋歐陽修歸田錄已經就說當時的人，上自天子，下至走卒，幾乎無語不打，人人皆然。究竟這個打字是什麼意思，一般人都是習而不覺。章太炎在新方言裏解釋道：「（打）自訓撞擊而外，有所作爲，無不言打，如打坐，打躬，打招呼，此猶有所作爲者。……從某處過曰打某處過，此打即是丁字，爾雅：丁、當也。其以聲假借者：如言打飯，打酒，此打乃借爲盛，說文：盛、黍稷在器中也。占卜謂之打卦，此打乃借爲貞，說文：貞、卜問也。廉察謂之打聽，此打乃借爲偵。……」章氏所說，仍嫌繁而不要，而以打爲盛貞偵等字之聲借，尤爲牽強巧合，我前曾作釋打一文（未發表），證說較詳，惜限於篇幅，不能多加引錄。

此外對於民俗學的研究，與訓詁學也很有關係，日本的言語誌叢刊的發刊趣旨裏曾說：「在言語的發達與變遷裏反映出民族生活。」這正可說明語言學和民俗學的關係。周知堂在古音系研究序裡說：

「又如爾雅云科斗活東，北京稱蝦蟆骨突兒，吾鄉云蝦蟆溫，科斗與活東似即一語，骨突與科斗亦不無關係，至蝦蟆溫之溫是怎麼一回事我還不能知道。蝦蟆骨突兒這幾個字的語感我很喜歡，覺得很能表出那小動物的印象；一方面又聯想到夜叉們手裏的骨朶，我們平常吃的醬疙瘩和疙瘩湯，不倫不類的牽連出許多東西來。不過要弄這一類的學問也是很不容易，不但是對於民俗的興趣，還得有言語學的智識，這才能夠求其轉變流衍，從這裏邊看出國民生活的反映。……」

這種由「語感」的興趣而引出的一大串聯想，無形中是以「印象」來作線索的，假如我們再就音義雙方的關係上求之，將發現更大的一串圓形的物事：

(1)科斗——科斗亦作蝌蚪，本草說「蝌蚪狀如河豚，頭圓，青黑色，始出有尾無足。」漢人以漆書古文，渴筆形似科斗，故名科斗文，王隱晉書曰：「其文頭粗尾細似科斗之虫，故俗名之焉。」蓋科斗之得名因其頭圓故也。今科斗音轉爲骨突，所以京中呼爲蝦蟆骨突兒。

(2)活東——亦科斗之轉音，字或作顆東，蛞蝀。顆字有圓意，圓物每以顆記。活東亦爲活師（山海經），師音蓋讀如𠂤（堆），活師猶骨堆骨垛骨突也。

(3)骨突——科斗之轉音。詩云「徹彼桑土」，土一作杜，方言「荄杜、根也。」今謂樹根曰樹骨突。楚人謂乳曰穀，今日奶頭骨突兒。此外凡圓形之物如蒜頭，花苞……等無一不可叫骨突兒。光棍曰鰥，未亡曰寡，伶仃曰孤獨，孤特，惸獨，煢獨，介獨，介特；疑亦一語之轉。蓋就其形言爲鼓，爲凸（突），爲禿；就其勢言則爲孤，爲獨也。骨突亦作骨都，都有聚集團止之意。

(4)骨朵——即骨突之異寫。兵器之於棍棒端以鐵或堅木爲首如錘者曰骨朵錘，宋史儀衞志云：「執撾骨朵充禁衞。」宋祁筆記說：「國朝有骨朵子，値衞士之親近者。余嘗修日曆，曾究其義，關中人以腹大者爲胍肫（音孤都），俗因謂杖頭大者亦爲胍肫，後誤爲骨朵（平聲）。」案說文云「⿱竹朵、箠也。」字亦作簻。花曰朵，禾堆土堆曰垛。

(5)疙瘩——亦科斗之音轉，字從病旁，如酒刺疙瘩，鷄皮疙瘩之類，然圓形之物亦稱之，如鹹菜疙瘩，疙瘩湯等。石土頑結則寫作矻磋或圪塔。語轉爲疙疸，淸人頂戴俗曰琉璃疙疸，屎蜣蜋推車俗呼爲滾疙疸，疸亦作蛋，與卵團胆等音義都相近。卵音轉爲瘤，釋名：「疣、丘也。」疣丘球亦圓狀物之名。

山西有種麪食似北京之活絡而粗短，俗名疙豆，豆痘頭首，也都是圓狀物，疑疙豆即科斗音之僅存者。

(6)骨堆——骨朵音轉爲骨堆，楚辭書作魁堆。開州城南有土堁數十，大者曰霸王骨堆，韓信骨堆，野老相傳項羽與韓信曾於此對敵，築骨堆以大小分勝負（見考信錄）。俗謂蹲踞曰骨堆，或曰骨就，越語肯綮錄說：「呆坐候人曰⿰自坐」，連語曰堆堆。今謂呆坐曰骨都都的坐，不語曰嘴骨都。語轉為敦，為蹲，木製坐墊似蒲團而高曰骨墪。骨堆單言曰堆，骨朵亦名錘，字亦作槌，作椎，方言：「椎，齊謂之終葵。」

(7)塊壘——骨堆音轉為塊壘，堆積曰壘，纍亦曰贅。土聚曰塊，石貌曰磈礧，不平曰鍡鑸，積石曰磊磊，纍纍；病腫曰瘰癧，胸中不平曰磈磊，阮籍云：「胸中磈磊，須以酒澆之。」晉冀之交食物中有以菜塊拌麪蒸之者曰塊壘，因其為塊狀也。木偶象人而圓小，故曰傀儡，或名窟礧子。凡物之圓全者謂囫圇。

(8)蓓蕾——魁儡之轉音，花苞含葩未放之名也，字或作碚礌，亦取圓形之意。小丘曰培塿，亦曰附婁。瓶形橢圓，故亦名瓿甊。

(9)果蓏——瓜瓠曰果蓏。括樓曰果蓏，字亦作⿰甜瓜⿰婁瓜，分甜苦二種，可入藥。細腰蜂名蜾蠃，又名蒲盧。蚌蛤之屬亦名蒲盧，紫螺曰茈蠃，蝸牛曰蚹蠃；而蜣蜋、蛣蜋等名也都取圓形之意。木實曰果，包袱曰裹，頭曰顆顱，項顱，髑髏。葫蘆亦瓜蓏之類，瓜曰瓠，茶具曰壺，火具曰爐，葦曰蘆，瓢曰蠡，鞋曰履，杯落又名豆筥。

(10)骨碌——滾轉曰骨碌，因而圓形之物都緣此孳乳，車輪曰轂輪，車名轒轀，即骨碌之倒，猶言滾戾輾轢也。方言：「車、枸簍，宋魏陳楚之間謂之筱（音幗），或謂之䉛籠；秦晉之間自關而西謂之枸簍，南楚之外或謂之隆屈。」車的異名雖多，然總不離乎骨碌之音。車又名輂，碓磨曰碾，壓路車曰輾，追人曰赶，輂赶並轂音之轉。汲水桔槔曰轆轤，亦曰櫝轆；兵器維車曰轣轆。石滾用以平田或壓禾者曰磟碡，碌碡，俗音如流周，流扭。霹靂之聲如車，故名忽雷，古代雷字即象車輪由此至彼之狀，至漢人則圖雷如連鼓矣。雷聲曰隆隆，殷殷，車聲曰鄰鄰，轆轆，碌碌。玩具圓轉不息者曰陀螺，又名地雷公。因而勞轉忙碌謂之碌碌，凡庸謂之錄錄，他如流離，離離，歷歷，累累，屢屢，羅縷，淋漓，淋漉，滴瀝……等都是圓轉不絕之意。

這樣看來，科斗疙瘩這一族的語詞，語根似乎原於模仿圓轉物的聲音，因而以爲圓狀物之名及形容之詞。若言其音，則不出下列數式：g—g—或k—k—；g—l—或k—l—；b—l—或p—l—；g—t—或k—t—；d—l—或t—l—；d—l—或t—t—；l—l—。這裏限於篇幅，單詞複語，別體或寫，不能暢所欲言，實是憾事。周先生又說：「理論與應用相得而益彰，致力於聲明，願仍無忘風物之檢討。將來再由音說到科斗（魏建功已有科斗說音一文），則於文字學民俗學二者同受其惠施矣。」五年前讀此文，即躍然欲試，曾爲科斗骨都小文以記之，現在略爲端緒如上，願同道共勉之。

## 第四節　訓詁的工具

訓詁及訓詁學的重要既然如此，那麼，要想研究這門學問之先應該具備些什麼知識呢？與訓詁學有關係的學科很多，最重要的莫過於聲韻學、文字學、文法學、語言學等。訓詁在從前本是小學的附庸，漢志以爾雅小雅之屬附於孝經類之末，隋志又把爾雅廣雅方言之屬附於論語類之末，直到唐志裏面才把訓詁一類的著作併入小學家，和體勢、音韻鼎足而三。王應麟在玉海裏說：

「文字之學有三：其一體製，謂點畫有衡縱曲折之殊，說文之類；其二訓詁，謂稱謂有古今雅俗之異，爾雅方言之類；其三音韻，謂呼吸有清濁高下之不同，沈約四聲譜及西域反切之學。」

自此以後，目錄分類，多沿斯例，其實說來，與其謂之爲字義學，不如謂之爲語義學比較妥當。它和語言文字的關係可列如下表：

文字學——————————形
語言學
(1)語音學：聲韻學（歷史語音學）——音
(2)語義學：訓詁學（古代語義學）——義
(3)語法學：文法學（古代語法學）
（形、音、義）語言文字學

從歷史上看來，其中以訓詁的著作發生最早，爾雅雖非周公所作，但至遲也是西漢初年的作品；其次是文字學，再次是聲韻學，文字學到了許愼的手裏，可以說是集大成的研究，聲韻學的崛起，乃是受了佛教徒翻譯經典的影響。至於文法學根本是受了西洋文法的刺激，獨立成爲一科更是近來的事情了。訓詁可以說是兼括形音義法的四位一體的學術，而研究聲韻、文字、文法的終極目的也無非是研究字義，因語言的本質原爲以音表義之符號，而文字又爲以形表音之記識，因形以知音，因音以知義，三者實有不可須臾離也的密切關係。段玉裁在廣雅疏證序裏說得很好：

「小學有形有音有義，三者互相求，舉一可得其二。有古形，有今形；有古音，有今音；有古義，有今義；六者互相求，舉一可得其五。………聖人之制字，有義而後有音，有音而後有形；學者之考字，因形以得其音，因音以得其義。治經莫重於得義，得義莫切於得音。」

這種把形音義三者打成一片的小學，確是戴段諸大師的超越前人的卓識。不過三者雖似等量齊觀，內中實分輕重，語言所重者聲音，文字所重者亦聲音，聲音好比靈魂，字形猶骷髏耳，聲音明而形義皆無不明。所以段氏作說文注先爲六書音均表，戴氏治小學先作轉語二十章了。

㈠訓詁須以聲韵學爲機樞。

清儒提倡以聲韵爲中心去治小學的領導者當然要推戴東原了。他在論韵書中字義答秦惠田的信裏說：

「字書主於故訓，韵書主於音聲；然二者恒相因：音聲有不隨故訓變者則一音或數義，音聲有隨故訓而變者則一字或數音。大致一字既定其本義，則外此音義引申咸六書之假借。其例或義由聲出，如胡字，惟詩狼跋其胡與考工記戈胡戟胡用本義；至於永受胡福，義同降爾遐福，則因胡遐一聲之轉而胡亦從遐爲遠；胡不萬年，遐不眉壽，又因胡遐何一聲之轉而胡遐皆從爲何。又如……凡故訓之失傳者，於此亦可因聲而知義矣。或聲同義別，如蜥易之易借爲變易之易，象犀之象借爲象形之象。或聲義各別，如戶關之關爲關弓之關，燕燕之燕爲燕國之燕。六書假借之法，舉例可推。」（東原集）

上面「義由聲出」這句話，不但說明了「依聲託事」的假借，文字的語義，而且道破了訓詁的奧妙。古書用字，假借特多，訓釋者的最大任務，無非是破其假借而讀以本字。但是古音不同於今音，欲知古人假借，必得先通古音。所以戴氏在六書音均表序裏又說：

「今樂觀是書之成也，不惟字得其古人音讀，抑又多通其古義。許叔重之論假借曰：本無其字，依聲託事。夫六經字多假借，音聲失而假借之意何以得？故訓音聲；相爲表裏。」

因爲「故訓音聲相爲表裏」，不但「義由聲出」，而且「故訓之失傳者，亦可因聲而知義」，所以他曾作轉語二十章，想「以聲求義，以義正聲。」其書世未之見，僅存其序，序曰：

「人之語言萬變，而聲氣之微有自然之節限，是故六書依聲託事，假借相禪，其用至博，操之至約也。學士茫然莫究，今別爲二十章，各從乎聲以原其義。夫聲自微而之顯，言者未終，聞者已解，辨於口而不繁，則耳治不惑。人口始喉，下底脣末，按位以譜之，其爲聲之大限五，小限各四，於是互相參伍，而聲之用蓋備矣。參伍之法：……

。……用是聽五方之音，及少兒學語未淸者，其輾轉譌混必各如其位；斯足證聲之節限位次自然而成，不假人意厝設也。……」

「昔人既作爾雅方言釋名，余以爲猶闕一卷書，創爲是篇，用補其闕，俾疑於義者以聲求之，疑於聲者以義正之。……」

從前人說：「鴛鴦繡取從君看，不把金針度與人。」現在如果把金針度與人，那麼，這支金針就是那「其用至博，操之至約」的音轉之理，所以一般訓詁家常好說「一聲之轉」的術語了。可惜這部天下第一奇書竟至不傳，否則它將是訓詁學上的圭臬，唯一的利器了。戴氏雖首先提倡「從聲原義」的理論，但在實績方面却尚無暇去建樹具體的表現。當時在訓詁方面功業最著的要算是高郵王氏父子了，段玉裁曾譽爲「天下一人」，實非虛語。王念孫廣雅疏證自序說：

「竊以詁訓之旨本於聲音，故有聲同字異，聲近義同；雖或類聚群分，實亦同條共貫。譬如振裘必提其領，舉網必挈其綱，故曰本立而道生，知天下之至嘖而不可亂也。此之不寤，則有字別爲音，音別爲義，或望文虛造而違古義，或墨守成訓而尟會通，易簡之理既失而大道多歧矣。今就古音以求古義，引申觸類，不限形體，苟可以發明前訓，斯凌雜之譏亦所不辭。」

這段話可以說是說盡了訓詁的秘訣，訓詁之本爲聲音，而音義的關係不外「聲同字異，聲近義同」兩大類，假如把握住這個樞紐，那麼至嘖不亂的易簡之理就可以豁然貫通，然後引申觸類，打破形體，隨心所欲，無往不利，即呵毛罵鄭，亦無不可。無怪乎他的廣雅疏證及讀書雜志等作，左右逢源，妙得自然，一經道破，渙然冰釋。其子引之承受家學，克紹箕裘，對於訓詁，更爲發揚光大，他在經義述聞的開端自序其家學淵源及治學方法說：

「年廿一，應順天鄉試，不中式而歸，亟求爾雅說文音學五書讀之，乃知有所謂聲音文字詁訓者；越四年而復入都，以己所見質疑於大人前，大人則喜曰：『乃今可以傳吾學矣。』遂語以古韻廿一部之分合，說文諧聲之義例，爾雅方言及漢代經師詁訓之本原。大人曰：『詁訓之旨，存乎聲音，字之聲同聲近者，經傳往往假借，學者以聲求義，破其假借之字而讀以本字，則渙然冰釋，如其假借之字而強爲之解，則詰鞫爲病矣。故毛公詩傳多易假借之字而訓以本字，已開改讀之先，至康成箋詩注禮，屢云某讀爲某，而假借之例大明；後人或病康成破字者，不知古字之多假借也。』大人又曰：『說經者期於得經意而已，前人傳注不皆合於經，則擇其合經者從之；其皆不合，則以己意逆經意，而參之他經，證以成訓，雖別爲之說，亦無不可。必欲專守一家，無少出入，則何邵公之墨守見伐於康成者矣。』故大人之治經也，諸說並列，則求其是；字有假借，則改其讀，蓋孰於漢學之門戶而不囿於漢學之藩籬者也。………」

他又在經籍纂詁序裏說：

「夫訓詁之旨，本於聲音，揆厥所由，實同條貫。」

又在春秋名字解詁序中說：

「夫訓詁之要，在聲音不在文字，聲之相同相近者，義每不甚相遠；故名字相沿不必皆其本字，其所假借，今韻復多異音，晝字體以爲說，執今音以測義，斯於古訓多所未達，不明其要故也。今之所說多取古音相近之字以爲解，雖今亡其訓，猶將罕譬而喩依聲託義焉。」說來說去，簡單一句話，訓詁的主旨是以聲音爲樞紐，訓詁之法只是破其假借而讀以本字；但破讀也並不是隨便的以己意逆經，而是「取古音相近之字以爲解」，以古韵二十一部的分合爲之準，然後再「參之他經，證以成訓」，便可以推翻前人，別創新說了。因此王念孫未完成的遺著中，除了釋大七篇是取字之有大義者，依每字所隸之字母彙集分類而釋之，並自爲之注，意在闡明聲義相通，音聲相轉之理外。又有雅詁表二十一册，是取爾雅方言廣雅小爾雅四書詁訓，以訓釋字爲經，而以古韻二十一部分列所釋之字以緯之，如是諸書中同訓之字盡在一覽中，聲義相通之理展卷便可一目了然。又有雅詁雜纂一册。和雅詁表性質相類，唯以字母分類，雜纂雅訓中同母同義之字而疏釋之。此數書者，都頗與戴氏之轉語二十章相類，雖有以字母列字及以韻部列字之異，然欲以通訓詁之捷徑，明語言之衍變，其志則同，誠訓詁之矩矱，治學之津梁也。

此外有清一代的經學小學大家，都能明達此旨，所以漢學頗盛極一時。阮元在給郝懿行論爾雅書中說：

「言由音聯，音在字前；聯音以爲言，造字以赴音；音簡而字繁，得其簡者以通之，此聲韻文字訓詁之要也。………今子爲爾雅之學，以聲音爲主而通其訓詁，余極許之，以爲得其簡矣。以簡通繁，古今天下之言皆有部居而不越乎喉舌之地。」（揅經室集）（郝氏與阮雲台王伯申諸人論爾雅書見晒書堂文集二，中亦有「訓詁以聲爲主，以義爲輔」之語。）

阮氏又在給宋定之論爾雅書中說：

「竊謂注爾雅者，非若足下之深通乎聲音文字之本原不能，何也？爲其轉注假借本有大經大緯之部居，而初哉首基，其偶見之跡也。山水器樂草木蟲魚諸篇，亦無不以聲音爲本，特後人不盡知耳。……故以聲音文字爲注爾雅之本則爾雅明矣。……要當以精義古音貫串證發，多其辭說爲第一義，引經傳以證釋爲第二義也。」

以上諸家所說，大體相同，戴氏所謂的「用博操約」，王氏所說的「易簡之理」，以及阮氏所說的「以簡通繁」，都是駕馭文字的秘訣；天下之大，古今之久，文字的形體日見繁多，設無法術以治之，將要陷入文字障中而終身迷惘，不得其門路。換言之，耳治之音有限，目治之字無窮，以有限御無窮，所謂易簡之理即在其中矣。故曰訓詁須以聲韻學爲機樞。

㈡訓詁須以文字學爲輔翼。

訓詁有字形的訓詁，有語言的訓詁；有主觀的訓詁，有客觀的訓詁；一在求文字的本義，一在求文字的語義。訓詁既是順釋故言的工作，而故言之存留唯在於文字的記載，欲曉故言，先識古字，所以對於文字學必須有澈底的了解才可。古書用字雖多假借，而六書中之轉注假借形聲三者也都是音符文字，固然可以用古音去讀它們，但是字形組織與表音有莫大的關係，形之不明，何由知其音讀？況且古今字體屢變，不知源流，何以知今字某即古字某呢？王念孫所謂「就古音以求古義，不限形體」者，並不是不注意字形，而是打破字形的表面障礙，不受形體的拘束罷了。例如訓詁家有所謂「聲同義同而字異」之例，如說文云倓安也，又云憺安也。廣雅云倓澹安也。莊子恬惔又作恬淡。淡惔倓三字並從炎聲，澹憺二字皆從詹聲。炎詹二聲的相通猶㡘帷的㡘字也作𢅏或幨一樣。說文云溓溥水也，素問注云溓水靜也，淡薄與安靜義亦相近。可見這些字都是一語的異字。又有所謂「並從一聲而義同」之例，如方言云于大也，芋大也，訏大也；爾雅云訏宇大也；廣雅云夸訏芋大也。段玉裁說文芋吁二字注，郝懿行爾雅大也條下疏，以及王念孫廣雅大也條下疏，都謂從于聲之字多有大義，可知芋訏誇夸迂盱玗紆宇……等字並爲一語的孳乳分化。凡此種種，都是形聲字音符兼義的現象，不明乎此，何以稽考古文而通語言之孳乳呢？

其他像一字的重文或體，累增字，分別文，古今字等，莫不與訓詁有關。例如籀文盤字篆文作槃，古文作鎜，而甲文則止作般。其實原始應該作凡，般字左邊的舟旁，並非舟船字，乃是豎着的皿字之訛變，古凡皿二字並象盤形，僅有平置與豎立之別，故今音猶相近也。般像擊盤之狀，詩云考槃在澗是也。後又於般下增皿增木增金爲名詞，而凡般則用爲他義。盤之得名由於其形之圓旋而張大，故般桓、般旋都有旋繞之義；般凡又都有大義，故全稱曰大凡，大巾曰幋，大帶曰鞶，大石曰磐。凡人憂則氣凝，喜則氣舒，故樂亦曰般。由此可知般盤爲累增字，槃鎜爲或體，幋鞶磐爲分別文。

字形的構造而外，字體的變遷也與訓詁有關。例如詩云「徒御不警，大庖不盈。」等不字，毛傳以爲是助語之詞，就訓釋道：「不警、警也，不盈、盈也。」其他此例尙多，如桑扈之「不戢、戢也，不難、難也，不多、多也。」卷阿之「不多、多也。」文王之「不顯、顯也，不時、時也。」生民之「不寧、寧也，不康、康也。」都是，雖然後人曲爲之解，說什麼「一字不成詞，則用一助字以足之。」但是我們從語法上看來，不字之下都爲形容詞，那麼我們說不字是加重程度的副詞未爲不可，不過它只是個語音的借字，不是否定副詞而已。可是詞性雖然弄明白了，音義的原由也可以說是明白了——與爾頗偏備……等音義相近；然而字形仍是茫無所知。載震毛鄭詩攷正才根據石刻上的材料，知道古字丕通作不，書立政篇的丕丕基，漢石經作不不其。現在我們所見金文的材料日益增多，知道不丕於古本爲一字，丕字係不字於末筆下端增飾圓點而成者，後易點爲橫，故隸釋及石經殘碑丕作丕，隸書作丕，吳錄闞澤論曹丕之名曰不十爲丕，都可證明丕字非從一不聲。說文云丕大也，是不字爲加重程度之副詞，於形亦可了然無疑了。由此言之，詩之不顯不承，即書之丕顯丕承，亦即左傳之丕顯。毛公鄭玄不明不丕於古爲一字，遂或謂爲助詞，或謂爲反言了。

㈢訓詁須以文法學爲利器。

我國在馬氏文通以前，是只有釋詞之學而無文法學的；再往前一點，連釋詞或助字辨略一類的著作也沒有，文法僅是訓詁的旁支。我國文字沒有字頭字尾的變化，而偏旁的改換也不關係詞性，所謂「詞類」也就是「義類」。馬建忠說：「字無定義，故無定類，而欲知其類，當先知上下之文義何如耳。」又說：「義不同而其類亦別焉，故字類者，亦類其義焉爾。」（文通卷一正名）可見訓詁家只要講字義，文法便包括在裏面了，所以黃侃文心雕龍札記說：「彥和此篇言：句者聯字以分疆，……又曰：句司數字，待相接以爲用。其於造句之術，言之晳矣；然字之所由相聯而不妄者，固宜有共循之途轍焉。前人未暇言者，則以積字成句，一字之義果明，則數字之義亦必無不明；是以中土但有訓詁之書，初無文法之作，所謂振本知末，通一畢萬，非有闕略也。」

漢人傳注有「某、辭也」之例，如毛傳云「薄、辭也。」（薄言采之）；「載、辭也。」（載馳載驅）。辭應作詞，明其爲語助無義也。又有「某、某貌。」之例，「某、某然。」之例，「某、某聲」之例，如詩云「維葉萋萋」，傳云「萋萋、茂盛貌。」「行道遲遲」傳云「遲遲、舒行貌。」「風雨淒淒」傳云「風且雨，淒淒然。」「零露漙兮」傳云「漙漙然盛多也。」「坎坎伐檀兮」傳云「坎坎、伐檀聲。」凡此等例，都是指明爲形容或狀詞的術語。到清儒研究小學，分別更爲精細，於是創爲「體用」及「動靜」「虛實」等等的名目。段玉裁在說文梳字下注解道：

「（梳、所以理髮也。從木，疏省聲。）所以二字今補。器曰梳，用之理髮，因亦曰梳。凡字之體用同稱如此。漢書亦作疏，疏通也，形聲包會意。」

又於說文算字下注云：

「（算、數也。）筭爲算之器，算爲筭之用，二字音同而義別。」

大概段氏以為梳字列木部器名之間，故以為名詞，加所以二字以別之；注中補所以二字以別其為名詞者，所在多有，如竹部⿱竹剡箠等字下皆是，箠捶之別猶錘捶及鎚搥之別；雖非許氏原意，亦可見後來分別字義較前人為精，故算箅二字詞性不同，即認為音同義別也。朱駿聲說文通訓定聲則謂為動靜，他在攻字下說：

「考工記凡攻木之工七，按猶詩雉離于羅，薪是穫薪，景行行止，如塗塗附，行彼周行，載輸爾載，于時廬旅，言授之縶以縶其馬。儀禮士羞庶羞。論語求善賈而沽諸，皆一靜字一動字也。」

這都是文法學上的事業。文法學的研究是以句為本位，句中的一詞一字，都指出它們的職務及詞性，就是一個常見而極普通的字，也是一樣地去加以析詞辨品，比較訓詁的只解釋難字僻句，對於虛字輕輕地放過，當然不可同日而語了。所以說文法學是更進一步的訓詁，是科學的精密的分句析詞的法術。漢人訓詁，對文法不大瞭然，多以虛字為實字，王引之指責他們說：

「自漢以來，說經者宗尚雅訓，凡實義所在既明著之矣，而語詞之例則略而不究；或即以實義釋之，遂使其文扞格，而意亦不明。如由用也，猷道也，而又為詞之於，若皆以用與道釋之，則尚書之別求聞由古先哲王，大誥猷爾多邦，皆文義不安矣。……凡此者其為古之語詞，較為甚箸，揆之本文而協，驗之他卷而通，雖舊說所無，可以心知其意者也。」（釋詞序）

王氏釋詞之作固然是訓詁學上的一個新紀元，但方法仍然是不科學的，全書都是「某猶某也」，說不出個所以然來，等到猶無可猶的時候，便以「助語」無義搪塞了事。馬氏文通攻擊高郵王氏及釋詞之處甚多，其言經生家者也是指王氏而言，如卷二云：

「（檀弓：「君無所辱命。」又見左傳）高郵王氏以所字爲語助無解，不知無所辱命者，即無辱命焉。焉、於此也，所代於此者，以轉詞在先，於字可省故也。」

「經生家謂經籍內有也矣兩字互相代用者，論語云：從我於陳蔡者皆不及門也；以爲也代矣字。論語云：其爲仁矣；又以爲矣代也字之證。蒙謂皆不及門也者，決言同時之事，也字爲宜。至其爲仁矣之讀，夫子自歎未見好仁者之眞惡不仁者，故追憶眞惡不仁者之曾已爲仁之時，直使不仁者不得加乎其身云，此似追記已事，助矣字爲宜。夫矣也兩字皆決辭，有時所別甚微，若非細玩上下文義，徒以一時讀之順口，即據爲定論，此經生家未曾夢見文通者，亦何怪其爾也。」（卷九）

經生家固未夢見文通，但馬氏不讀「葛郎瑪」，恐怕也夢不見文通也。文通因爲是「仿葛郎瑪而作」，方法自較釋詞爲進步，所以馬氏曾驕傲地說：「間嘗謂孟子親之欲其貴也，愛之欲其富也，兩句中之其兩字皆指象言，何以不能相易？論語愛之能勿勞乎？忠焉能勿誨乎？兩句之法相似，何爲之焉二字變用而不得相通？俎豆之事則嘗聞之矣，軍旅之事未之學也，兩句之法亦同，矣也二字，何以不能互變？凡此之類，曾以叩攻小學者，則皆知其如是，而卒不知其所以如是。是書爲之曲證分解，辨析毫釐，務令學者知所區別。」這種對於字義的辨析毫釐，知所區別，確是一大進步，一大創舉，假如我們不欲使訓詁學成爲一種科學則已，如果想把它作成古語言學的一部，那麼，就非得以文法學爲利器不可。其實好些字的意義，都是從它們在句中所處的位置前後上而知道的，這「文位」（詞的順序）正是文法學研究的對象。

(四)訓詁須以校勘學爲前提。

清儒治學最大的成就，一在輯佚，二在校勘，這兩種工作是使古書本子完善可讀的基礎，所以校勘是訓詁的第一步功夫。乾嘉以來經學大師的幾部重要的訓詁著作，都是訓詁兼校勘和補遺的混合結晶。載東原「從永樂大典內得善本，復廣搜群籍之引用方言及注者，交互參訂，改正譌字二百八十一，補脫字二十七，刪衍字十七，逐條詳證之。」以成方言疏證一書。王念孫的廣雅疏證，也是「據耳目所及，旁攷諸書以校此本，凡字之譌者五百八十，脫者四百九十，衍者三十九，先後錯亂者百二十三，正文誤入音內者十九，音內字誤入正文者五十七，輒復隨條補正，詳舉所由。」

漢人訓詁，已及校勘，如禮記緇衣鄭注：「吉當爲告，告古文誥，字之誤也。尹告、伊尹之誥也。」「天當爲先，字之誤也。」「正當爲匹，字之誤也。」古注云當爲者皆改其形誤也。這都是根據上文句義而加以主觀的校勘，純是訓詁學的見地。主觀的推理式的校勘固然不如諸本互校的科學校勘爲可靠，但是若無善本古本別本可校時，主觀的校勘也略勝於無吧。何況到有許多讀法優劣莫辨的時候，選擇的標準常是以訓詁學的知識作決定的。例如王念孫讀書雜志史記：「天下於是太平治，念孫案：太當為大，大太字相近，後人又習聞天下太平之語，故大誤為太耳。群書治要引此正作大平治。」（五帝本紀）（按古書大太泰三字用為副詞常相通，詩「昊天泰憮」，釋文作大音泰；又「亦已大甚」，即「旱既太甚」。說文泰字古文作夳，形與太近。太宰太子周太王之太，古皆止作大，故大夫之大讀如泰也。）

「依鬼神以制義，正義本制作㓞，云㓞古制字。又論字例云：制字作㓞，緣古少字通共用之，史漢本有此古字者乃為好本。念孫案：張說非也，制與㓞聲不相近，無緣通用㓞字；篆文制字作⿰未刂，隸作制，形與㓞相似，因譌為㓞，非古字通用也。」（五帝本紀）

「比三代莫敢發之。念孫案：莫敢發之本作莫之敢發，淺學人改之耳。（僖三年左傳未之絕也，今本作未作之也，亦淺人所改。）鄭語作莫之發也；文選幽通賦注運命論注引史記並作莫之敢發，列女傳孽嬖傳同；論衡異虛篇作皆莫之發。」（周本紀）（按若作莫敢發之，文義雖通，但不合古代語法慣例。）

書中凡言文不成義，文義不明，義不相屬，義無所取，於義為長，……等語者皆此類，非通曉古代語文者不能也。

㈤訓詁須以語言學為基礎。

普通語言學的內容，不外論述語言的起源、性質、功用、以及語音、語義、語法的構成和演變，文字，文化、思想和語言的關係，世界語言的系統……等等的問題，這些原理和規律，是治訓詁者必須參考的知識。我國語言學萌芽雖早，但尚不發達，因此訓詁學一向就視爲文字學的附庸，被形體所拘束，開口本字，閉口本義，奉說文爲聖經，絲毫不敢違背。因此治爾雅的小學家，便專有匡名（嚴元照）、小箋（江藩）、古義（錢坫）、文字考（戴震）一類的著作，以說文爲準，正爾雅之字體。並且學者之間還提倡什麼「爾雅說文相爲表裏」，「說文爲綱，爾雅方言釋名廣雅諸書爲目」的論調。郝懿行的疏爾雅也是先明本字，後及假借。這固然不一定是浪費的工作，但去語學益遠；而且舊日的小學家，對於時地及語境的變異太不注意，保守一點的人處處死守說文，失之於拘；通達一點的又以爲字字可通，無聲不轉，往往氾濫無涯，失之於過；都缺乏嚴格的科學的觀念及方法。例如「弗不」兩個否定詞的用法，普通都以爲沒有分別，注釋家遇到弗字也只說「弗、不也。」廣雅：「否弗倗粃、不也。」王念孫疏云：「皆一聲之轉也。」釋詞也說：「不、弗也。常語。」最先注意其分別的是何休的公羊傳注：「弗者、不之深者也。」段玉裁說文注云：「言不者其文直，言弗者其文曲。」究竟怎樣的深淺曲直，恐怕他們也不知道，馬氏文通卷六云：「正義云：弗者不之深也，與不字無異，惟較不字辭氣更遽耳。論語：弗如也，吾與女弗如也。極言其不如之甚，有不待思索而急遽言之之狀。故孟子歷數大人之巍巍者，即遽斷之曰：我得志弗爲也；至以後總言其不足畏之理，則用不字，故曰在彼者皆我所不爲也。……」從何休到馬建忠，二千年裏可以說是絲毫沒有進步。最近才有人歸納古書中弗不的用法，指出詳細的分別，立了三條規律：（見丁聲樹的釋否定詞弗不，文載集刊外編第一種。）

(1)弗字只用在省去賓語的外動詞之上；內動詞及帶有賓語的外動詞之上只用不字。

(2)弗字只用在省去賓語的介詞之上；帶有賓語的介詞之上只用不字。

(3)弗字絕不與狀詞連用；狀詞之上只用不字。

例如禮記上說：「雖有嘉肴，弗食，不知其旨也；雖有至道，弗學，不知其善也。」又如論語說：「吾與女弗如也。」但「吾不如老農」則用不字而不能改爲弗字。這是何等謹嚴的用法，何等精密的區別！這豈是經生家及文通所能夢見的？所以要想使訓詁脫離了文字形體的拘束，拋棄了玄學的空疏的不科學的範圍，走入現代比較語言學的領域，那麼就非得以比較語學的理論作出發點不可。

總起來說，一切學問都有聯系，治學的工具越多，成就也越大；所謂專門，並不像鑽牛牴角似的越走越狹，只是分出主輔而已。如此看來，不但上舉五種學科是訓詁的工具，就是史學、哲學、文學、民俗、禮制……等也都與訓詁有關，因爲要注釋某一方面學術的著作，至少得先對某種學問有個簡括的認識，例如爲詩經作新解，不但須有訓詁學的知識，而且還得有文學的修養，甚至那些草木蟲魚鳥獸之名的解釋，植物學動物學的研究也很需要呢。墨子墨辯裏面有好些講到幾何學、光學、力學的地方，無怪乎從前的注釋都講不明白了。

**本章參考書舉要：**

(1)漢書藝文志，班固。（民五涵芬樓影印殿本。）

(2)毛詩詁訓傳名義考，馬瑞辰。（毛詩傳箋通釋附，道光十五年刻本，廣州局本，續經解本。）

(3)研究文字學形和義的幾個方法，沈兼士。（北大月刊第八期。）

(4)釋大第六下及第四下，王念孫。（高郵王氏遺書第三種，上虞羅氏輯本。）

(5)經義述聞三十二通說，經文假借條，語詞誤解以實義條，王引之。（自刻本，江西刻本，道光七年京師重刻本，揚州覆刻本。」

(6)中國哲學史大綱第四篇第四章正名主義，胡適。（商務本。）

(7)古書疑義舉例，俞樾。（續經解本，俞氏叢書本，單行活字本，民十三長沙鼎文書社刻本後附劉師培補，楊樹達續補，馬叙倫校錄。民十六大東書局又據長沙本增入姚維銳補附一種重印行世。）

(8)經讀考異，武億。（原刻本、經解本。）

(9)中國文字學概要第一章第三節，齊佩瑢。（華北編譯館本。）

(10)詩三百篇詢問詞之地域性，齊佩瑢。（北京大學文學院國文文法參攷資料講義本。）

(11)新方言釋言，章炳麟。（章氏叢書本。）

(12)古音系研究周序，周作人。（苦茶隨筆一三一頁，北新印本。）
(13)科斗說音，魏建功。（女師大學術季刊二卷二期。）
(14)轉語二十章序，戴震。（見戴東原集，戴氏遺書本，經韻樓叢書本，四部叢刊本。）
(15)廣雅疏證自叙，王念孫。（家刻本，江寧局本。）
(16)經義述聞序，王引之。（見前。）
(17)經傳釋詞叙，王引之。（家刊本，守山閣本，商務本。）
(18)馬氏文通序，例言，馬建忠。（商務本。）
(19)讀書雜志，史記雜志，王念孫。（家刊本，江寧局重刻本，北京坊本，石印本，學海堂本及續經解本皆不全。）
(20)釋否定詞「弗」「不」，丁聲樹。（中研院史語研究所集刊外編第一種。）

# 第二章　訓詁的基本概念

## 第五節　語義和語音

人類之間爲了要喚起同類的行爲而從喉嚨裏發出聲音，聽到的人爲了要了解說者的心意而對於這種聲音加以意會和解釋，這樣就成功了語言。所以語言的功用一方面在於表示說話人的思想感情，把他所要指示的物或事用一種聲音的符號表現出來，作爲交通的媒介；另一方面就可以影響聽話人的意思行爲，完全是一種喚起或感動的作用。這樣看來，語言純粹是一套交換意思的符號。

因爲心與心之間不能直接傳達情意的緣故，自然非藉賴一種媒介不可。這種媒介可以有種種的不同，如面部表情語，感官接觸語，手勢語，旗語……等等，都可以達到交換的目的；不過手勢語旗語等的變化有限，而且還受到時間地域的限制，不能自由運用，難表無窮的思想。因此人類就選定了自己本身器官所發的語音，作爲傳達情意的媒介。雖然也有用圖畫形象來表示意思的，但文字制度的成立端在乎約定俗成的公認，這種公認的過程仍然是心與心交通的結果，還得有賴於語言的幫助。如此，語音表意的方法就高乎一切的表意手段；喉嚨所發的音類固然有限，但許多聲音相加相連起來就可有千萬種不同的變化了。語言的根本問題便在建立人類心與心間交通的方法，這也是人類異於其他動物的特點之一。

所謂符號，它只是一種事物的代替，誰代表誰，其間並無必然的理由和因果的關係，完全是一種武斷的臆定，強力的配合。符號與表徵不同，表徵是一種原由的結果，由某因而發生的連帶現象，它是有因果的聯係的。例如一個人心裏感到羞慚的意識，臉上常生出面紅耳赤的行爲，我們管這種表情叫做「羞恥」。臉紅是羞慚的表徵，「羞恥」兩個聲音是這種事的符號。前者心理作用與生理現象之間的關係是必然的，因果的，不自主的動作；而後者語音與意思中間的關係則是偶然的，武斷的，自主的行爲。因此，各國有各國的語言，一代有一代的語言。或有人說：羞之爲言收縮也，因其有畏懼、萎縮、戚促、偈束之情，故謂之羞；所以熟食曰饈，久熟曰酋，急迫曰遒，急行曰趥，乾肉曰脩，亦曰腒䐹，乾糧曰糗，聚斂曰逑，急促曰絿，弓角之貌曰觩，曲木曰樛，纏繞曰繆，拘執曰收。……這類聲音所表之義都很相近，可見音義之間也有點因果關係。我說這話不是那樣說，凡某音多含有某義或聲近義通的現象，並非全體必然如此，只是多數的傾向而已；即使有的全體如此，那也僅是一個語根的分化孳乳，音原本同而字形各異，從語言方面看，某義與某音的關係既經強定之後，復從某音孳乳出許多枝大同小異的語族，因而字形方面寫成許多不同形的分別文，這完全是音義關係既定以後的動作，不能提前與語言發生時相提並論，作爲因果關係的證據，果而，則倒果爲因了。再舉例來說，我國叫作「火」的東西，英語中則叫作「

fire」，而各國各地還有許多不同的名稱，固然我們的訓詁家已經說過什麼「火之言化也」，「火言毀也」，但火化毀三字只是音義相近，並不是說它非用火這個聲音來名之不可。即一國也有不同的方言，方言：「虎，陳魏宋楚之間或謂之李父，江淮南楚之間謂之李耳，或謂之於䖘，自關而西或謂之伯都。」可見以某音表某義並不是先天的，必然的，只是約定俗成的偶然連繫。我國古代的名家也曾用這點名實的偶合關係來作辯論的材料，如公孫龍所說的「犬可以為羊」，「白狗黑」等等的話，都恰好用來說明語言是人為的臆定的符號，犬羊白黑都是人定的名稱，用以表實的，當名約未定之時，呼犬為羊，呼白為黑，都無不可。唐朝無名氏作了一部无能子，其紀見第八說：

「……且萬物之名，亦豈自然著者？清而上者曰天，黃而下者曰地，燭晝者曰日，燭夜者曰月；以至風雲雨露，煙霧霜雪；以至山嶽江海，草木鳥獸；以至華夏夷狄，帝王公侯；以至士農工商，皂隸臧獲；以至是非善惡，邪正榮辱，皆妄作者強名之也。人久習之不見其強名之初，故沿之而不敢移焉。昔妄作者或謂清上者曰地，黃下者曰天，燭晝者曰月，燭夜者曰日，今亦沿之矣。」

這段話說得淋漓痛快，雖似憤世不平，實得「強名」之理。所謂沿之而不敢移者，幷非不敢，乃是一種習慣性——經驗習慣造成的條件反應，例如小孩子初次學語時，看見一個果子，大人告訴他這叫「蘋果」，一次兩次，漸漸他把「蘋果」兩個聲音和那實物就聯繫在一處而成為一定的關係，以後雖然沒有實在的果子，只說「蘋果」兩個音，他立刻就明白所指的是什麼，而且愛吃的人還會饞涎三尺呢：此所以前人有「望梅止渴」，「畫餅充飢」的故事了。荀子正名篇說：

「命無固宜，約之以命。約定俗成謂之宜；異於約者謂之不宜。名無固實，約之以名實；約定俗成，謂之名實。」

大概在某時某地的範圍裏，一物之名初起的時候，或名甲，或名乙，或名丙，這種命名完全是依據個人的意志；以後在經過大衆公認的歷程中，就有幸與不幸的命運，結果有的被採用，有的被淘汰，有的立刻消滅，只剩下一個或兩個較爲普遍的稱呼。名實關係既定之後，如果再有人想起來推翻改革，那就要被衆人指爲大逆不道，笑爲愚翁，認爲是驚俗駭衆的舉動了，除非你是素孚衆望的領袖而在合理的範圍內來正名，或是政治者用權勢來改定，不過如非必要，也僅是暫時的一現而已。所以說語音與義的關係是人爲的強定的偶然的，習之既久就不覺其偶然，反而認爲必然的了，這都是歷史的經驗的約定俗成的結果。

音義之間雖無必然的因果，但是語言中有一小部份的聲音是模仿自然界的聲音而來的，這就是語言學者所謂的「象聲詞」。自然界的聲音可分成物體本身自發的聲音，和物體受到外力而發的聲音兩大類。今姑以詩三百篇爲例：

關關雎鳩、雝雝鳴雁、雞鳴喈喈、鳥鳴嚶嚶。

呦呦鹿鳴、蕭蕭馬鳴。

嚶嚶草虫、營營青蠅、鳴蜩嘒嘒、蟲飛薨薨。

肅肅鴇羽、泄泄其羽。

有車鄰鄰、大車檻檻。

虺虺其雷、殷其雷。

坎坎鼓我、坎其擊鼓、奏鼓簡簡、伐鼓淵淵、鼓咽咽、擊鼓其鏜、鼉鼓逢逢。

鼓鍾將將、鼓鍾欽欽、鼓鍾喈喈。

坎坎伐檀、伐木丁丁、伐木許許、鑿冰沖沖。

椓之橐橐、椓之丁丁、築之登登、削屢馮馮。

盧令令、和鈴央央、鸞聲將將、八鸞瑲瑲。

北流活活、施罛濊濊、鱣鮪發發。

以上都是模仿自然界的聲音而成爲語言中的形容詞和狀詞。至於以自然界之音爲事物之名的也有一些，章太炎語言緣起說：

「何以言雀？謂其音即足也；何以言鵲？謂其音錯錯也；何以言雅（鴉）？謂其音亞亞也；何以言雁？謂其音岸岸也；何以言鴐鵝？謂其音加我也；何以言鶻鵃？謂其音磔格鉤輈也。

此皆以音爲表者也。」

茲廣其例，顯而易知者如：

牛鳴為牟，就叫作牛（牛牟古音同，猶繆之有穆音）。貓叫如苗，就叫作貓（貓從苗聲）。
鴉鳴呱呱，即名為鴉，俗呼老呱；或名曰烏，音亦相似。鴨聲甲甲（ㄍㄚ），即名為鴨。
蛙聲閣呱，名為蝦蟆（蛤螞），或名曰蛙。促織唧唧，名曰蟋蟀，俗名蛐蛐。
鈴聲丁令，即名為鈴；又名鈴鐺。鐘聲丁東，即名為鐘。
車聲骨隆，即名轂輪；車之古音當如轂，讀居讀舍，乃後之變音也。雷聲轟隆，名曰忽雷。

動作之名也有模仿自然界之音而成者，如：

圓轉之音——曰滾，曰骨碌，曰碌碌，曰轢戾，曰流離。……

衝撞之音——曰頂，曰釘，曰打，曰考，曰敲，曰擊，曰逢，曰碰，曰舂，曰杵，曰抨，曰拍，曰衝，曰撞。……

爆裂之音——曰分，曰爆，曰判，曰卜，曰甹逢，曰澎湃，曰蓬勃。……

切磋之音——曰斯，曰⿰石斯，曰撕，曰切，曰錯，曰磋，曰鋸，曰磨，曰齟齬，曰枝梧。……

碎細之音——曰散，曰灑，曰碎，曰抖搜，曰瑟縮，曰篩，曰數。……

象聲詞的現象，清儒張行孚的說文發疑，劉師培的物名溯源（左盦集），潘尊行的原始中國語試探（國學季刊一卷三號）諸書都早已見及，惜所論多似是而非，仍有點玄想意味也。這類象聲詞雖然原則上是效法自然，但是因為事物本身有種種的不同，而人類的音感也有一些差異，所以擬聲只是得其大概，不能逼眞，何況我國文字根本上不適於嚴格表示確切的音素，如此一折再扣，有些聲音後來就覺得不很相像了。加以字音屢變，而物音永恒，因此牛牟異讀，鴉呱易音，同一事物之聲，諸書所記不齊，固不能認眞視之也。

此種象聲詞只是語言海中的一粟，佔著個極小的位置，我們不能因爲它們的存在就誤認一切語言的音義關係都是必然的。過去的小學家往往好持這類的主張，便創出「聲象乎意」，「象意制音」等等的玄想之談，如陳澧在東塾讀書記裏說：

「子思曰：事自名也，聲自呼也（中論貴驗篇引）。此聲音之理最微妙者也。程子云：凡物之名字，自與音義氣理相通，天未名時，本亦無名，只有蒼蒼然也；何以便有此名？蓋出自然之理，音聲發於其氣，遂有此名此字（二程遺書卷一）。此說亦微妙。孔沖遠云：言者意之聲，書者言之記（尙書序疏）。此二語尤能達其妙旨，蓋天下事物之象，人目見之，則心有意；意欲達之，則口有聲；意者象乎事物而構之者也，聲者象乎意而宣之者也。……」

「聲象乎意者，以唇舌口氣象之也（此鄒特夫說）。釋名云：『天，豫司兗冀以舌腹言之，天、顯也，在上高顯也。靑徐以舌頭言之，天、坦也，坦然高而遠也。風，豫司兗冀橫口合唇言之，風、氾也，其氣博氾而動物也。靑徐言風踧口開唇推氣言之，風、放也，氣放散也。』此以唇舌口氣象之之說也。（原注：更有顯而易見者，如大字之聲大，小字之聲小，長字之聲長，短字之聲短。又如說酸字，口如食酸之形；說苦字，口如食苦之形；說辛字，口如食辛之形；說甘字，口如食甘之形；說鹹字，口如食鹹之形。故曰：以唇舌口氣象之也。

）」

以後還有好多人推衍這種說法，劉師培便是其一，他在原字音篇裏說：

「人聲之精者爲言，既爲斯意，即象斯意制斯音，而人意所宣之音即爲字音之所本。例如喜怒哀樂爲人之情；惟樂無正字，喜怒哀三字之音即喜怒哀所發之音（按古音怒近武），愛惡亦然。人當未覩未聞之物猝顯於前，口所發音多係侈聲，夥頤諸音本之；人當事物不能償欲，口所發者多係斂聲，鮮希諸音本之。推之食字之音象啜羹之聲（當音試），吐字之音象吐哺之聲；咳字之音驗以喉，嘔字之音驗以口，兮字之音驗以鼻；斥驅之音象揮物使退之聲，止至之音象招物使止之聲；奚字之音象有所否之聲，思字之音象斂齒度物之聲，均其證也。」

近人朱桂耀的中國古代文化的象徵一文（晨報副刊民十三年六月二十日），更用心理狀態解釋發音和思想的關係，他說：

「例如m音是唇與唇的接觸，而接觸的部位很廣泛，程度也很寬，不像破裂音的逼促，這時我們就起了一種寬泛的感覺；而發鼻音時又有一種沉悶的感覺，於是凡有m音的字，多含有寬泛沉悶的意義，例如渺、茫、綿、邈、夢、寐、昧、莫、眇、沒、微等是。又如d t等音，是舌端和牙床接觸，牙床是凸出的部分，而舌端的部位也特別顯著，感覺又最靈敏，所以發這種音時，我們就起了一種特定的感覺，於是凡有d t等音的字多含有特定的意義，例如特，定，獨，單，第，嫡，端，點，滴等是。又如ts s等齒縫摩擦音，聲音分碎了從極細的齒縫間洩出，這時我們就起了一種尖細分碎的感覺，於是凡有ts s等音的字，多含尖細分碎的意義，例如細、小、尖、纖、碎、戔、散、撕、澌、沙等是。又如l r等最容易滾，德文法文裏的就是滾的，凡物圓的容易滾，於是就用這容易滾的聲音去稱呼圓的東西，例如輪、爐、盧、顱、櫓、蘆、螺、轆轤等是。」

以上種種說法，表面上看來都振振有詞，實際上考察一下却極空洞，陳劉二氏之說無論矣，即朱氏之論也似是而非，如果照著發音的感覺去測定發音所表的意義，恐怕語義的種類也就很有限制了，摩擦音表摩擦，爆裂音表爆裂，戛擊音表打擊，鼻音表沉悶，邊音表滾轉，那麼旁的意義又用什麼音去表示呢？不知釋名一書以及王聖美的右文說，只是闡明語根及語言文字孳乳分化的現象，絕非論證「聲象乎意，象意制音」的玄妙空想。

不僅我國有這樣的謬說，即西歐十九世紀的語源學者也大多相信音義間有必然的因果關係，如因創立 Grimm Law 而享盛名的 Jakob Grimm(1785—1863) 便是其一。丹麥的語學家 Jespersen 也持這樣的見解，他以爲凡含有合口細音的元音「i」的字，都有細小、精妙、脆弱的意思，例如：

little 微小，　brittle 脆薄、
fritter 瑣碎，　fickle 輕薄、
flimsy 纖弱，　nipper 小鉗、

niggling 精細、　kidding 小羔，

thin 稀薄、

他的例證雖多，可是我們很容易舉出反證來，big ，thick 等字也都有細元音，爲什麼含義卻正相反呢？可見此說不攻自破也，現在這樣的主張就很少聽到了。

可是，語音與語義在起初配合時雖沒有必然的因果關係，但後來在語言的演進過程中，因爲詞彙從同一語根孳生分化的緣故，音讀相同相近者，其意義也往往相近相同，形成一個語族。從前的人論音義關係時常糾纏不清，混兩種現象爲一者，正緣分不清前期和後期的生和長的緣故。過去講到「音近義通」的著作很多，如王念孫的廣雅疏證，郝懿行的爾雅義疏，錢繹的方言疏證諸作，都能「以精義古音貫串證發」，引申觸類，曲盡旁通，惜拘於原書體裁，祇能隨文釋義，不能另具獨立系統。此外阮元揅經室集中的釋門、釋且等篇，也很能得聲近義通之理，而且氾濫及於轉語和複音之詞，極盡語文分化之致。近人著作之最有名的，當推章太炎的文始一書，惟囿於形體本義，及廿三部成均圖之假定，似乎尚不能夠縱橫旁達，以求語文流衍之勢。今姑錄舊作釋卯一節，略示其例之一斑：

㈠卯　甲文卯字象物中剖兩分之狀，與非北辡址步比竝扶等字的筆意都很相似。卜辭屢見卯幾牛之語，與薶沈燎等字同爲用牲以祭之名，其義爲剖殺。其音蓋爲複輔音nl—，故後來分化爲m—及l—兩系，間有喉音，其變音也。

㈡分　別也。孳乳爲份，文質兼備也，故曰文質彬彬，通作彬斌玢璸。頒，頭黑白半也。又孳乳爲釁，罅隙曰釁，因之新鑄鐘以血塗其罅隙亦曰釁，猶補縫謂之縫也。樂記作衅。方言作璺，器破而未離之稱。又孳乳爲坋，大防也，爾雅：「墳、大也。」故頒又爲大頭。物分則大也。

㈢別　分解也。劵契中別爲二，故曰傅別，猶符別。字亦作𠛾（急就），莂（釋名），⿱竹別（廣韻），均別之分別文也。

㈣半　物中分也。孳乳爲胖，半體肉也；判，分也；叛，離背也；畔，田邊也。伴，伴侶之義亦自分別之義引申而來，蓋自分離言爲半，自其符合比並言則爲伴也，先分而後始能相併合，故又有拌字，義之相反相成有如此者；猶副之爲判又爲輔，剖之爲判又爲陪也。心廣體胖之胖又引申爲大義。

㈤片　判木也。孳乳爲版（板），牑。版牑爲片之轉注字，猶半之有叛，判之轉爲副也。爾雅云昄大也，釋名云板昄也，昄昄平廣也。

㈥辨　判也。古書辨判班別四字聲同通用。孳乳爲辯，治也，治必分而理之。辦，瓜中實。辬，駁文也，字亦作⿰文畐。辮，交也，先分而後交之。辨辯辦辮皆從辡聲，說文云辡、罪人相與訟也。案此字既爲聲又象其相對之意。

㈦班　分瑞玉也。周禮以頒爲班，音與分相近也。班或體作瑴，是班有穀音，故義與辜近。孳乳爲斑，即辮之俗字；虍部彪下云虎文，虨下云虎文彪也，文部斐下云分別文也，蓋斑辮彪虨彬斌文畐份……等字皆一詞。從非聲之字多有分違之義，斐字即其一例。

(八)副　判也。籒文作疈，兼象其義。詩云不坼不副，字林引作剖。周禮大宗伯以副辜祭四方百物，故書副作罷，鄭司農注云罷辜披磔牲以祭。副既通披，從皮聲之字如破爲石碎，披爲析木，披爲散離，詖爲辯論，皆有分析之義。副又引申爲副貳之義，俗作福，凡物副之則一爲二，因之分而合者亦曰副，故符爲分而相合，輔俌朋比弼棐傅扶等字均爲相助也。崩從朋聲而爲分義，富從畐聲而爲大義。

(九)剖　判也。孶乳爲倍，說文倍訓反，今則以倍爲倍二字，相反義則用背，故坊記投壺荀子等書倍亦作偝。陪爲重土，與倍二義同，與配妃合等義亦近，皆相反相成者。

(十)劈　破也，與披破義同。孶乳爲闢、開也。雷曰霹靂，猶仳離劈裂，言其能分碎物也。通作擘，別也，諸書以擘爲之，敝敗等字亦破也。又通作批，比爲併而批爲分，猶匹媲比弼之爲合而仳爲離也。辟之訓法，蓋從劈殺義引申而來，五刑一曰辟。分半爲劈，故又引申爲偏義，僻癖避等字是也，猶半之爲畔。

(十一)剝　裂也。剝從彔聲而或體作卜，可見此族語原之音爲ㄆㄧ——，猶彬之有林音，卯之有劉音，戮之有繆音也。卜者灼剝龜也，剝即爆字。

(十二)割　剝也。釋言：蓋割、裂也，蓋害音同，害亦割也。割開音義俱近。

㈢辜　罪也，詩中罪辜連文。周禮「殺王之親者辜之，」鄭注：「辜之言枯也，謂磔之。」又大宗伯副辜連文，鄭玄云副、副牲胸也，副而磔之。今俗謂剖胸曰豁，或謂之開膛，廣雅：「劐、解也。」爾雅：「辜辟戾、罪也。」猶副劈裂，皆由剖殺之義引申，辜副一聲之轉，猶福之爲祜。

㈣磔　辜也。段玉裁說文注云：「凡言磔者，開也，張也，刳其胸腹而張之，令其乾枯不收。今俗語云磔破者當作此字。」字或作矺，見史記。音與㡿（坼）拆兆等字相近。

㈤劉　殺也。商書曰：「重我民，無盡劉。」周書曰：「咸劉厥敵。」左傳曰：「虔劉我邊陲。」劉皆訓殺。案劉從卯金刀，即卯之累增字，增刀表殺，增金表器，故廣雅云劉、刀也，書云一人冕執劉，因動作而以爲物名也。說文作鎦，留亦卯聲。

㈥戮　殺也，殺下云戮也，二字互訓。案卯劉爲對剖，而殺則爲擊斃，後人雖以殺爲共名而統劉戮諸義，然原始之動實有分別。劉戮一聲之轉，今皆知戮爲殺，但鮮知劉之爲殺者。

㈦列　分解也。大戴禮：「割列禳瘥」，盧辯注：「列、副辜也。」通作裂。俗作㓹，戾訓罪蓋由於此。語轉爲勢，字亦作鏐、剓、㔣、劙、𠞩、劙、……等形，經典分別字則以離爲之。語又轉作挒，方言：「挒、殺也。」又有𠠐、霒、零刂、刢等字，俗語曰另、零，利，猶伶仃、伶俐。

以上只就原稿刪要而成，當然有不大詳細的地方；不過即此一例，已足見我國語言中聲近義通的現象乃是後期的孳乳分化，而非原始音與義間所示的聯係。大概古來只有一個語根，後來因了所表的對象不同，意義也就有大同小異的分化，又因爲時代地域的不同而語音有轉異，字形隨之亦異，加以漢字的表音方法無定，而字體又偏重目治，任意增改偏旁，於是文字的孳分就漫無涯際了。這裏面如果除去重文或體，累增字，分別文，因音轉而添造的新字，那麼所剩下的恐怕也就寥寥無幾了，還能說是凡某聲皆有某義嗎？因此，聲近義通，凡某聲多有某義一類的話，只可施之於字形的孳分，而不可用之於語根，何況也只能說「多有某義」而不能說「都有」呢。即以從卯聲者言之，無論是m－系的貿茆昴……等字，或是l－系的柳留聊……等字，都與卯爲對剖之義相去甚遠。明乎此，而後再看劉師培所說的古韻同部之字義多相近說，以及近人效顰而作的古聲同紐之字義多相近說（制言半月刊九期、劉賾本其師黃君古聲十九紐以爲說。）等文，都覺得有些倒果爲因的強爲歸納，以偏蓋全了。總之，語族和語根不可不講，但絕不可就因此相信音義間的關係是必然的。

## 第六節　語義的單位

普通訓釋語言的意義，大多以「字」爲最小的單位，這都是沒有分淸語言和文字的不同。語言的構成材料是聲音，但僅有聲音而無表意的作用也不能成爲語言，聲音有形而可以聽見，意義却是無形的，非依附寄託於聲音而不能存在，所以說：聲音是語言的外形，意義是語言的內容，二者相依爲命，不可須臾離也。這樣看來，如果分析語言的成分而指出它表意的最小單位，應該是以音與意的配合作爲基準了。換言之，意的單位和音的單位是完全相等的，合起來成爲語言中的最小單位，這單位並非是指音節的單一而言，因爲有時表意的單位需要一個以上的音節。在中國的語言裏，這單位說它是一個「字」，大體上認爲是對的，尤其是古代的字，一個字或者並不像現在的字只有一個音節。但是嚴格的分析一下，上面的話並不能完全說得通，例如詩經七月篇所說的「悉蟀」之名，在語言裏只是一詞，文字上却寫成兩個字，假如按字分開來，與原來的意義就不一樣而完全失去。雖然章太炎曾作一字重音說之文，也以蟋蟀爲例，他說：

> 「中夏文字率一字一音，亦有一字二音者，此軼出常軌者也，何以證之？曰高誘注淮南主術訓曰：『鵕鸏讀曰私鈚頭。』二字三音也。（按私鈚合音爲鵕，讀脂對轉也，頭爲鸏字旁轉音。）既有其例，然不能微其義，今以說文證之：凡一物以二字爲名者，或則雙聲，或則疊韵，若徒以聲音比況，即不必別爲制字；然古有但製一字不製一字者，踸踔而行可怪也；若謂說文遺漏，則以二字爲物名者，說文皆連屬書之，亦不至善忘若此也；然則遠溯造字之初，必以一文而兼二音，故不必別作彼字。如說文虫部有悉蟀，蟀本字也，悉則借音字，何以不兼造蟋？則知蟀字兼有悉蟀二音也。……」（國故論衡上）

但此說甚辯，不足以證一字重音之說，一則古書無單稱蟀以爲蟋蟀者，二則說文錄字以經典爲主，無則缺如，焉能自造？況說文蟀下明注悉蟀之詞，是說文亦不以爲一字二音也。因此我們可以說，「詞」是語言表意的單位，「字」是文字書寫的單位；一個字只有一個音節；一個詞却可以有一個以上的音節；一個詞可以寫成好幾種不同的字形，而一個字又可作好幾個詞用。

從前訓詁字義的人，都以為是文章和文字而非語言，所以只講字而忽略了詞，因此就生出許多錯誤，如揚雄方言說：「美心為窈，美狀為窕。」可是窈窕淑女並不見得就一定是幽閒貞專之貌，字亦作苗條，重言則為藋藋，皆細而長之意，故又為深，為高，為遠。那麼窈窕猶之乎苗條，根本是一個平列的複合詞，就不能分心和狀了。王筠在毛詩雙聲疊韻說裏說得很好：「以上諸字皆合兩字之聲以成一事之意，故泥字則其義不倫，審聲則會心非遠，但當用公羊傳之耳治，必不可用其目治者也。」窈窕雖非疊韻之正例，但正可用此數語治之。又如爾雅釋詁的「覭髳茀離也。」一條，郭注說：

「謂草木之叢茸翳薈也。茀離即彌離，彌離猶蒙蘢耳。孫叔炎字別為義，失矣。」

以後邵晉涵的爾雅正義，郝懿行的爾雅義疏都推衍郭說，郝氏並列舉二詞之轉語，以為覭髳即幕蒙，溟沐，襪蠓，緜蠻，彌漫。茀離即彌離，迷離，帽歷，冪歷，冪離，幕絡，彌離猶蒙蘢，朦朧，蒙戎，尨茸，茀離猶紛綸，紛亂。都是雙聲疊韻之語，取其聲不論其字，故郭氏譏孫炎字別為義之為失也。雖然武億的經讀考異六和潘衍桐的爾雅正郭二書反對郭說，贊成孫氏的一字一讀，但是舉證都有些牽強，不得語言之本原，所以仍然以兩字連讀為是。這兩派的爭論，也是「字」和「詞」的不同的問題。

又如詩大雅皇矣：「無然畔援，無然歆羨。」毛傳：「無是畔道，無是援取，無是貪羨。」

按畔援和歆羨都是複合詞，不可分解，鄭箋：「畔援猶跋扈也。」蓋本韓詩「畔援，武強。」之義以立訓。漢書注作「畔換」，玉篇人部作「伴換」。俞樾群經平議云：「傳分畔援爲二義，非也。畔援即畔喭也，論語先進篇由也喭，鄭注曰：子路之行失於畔喭；正義曰：舊注作㖃喭，字書㖃喭失容也，言子路性行剛強，常㖃喭失禮容也。此與韓鄭義合，援喭音近，故得通用，猶美士曰彥，美女曰媛，亦取音義相近也。玉篇又引作無然伴換，蓋古人雙聲疊韵之字皆無一定，畔援也，㖃喭也，伴換也，一而已矣。卷阿篇伴奐爾游矣，伴奐即伴換也；箋曰：伴奐自縱弛之意；蓋即跋扈之義而引申之，美惡不嫌同詞。傳以爲廣大有文章，正義申明之曰：伴然而德廣大，奐然而有文章；則分伴奐爲兩義，與此傳分畔援爲兩義，其失維均。」吳樹聲詩小學又謂畔援即般桓，亦即重言之桓桓。又周頌：「繼猶判渙。」傳亦分釋之云：「判分，渙散也。」箋云：「我所失分散者收斂之。」俞樾云：「……傳箋均未得其義。此詩判渙即卷阿篇之伴奐，亦即皇矣篇之畔援，古義存乎聲，無定字也。說具皇矣篇。」從這條例子看起來，可見字和詞的不同與意義大有關係，是訓詁家所不能忽略的第一件要事。不過這也難怪，漢字沒有詞類連書的習慣，字字孤立，很容易被人誤認以字爲單位。補救之道，除了詞類連書的方法外，最緊要的還得靠著語言學文法學的知識去析句辨詞了。

語言表意的最小單位既然是詞而非字，那麼訓詁時也當以詞作最小的單位。現在一般文法學家大多認清了字和詞的區別，所以馬氏文通的名字、代字、動字等名，近來都改稱名詞、代詞、動詞了。詞這個字亦通作辭，但在說文上是有分別的。論語云：「辭達而已矣。」「出辭氣。」孟子云：「宰我子貢善爲說辭」，即「言語、宰我子貢」之義，可見在春秋戰國間都以辭字爲言語之辭。漢人傳注有「某，辭也。」之例，毛傳：「思，辭也。」(漢廣不可求思)正義曰：「以泳思方思之等皆不取思爲義，故爲辭也。」又於小雅白駒「賁然來思」，「勉爾遁思」句下申毛云：「此來思遁思二思皆語助，不爲義也。」看起來好像辭是有音無義的助詞，但是語言既以音表意，那麼有音就不能無意，此處說是不爲義者，只是說它不甚要緊耳，思即兮斯等字之同音同義字，猶今語之啊也。所以毛傳又訓「于嗟」爲嘆辭，「迨其今兮」的今爲急辭，「執訊獲醜」的訊爲辭也，爾雅則曰「訊、言也。」可見也以辭爲言辭之義。到說文裏面，因爲分別造字本義的原故，於是就說辭爲「訟也，從𤔔辛，𤔔辛猶理辜也。𤔲、籀文辭從司。」又於詞字下解說道：「意內而言外也，從司言。」我們從祠字下許君所說的「品物少，多文詞也」，以及書中「者、別事詞也。」「皆、俱詞也。」「只、語已詞也。」「乃，詞之難也。」「曷、詞也。」等訓解看來，大概他以爲辭是聽訟之「辭聽」（周禮小司寇以五聲聽獄訟，一曰辭聽。）的專字，以詞爲文詞的專字，文詞即語言之詞，故曰意內言外，言者音也，正合以音表意，意爲內容，音爲外形的語言定義。清儒之治小學者，不明乎此，段氏說文注遂謂「意者文字之義也，言者文字之聲也，詞者文字形聲之合也。」不但把詞和字混在一起，甚至目中有字無詞，謂辭是篇章，詞是摹繪物狀及發聲助語之文字，積文字爲篇章，積詞而爲辭。於是就本說文以改經傳，毛詩小箋說：「辭當作詞，說文作詞，意內而言外也。說文凡文辭作辭，辭說也；凡形容及語助發聲作詞，如芣苡之薄，漢廣之思，草虫之止，大叔于田之忌是也。」一時風靡景從，如王引之的經傳釋詞的「詞」便指虛字而言，如攸所也，迪道也，而又為「詞之用」；這個詞之用就是說用字不是動詞，而是等於以字的介詞。凡文法上的介連助嘆等詞都包括在「詞」內，比段氏所說的範圍更狹。近來還有沿襲這種說法的，如陳承澤國文法草創一書曾經替字和詞下了兩個新定義，以為字表意亦表事物，有客觀的之體或相或用者；詞只能表意，無客觀的之體或相或用者。換言之，名代形動四類為字，副介連助嘆五類為詞。實則此說混淆字和詞的含義，更較前人為甚了。現在既然不把詞當詩詞的專用字，那麼我們斟酌舊說及習慣用法，規定詞字為「語詞」的簡稱（因為辭字已為辭謝義奪去了）。

詞的成立既以意為單位，不以音為單位，所以一詞就不限於一音，其類別可以分成單音的雙音的及多音的三種：

- (一)單音詞（例從略）
- 連綿詞
  - (1)雙聲的：蟋蟀、蝃蝀、蜘蟵、匍匐、拮据、參差。
  - (2)疊韵的：菡萏、樸樕、消搖、婆娑、繾綣、差池。
  - (3)其他的：芣苡、卷耳、女蘿、阜螽、斯螽。
-
  - (1)平列的：衣裳、賓客、悅懌、恐懼、正直、曲局，艱難、反覆。
  - (2)相對的：君臣、夫婦、生死、出入、上下、左右、大小、輕重。

詞
- (二)雙音詞
  - 複合詞
    - (3)同類的：風雨、車馬、飲食、泣涕、鰥寡、干戈、琴瑟、國家。
    - (4)相屬的：狐裘、大車、甘棠、南山、四海、中原、天下、荇菜。
    - (5)重疊的：人人、采采、靑靑、淒淒、濟濟蹌蹌、委蛇委蛇。
    - (6)附尾的：宛然、惄焉、頎而、率爾、沃若、穆如、宛其、宛彼。
- (三)多音詞

這裏須要說明的，(1)連綿詞多託名標識，故字無定寫，如蜘蹰可以寫成：蜘躇，峙躇，峙𡾰，躊躇，蹰躇，次且，次雎，趑趄，趁趄，躑躅，蹢躅，彳亍，……等十多種形式；複合詞雖然也有這種現象，如依依即猗猗，薿薿，翼翼，彧彧，旟旟，繹繹，驛驛，抑抑，泥泥，耳耳，濔濔，奕奕……等都有盛大之義；但是大多皆有定寫。(2)連綿詞的音與音之間是黏結的，不可分離，分開則無義；複合詞是詞與詞拼合的，可以分開而仍有意義。(3)複合詞中的重疊一種，有時與單言無異，有時因爲同音異化的關係而變爲雙聲疊韻的詞，如詩中「猗彼女桑」，「綠竹猗猗」的猗和猗猗，「依彼平林」；「有依其士」，「楊柳依依」的依和依依，就是「猗儺其華」，「猗與那與」的猗儺和猗那，也就是「受福不那」，「有那其居」，「其葉有難」，「佩玉之儺」的那和難儺。此所以毛公傳詩多以重言釋一言也。(4)平列的及相對的、同類的複合詞，常常可以顚倒，如衣裳之爲裳衣，生死之爲死生，牛羊之爲羊牛，猶之乎顚倒之爲倒顚一樣；不過有的也不可顚倒，如車馬不等於馬車便是，單看習慣與否，漸演爲定式耳。(5)相對的複合詞，有時它的取義重在一端，顧炎武日知錄卷二十七通鑑注一條下云：「古人之辭寬緩不迫，如得失、失也，利害、害也，緩急、急也，成敗、敗也；異同、異也，贏縮、縮也，禍福、禍也，皆此類。」（文中所舉書名及句例從略）。俞樾古書疑義舉例卷二因此及彼例引顧氏說而演之曰：「此皆因此及彼之辭，古書往往有之，禮記文王世子篇養老幼於東序；因老而及幼，非謂養老而兼養幼也。玉藻篇大夫不得造車馬，因車而及馬，非謂造車兼造馬也。」按此實為造成複詞之一法，原則與其他複音詞同，非緩辭，亦非因此而始及彼也，今語猶存此例，如兄弟、弟也，姊妹、妹也，褒貶、貶也，國家、國也。近人黎劭西的國語中複合詞的歧義和偏義（學術季刊一卷二期），劉盼遂的中國文法複詞中偏義例（文字音韻學論叢），也都是討論這個現象的文章。(6)漢語因同音的單詞太多，耳治易生誤會，所以除了用後起的四聲別義的方法加以補救外，較古一點的區別方法就是把單音詞化為複音詞，變化的方式：有的附加區別之詞，有的就原詞重疊，有的利用雙聲疊韻的同義轉語詞併合一起，有的取同類的或相對的詞以為襯托，原則上都是一種陪襯烘托及加重聽感的作用。漢語詞類雖有單音雙音多音之分，但事實上是以雙音詞為孳乳分化的主幹，而且不僅把單音變為雙音，有時還把多音省略為雙音。這種演變與意義的分化是並行的，如詩云道阻且長，十九首則云道路阻且長；古語中用一個道字，包括後世的道路、道理、道德、道義、道行、道藝、引導、領導等複詞。(7)單音詞有時即複音詞之合音者，如蒺藜為茨，終葵為椎，中馗為菌，不律為筆等都是。林語堂的古有複輔音說一文以孔曰窟窿，不律謂之筆，團為突欒……等例為古語中有kl－(gl－)，pl－(bl－)及tl－(

dl—）複輔音之證。此與章氏一字重音說不同，如林氏謂「蜋」 tlang ，依章說則爲「蜋」‖「堂蜋」二音也。⑻複合詞中之平列的及相對的二種，也多有同聲韻的關係，王筠謂此爲雙聲疊韻之變例，即本非由聲音取義，而按其聲音則適合雙聲疊韻者也。古人的姓名，也多有雙聲疊韻的關係。有古本爲同母或同部之雙音詞，後來因音變而不諧，如趙岐注孟子曰：「離朱即離婁也」，朱婁疊韻，蓋讀朱爲婁，猶邾亦名邾婁矣。是離朱爲雙聲，離婁即玲瓏伶俐、麗爾㸚尒，皆雙聲字。又詩「周道倭遲」，倭遲在今音爲疊韻，但韓詩作倭夷，文選注作威夷，亦即委蛇，逶迤，是倭遲于古爲雙聲，遲之爲夷，猶陵遲曰陵夷。

舊來的訓詁著作，除了雅學中一脈相傳的在釋訓一篇裏收些重言的形況詞外，其餘的釋詁釋言都以單字爲主，直到明代朱謀㙔的駢雅，清代史夢蘭的疊雅，吳玉搢的別雅諸作，才有專門集釋謰語重言的詞書。（方以智通雅釋詁，洪亮吉比雅釋詁二書也都有一部份是屬於這類的。）從語言學的見地說，詞書較字書更爲實用而合理。

假如一種語言只有些單純的語詞，恐怕在表意的應用上也就有些太簡拙吧。所以欲想就外界的事物而說明它的動作或情形、性質或種類，表示思想中一個完全的意思，必得連接許多的詞或短語（簡稱爲「語」），如主語述語賓語之類。舊稱語爲讀或頓。）而成「句」不可。句的得名由于乚，說文：「乚、鉤識也。」史記東方朔傳：「東方朔至公車上書，公車令兩人共持舉其書，人主從上方讀之，止，輒乙其處。」乙即乚，聲轉爲曲爲句。然此句只就聲氣之起止而言，與文法學上所說的句不同。句之類別有三：

(1)文法上的句以意義爲主，凡語詞相配而所表之義已經完全的才能叫作句。單句的主要成分有二：一爲主語，二爲述語，此外還有連帶成分及附加成分。複句則包括主句和副句。

(2)詩歌上的句以音節爲主，必須句讀齊同，字數有定，例如詩以四言爲主，「關關雎鳩，在河之洲。」歌詩時爲兩句，依文法言只一句而已。又如七月：「十月納禾稼：黍稷重穋，禾麻菽麥。」韓奕：「王錫韓侯：淑旂綏章，簟茀錯衡，玄衮赤舄，鉤膺鏤鍚，鞹鞃淺幭，鞗革金厄。」也都是一句。

(3)聲氣上的句以呼吸爲主，凡人語言，聲氣不能過長，過長則聲氣不足，呼吸不便，雖語義不完，無妨暫爲停頓，再換氣言之。如左傳：「楚自克庸以來，其君無日不討國人而訓之于民生之不易，禍至之無日，戒懼之不可以怠。」讀時爲四句，文法上只是一複句耳。

詞類的辨別，也就是詞義的尋繹，完全憑藉它在句中的位置及職務而斷定，因爲漢語詞類的變化，本身並無詞頭詞尾的不同，而句法則有種種的順序排列方式，所以詞的意義純粹是在句中前後的位置上表示出來，我們研究語義的人，不僅應以「詞」爲最小的單位，而且還該以「句」爲本位，這句當然是文法上的句了。所謂「詞的次序」或「詞位」，是詞與詞連接關係的表現，這互相間的關係就顯示出每個詞的職務及意義。例如詩中「黃鳥于飛」，「之子于歸」的于字，舊來訓于爲往也，清人則以于爲語助無義，現在則以于爲表進行的副詞，于飛者正在那兒飛也。何以知于訓往之誤？就因爲子字上面多爲主詞，下面多爲內動詞，而此種內動，並非如「薄言往愬」和「且往觀乎」之往悉往觀，時間上有先後繼承的關係，故飛上不能加往字，現在若說「黃鳥去飛」，豈能像話？又如詩中「言告師氏，言告言歸。」「陟彼南山，言采其蕨。」「駕言出遊。」「受言藏之。」等句的言字，毛傳訓言爲我，固然言我予吾四字的聲音相近，但是聲音相近的字很多，未必都一一移來適合，其所以如此立訓者，蓋因言下接動詞，動詞之上都爲主詞故也。

胡適之作詩三百篇言字解，他說：

「按詩中言字大抵皆位於二動詞之間，如受言藏之，受與藏皆動詞也；陟彼南山，言采其蕨，陟與采皆動字也。……據以上諸例，則言字是一種絜合之詞，其用與而字相同，蓋皆用以過遞先後兩動字者也。…………若以言作我解，則何不用言受藏之，而必云受言藏之乎？何不云言陟南山，言駕出遊，而必以言字倒置於動詞之下乎？漢文通例，凡動詞皆位於主名之後……；若以我字位於動字之下，則是受事之名，而非主名矣。……今試舉彤弓證之：彤弓弨兮，受言藏之；我有嘉賓，中心貺之。我有嘉賓之我是主名，故在有字之前，若言字亦作我解，則亦當位於受字之前矣。且此二我字同是主名，作詩者又何必用一言一我，故爲區別哉？據此可知言與我，一爲代名詞，一爲絜合詞，本截然二物，不能強同也。」

胡氏全文所得的結論，固然是用歸納的研究方法，但是個別的分析，則是以句爲「本位」而分析其詞與詞間的關係，故云居兩動之間的言字爲連詞，言字如爲主語即不當位於動詞之下也。還有一點注意的，文中說到「言采其蕨」的言字時，必定以「陟彼南山，言采其蕨」兩句爲一句者，這就是文法上的句與旁的句不同的緣故。此點是淸代訓詁家所不能及的地方。這是文法學的事情，也是訓詁學的利器。總起來說，語義的最小單位是「詞」，表示一個完全意思的本位（大單位）是「句」，研究文法應以句爲本位，研究語義亦應以句爲本位，因爲漢語詞類必「依句辨品，離句則無品」也。

漢代經師有章句之作。學記：「古之敎者，一年視離經辨志。」鄭注：「離經，斷句絕也。」可見離析經理和斷絕章句爲初學最要的事務。大概章句明而文義亦無不明，而章句的分斷又賴乎文義的明了，二者實在是一件事情。所以如果一經的家派有別，師說有異，則章句亦因之而生差別，漢志云：「孝經者，……各自名家，經文皆同；唯孔氏壁中古文爲異，父母生之續莫大焉，故親生之膝下，諸家說不安處，古文字讀皆異。」周禮宮正：「春秋以木鐸修火禁，凡邦之事，蹕。」鄭玄注：「鄭司農讀火絕之，云禁凡邦之事蹕。」可見訓詁和句讀實有密切的連係。章句蓋原于歌詩，其後訓讀他書文篇也有章句，易有施孟梁丘章句，書有歐陽大小夏侯章句，春秋有公羊穀梁章句，左傳有尹更始章句，離騷有班固賈逵章句。章句本在明析經理，訓詁亦以詮明經義爲主，故訓詁可兼有章句之善，而無章句之煩，是以通人達士大多不屑於此小技，揚雄傳說雄不爲章句，訓詁通而已矣；班固傳亦說固不爲章句，但舉大義。章句雖然爲識者所詬病，但並不因此而廢，且訓詁亦常及章句，如漢志云丁將軍說易，訓故舉大義，今稱小章句是也；毛公訓故傳也兼及章句。迨後鄭康成注三禮，屢改舊讀，何休公羊解詁序曾閔笑他人之「援引他經，失其句讀，以無爲有」的不可勝記也。清儒訓故之作如讀書雜志、經義述聞、經傳釋詞等書都有改正舊讀的地方，王氏父子知句讀與文義關係的重要，所以自刻的書都自加圈點。經傳章句之存而完整者，上有毛傳，次有趙岐孟子章句，王逸楚辭章句。其體以毛公爲最簡潔，章旨具於序中，經文但舉訓故；至趙王二氏則既作訓故，又重複本文之義，較毛公已爲繁雜了。

句的名稱也稱句讀（何休公羊傳序），或作句豆（周禮注云鄭司農讀火絕之，釋文讀字徐邈音豆），句投（馬融長笛賦），句度（皇甫湜與李生書）。說文：「、有所絕止，、而識之也。」此即讀之標記也。蓋語氣未完而須停頓的叫作讀，聲氣已完而停頓的叫作句，古者謂句爲言，句讀皆僅以聲氣爲主也。古人於句讀絕止之處，大概就用、或ソ的記號，流沙墜簡屯戍叢殘中有一簡，上邊還存留著以ㄑ爲句讀的符號。到了宋朝，館閣校書的人才用旁加圈點的辦法，岳珂九經三傳沿革例云：「監蜀諸本皆無句讀，唯建本始仿館閣校書式從旁加圈點，開卷瞭然，於學者爲便。」增韻說：「今秘省校書式：凡句絕則點於字之旁，讀分則微點於字之中間。」宋相台岳氏本五經即用此符號。句讀一般人都視爲容易而不加符號，其實是很難的事，後漢書班昭傳說：「漢書始出，多未能讀者，馬融伏于閣下從昭受讀。」劉彥和文心雕龍特標章句之篇，韓愈師說亦曾論句讀之要，故楊仲愚請諸子點尚書以幸後學，而朱子難之。後來專論句讀的書，如清武億的經讀考異，俞樾古書疑義舉例之一部，近人楊樹達古書之句讀等都是這方面的著作。

## 第七節　語義的演變

社會進化，文物增繁，人類思想，日趨複雜，語言既是傳達情意的符號，它的意義當然不能沒有因革損益的演變。古今語義的演變方式，約可分爲下列六種：

(1)縮小式、

例如朕字，爾雅訓朕爲我爲予爲身，都是自稱之詞。案古籍惟書經用朕字最多，凡八十餘見。詩僅四見，且均爲雅頌。論語兩見，乃引書原文。孟子五見，也是引書原文及引舜弟象的話。諸書凡稱朕之處，並不一定都是王者自稱之詞，詩云：「莫捫朕舌」，離騷云：「朕皇考曰伯庸。」是也。說者謂自秦皇以後始定爲天子自稱之詞；疑或係自然的演變。

詩中「君子」爲貴族之稱，「小人」爲賤民之名，如采薇：「四牡騤騤，君子所依，小人所腓。」節南山：「弗問弗仕，勿罔君子；式夷式已，勿小人殆。」大東：「周道如砥，其直如矢，君子所履，小人所視。」角弓：「君子有徽猷，小人與屬。」皆君子小人對舉，故采薇之小人君子，朱子集注謂即戍役與將帥也。到論語裏面的「君子」和「小人」，便由階級貴賤之廣義而漸縮爲道德高下的狹義了，如「君子周而不比；小人比而不周。」「君子懷德；小人懷土。君子懷刑；小人懷惠。」「君子喩於義；小人喩於利。」「君子坦蕩蕩；小人常戚戚。」「君子成人之美，不成人之惡；小人反是。」「君子之德風；小人之德草。草上之風必偃。」「君子和而不同；小人同而不和。」「君子泰而不驕；小人驕而不泰。」「君子而不仁者有矣夫；未有小人而仁者也。」「君子上達；小人下達。」「君子求諸己；小人求諸人。」「君子有三畏，畏天命，畏大人，畏聖人之言；小人不知天命而不畏也。」「君子學道則愛人；小人學道則易使也。」「君子有勇而無義爲亂；小人有勇而無義爲盜。」這些例子也都是君子小人對舉，多指道德方面而言，雖然在「子爲政，焉用殺？子欲善而民善矣，君子之德風，小人之德草，草上之風必偃。」一節裏，好像君子指爲政者，小人指庶民而言，但是大體上則均偏重於道德方面，尤以「小人哉樊須也！」「君子哉若人。」和「女爲君子儒，毋爲小人儒。」等節所示更爲明顯。又「君子固窮；小人窮斯濫矣。」「君子易事而難說也；小人難事而易說也。」可見君子非富貴者之稱，而小人亦可爲人所事也。到孟子裏如「其君子實玄黃於篚以迎其君子，其小人簞食壺漿以迎其小人。」「無君子莫治野人，無野人莫養君子。」似乎君子小人的意義仍然保存著古來的意味，但是大多數的例子則與孔子時代一樣。再到後來，君子小人就專指道德而言了，現在猶然。

又如詩云「遵彼汝墳，伐其條枚。」毛傳：「墳、大防也。」釋丘既云墳大防，釋詁又云：「墳、大也。」方言云：「墳、地大也，青幽之間，凡土高而且大者謂之墳。」蓋語言裏的「賁、丯、分」之音有大義，而墳則爲土高之專字。故詩云牂羊墳首，有蕡其實，賁鼓維鏞，墳蕡賁皆大也。亦作頒，說文頒大頭也，則爲頭大之專字。又豐亦大也，凡從丯聲之字多有大義，封字亦作扗，封豖封狐，大豖大狐也；詩曰瓜瓞唪唪，盛大之貌；峯桻鋒亦均有高義。峯墳冢一聲之轉，故冢爲山頂而又爲大，冢宰大宰也。墳阜亦音轉，故阜爲山陵而又爲大，詩云我馬旣阜，阜肥大也；附爲土丘而又爲益，益亦增大之義。由此可證墳冢都是土高的通名，後來却變爲墳墓的專稱了。所以釋名釋山旣云「山頂曰冢，冢腫也，言腫起也。」又於釋喪制云：「冢，腫也，象山頂之腫起也。」今字作塚。推而至於丘陵也是如此，方言：「冢自關而東謂之丘。」秦漢以來，天子葬墓又謂之陵。

又如小爾雅云：「凡無妻無夫通謂之寡。」左傳襄二十七年云：「齊崔杼生成及彊而寡，娶東郭姜，生明。」杜注：「偏喪曰寡，寡特也。」墨子辭過篇云：「內無拘女，外無寡夫。」又云：「天下之男多寡無妻，女多拘無夫。」後來寡字只用於婦人，故孟子云：「老而無夫曰寡。」「夫亡曰寡，有夫而獨守空幃者也叫做寡，越絕書：「獨婦山者，句踐將伐吳，徙寡婦獨山上，以爲死士示得專一。」陳琳詩：「邊城多健少，內舍多寡婦。」鮑照行路難：「來時聞君婦閨中，孀居獨宿有貞名。」孀居亦獨守之意。再後就僅限於無夫之婦曰寡了。至於鰥乃「老而無妻」之名，毛詩：「哀此鰥寡。」傳曰：「老無妻曰鰥，偏喪曰寡。」今謂爲光棍。

以上所舉四例，可以列作下表：

| 例詞 | 古義 | 今義 |
|---|---|---|
| 朕 | 凡人自稱之詞； | 天子自稱之名。 |
| 君子 | 貴族階級； | 道德高尚者。 |

小人　賤民階級；　道德低下者。
墳　土高大者；　墓土。
冢　山頂高大；　墳墓。（塚）
寡　男女無妻無夫者；　婦人亡夫者。
　　婦有夫而獨居者；　（無）

這種縮小的例子，有時是由於修辭之關係，如詩云：「乃生男子，載弄之璋。乃生女子，載弄之瓦。」璋爲大夫所執之圭，瓦乃婦人紡織之紡錘。說文：「瓦，土器已燒之總名。」是紡錘爲瓦器中之一種，後瓦則專指屋上之瓦了。又如孟子：「許子以鐵耕乎？」「抽矢扣輪，去其金而後反。」「木若以美然。」左傳：「又如是而嫁，則就木焉。」鐵代耒耜，金代箭頭，木代棺槨，皆以原料稱其物。大概因爲說話當時環境的關係，雙方都可意會，猶之乎現在說「來一碗飯！」飯指米飯也。

(2)擴大式

擴大的例子比較縮小的爲多，差不多的語詞的含義都有擴大的傾向。語義的擴大和字義的引中雖然有連帶的關係，但兩者之間的出發點根本不同，引申義是對本義而言，擴大義則對用義而言。擴大的例子如：

江河、詩云：「在河之洲。」「江之永矣。」孟子曰：「決汝漢，排淮泗，而注之江。」「

江淮河漢是也。」江河在當時都是專有名詞，故說文說：「江、水出蜀湔氐徼外崏山，入海。」「河、水出敦煌塞外昆侖山，發原注海。」爾雅釋水：「河出崐崘虛，色白；所渠幷千七百一川，色黃，百里一小曲，千里一曲一直。」稱河爲黃河蓋自秦漢以後。今則以江河爲水流的通名了。

又如牝牡二詞，在甲骨文裏的寫法雖然不一，然按其偏旁及行文看來，牝牡只限於羊牛犬豕馬鹿等走獸之類，母亦稱匕，即後之妣字也。說文云「牡、畜父也。牝、畜母也。」或當時實際語義並不像造字本義範圍之狹小。其後飛禽亦可稱牝牡，如雅雅云：「鷯鶉，其雄鶛，牝痺。」詩云：「雉鳴求其牡」，書曰：「牝雞無晨」。山海經：「陽山有鳥焉，其狀如雌雉，而五采以文，是自爲牝牡，名曰象蛇。」草木亦可稱牡，爾雅有牡菣，牡蕡，牡茅。周禮有牡橭牡蘜。檀弓有牡麻。儀禮注有牡蒲。史記封禪書有牡荊。本草有牡桂。車箱也可稱牝，考工記有牝服，正義云：「車較，即今人謂之平鬲，皆有孔，內軨子於其中，而又向下服，故謂之牝服。」鐉鑰也稱牝牡，漢書五行志：「長安章城門，門牡自亡。」月令注：「鍵牡閉牝也。」正義曰：「凡鐉器入者謂之牡，受者謂之牝。」棺蓋亦可稱牝牡，喪大記：「君蓋用漆。」正義曰：「用漆者，塗合牝牡之中也。」瓦亦稱牝牡，廣韻：「瓪、牝瓦。」牝牡含義的擴大，猶之乎雌雄並不如說文所說的「鳥母鳥父」意義的狹小一樣，不但走獸可稱雌雄，如雄狐、雄犬，雄兔、雌兔；即介蟲之類，人，虹，金，石，符契，箭，劍等物凡以對偶相配者都可稱雌雄。又如公母二詞爲稱人之語，現在却可施用於禽獸草木等物了。

又如甲文巛字或象川流壅塞之狀，或象洪水氾濫之形。說文：「巛，害也，從一雝川。」是古人以水爲害也。後又以火爲災，故又有灾、烖、⿰才火、災等字，說文：「天火曰烖。」春秋宣十六年曰：「夏，成周宣榭災。」左傳災作火而釋之曰：「凡火，人火曰火，天火曰災。」又襄九年曰：「春，宋災。」公羊傳災作火而釋之曰：「曷爲或言災？或言火？大者曰災，小者曰火。」春秋言災者凡十餘見，如御廪災，西宮災，新宮災，桓宮僖宮災，蒲社災，雉門及兩觀災，宋災，陳災（公穀作火），宋衞陳鄭災等災字皆指火言。而三傳中則凡水旱厲疫蟲螽妖亂無不稱爲災矣，後來災的含義就擴大而爲一切的災患禍難的通稱了。

極狹意義的語詞，如果不加擴大，恐怕它所發生的時代一過，就有被消滅淘汰的危險。例如說文說：

豕生三月叫豯，一歲叫豵，二歲叫豝，三歲叫豣。牝豕叫豝，牡豕叫豭。

馬一歲叫馬，二歲叫駒，三歲叫駣，八歲叫⿰馬八，馬高六尺爲驕，七尺爲騋，八尺爲龍。

牡馬爲騭，牝馬爲騇。

二歲牛叫⿰牛貳，三歲牛叫犙，四歲牛叫牭。犢爲牛子。

這些繁瑣細密的區別，大概是古代畜牧社會的遺習，後來離畜牧生活日遠，這些區別也就沒有什麼用處了，所以差不多都被淘汰，只剩下一個駒字代一歲至二三歲的小馬，一個犢字代二歲三歲四歲的小牛，現在連駒犢也不大常說了，只說小馬小牛就得。陰陽性的分別也失掉了專詞，只說

「公豬、母豬。公馬、母馬。公牛、母牛。」這種在類名上加個區別詞的辦法，已經成爲普通的公式，如爾雅所說的「藿、山韭，茖、山葱，蒚、山蒜。」今則專名廢而山韭山蒜等名通行了，凡是專爲一事一物所命的專名，大都如此，這可以說是語言的進步。

(3)變壞式、

如臭字，詩云：「上天之載，無聲無臭。」論語云：「色惡臭惡不食。」禮記月令云：「其味酸，其臭羶。」「其味苦，其臭焦。」「其味甘，其臭香。」「其味辛，其臭腥。」以上都臭和味、色、聲三者對舉，是臭爲氣臭之義，所以郊特牲說：「至敬不饗味，而貴氣臭也。」又說：「周人尙臭，灌用鬯臭；鬱合鬯，臭陰達於淵泉，……；蕭合黍稷，臭陽達於牆屋，……。」按說文：「臭、禽走臭而知其迹者犬也。從犬從自。」自古鼻字，犬鼻的嗅覺最靈，漁獵時代賴犬以追逐禽獸，故從人自會意，大概許君以爲是動詞，臭即鼻部之齅字，論語三嗅而作之嗅字的初文。聞味曰臭，因而所聞之對象（氣味）亦謂之臭，易繫辭「其臭如蘭」虞注，荀子王霸「鼻欲綦臭」楊注皆云：「臭、氣也。」書盤庚正義曰：「臭是氣之別名，古者香氣穢氣皆名爲臭。」臭既是氣之總名，有時可指香馨之氣，有時可指腐臭之氣，但食物氣味以馨香爲常，故或訓臭爲香：詩「胡臭亶時」鄭箋「以臭爲香」孟子「鼻之於臭也」趙注亦云：「臭、香也。」郭氏注方言更云：「苦而爲快者，猶以臭爲香，亂爲治，徂爲存，此訓義之反覆用之是也。」此說實未達語言演變之理，徒以表面而論，謂之反訓，不如荀子正名注所說的「氣之應鼻者臭，故香亦謂之臭」爲佳。至於書盤庚的「若乘舟，女弗濟，臭厥載。」「無起穢以自臭。」莊子知北遊的「所惡者爲臭腐。」臭都是敗味的意思。後來臭字專指腐臭，而香不與焉，故說文又有殠字，解爲腐氣。

又如逆字古有迎拒二義，春秋之「逆女」，迎女也，爾雅釋言：「逆、迎也。」說文：「逆、遇也。」遇雖相逢，實亦相觸，猶之乎現在說相逢爲碰，頂撞亦爲碰也，碰即逢之轉語。齊策：「故專兵一志以逆秦。」高誘注：「逆、拒也。」左傳云：「去順效逆，所以速禍也。」穀梁傳云：「朔入逆則出順矣。」皆順逆對言。孟子之「逆天者亡」，「其待我以橫逆」，「水逆行」等逆字皆爲犯忤之義，惟「以意逆志是爲得之」之逆仍有逢迎之意。郝懿行爾雅義疏曰：「逆對順言，故有拒意；逆以迎言，故有逢遇之意；詁訓有相反而相同者，此類是也。」故釋詁云：「遘逢、遇也。」又云：「遘逢遇、遻也。」又云：「遘逢遇遻、見也。」可見遇見與𧤏逆二義相反而實相同也。潘衍桐之爾雅正郭不明此理，遂誣責郭注爲非云：「郭注分爲相遘遇、相𧤏逆、相值見三誼，其實遘遇值見與𧤏逆誼不相屬；且遘逢遇見是期會，又何至於𧤏逆也？……又釋言：逜、寤也，郭注相干寤，干寤即𧤏逆，與此條逆字異誼，郭注似不得混而爲一。」潘氏謂遻又爲迕，當讀爲啎。案二說多各得全部之一面，彼此皆是亦皆非，逆爲迎又爲忤，猶啎（午）爲逆而啎爲遇，迕爲遇而忤爲逆，迓爲迎而枒爲逆。茲列表如下：

| 例 | 古義 | 今義 | 分化字 |
| --- | --- | --- | --- |
| 逆 | ～迎義 | （無） | 遻 |

| | | |
|---|---|---|
| 拒義、 | 拒義 | 遻、愕、 |
| 語 遇義、 | | 晤、悟、寤、 |
| 逆義、 | | 牾、抵梧、枝梧、齟齬、 |
| 午 交互義、 | 交互義、 | 迕、 |
| 相違義、 | （無） | 迕、杵、忤、抵忤、低趆。 |
| 牙 交互義、 | 交互義、 | 迓、訝、 |
| 相違義、 | （無） | 杈訝、迦枒、（杈椏）、 |

又如在論語檀弓兩書著作的時代，爾汝兩字同爲上稱下及同輩至親相稱之代詞，到戰國的時候，則爾汝同爲親狎或輕賤的稱呼，孟子全書中無汝字，爾字也少用，對弟子都稱「子」而不曰爾汝，論語則孔子稱弟子爲爾汝，弟子稱孔子爲「子」，故孟子曰：「人能充無受爾汝之實，無所往而不爲義也。」可見當時的人都以爾汝爲不敬之詞了。今京話你字爲賤稱，您字爲尊稱，您蓋爲你們的合音，以多數之對稱代名詞作單數之稱時，都是表示禮貌和敬意，西歐習俗也如此。

又如氓字，詩云：「氓之蚩蚩」，傳：「氓、民也。」氓民一聲之轉，氓之義同於民而音有輕重，故就民字之旁加注亡聲以別之，所謂「建類一首，同意相受」是也，於六書爲轉注。孟子：「君之於氓也。」又「皆悅而願爲之氓。」氓皆百姓之意，本無貴賤之別。後流民謂之流氓，氓因流而遂有惡義，故周禮遂人「凡治野以下劑，致甿以田里，安甿以樂昏，擾甿以土宜，……

……」鄭註：「變民言甿。」甿即氓之或體。或謂氓從亡從民，流亡之民也；其說雖嫌傅會，但正可表示氓義之轉變，今則指無賴爲流氓。其實無賴一詞的古義也並不像現在程度之深惡。

(4)變好式、

變好的例子比較變壞的不大多見。例如士字，詩豳風多以士與女對言，雅頌中的周士殷士多士卿士，以及書中的卿士衆士庶士多士等的士不過是王的臣僕軍士而已。士者事也，古事、吏、使、爲一字。春秋戰國以後，學術解放，隨著儒家的興起，營生了一種異於古代「士大夫」和「軍士」的「士」的階級。雖然論語曾說：「行己有恥，使於四方，不辱君命，可謂士矣。」但這只是士之上者，其次不過能夠孝弟，言信行果而已。觀季康子之饋欒，孟子之「傳食於諸侯」，齊宣王「欲中國而授孟子室，養弟子以萬鍾，使諸大夫國人皆有所矜式。」可知當時有一種非農非工非商非官的士，進而干祿，退而講學，不治生產而專待諸侯之養己，所以論語云：「仕而優則學，學而優則仕。」國語齊語所謂「士農工商」的士指軍士，後來所謂居四民之首的士則爲文人；現在軍隊中雖仍存上士下士之名，事實上士的含義已爲文士所獨佔了。

又如臣字，甲文與目文不別，望監見臥等字中之目文皆同臣形，只略分橫豎耳。古人造字，於動物頭首之象徵，目最重要，所以首頁等字都以目文爲主，有時僅以一目文而代面代首。臣之初誼，本是俘虜的意思，禮記少儀：「臣則左之。」注：「臣謂囚俘。」蓋當時數俘以首計，猶後來數豬羊以頭計一樣，今俗語還說「數目」，「項目」，目就是頭的意思，故以首爲臣，即以目爲臣，一臣猶一頭也。卜辭每言「乎多臣伐某方」，大概是利用俘虜爲奴僕而服勞役，周禮大宰「八曰臣妾」注：「臣妾、男女貧賤之稱。」費誓：「馬牛其風，臣妾逋逃，……竊馬牛，誘臣妾，汝則有常刑。」鄭注：「臣妾、厮役之屬也。」故臣用爲動詞則爲屈服之意，說文以臣字象屈服之形者蓋由於此。後來隨著制度的變遷，臣字的意義也就變好了，於是就說臣爲君之股肱耳目，事君不貳謂之臣，臣是在萬人之上，居一人之下的人了。妾字亦然。

又如牧字本是養飼牛羊的人之意，詩云：「爾牧來思，何蓑何笠，或負其餱。」又云：「牧人乃夢。」牧民亦如牧畜，故周禮注云：「牧、州長也。」這猶之乎古法語的 Marescal（馬夫）變爲後來的 Marshal（司令），梵文的牧童（Go-Pa牛護）後來變爲保護者一樣。

(5)變強式、

例如干字，詩云：「干祿豈弟。」傳：「干、求也。」干之訓求，蓋由音借，干與匄給丐乞祈借假……等音近。小爾雅訓干爲得，得又因求而生義。干又爲犯，宣十二年公羊傳「以干天禍」何注，晉語「則上下不干」韋注，及文四年左傳「其敢干大典以自取戾？」杜注，並云：「干、犯也。」郝氏爾雅義疏云：「犯與求，其義相反而相近。」其實干之爲犯，只是求義的加強程度，強求則爲干也，故今曰干涉。又奸字即干之分別文，漢書孔元及黃霸傳注並云：「奸、求也。」宣十二年左傳：「事不奸矣。」昭二十年左傳：「是再奸也。」杜注並云：「奸、犯也。」

奸犯之最大者爲奸淫，故說文云：「奸、犯淫也。」都是從干求義加強其程度而言者。

又如無賴一詞，本非極惡之名，史記高祖紀云：「未央宮成，高祖大朝諸侯群臣，置酒未央前殿，高祖奉玉巵，起爲太上皇壽，曰：「始大人常以臣無賴，不能治產業，不如仲力；今某之業所就，孰與仲多？』」集解晉灼曰：「賴利也，無利入於家也。或曰江湖之間謂小兒多詐狡猾爲無賴。」又吳王濞傳：「吳所誘皆無賴子弟，亡命鑄錢姦人，故相率以反。」又張釋之傳：「文帝曰：吏不當若是邪？尉無賴！」張晏曰：「才無可恃。」可見無賴原不過是無才無用的意思。至揚雄方言則云獶猾「江湘之間或謂之無賴，或謂之獶。」晉灼所說或曰云云，當即此意。今無賴則爲流氓地痞之稱矣。

(6)變弱式

例如走字，詩云：「來朝走馬」，玉篇引作趣馬。說文：「走、趨也。」又云趨走也，趣疾也。趣趨就是走的轉注字，猶驟從聚（聚從取聲）聲，騶用爲驟（曲禮：「車驅而騶。」），又用爲趨（荀子正論：「騶中韶護以養耳。」）；雖然禮記玉藻上說：「父命呼，唯而不諾，……走而不趨。」好像走比趨還快一些，可是走趨都是快跑的意思，故常常「奔走」連言。奔走亦作「奔奏」（詩大雅緜），奏者進也，湊輳皆奏之分別文。釋名：「走、奏也，促有所奏至也。」今走字的含義，程度上已削弱好些了。

又如取字原爲奪獲的意思，說文：「取、捕取也。從又耳，周禮獲者取左耳；司馬法曰：載獻聝；聝者耳也。」爾雅：「探篡俘，取也。」李巡注云：「伐執之曰取。」故春秋隱十曰：「宋人、蔡人、衞人伐載；鄭伯伐取之。」莊九曰：「齊人取子糾殺之。」哀九曰：「宋皇瑗帥師取鄭師于雍丘。」可見取地取人都可以說是取，不僅限於取物也。娶即取之分別文，古止作取，原始婚姻蓋爲掠奪而來。後來說取多用於取物，取人亦只限於婚嫁，詞義詞面都失去古來強暴野蠻的色味了。取之義蓋原於拘，拘及逮一聲之轉，及字甲文象以手捕人之狀，即今之逮字也。扱訓取，汲訓取水，皆及之分別文，故有連云「取扱」者。

以上六種語義演變的方式，都是比較常見的例子，其餘的方式還可以仔細區分出好些種，如聞字聽字本爲耳聞耳聽，今國語謂鼻嗅亦曰聞，灤縣一帶方言謂鼻嗅則曰聽（廣西南部也如此）；猶淡白和厚薄本爲視覺和觸覺的稱謂，現在說味覺方面的滋味也用淡白厚薄等詞了。這叫作感覺互換式。又如釋草說孟（似茅）亦名狼尾，葝亦名鼠尾；猶今云狗尾草，鷄冠花一樣，這叫作形狀相似式。又如釋親云父之姊妹爲姑，今婦謂夫之姊妹亦曰大姑小姑；妻之姊妹同出爲姨，故今有大姨小姨及姨太太之稱，因而呼母之姊妹亦曰姨；猶媳婦本爲子息之婦的意思，是公婆稱說的口吻，現在北方通謂自己的妻子曰我的媳婦兒，他人亦指曰新媳婦兒，小媳婦兒，而公婆呼時則不得不再添兒字，區別詞曰兒媳婦兒。這叫作因此及彼式。又如方言十說：「顏、額也。」說文又云：「顏、眉目之間。」鄘風：「子之清揚，揚且之顏也。」毛傳：「揚，眉上廣；揚且之顏，廣揚而顏角豐滿。」但是鄭風又云：「顏如舜華。」秦風也說：「顏如渥丹。」小雅亦曰：「

顏之厚矣！」顏則指顏色顏面而言了。身本重㑪純孕之意，殷隱盈溢重純敦沈珍等音俱有大重之義，金文身字象人側面形而特大其腹部，故詩大雅云：「大任有身，生此文王。」說文亦以反身爲㐆（殷與孕音近），迨後則以身爲軀體之總稱，而身孕字別作㑪。此猶肚本胃之別名（廣雅釋親），今謂腹爲肚了，胃則曰肚兒。這叫作以偏概全式。又如顚本人頂，亦爲山頂的名稱（字別作巓）；天本人顚，又爲最高在上之稱。這叫作地位相似式。又如亡本無沒之意而又爲遺忘之名；盱本目大而又爲驚憂之詞，瞿本鷹隼之視而又爲驚懼之語（懼即瞿之分別文）；這叫作身心動作相易式。又如椅之由於倚，祡（燒柴祭天）之由於柴，箠之由於捶，掖之由於腋，䘸之由於腋，導之由道，畏威巍偉魁愧詭怪……之由於鬼；這叫作虛實相因式。凡此種種，都極普通，舉一反三，不暇多佔篇幅了。

這裏要注意的，就是研究詞義的演變，不要忘了社會的背景，例如君子小人之變狹，災字之變廣，氓字之變壞，臣字之變好，無賴之變強，取字之變弱，都是極顯明的例。社會進化之外，還有一個重要的原因，就是人類思想漸趨於細密而有條理，所以除了語義的分化（也是擴大）之外，凡是含義含混的詞，都爲之區分判別，使它們不再淆亂，如臭之爲香又爲腐，逆之爲迎又爲拒等皆是。廣義的說起來，新詞的增加及舊詞的消滅，也可以說是一種演變，增的原因不外新事物的產生或輸入，或外來語的翻譯，減的原因當然是舊事物舊觀念的滅亡了。即使舊事物雖亡而名仍存，或名存而事物的實質已變的，後人對於那舊名的觀念也和古人不同了。因此，固然我們可以根據古代的語文來研究古代的社會，但是要了解古代的語文也必得設身處地的去想才行。

## 第八節　字義的種類

所謂字義是以每個字爲單位，就其字形及用法上分析其所表之義。字義的種類大抵可分爲三部：⑴本義，凡文字都有本義，就是最初寫這個字時候所表示的意義；六書中的象形、指事、會意三者是形符文字，形聲和轉注二者是半音符文字，從形象及聲音上可以知道它們的本意。⑵引申義，因了語言孳分和修辭的關係，每個字義在文句中所表的意常是由本義引申，或由於類似，或由於意近，也就是語義範圍擴張。引申之後雖與原本大同小異，但仍不能離開本義的，所以引申義可由本義及文法修辭上看得出來。⑶借義，當記載語言時，如果沒有適當的文字形式（本字）或有而倉卒忘記用它來表示語言，常常用一個同音的字來代替。所表之義與本義全無關涉，只是依聲託事而已，在六書裏叫做假借，是一種純音符的文字，因此借義可由聲音（當時的）和文法上研究出來。前一種是字形孤立時所表之意，後二種則是字與字音相聯時的意義（語義）。

舊來都以爲爾雅方言一類客觀的訓詁是專言引申假借的書，說文是專言字形本義的書；不過一字之本義明而引申假借之義亦無不明，凡與本義相應者謂之引申，否則必爲假借，故段注謂許書說其義（本義）而轉注假借明矣，他說：

「說其義而轉注假借明者，就一字爲注，合數字則爲轉注，異字同義爲轉注，異義同字則爲假借；故就本形以說義而本義定，本義既定而他義之爲借形可知也。」

這種說法也就是後來「說文〈小疋〉相爲表裏論」的濫觴，都源於戴東原的以互訓爲轉注之說。清人之過尊說文，以及郝氏疏小雅之先求本字，都是以說文爲本義、爾雅爲轉注假借義的潮流中之產物。因此朱駿聲作說文通訓定聲一書，「於每字本訓外，列轉注假借二事，各以囗表識，補許所未備。」（凡例中語）。其自叙「通訓」之故說：

「數字或同一訓，而一字必無數訓；其一字而數訓者，有所以通之也。通其所可通，則爲轉注；通其所不通，則爲假借。如网爲田漁之器，轉而爲車网、爲蛛网，此通以形；又轉而爲文网，此通之意。防爲隄防之稱，轉而爲邮坊、爲埵坊，此通以形；又轉而爲勸防，此通以意。不得謂之本訓，不可謂非本字也。」

「至如角羽以配宮商，唐虞不沿頊嚳，用斯文爲幖識而意無可求；草木非言樣斗，登乘乃作盈升，隨厥聲以成文而事有他屬；一則借其形而非有其意，一則借其聲而別有其形也。若夫麥爲來而苑爲宛，冢爲長而蟲爲彤；汙爲浣而徂爲存，康爲苛而苦爲快，以爲假借則正，以爲轉注則紆。……此通德釋名似轉注而實多假借，方言廣雅半假借而時有轉注也。

「夫叔重萬字，發明本訓，而轉注假借則難言；爾雅一經，詮釋全詩，而轉注假借亦終晦。欲顯厥恉，貴有專書，述通訓。」

他反對戴段二君以互訓說轉注，以及爾雅皆轉注的主張，謂轉注即「就本字本訓而因以展轉引申爲他訓者」，他說：

「竊以轉注者即一字而推廣其意，非合數字而雷同其訓。……余故曰：轉注者，體不改造，引意相受，令長是也。假借者，本無其意，依聲託字，朋來是也。凡一意之貫注，因其可通而通之爲轉注；一聲之近似，非其所有而有之爲假借。就本字本訓而因以展轉引申爲他訓者曰轉注；無展轉引申而別有本字本訓可指名者曰假借。依形作字，覩其體而申其義者轉注也，連綴成文，讀其音而知其意者假借也。假借不易聲而役異形之字，可以悟古人之音語；轉注不易字而有無形之字，可以省後世之俗書。假借數字供一字之用而必有本字，轉注一字具數字之用而不煩造字。轉者旋也，如發軔之後，愈轉而愈遠；轉者還也，如軌轍之一，雖轉而同歸。試即以考譬之；胡考之休爲本訓，老也；考槃在澗爲轉注，成也；弗鼓弗考爲假借，攷也，攷者攴字之訓也。又試以令譬之，自公令之爲本訓，命也；秦郎中令爲轉注，官也；令聞令望爲假借，善也，善者靈字之訓，實灵字之訓也。」

這不但反對戴段，而且攻擊許君，臆改說文序了。上面所以不憚煩贅的引了一大段的原故，就是因爲他說轉注的話，恰好說明了引申義的實質。下面且舉其童僮二字之訓以示例；童、男有罪曰奴，奴曰童，女曰妾。從䇂、重省聲。……

周禮司隸：「其奴男子入於罪隸，女子入於舂槀。」廣雅釋詁一：「童、使也。」易旅：「得童僕貞。」儀禮既夕禮記：「童子執帚。」注：「隸子弟若內豎寺人之屬。」漢書貨殖傳

「童手指千。」注：「奴婢也。」

假借爲僮，易蒙卦：「匪我求童蒙。」鄭注：「稚也，未冠之稱。」禮記內則：「成童舞象。」注：「十五以上。」穀梁昭十九傳：「羈貫成童。」注：「八歲以上。」又釋名釋長幼：「女子之未笄者稱童。」禮記曲禮：「自稱於其君曰小童。」注：「若云未成人也。」

又左僖九傳：「凡在喪，王曰小童。」按不忍離父母之詞。

又賈子道術：「亟貌窕察謂之慧，反慧爲童。」鄭語：「而近頑童窮固。」注：「童昏固陋也。」太玄錯：「童無知。」晉語：「胥童亦曰胥之昧。」

又釋名釋長幼：「山無草木曰童。」莊子徐無鬼：「童土之地。」荀子王制：「山不童而百姓有餘材也。」

又釋名釋長幼：「羊之無角者曰童。」詩抑：「彼童而角。」易大畜：「童牛之告。」虞注：「無角之牛也。」字亦作犝。

又後漢書南匈奴傳「童子刀」注：「謂小刀也。」

又爲同，列子黃帝：「狀不必童而知童。」

又疊韻連語，小爾雅廣服：「襜褕謂之童容。」方言作𧝓褣。詩谷風箋：「帷裳、童容也。」按周禮巾車皆有容，短言之曰容，長言之曰童容。

又重言形況字，廣雅釋訓：「童童盛也。」釋名釋兵：「幢、童也，其貌童童然也。」

蜀志先主傳：「有桑樹童童如小車蓋。」

又託名幖識字，水經淇水注：「千童縣史記（建元以來王子侯者年表）曰故童也，一作千鍾。」

僮、未冠也，從人童聲。按十九以下八歲以上也。字亦作僮，經傳多以童爲之。廣雅釋言：「僮、稚也。」魯語：「使僮子備官而未之聞邪？」注：「僮蒙不達也。」張公神碑：「駗白鹿兮從仙僮。」嚴訴碑：「人僮僾僾。」

轉注　廣雅釋詁三：「童、癡也。」釋訓：「僮、昏疾也。」晉語：「僮昏不可使謀。」注：「無知也。」字亦作瞳，莊子知北遊：「汝瞳焉如新生之犢。」李注：「未有知貌。」又埤蒼：「瞳、目珠子也。」按人對面則驢精中各映小人形，故呼眸子爲僮子，漢書項籍傳贊：「舜目重童子。」以童爲之。

假借爲童，漢書賈誼傳：「今人民賣僮者。」注：「謂隸妾也。」司馬相如傳：「卓王孫僮客八百人。」注：「謂奴也。」

又重言形況字，詩采蘩：「被之僮僮。」傳：「竦敬也。」

在這兩字的通訓裏，朱氏以引申爲轉注的錯誤是如何也不能自圓其說的，雖然他以爲是不易之言。他還有一點錯誤的地方，就是所謂本義本字，仍受說文說解的拘束，打不破字形的障礙，通不了語文的隔閡。固然本義以字形爲主，但亦不可如說文之強爲分別而必使一字一義，如僮本童之後起分別字，原係一語之分化。朱氏雖謂說文童僮字義互倒，仍是相隔之說。茲就童之語根說明其引申分化如下：

童、（dung　：tuk　秃。童秃同類字，音義俱近。）

(1)秃義——釋名：「山無草木曰童。」荀子王制：「山不童而百姓有餘財也。」注，管子侈靡：「山不童而用贍。」注皆曰：「山無草木曰童。」莊子徐無鬼：「童土之地。」釋文：「童土、地無草木也。」

(2)無角義——易大畜：「童牛之告。」虞注：「童牛、無角之牛也。」（釋文：「童、廣蒼作犝。」）詩抑：「彼童而角。」傳：「童、羊之無角者也。」又賓之初筵：「俾出童羖。」傳：「羖、羊不童也。」（廣韻犝、無角羊。亦作㹐。）釋名：「牛羊之無角者曰童。」

(3)童子義——禮記檀弓：「與其鄰童汪踦往。」注：「童、未冠者之稱。」又玉藻：「童子之節也。」注，儀禮喪服記：「童子唯當室緦。」注，論語：「童子六七人。」皇疏並同上。說文：「僮、未冠也。」禮記雜記：「稱陽童某甫。」注：「童、未成人之稱也。」又少儀：「童子曰聽事。」注，孟子：「有童子以黍肉餉。」注並同上。禮記內則：「成童舞象。」注：「成童、十五以上。」釋名：「十五曰童。」又云：「女子之未笄者稱童。」（按今北方俗語有名小兒爲「小秃」者，蓋取童秃無髮之意。）

以上三義都源於秃，山無草木，牛羊無角，幼無毛髮，所指的對象雖不相同，但其爲髡秃之狀則一。都可以說是本字本義，不可強分先後也。

(4)僮僕義——說文：「童、男有罪曰奴，奴曰童，女曰妾。從产、重省聲。」儀禮既夕禮記：「童子執帚。」注：「童子隸子弟，若內豎寺人之屬。」又禮記檀弓：「童子隅坐而執燭。」廣雅：「童、使也。」漢以後多作僮，史記貨殖傳：「僮手指千。」集解：「僮、奴婢也。」漢書司馬相如傳：「卓王孫僮客八百人。」注：「僮謂奴。」賈誼傳：「今民賣僮者。」注引如淳曰：「僮謂隸妾也。」衞青傳注：「僮者婢妾之總稱。」

(5)愚昧義——太玄錯：「童無知。」鄭語：「而近頑童窮固。」注：「頑童、童昏固陋也。」晉語：「僮昏不可使謀。」注：「童、無知。」魯語：「使僮子備官而未之聞邪？」注：「僮、僮蒙不達也。」（易蒙「童蒙」釋文：「童、字書作僮。」）廣雅：「僮、癡也。」又「僮、稚也。」白虎通嫁娶：「夫人自稱曰小童者，謙也，言己智能寡少如童蒙也。」賈子道術：「反慧爲童。」莊子知北遊：「汝瞳焉如新生之犢。」釋文引李注：「瞳、未有知貌。」

(6)瞳子義——漢書項籍傳贊：「舜目重童子。」注：「童子、目之眸子。」（史記項羽本紀作瞳。）

以上三義又都從童子義引申而來，僮瞳皆爲童之分別字，蓋始於秦漢以後。

至如小爾雅廣服的「童容」（方言作襤褣），廣雅釋訓的「童童、盛也。」詩采蘩的「僮僮」，則純爲依聲託事的假借義了。

這樣一來，對於一個字的意義之種類，就可瞭如指掌。經籍纂詁一書所列字義雜亂無序，通訓雖取以爲資而欲通轉乎一字數訓之間，但亦未能稱善，此所以有重新改編通訓之必要也。

字義的引申和字形的分別，字義的假借和本字的後起都有密切的關係。有字義引申而字形不加分別者，如考之爲老，引申爲成，字仍作考，不增偏旁；有字義引申爲數義而字形因之各加偏旁以分別者，如前舉之童僮瞳，及扱汲等皆是。王筠說文釋例謂之「分別文」（應稱字）。例如：

句　曲也。笱、曲竹捕魚笱也。鉤、曲也。拘、止也。雊、雊鳴而雊其頸。朐、脯挺也（曲禮注：「屈中曰朐。」痀、曲脊也。跔、天寒足句也。翑、羽曲也。𠛎、鎌也（字亦作鉤）。耇、老人背傴僂考老也。絇、纑繩絇也（讀若糾）。軥、軶下曲者。劬勞、猶考老、傴僂、痀瘻，人勞則背曲。

丩　相糾繚也。𦬙、草之相糾者。糾、繩三合也。朻、木下句曰朻（或作樛、猶糾爲繆也。）觓、角貌（或作觩）。𤵸、腹中急也（即今俗所謂絞腸痧。絞亦繆糾之意。）虯、虯龍即蛟龍，虯蟠猶糾盤。收、捕拘也。

這一類的字簡直多得不可勝計，舊來或叫作形聲兼會意，或叫作形聲字聲中有義，或叫做「右文說」，都是指這種孳乳分化的現象而言。由此看來，對於說文所說的本義，不能不有些修正了；換言之，語詞的本義並不是一定都像本字的本義那樣狹小。最明顯的是文字學上所謂「借象」一類的字，例如「大、凶、初、閒」等字，意極抽象，造字者無形可畫，又無聲可諧，於是借了人的正形，地的陷形，以刀裁衣之意，門閉而見月光之情來表示大、凶、初、閒等抽象的意思，形雖專狹，而立義原並不即如此狹小也。陳澧在東塾讀書記裏說得很好：「爾雅：初哉首基。邢疏云：初者、說文云從衣從刀，裁衣之始也，……此皆造字之本意也。及乎詩書雜記所載之言，則不必盡取此理，但事之初始俱得言焉。澧謂近人之說多與邢氏同，以說文爲本意，爾雅爲引申義，其實不盡然也，造初字者無形可畫，無聲可諧，故以從衣從刀會意耳。……」又說：「一字有數義，古人取易見之義以造字形，許君即據字形以說字義，此有兩例：其一，字形即本義，許君說本義又說字形，如止下基也，象草木出有址；水長也，象水巠理之長是也。其一，字形非本義，許君但說字形，不說本義，如侯春饗所射侯也，從人從厂，像張布矢在其下是也。……」由此可知說文所說之本義不盡爲語詞之本義，而爾雅所載之義亦不盡借義也。又借字和後起本字的字形也常有關聯，如遮姑之爲鷓鴣，次且之作趑趄；訃告古止作赴，瞳子原本爲童；此種增改偏旁的目的雖有形聲化及分別字之不同，但說解文字者則一律以後起字形爲本字，而以遮姑次且赴童等爲假借，這都是不明白文字形體演變史的錯誤。因爲後起本字往往是就原來假借增改偏旁的緣故，所以箋注中就有「破字解經」的方法。

字義的分化（引申）和假借，常與聲調（四聲）有關，舊來把以四聲分別字義的方法叫做「讀破」。從記載上看來，這種辨法本是漢語中的一個自然現象，例如現在說「丸散」（名詞上聲）和「分散」（動詞去聲），「教育」（教去聲）和「教書」（教陰平），「數目」（去）和「數錢」（上），「度量」（去）和「量米」（陽平）等語，兩字的聲調和詞性都不相同。古代經傳中有同聲爲訓的方法，裡面有的是同字的，如易經的「蒙者蒙也」，「比者比也」，「象也者象也」（下象字後改作像），孟子的「徹者徹也」，公羊傳的「世室猶世室也，世世不毀也。」，公羊爲口說流行以後之書，當時兩個世字在聲調上一定有分別，否則不便於「耳治」；故公羊說：「春秋伐者爲客，伐者爲主。」何休注曰：「伐人者爲客，讀伐長言之，齊人語也；見伐者爲主，讀伐短言之，齊人語也。」（顧炎武音論云長言則今之平上去聲，短言則今之入聲也。錢大昕養新錄云長言若今讀平聲，短言若今讀入聲。）這樣看來，古人口頭上以聲調分別字義的方法大概是有的，不過不很顯著而重要，以致失於記載罷了。後來字的聲調不同就被訓詁家利用爲紙上分別字義的方法，大概由於人類喜歡辨別的心理，於是推波助瀾，漫無限制，一個字有幾種意義便索性把它念成幾種語音，尤以魏晉經師爲甚，如王肅的周易音、葛洪的字苑，徐邈的尙書音毛詩音等皆其著者；梁顧野王的玉篇、唐陸德明的經典釋文，以及廣韻、正字通諸書都廣加採錄；集爲專書的則有宋賈昌朝的群經音變，元劉鑑的經史動靜字音（切韵指南中），明呂維祺音韵日月燈中的音辨。唐張守節史記正義書首又有發字例云：「古書字少，假借蓋多，字或數音，觀義點發，皆依平上去入，若發平聲，每從寅起。又一字三四音者，同聲異喚，一處共發，恐難辨別，故略舉四十二字。如字初音者，皆爲正字，不須點發。」依張氏所言，自隋唐以來的一般文人學士，早已就發明了四聲點發的目治方法。但是這般文人的區別只是勝利於紙上，而在大衆的口中却是失敗的，即實際上的語音並不與之完全相合也。所以顏之推家訓說：

「江南學士讀左傳口相傳述，自爲凡例，軍自敗曰敗，打破人軍曰敗（補敗反），諸記傳未見補敗反，徐仙民讀左傳唯一處有此音，又不言自敗敗人之別，此爲穿鑿耳。」又說：

「夫物體自有精粗，精粗謂之好惡；人心有所去取，去取謂之好惡（上呼號、下烏故反）；此音見於葛洪徐邈，而河北學士讀尚書云：好（呼號反）生惡（於谷反）殺，是爲一論物體，一就人情，殊不通矣。」

賈昌朝的音辨序裡雖然認爲字音清濁陽陰爲「信稟自然，非所強別」，但也承認當時有「世或笑其儒者迂疏，強爲差別」的反對論調。到清代古韻之學崛興而日趨明朗，漸知聲音有古今之別，於是反對群起，首先發難的是顧炎武，音論大聲疾呼「先儒兩聲各義之說不盡然」，他從古書押韻上來加以證明愛惡之惡古讀入聲而不讀去聲。後來錢大昕在養新錄裡又推闡顧氏之說，從釋文的兼存兩讀上證明好惡兩讀的無別（卷五一字兩讀條）。又引魏華父觀亭記跋語：「而參諸易詩以後，東漢以前，則凡有韻之語，亦與孫炎沈約以後必限以四聲，拘以音切，亦不可同日語。」潛研堂集答問中又許魏華父之非難爲先覺，謂以動靜區爲兩音之不合於古。盧文弨鍾山札記也以爲「字義不隨音區別」；段玉裁說文注於數字下說：「今人謂在物者去聲，在人者上聲，昔人不盡然。又引申之義，分析之音甚多，大約速與密二義可包之。」又舍字下云：「古音不分上去。

」喪字下說：「凡喪失字本皆平聲，俗讀去聲，以別死喪平聲，非古也。」王夫之說文廣義說：「一字發爲數音，其源起於訓詁之師，欲學者辨同字異指，爲體爲用之別；古人用字義自博通，初無差異。」俞曲園古書疑義舉例說：「以女妻人即謂之女，以食飼人即謂之食，古人用字類然；經師口授，恐其疑誤，異其音讀以示區別；於是何休注公羊有長言短言之分，高誘注淮南有緩言急言之別；詩興雨祁祁，雨我公田，釋文曰：『興雨如字，雨我于付反；……苟知古人有實字活用之例，則皆可以不必矣。」大概清儒反對的理由有兩方面：一自其義言，一字數義往往相因相通，義既無異，音也就不必專爲動靜體用而分別了；一自古人聲調言，古聲不同於今聲，四聲乃起於沈約，焉可以今律古。所以段氏六書音均表謂古有平上入而無去，顧炎武云平仄通押，去入通押是知一而不知二之論（古四聲說條）。又說：「字義不隨字音爲分別，音轉入於他部，其義同也；音變析爲他韵，其義同也：平轉爲仄聲，上入轉爲去聲，其義同也。今韵例多爲分別，如：……十一暮之惡爲厭惡，十九鐸之惡爲醜惡者，皆拘牽瑣碎，未可以語古音古義。」（古音義說條）。現在對這兩派的主張加以考察一下，未免各有所蔽，四聲雖屬後人所定，但聲調爲表義方法之一種，在古漢語裏也不能完全抹殺，古人語言的聲調無論是四個或多或少於四個，然而他們總是有的，魏晉經師不過是濫用罷了。其實這也是不必要的，文人學士之所以在紙面上分別四聲者，其目的在於叫人明了不同的意義，卻不知道社會上的平民早已發明了另一種便宜的方法——把單音詞變爲複音詞來達到這種目的了。

由於字義的引申和假借，便演成「一字多義」的現象，普通對於這個問題往往有兩種誤解：第一，誤以一字同時具有數種意義，例如來字，⑴麥也，詩思文：「貽我來牟。」來本象麥之形，後因借爲來往義，本義又別作棶。⑵至也，歸也，還也，反也；挨近爲來，因而招來亦曰來，呂覽：「不侵不足以來士矣。」注：「來猶致也。」又爲將來，論語：「來者猶可追。」都是和往字去字相對的意思。字又別作徠、逨。⑶來孫，爾雅釋親：「曾孫之子爲玄孫，玄孫之子爲來孫。」曾之言層也，增也，玄懸也，來累也（郝懿行云「來之言離也。」），都是遠末遞進之義。⑷勞來，勞爲劬勞，因而慰勞犒勞其勞亦叫作勞，詩大東：「職勞不來」，傳：「來，勤也。」孟子引放勳曰：「勞之來之」，勞來同義。字別作勑。犒勞多行賞，故來又爲賜貽，儀禮少牢饋食禮：「來女孝孫，」注：「來讀曰釐。」特牲饋食禮：「來女孝孫，」釋文：「來，賜也。」皆用詩「釐爾女士」及「徂賚孝孫」之意。字別作賚。⑸動詞前加詞，詩云：「萬福來求」，「蠻荊來威」，「來假來享」，「反予來赫」，句法與「百祿是遒」，「以假以享」等相類，和「以、遹、聿、曰、越、云、言、于、爰、由、攸、載、」等字爲同族，都用在動詞前表加重肯定之意（詳見拙著三百篇于字及其語族之研究）。⑹語末助詞，莊子人間世：「子其有以語我來？」又「嘗以語我來？」大宗師：「嗟來！桑戶乎！」孟子：「盍歸乎來？」來蓋哉之假，史記夏紀「來始滑」，古文尚書作「在治忽」。今語猶有以來字作問句語助的，如「這是何苦來？」「所爲何來？」「你叫我更靠誰來？」又用以表示完成時，如「你去作什麼來？」「我去上課來

（來著）。」來字雖有以上六種意義，但這都是因爲時代地域的變異漸漸積累而成的，來被借爲往來義的時候，本義已漸漸消失，另用麥或秾去替代了；而勞來義及動詞前加詞只用於詩書時代，句末語助僅見於楚地方言，現在所遺存的不過是來往、將來、來孫、語助等四種了。換言之，已死的意義和現存的意義不是同列的，新義產生後舊義大多就被消滅了。第二個錯誤觀念，就是誤認一字的幾種意義都同樣重要，嚴格說起來，在同時同地的區限裏，一個字只能有一個較爲通行而主要的意義，例如上舉來字的意義雖多，但據古今的記載看來，只有來往義佔優勢，本義反湮沒無聞，而借義也只是某時的暫且現象。就是將來的來，招徠的來，也都是從來往義引申而成的。

和一字多義相反的現象，就是「一義多字」，爾雅便是集輯同義字的字書。如：「初、哉、首、基、肇、祖、元、胎、俶、落、權、輿，始也。」所謂「始也」，並不是說這十一個詞（十二字）都只作始講，只是說在某一種語境下某字才有始的意思，須知語義是臨時的，唯一的，詞和字的本身在孤立時並沒有生命，等它到句子裏才有生命。無論那一個字一到在句子裏，它的意義就具有臨時性，和別的時候的意義不一定完全相同；又具有唯一性，和別的詞義也絕不至相混。換言之，它們表面好像相同而實不同，僅僅是在千百種用途中有一兩種用法略較相似罷了，在下列初始二字的用法比較上可見一斑。詩經初始二字兼用，如「旭月始旦」，「其香始升」，「民之初生」，「我生之初」等句初始尚可互換，但若在「居岐之陽，實始翦商」，「亟其乘屋，其始播百穀」，「自今以始，歲其有」等句就不能相易了，所以禮記禮運云：「夫禮之初，始諸飲食。」二字連見一處而義各不同。即使二字在某一種語境裏意義全同，其間也必有時地的差別，馬氏文通云：「史記之用始字，與左氏之用初字，漢書之用前字同，可見諸書皆各有字例也。」至於首基肇祖等字，與始字用法相去更遠了。爾雅是客觀的訓詁，依據傳注而成，傳注的順釋雖是以今解古，但也僅是比擬取喻，說明二者相近相類，或在某句中可以相同，春秋隱五年「初獻六羽」，三傳俱以初爲始，這祇是說在此句中初始相同，並未說它們一切用法都相同。

過去治雅學的人，對於同義的字常好說：「某與某一聲之轉」，陳澧東塾讀書記說：「爾雅訓詁，其字多雙聲，郝蘭皋義疏云：「凡同聲、聲近、聲轉之字，其義多存乎聲。」澧謂此但言雙聲，即足以明之矣。……如大也一條內，弘宏洪三字雙聲，介嘏假京景簡六字雙聲，溥丕二字雙聲，訏撫二字雙聲，昄廢二字雙聲，弈宇淫三字雙聲；……又大也一條內，廓字以郭爲聲，古音讀如郭，則與介嘏諸字雙聲，墳字今輕唇音，古讀重唇音，則與昄雙聲。……凡同在一條內而雙聲者，本同一意，意之所發而聲隨之，故其出音同，惟音之末不同耳。音末不同者，蓋以時有不同，地有不同故也。其音之出則仍不改，故成雙聲也。」直到黃侃的治爾雅，還是這種老辨法，例如釋詁：「肅、齊、遄、速、亟、屢、數、訊、疾也。」「寁、駿、肅、亟、遄，速也。」黃氏說：「肅、齊、速、數、迅、疾、寁、駿，雙聲相轉；肅、速、屢、數、遄、迅、駿、齊、疾、，疊韻相轉；肅、速、聲同同訓；速、數、同字並見。」現在看來，這種說法是不大科學精確的，根據各方面的材料去擬測這些字上古音的音值，並不見得完全是雙聲或疊韻，大概聲母，主要元音，韻尾三部份都有關係，或相同或同部。所以說這些字同義的原因，不全是音轉的關係，每一個字都有它的特別語境和各種不同的意義，因爲引申和假借的結果，許多用法中偶然有某一點相同罷了。固然聲近義通、語根語族，以及重文或體，正字假借，累積字分別字等等的現象是我們不能否認的，可是講字義一方面貴在「通」，一方面又貴在「別」，不可混淆而泥於一端。

## 本章參考書舉要


(1)原始中國語試探，潘尊行。（北京大學國學季刊第一卷第三號。）

(2)毛詩雙聲疊韻說，王筠。（鄂宰四種本。）

(3)中國文法複詞中偏義例，劉盼遂。（文字音韻學論叢，人文書店版。）

(4)古有複輔音說，林語堂。（語言學論叢，開明書店版。）

(5)語言緣起說，章炳麟。（國故論衡，見前。）

(6)十駕齋養新錄卷五雙聲疊韻條謂古人名多取雙聲疊韻，草木蟲魚之名多雙聲。錢大昕。（潛研堂本，經解本，杭州局本。）

(7)文心雕龍札記章句第三十四，黃侃。（文化學社版。）

(8)詩三百篇言字解，胡適。（文存一集，亞東圖書館版。）

(9)諸家區分詞類的依據，齊佩瑢。（北大文學院國文文法講義第九節。）
(10)古書之句讀，楊樹達。（文化學社版。）
(11)日知錄卷三十二鰥寡條，雌雄牝牡條，顧炎武。（原刻本，廣州重刻本，武昌局本，掃葉山房刻本，坊刻小字本，小方壺齋叢書本。）
(12)說文通訓定聲，朱駿聲。（原刻本，同治九年江寧局補版本，涇縣洪氏刻本，光緒間上海坊間石印本。）
(13)說文假借義證，朱珔。（涇縣朱氏家刻本，民十五年中國書店影印本。）
(14)國語問題之歷史的研究，語言文字之紛歧第(2)項四聲分別字義係人爲的而非天然的，沈兼士。（北大國學季刊第一卷第一號）
(15)中國語文概論第二章語音、第四章辭彙，王力。（商務國學小叢書本。）

# 第三章　訓詁的施用方術

## 第九節　音訓（上）

以語言釋語言之方式有三：

一曰宛述（義界），即就一事一物之外形內容，性質功用等諸方面而用語句說明其意義者。如詩毛傳：「草行曰跋，水行曰涉。」爾雅：「穀不熟爲饑，蔬不熟爲饉，果不熟爲荒。」說文：「吏，治人者也。」等例是也。

二曰翻譯（互訓），即以古今雅俗南北之語，同義之詞，相當之事，相譯相訓者。如爾雅：「初哉首基肇祖元胎……始也。」手傳：「匹配也。」「配媲也。」說文：「元始也。」「丕大也」「蔆芰也，楚謂之芰。」「芰蔆也。」方言：「黨曉哲、知也。楚謂之黨，或曰曉；齊宋之間謂之哲。」這裡面有的可以互訓，有的不可，蓋以今通古，以易解難，以常見釋罕見，以已知推未知，乃訓詁之通例，否則，也就無需乎訓釋了。

三曰求原（推原求根），即從聲音上推求語詞音義的來原而闡明其命名之所以然者。如說文：「天，顚也。」「口，實也。」釋名：「天，顯也。」「天，坦也。」等例是也。

以上三種方式，都不外乎就音或義兩方來立說。下面分音訓及義訓兩項述之，形訓不與焉。有人說訓詁有文字的訓詁，文章的訓詁；不知文字在文章中始有生命，孤立時即失去生命也；普通認爲孤立的一字一詞爲某義某義者，也只是就其在文章中之義言之耳，故爾雅爲五經之輔翼，雅學乃經學之附庸，推而至於蒼頡急就，也都是擇錄其文義之常行者耳，是訓詁離文句而即不能成立者也。至解說形體，求其造字之本，雖與訓詁有關，然終非訓釋古語，應屬於文字學的範圍。現在先說音訓（或名聲訓，如以音爲包括聲、韵之總名，則當稱音訓。）

音訓爲訓詁之樞紐，語義的表示端賴乎音。文章爲語言的符號，語言不能無變化，則文章不能無訓詁。語言的變化約有二端：㈠由母語孳乳而生出分化語（語根及語族），㈡因時間和空間的變動而發生轉語。二者多依雙聲疊韵或同類聲韵爲其變化的軌迹，此所以訓詁之重聲音也。音訓之例約有三種：

(1)同字爲訓——易序卦：「蒙者蒙也，物之穉也。」「比者比也。」「剝者剝也。」孟子：「徹者徹也。」禮記郊特牲：「夫也者夫也；夫也者，以知帥人者也。」又哀公問：「大昏既至，冕而親迎，親之也；親之也者，親之也。」又郊特牲：「壻親御授綏，親之也；親之也者，親之也。敬而親之，先王之所以得天下也。」此以同字爲訓者也。

(2)同音爲訓——易象傳：「咸，感也。」「夬，決也。」「兌，說也。」論語：「政者，正也。」禮記哀公問：「政者正也，君爲正，則百姓從正矣。」孟子：「征之爲言正也，各欲正己也，焉用戰。」荀子：「君，群也。」此以形聲字與所從之聲母相訓者也。又易象傳：「需，須也。」「晉，進也。」「離，麗也。」此泛以同音字爲訓者也。

(3)音近爲訓——易說卦：「乾，健也；坤，順也。」中庸：「仁者人也，義者宜也。」孟子：「庠者養也，校者敎也。」此以雙聲疊韵或韵近之音近字爲訓者也。

同字爲訓者，蓋由於聲調之異以及詞性之不同，如蒙爲童蒙，名詞，若爲愚蒙，則成形容詞，猶童爲童子而引申爲無知之義一樣。蒙爲童蒙而原蒙昧，故曰「蒙者蒙也。」至其聲調，雖不能確知，然由何休注公羊之例推之，必有分別，否則不便於耳治。他如比並之與親比，親自之與親愛，徹賦之與徹取，都釋者與被釋者有名動靜狀的詞性分別。雖然，這種方法總是有背於以已知釋未知的訓詁原則，所以僅行於口耳相傳的說經時代，後來一到筆下就漸漸廢棄了，因目治不便也。其他兩法，漢代訓詁者則屢加擴充應用，班固白虎通之解釋禮制之名幾乎全用此法，劉師培說它窮一字之義之例有三，其中之以他字釋本字者，非係聲同，即係聲近，如子者孳也，男者任也之類便是。（見劉氏中國文學教科書）。許慎作說文解字，雖然是專門說解字形的構造，但九千文中形聲居其大半，故許君不徒對於音符字是從聲求義，即形符意符之文也多用音訓的方法，蓋不僅在明字原，且兼以明音原也。例如：

(1)天顚也，日實也，月闕也，禮履也，祺吉也，祼，灌祭也，祈，求福也。……等類，音近爲訓之例也。

(2)帝諦也，古故也，羊祥也，王、天下所歸往也。又祰、告祭也，祫、大合祭先祖親疏遠近也，政正也，娶、取婦也。又柴，燒柴焚燎以祭天神，禘、諦祭也，帳張也，殆枯也。……等類，同音爲訓之例也。

清鄧廷楨曾集爲說文雙聲疊韵譜一書，由此亦足見其應用音訓方法之廣密。甚至許君於字形之不得其解者，也往往望形生音，望音生義，如於丨下云：「上下通也，引而上行讀若囟，引而下行讀若退。」此就義而定音也。又如丕訓大而爲從一不聲，帝訓諦而爲從上束聲，旁從方聲而形雖闕如，然亦可知其訓溥也，此皆就音生義者也。至劉熙作釋名，始集音訓之大成，清顧廣圻爲之作略例曰：

「釋名之例可知也，其例有二焉：曰本字，曰易字是也。雖然，猶有十焉：曰本字，曰疊本字，曰本字而易字，曰易字，曰疊易字，曰再易字，曰轉易字，曰省易字，曰省疊易字，曰易雙字。本字者何也？則冬曰上天，其氣上騰與地絕也，以上釋上，如此之屬一也。疊本字者何也？則春曰蒼天，陽氣始發色蒼蒼也，以蒼蒼釋蒼，如此之屬二也。本字而易字者何也？則宿宿也，星各止宿其處也，以止宿之宿釋星宿之宿，如此之屬三也。易字者何也？則天顯也，在上高顯也，以顯釋天，如此之屬四也。疊易字者何也？則雲猶云云，衆盛意也，以云云釋雲；如此之屬五也。再易字者何也，則腹複也，富也，以複也富也再釋腹，如此之屬六也。轉易字者何也？則兄荒也，荒大也，以荒釋兄而以大轉釋荒，如此之屬七也。省易字者何也？則綈似蛦虫之色綠而澤也，以蛦釋綈而省蛦也之云，如此之屬八也。省疊易字者何也？則夏曰昊天，其氣布散晧晧也，以晧晧釋昊而省猶晧晧之云，如此之屬九也。易雙字者何也？則摩娑猶末殺也，以末殺雙字釋摩娑雙字，如此之屬十也。」

張金吾言舊錄又引申其說，於本字易字外增一例曰借字，分借字之屬爲五：

一曰借字：青徐人謂長婦曰稙，禾苗先生者曰稙，取名於此也；借禾苗之稙釋長婦之稙。二曰借本字，弦，月半弓之名也，其形一旁曲一旁直，若張弓施弦也；以半月似弦，借弦釋弦。三曰借易字，珥，氣在日兩旁之名也，珥耳也，言似人耳之兩旁也；以旁氣似耳，借耳釋珥。四曰借雙字，土赤曰鼠肝，似鼠肝色也；以土赤似鼠肝，即借鼠肝釋之。五曰省借字，四達曰衢，齊魯間謂四齒杷爲欋，欋杷地則有四處，此道似之也；借欋釋衢，而省衢欋也。

於易字下增一類曰易字兼本字：七年曰悼，悼逃也，知有廉恥，隱逃其情也，亦言是時而死，可傷悼也。以逃釋悼，兼以傷悼釋悼。

於省疊易字下增一類曰省再易字：頰夾也，兩旁稱也，亦取挾斂食物也。以夾釋頰，再以挾釋頰而省挾也。（合顧氏例共得三例十七類）

近人楊樹達不滿於顧氏之「全以字形爲說」而「泥於迹象」之論，以爲「釋名乃以音爲訓之書，治之者宜於聲音求其條貫」，於是作新略例一文，雖「要以聲音爲主」，然終「未能盡舍字形」也。其言略曰：

釋名音訓之大例有三：一曰同音，二曰雙聲，三曰疊韵。其凡則有九：一曰以本字爲訓，如以宿釋宿，以闕釋闕，以蒼蒼釋蒼天，以孚甲釋甲之類是也。二曰以同音字爲訓，如以縣釋玄，以顥釋昊，以竟釋景，以規釋晷，……之類是也。三曰以同音符之字爲訓，如以閔釋旻，皆從文聲；以燿釋曜，皆從翟聲；以揚釋陽，皆從昜聲；以遇釋偶，皆從禺聲之類是也。四曰以音符之字爲訓，如以止釋趾，趾從止聲；以卻釋腳，腳從卻聲；以殿釋臀，臀從殿聲之類是也。五曰以本字之孳乳字爲訓，如以愾釋氣，愾從氣聲；以蔭釋陰，蔭從陰聲；以爇釋熱，爇從熱聲之類是也。此屬於同音者也。六曰以雙聲爲訓，如以坦釋天，以散釋星，以汜與放釋風，以化釋火……之類是也。七曰以近紐雙聲字爲訓，如以健釋乾，以昆釋鯀，以踝釋寡之類是也。八曰以旁紐雙聲字爲訓者，如以假釋夏，以祝釋孰，以承釋滕之類是也。此屬於雙聲者也。九曰以疊韵字爲訓，如以闕釋月，以顯訓天之類是也。此屬於疊韵者也。

按楊氏雖較顧氏略勝一籌，然皆拘牽於文字聲韵，支離瑣碎，而終未得釋名「名之於實，各有義類」之旨，夫釋名者乃語言學之書也，我們應當就語言見地來研究事物名稱的起原，而不宜僅就字形及音訓來斤斤爭辯。舊略例與新略例皆可以前面所舉的音訓三例包括之。

前面已經說過，語言的變化不外兩端：以義變爲主而音或易或仍者爲語原及其分化孳乳語；以音轉爲主而義或易或仍者爲因時地遷異所生之方言及古今語。因此，音訓的目的也就有兩個：㈠求語根及其孳乳分化語；㈡求方言及古今語之音轉規律。

㈠求語根及其孳乳分化語

漢代訓詁，雖尚音訓，然專求語原而能自成體系之書，惟有釋名，從來對於釋名的批評，毀譽各半，毀謗者固無論矣，即贊譽者也多未認識它的眞正價值。我曾作釋名音訓舉例及其在語言學上之貢獻一文（見三十年三月二十八日南京中報眞知周刊），茲摘錄其有關者如下：

㈷論事物命名之所因：

釋名自序：「夫名之於實，各有義類，百姓日稱而不知其所以然之意；故撰天地陰陽四時，邦國都鄙，車服喪紀，下及民庶應用之器，論敍指歸，謂之釋名。」按事物得名的由來，不外實德業三者，細分之約有八：

⑴形貌——釋山：「土戴石曰崔嵬，因形（崔嵬）名之也。」又「大阜曰陵，陵隆也，體隆高也。」又「林森也，森森然也。」又「山多大石曰礐，礐學也，大石之形學學然也。」釋用器：「齊人謂其柄曰橿，畺然正直也。」又釋姿容：「僵，正直畺然也。」釋兵：「幢、童也，其貌童童然也。」又「旛、幡也，其貌幡幡然也。」釋天：「庚猶更也，更、堅強貌也。」

⑵顏色——釋水：「海、晦也，主承穢濁，其色黑而晦也。」又釋采帛：「黑、晦也，如晦冥時色也。」又釋書契：「墨、晦也，言似物晦黑也。」又釋天：「風而雨土曰霾，霾晦也，言如物塵晦之色也。」又「晦，月盡之名也，晦灰也，火死爲灰，月光盡似之也。」

(3)聲音——釋天「雷、硠也，如轉物有所硠雷之聲也。」又「氣、愾也，愾然有聲而無形也。」釋姿容：「嚏、疐也，聲作疐而出也。」

(4)性質——釋形體：「膿、醲也，汁醲厚也。」釋飲食：「餌、而也，相黏而也。」又釋地：「土黃而細密曰埴，埴膱也，黏昵如脂之膱也。」釋山：「石、格也，堅捍格也。」又釋天：「扞、扞格也。」釋形體：「肉、柔也。」又「骨、滑也，骨堅而滑也。」

(5)成分——釋兵：「以犀皮作之曰犀盾，以木作之曰木盾。」又釋飲食：「血䐶、以血作之。」釋車：「金路玉路、以金玉飾車也，象路革路木路，各隨所以爲飾名之也。」

(6)作用——釋形體：「腕、宛也，言可宛屈也。」又「腋、繹也，言可張翕尋繹也。」又「掌、言可以排掌也。」又「肋、勒也，所以檢勒五臟也。」又釋首飾：「冠、貫也，所以貫韜髮也。」又「笄、係也，所以係冠使不墜也。」

(7)位置——釋形體：「背、倍也，在後稱也。」又「脅、挾也，在兩旁，臂所挾也。」又「陰、蔭也、言所在蔭翳也。」又「角者、生於額角也。」

(8)比喻——釋天：「氛、粉也，潤氣著草木，因寒凝凍，色若白粉之形也。」釋山：「山銳而高曰喬，形似橋也。」釋天：「珥、氣在日兩旁之名也；珥、耳也，言似人耳之在兩旁也。」釋形體：「足後曰跟，在下方，著地一體任之，象木根也。」釋天：「害、割也，如割削物也。」（此兼括上數項而比方言之。）

外此八項，又有因係外來品而得名者，如釋飲食：「韓羊、韓兔、韓雞、本法出韓國所爲也。猶酒言宜城醪，蒼梧清之屬也。」又「貊炙、全體炙之，各自以刀割，出於胡貊之爲也。」又釋兵：「盾隆者曰滇盾，本出於蜀，蜀滇所持也。或曰羌盾，言出於羌也。」

事物之得名有的並不限於一面，上列八例，同一事物或兼二者而有之，故有「亦因」「亦言」「又言」「亦取」「又取」之例：如釋形體：「踝、确也，居足兩旁磽确然也；亦因其形踝踝然也。」又「頰、夾也，面旁稱也；亦取挾斂食物也。」又「吻、免也，入之則碎，出則免也；又取抆也，漱唾所出；恆加抆拭，因以爲名也。」釋天：「光、晃也，晃晃然也；亦言廣也，所照廣遠也。」又「雲猶云云，衆盛意也；又言運也，運行也。」釋形體之「毛、貌也，冒也。」「腹、複也，富也。」之類也當屬此。

一件事物同時而有一個以上的名稱的，其得名之由各有所受，故有「又曰」「亦曰」「或曰」「又謂之」「或謂之」之例：如釋形體：「自臍以下曰水腹，水洶所聚也；又曰少腹，少小也，比於臍以上爲小也。」又釋書契：「傳、轉也，轉移所在執以爲信也；亦曰過所，過所至關津以示之也。」釋形體：「脬、鞄也，鞄空虛之言也，主以虛承水汋也；或曰膀胱，言其體短而橫廣也。」又「咽、咽物也；或謂之嚶，在頤下纓理之中也；青徐謂之脰，物投其中受而下之也；又謂之嗌，氣所流通阸要之處也。」他如釋首飾：「綃頭、……齊人謂之幓，言斂髮使上從也。」釋衣服：「荊州謂禪衣曰布襹。」釋宮室：「大屋曰廡，廡幠也，幠覆也；幷冀人謂之庌，庌正也，屋之正大者也。」等「某地謂之某」之類，雖係方言，然非轉語，亦當屬此。

(乙)論語原和詞品的關係：

事物之得名既不外實德業三者，故其釋語原也，也不外以名動靜狀等詞互釋，釋姿容、釋言語兩篇雖多爲動靜字，但既謂之「名」，則一律也以名詞（抽象名詞）視之。其例都與上面所舉的得名之由相照應，如名與名相釋者，「氛，粉也。」此言比擬其形。以動釋名者，「腕、宛也。」此言其作用。以靜釋名者，「背、倍也。」「膿、醲（濃）也。」「海、晦也。」「陵、隆也。」等，此言其形色性位。以狀釋名者，「雷，硍也。」此言其聲音。在物在事爲實爲德爲業，在語言則爲名靜動狀諸詞，故兩方一定是相應的。

若以字形與詞品之關係言之，有詞異而字同者，有詞異而字因之亦異者，其例約有三：

(1)詞異而字同者，即同字爲訓之例。如「履、以足履之，因以名之也。」「弟、弟也，相次弟而生也。」（今次弟字作第）。「闕、闕也。」「觀、觀也。」「易、易也。」「示、示也。」「約、約束之也。」「炙、炙也。」……之類，皆字同而詞異，蓋有聲調之別。文法學家謂之「詞類活用」。

(2)詞異而字異者，一即聲母與其得聲字相釋，或同從一聲之形聲字相釋之例，如「坐、挫也。」「親、襯也。」「曾祖、從下推上祖位轉增益也。」「道、導也。」「敬、警也。」「

發、撥也。」「非、排也。」「事、傳也。」「委、萎也。」……等類；「掣、制也。」「挾、夾也。」「婣、因也。」「悌、弟也。」「誼、宣也。」「智、知也。」「銘、名也。」「彊、畺也。」「淸、靑也。」「政、正也。」……等類；「載、戴也。」「戴、載也。」「捉、促也。」「慢、漫也。」「序、抒也。」「抴、泄也。」「紀、記也。」「識、幟也。」「功、攻也。」「躁，燥也。」「蕩、盪也。」……等類；皆詞性有別。形聲字的形旁，原係意符，表示事物性質的類別，故間或與詞性相應。

(3)詞異而字亦異者，再即聲同聲近字爲訓之例。如「地底、天顯、胑枝、脅挾、背倍、負倍、伏覆、順循、威畏、斷段、硯研、帷圍、倉藏、戶護、……」等類，雖與前一例同，但字形全異。不過其中的或體重文也有聲母互通者，如帷作幃，則與圍同聲母，胑作肢，則與枝同聲母；由此可知求語原固在打破語言文字間的隔閡，我們自然不必斤斤於字形的辯說了。

漢語詞類本來沒有聲音上的變化（四聲別詞只是漫無規律的一種現象），同一音（字同或字異）也，可爲名詞也可作動詞靜詞，所以表音的字形如果加以分別，反多一層障碍，難於記認，倒不如字形只是一個，等他用到語句裏，詞性的不同自然就從句中的位置上顯現出來，用不着再從字形上去辨認的。可是事實上積重難返，那麼，我們只有憑着語學的知識來溝通語文中間的隔閡了。

(丙)論同根名動諸詞的先後問題：

章炳麟的語言緣起說：「一實之名必與其德若，與其業相麗，故物名必有由起。雖然，太古草昧之世，其言語惟以表實，而德業之名爲後起，故牛馬名最先，事武之語乃由牛馬孳乳以生；世稍文則德業之語早成，而後施名於實，故先有引語，始稱引出萬物者曰神，先有提語，始稱提出萬物者曰祇。」章氏根據說文所云牛事馬武，引神提祇的語根解釋，茲姑不必先指責其錯誤，現在所討論的乃是名動諸詞的前後相生的問題。若依「硯、研也。」「倉、藏也。」等例看來，動詞在先而名詞在後；若依「負、背也。」「斷、段也。」等例看來，似乎又名先動後了。那麼，釋名的以段釋斷，以背釋負，是否有背於語言孳乳的自然次第呢？不過我覺得這些地方不必強分先後，事實上也不能分別也。何以言之？例如負之得名由於其位置在背，而其主動者爲背，好像名先動後絲毫不成問題；但是如果從字原上看來，背爲北之分別字，北象二人相背或大人負小人之狀，是背之得名反原於負倍也。蓋古人造字，借形取象，意多籠統，而詞性之別則至語句中才顯現出來，況且漢語名動靜狀同音的很多呢。這猶之乎冒帽、見眼等例一樣，冒字本象首上戴冕之狀，名動之意都包括在內，後人以冒爲動詞，就又增巾旁作帽爲名詞了，故釋名曰：「帽、冒也。」或者有人反對說：「冒爲烘托象形字，下面附加目首者，乃是襯托上面帽形的作用，冒字原來應爲名詞才是。」但是試問帽之所以爲帽者，還不是因爲牠功用是覆冒嗎？名動在造字時不分的情形，在見眼二字上更爲明顯，甲骨文字體反正不分，艮字原是見字的反文，亦即眼字的初形，古人只畫一個眼的形狀，名動就都在其內。又如監字原象一人張目伏身臨盆照面的形狀，你說這是指動作呢？還是指所以照面的物體呢？後來由監分化出來的鑑鑒覽臨等字就有名動之別了。（詳見拙編國文文法講義第十節詞類活用問題在語言學上及文字學上的觀察。）所以我們只能分別字形的先後而不能區別詞類的早晚；只能說帽字在冒字之後，不能說由戴冒（動）引申而爲冕帽（名），或說由冕帽引申而爲戴冒，因爲詞性的分別是存在語句中的詞位上的。這樣看來，解釋語言的目的既然打破語文中間的隔閡，當然可以用同根的名動靜狀諸詞互釋而不必以字形爲主強別其先後了。因爲字形的構造及其分化，往往不能與語原及其孳乳完全密合無間，自宜各別觀之。

(丁)論研究語原及其分化語之「通」與「專」：

語原是什麼？沈氏兼士右文說第八節云：

「語言必有根，語根者，最初表示概念之音，爲語言形式之基礎。換言之，語根係構成語詞之要素，語詞係由語根漸次分化而成者。」語根既以音爲基礎，自不得不於其分化語之字音中歸納綜合而求之。語詞的分化，於音方面，或仍爲單音節而有雙聲疊韵之變，或附加他音而成複音節；於形方面，或連書二字爲一詞，或就原字而增改其偏旁以爲區別。其類例約有四：

(1)音不變者（字形即就一聲母而增改其偏旁），如：

釋形體：「頸、徑也，徑挺而長也。」

又　：「脛、莖也，直而長似物莖也。」

釋水：「涇、徑也，言如道徑也，水直波曰涇。」

釋典藝：「經、徑也，常典也，如徑路無所不通可常用也。」

釋道：「徑、經也，人所經由也。」

頸脛莖涇經徑等字皆從巠聲而以形旁別其詞性和義用，音同義近，並有「長常細直」的概念，是由一根而孳乳分化者。

(2)音不變者（字形以另一字表之），如：

釋山：「冢、腫也，言腫起也。」

釋疾病：「腫、鍾也，寒熱氣所鍾聚也。」（又釋形體：「踵、鍾也，鍾聚也，體之所鍾聚也。」）

又如：

釋牀帳：「筵、衍也，舒而平之衍衍然也。」

釋言語：「演、延也，言蔓延而廣也。」

釋姿容：「引、演也，使演廣也。」（引之爲演又爲延，猶螾之或作蚓，又作蜒。）

「腫冢」「筵衍演引」的字形及詞性雖完全不同，但語根則爲一。

(3)音由雙聲疊韵轉迤者（字形以另一字表之），如：

釋長幼：「兄、荒也，荒、大也，故青徐人謂兄爲荒也。」（兄荒猶怳慌，一聲之轉。詩云：「兄也永歎」，「職兄斯弘」，兄訓茲，滋亦大也。）

釋言語：「（事、傳也；）傳、立也，凡所立之功也，故青徐人言立曰傳也。」（按傳立猶植之爲立，甲文事吏使三字形同，事即職幟識等語之義。）

釋宮室：「庫、舍也，物所在之舍也，故齊魯謂庫曰舍也。」

釋天：「火、化也，消化物也。亦言毀也，物入中皆毀壞也。」（按方言：「煤、火也，楚轉語也；猶齊言焜也。」說文火焜燬三字互訓，可證火毀一語之轉音。）

釋言語：「禍、毀也，言毀滅也。」（按禍毀猶火毀音轉之例。）

釋天：「天、豫司兗冀以舌腹言之，天、顯也，在上高顯也。青徐以舌頭言之，天、坦也，坦然高而遠也。」（風下云「風、氾也。」「風、放也。」同，並一聲之轉。）

以上並以方音證明數語的根同而音小異，至於不言之例當亦多有此類。

(4)音由單音而變爲複音者（先以單音釋之，再以複音釋此單音之訓釋字而別其義。），如：

釋天：「霧、冒也，氣蒙亂覆冒也。」

釋形體：「髦、冒也，覆冒頭頸也。」（此外如木冒、毛冒、帽冒、矛冒、等皆覆冒義。）

釋天：「卯、冒也，載冒土而出也。」（載冒義）。

釋形體：「牟子、牟冒也，相裹冒也。」（此外如母冒等並爲裹冒義。）

又如：

釋丘：「當途曰梧丘，梧、忤也，與人相當忤也。」

釋宮室：「梧、在梁上兩頭相觸牾也。」

釋姿容：「寤、忤也，能與物相接忤也。」（按牾之爲逆忤又爲遇晤，猶逆之有迎拒二義，故由單音變爲複音以別其義。）

外此如「序、次序也。」「屏、自障屏也。」「堂猶堂堂。」「梁、疆梁也。」「舍、於中舍息也。」等並見釋宮室，亦屬單音變複音之例。

按語根的探求本爲一種歸納的公式，係構擬的而非確知的，換言之，探求語根是以語言（音義）爲主，而不以字形爲主。但此種事業浩大，非暫時所能及；況訓詁的目的雖爲古代語言的研究，事實上多偏重實用而忽略理論；尤其現在古音系統尙未弄淸，構擬語根（音）實屬不易。所以直到現在爲止，所謂音訓者，只是以音同音近的同根語互相訓釋而已。明乎此，則在理論上語原的推求貴乎觀其滙通，而在實用上分化的辨析則在別其精專也。通則不隔，可以打破文字形體的束縛；專則知用，可以明瞭文章義用的神微。不過通往往弄得動輒聲轉而無所不通，專往往鬧的張口本字而拘於字形，這都是不能串通兩方面的弊病，探溯析流本是一件事呵。

嚴格的說起來，一個詞同時在同一個語言方域裏只能有一個本義——主要的意義，其餘的次要意義可以說是伸縮義或假借義，假如它同時同地包含着兩個或以上的勢均力敵的主要意義的時候，那麼我們只好把它們當作兩個詞（兩個同音詞那樣的）看待，雖然它們之間有相生的血緣關係；法國的語言學家（J. Vendryes：Le Langage,（有Paul Rddin 英譯本））一書裡把當作羽毛義的 Plume 和當作筆義的 Plume 認爲兩個詞便是這種道理。這樣看來，義變音變者固爲分化孳乳語，即義變而音不變者亦屬分化語也。舊日所謂「引申義」者便是，此所以一字可以爲數詞。（文法上所謂「詞類活用」的糾纏問題，實際上只是一字活用，而非一詞活用，因既活用即爲數詞。）釋名體例有事類之別，故一字而爲數詞者則分見於數類之中，如釋山之冢爲山頂，陵爲大阜，而釋喪制之之冢陵則爲墳墓丘壟之名；此雖音無差讀，然義實不同。又如釋宮室之「傳」爲傳舍，釋典藝之「傳」爲傳記，釋書契之「傳」爲傳信；釋天之「陰」爲陰氣，釋形體之「陰」爲陰部，釋車之「陰」爲遮陰；凡此諸例，蓋有聲調（四聲）之異。說者或謂釋名一書拘於體例，枝節爲之而不能得語言流衍轉化之妙，然自語言的詞類言之，是亦不足爲病也夫？

以上四點，都是研討語原及分化者的當今急務，豈知於千五百年前我國已啓發其端緒歟？雖然，釋名之病弊也不必爲之隱諱，四庫提要譏其「中間頗傷穿鑿」，蓋不獨我國爲然，漢代訓詁家都不能免，因音訓之法只是任取相同相近的一字之音，傅會說明一字之義，音同音近之字多矣，自然難免皮傅穿鑿的流弊；此所以音訓之法有待於「右文」及全盤歸納的佐證也。例如君字諸書音訓便多不同：

(1)荀子王制：「君者善群也。」韓詩外傳：「君者群也。」白虎通：「君、群也，群下之所歸心也。」春秋繁露：「君者不失其群者也。」（群從君聲，管子大匡、問兩篇之「君臣」，王引之謂君借爲群；故王氏以爾雅「林烝君也」之君讀群。）

(2)荀子君道：「君者民之原也。」春秋繁露：「君者元也，原也，權也。」（君元原猶顛爲頭大，願亦爲頭大。）

(3)說文：「君、尊也。」（儀禮喪服傳：「君、至尊也。」）

(4)春秋繁露：「君者溫也。」（說文莙從君聲而讀若威，左傳隱三「蘊藻」即莙藻。）

(5)荀子君道：「君者儀也。」（威儀猶委蛇，俱一聲之轉。）

(6)賈子大政下：「君之爲言也考也。」

案君有威音，說文威下引漢律之威姑，即爾雅釋親的君姑；集韵八未收窘字，巨畏切；猶軍之爲圍，煇暉從軍聲而音況韋切。又君有美義，與禕徽（訓美）等音近；詩云：「顏如渥丹，其君也哉！」俞樾平議云君應訓美；又「彼君子女」和「彼都人士」對文，都君皆美麗義，猶言「彼美孟姜」也，故「君子」爲貴族的美稱。這樣看來，君之得名蓋由於美盛偉大之意，與「皇侯」用爲君王之稱，由於美盛之義同例。諸家音訓都嫌牽強。

清人訓詁，上追兩漢，然其以音韻爲治小學的中心實超越前人百倍；其疏證小學諸書，如王氏之於廣雅，郝氏之於爾雅，錢氏之於方言，都能因聲求義，深得「聲近義通」「音義貫串」的妙恉。惟郝氏尚拘牽於本字本義，不若王氏之「則就古音以求古義，引申觸類不限形體」之爲善也。廣雅疏證中屢言「某之言某也。」如：「鼻之言自也」，「郎之言艮也」，「祏之言碩大也」，「臨之言隆也」，「封之言豐也」，「衰之言渾也」，「觰之言奢也」，「薄之言傅也」，「養之言陽陽也」，「甬之言庸也」等，都是以聲通其義，這一點可以說是王氏訓詁的特色；實則不過是把釋詁釋言中的動靜諸詞，和釋訓中的靜狀諸詞，以及釋宮釋器、天地、山水、草木、虫魚、鳥獸等篇中的實體名詞，兩相對照，以今義古音貫串證發，明其源流分合而已。如：

釋器：「膊、臠也。」釋詁：「剸、斷也。」王疏云：「膊之言剸也，卷一云剸斷也。」（按膊臠猶剸斷、團圞也。）

釋器：「膊腊脩腒膴、脯也。」　　釋詁：「膊胇、曝也。」

又：「腊澽、乾也。」

又：「糗、糒也。」　　又：「脩、長（久）也。」

又：「饙謂之⿱攸食。」　　又：「酋羞、熟也。」

又：「潲、滫也。」　　又：「蹙瘷⿰扌秀、縮也。」

又：「戚忸怩、慚也。」

王疏云：「腊之言昔也，見卷二焟乾也下。」「餈之言羞也，卷三云羞熟也。」（按此族語詞並有收縮老久乾熟積漸畏懼拘束之意，糗猶脩也，今俗言乾糧，餱糗音轉。王云糗之言炒，非是。）

釋器：「湩謂之乳。」王疏云：「案湩者重濁之意，故廣韵云：湩、濁多也。卷三云穜䭃、厚也，穜與湩，䭃與乳，聲義並相近。」

他如「鈹之言破」，「糠之言康（空）」，「柄之言秉」，諸如此類，不勝列舉。可謂觸類旁通，左右逢源者矣。

段氏注說文亦屢言「某之言某也。」如「岵之言瓠落也，屺之言荄滋也。」此以音訓正說文說解之字訛也。「祼之言灌」，「挺之言挺然無所屈也。」此引舊說以補證之也。至於爾雅之注疏尚無如王氏其人者。王茂才爾雅草木虫魚鳥獸同名考一文謂草木鳥獸異物同名者，並非偶然，大概「古人命名不嫌相假，或因其色同，或取其象類」，故「釋蟲果蠃（唐石經如此作）為細腰虫，釋草栝樓之果蠃亦有長而銳者。……又釋草茨蒺藜言其多刺不可近，故名蒺藜；而釋虫蝍蛆之蒺藜今蜈蚣也，蜈蚣亦難近，非猶之蒺藜歟？又釋草莪蘿蒿屬也，其色多白，今釋虫之蛾羅即蠶蛾，其色亦白矣。……」（經義叢鈔十二）。近儒羅王二氏亦有見於是，王國維引述羅振玉之言曰：

「棲霞郝氏爾雅義疏於詁言訓二篇，皆以聲音通之，善矣！然草木虫魚鳥獸諸篇以聲爲義者甚多，昔人於此似未能觀其會通，君盍爲部居條理之乎？」又曰：「文字有字原，有音原。字原之學由許氏說文以上溯諸殷周古文止矣，自是以上我輩不獲見也；音原之學自漢魏以溯諸群經爾雅止矣，自是以上我輩尤不能知也。明乎此，則知文字之孰爲本義、孰爲引申假借之義，蓋難言之。即以爾雅權輿二字言，釋詁之權輿始也，釋草之其萌虇蕍，釋虫之蠸輿父守瓜，三實一名；又釋草之權黃華，釋木之權黃英，亦與此相關。故謂權輿爲虇蕍之引申可也，謂虇蕍蠸輿用權輿以名之可也，謂此五者同出於一不可知之音原而皆非其本義，亦無不可也。要之欲得其本義，非綜合後起諸義不可。而亦有可得有不可得，此事之無可如何者也。」

羅氏雖無專書以盡此理，然此寥寥數言，也很夠作我們探討語根（音原）的圭臬了。王國維本之以作爾雅草木蟲魚鳥獸釋例一書，其「雅俗古今之名、凡同類之異名、與異類之同名、往往於其音義相關」條下論列異類同名者之關係舉證凡二十有四條，今略錄一二如左：

(1)果蠃之實括樓草、　　果蠃蒲盧蟲、

案果蠃果蠃者，圓而下垂之意，凡在樹之果與在地之蓏，其實無不圓而垂者，故物之圓而下垂者皆以果蓏名之。栝樓即果蠃之轉語。蜂之細腰者其腹亦下垂如果蓏，故謂之果蠃矣。

(2)莞苻離草、　瘣木苻婁木、　果蠃蒲盧蟲、　蚹蠃螔蝓魚、

案苻離苻婁蒲盧蚹蠃，皆有魁瘣擁腫之意。又物之突出者其形常圓，故又有圓意，莞之名苻離，以其首有臺也；瘣木之名苻婁，以其無枝而臃腫也；蒲盧之腹與蚹蠃之殼亦皆有魁壘之意，故四者同名。釋詁毗劉暴樂也，毗劉暴樂皆苻婁之音轉，其義亦由是引申矣。

(3)葖蘆葩草、　蜚蠦肥蟲、

案蘆葩蠦肥乃苻婁蒲盧之倒語，亦圓意也，蘆葩根大而圓，蜚形亦橢圓如蘆葩，故謂之蠦肥。後世謂之負盤，亦以此矣。

(4)菟奚顆凍草、　科斗活東魚、

案顆凍科斗活東，皆謂活動圓轉，如宋時言筋斗，今言跟兜矣。（按上列四例，都不出本書第四節中所舉科斗疙瘩骨突塊壘骨碌……之範圍，蓋王氏拘於爾雅一書，不能觸類旁通，羅列盡致，讀者可以參照上文。）

(5)權黃華草、　權黃英木、

其萌虇蕍草、　蠸輿父守瓜蟲、　權輿始也釋詁、

案權及權輿皆黃色之意。黃華黃英，雅有明文。蟲之蠸輿父，注以為瓜中黃甲小虫，是凡色黃者謂之權，長言之則為權輿矣。余疑權即⿰黃雚之初字，說文⿰黃耑黃黑色也，廣雅⿰黃雚黃也，今驗草木之萌芽無不黃黑者，故兼葭之萌謂之虇蕍；引申之則為凡草木之始，逸周書文酌解「一

幹勝權輿」，大戴禮記誥志篇「百草權輿」是也；又引申爲凡物之始，詩秦風「不承權輿」，逸周書日月解「日月權輿」是也。始之義行而黃之義廢矣。

按上舉數則，清人固已發其端，如王茂才之論草木虫魚同名之故；孫星衍錢大昕之駁陸佃爾雅新義析權輿爲二（權、衡之始；輿、車之始。）之不當，又斥郭注以「其萌蘿」爲句而以蕍屬下讀之謬；王念孫廣雅釋草疏證亦謂說文之「夢灌渝」即釋草之「萌蘿蕍」，亦即釋詁之「權輿」。羅王二氏又以音義通之於黃華黃英及蠸輿父守瓜之蟲，可以說是實發前人所未發，較舊說進步多多矣。雖然，猶有賸義而未盡，故沈氏兼士右文說一文中又以右文證之，謂從雚聲之字多有曲義，音義通於從𢍏聲（卷）之字；且萌即「句萌」「句芒」「區萌」「萌區」，亦即「蓲蘛」「𦸔蕍」「敷蕍」「權輿」，更可明權有屈曲之義也。單音爲權，複音即爲權輿。沈氏又曰：

「竊以爲『權』之音素含有多角之意義：句曲，一也；始，二也；黃色，三也。昔人祇知其一，王氏國維乃得其二；至於權即句萌之義，諸家皆不得其解。王氏輒以黃爲本義、黇爲本字說之，可謂未達一間也。」

觀此可知明一詞之義易，而通數詞（同根之族語）之義難，求其共同之語根（音、義）尤難。近來研究訓詁的學者，首先標舉「語根」以爲研究之出發點，而能獨成體系著爲專書者，當推章炳麟的文始，他於作文始之前，曾在語言緣起說（國故論衡）裡說：

「語言不馮虛起，呼馬而馬，呼牛而牛，此必非恣意妄稱也，諸言語皆有根，先徵之有形之物則可覩矣。何以言雀？謂其音即足也，何以言鵲？謂其音錯錯也，……此皆以音爲表者也。何以言馬？馬者武也，何以言牛？牛者事也，……此皆以德爲表者也。要之以音爲表，惟鳥爲衆；以德爲表者則萬物大抵皆是；乃至天之言顚，地之言底，……金之言禁，風之言汜，有形者大抵皆爾；以印度勝論之說儀之，實德業三各不相離：人云馬云，是其實也；仁云武云，是其德也；金云火云，是其實也；禁云毀云，是其業也；一實之名必與其德若，與其業相麗，故物名必有由起。……（中略）

「語言之初當先緣天官，然則表德之名最夙矣。然文字可見者，上世先有表實之名，以次擴充，而表德表業之名因之；後世先有表德表業之名，以次擴充，而表實之名因之；是故同一聲類，其義往往相似，如阮元說從古聲聲有枯槁、苦窳、沽薄諸義，此已發其端矣。今復博徵諸說：如立爲字以爲根，爲者母猴也；猴喜模效人舉止，故引伸爲作爲，其字則變作僞，爲之對轉爲蝯，譌之對轉復爲諼矣。如立禺字以爲根，……」

由所舉之例看來，章氏所謂「語根」，如以音爲表之類，乃是物名的由來；如立爲字以爲根之類，乃是文字形體的孳乳之根而非語言之根，雖然「名原」和「字原」二者都和「音原（語根）」有莫大的關係，但是與上面我們所說的「語根」稍有些不同；況且文字的形體孳分和語言音義的孳分並不能完全相諧而密合無間呢。所以我們求語根，非和文字的形體隔離而不以字形爲主不可。後來他的作文始，大概動機於此，不過方法上又有些變更。文始敍說：

「……獨欲浚抒流別，相其陰陽，於是刺取說文獨體，命以初文；其諸省變，及合體象形指事，與聲具而形殘，若同體複重者，謂之準初文；都五百十字，集爲五百四十七條。討其類物，比其聲均；音義相讎，謂之變易，（即五帝三王之世改易殊體者）；義自音衍，謂之孳乳；比而次之，得五六千名。……」

略例甲曰：「諸獨體皆倉頡初文，……今敍文始，悉箸初文，兩義或同，即從并合。其準初文或自初文孳乳，然以獨立爲多；若準初文無所孳乳，亦不可得所從受者，不悉箸也。」

所謂「初文」及「準初文」者，仍是「立爲字以爲根」的一脈相傳的老法，脫不開字形的束縛；即使「初文」與「語根」相應，這種「初文」也當求之於最古的文字形式，不宜死守說文部首及其說解，須知部首是許君分析字形構造單位的結果，據形系聯的方法，雖皆有音有義，但大多都是許君及當時小學家的「望形生義，就義定音」，不惟經典不用，實際上也有許多不是代表語言的「字」，故許君亦有疑不能定者，如丨丶凵丿乀乚ㄣ之類皆是。至如章氏之言「孳乳」，一以彼之二十三部成均圖假定的學說爲依從，表面看來好像是語言的，但實際上能合於古嗎？

古音的系統既還未弄清晰，那麼求語根及其分化語者，似乎只有從聲母與形聲字的自然分化上來着手，或者比較以成均圖爲準者尚爲可信。沈氏右文說第八節應用右文以探尋語根目下云：

「近世學者推尋中國文字之原，約得三說：一於說文中取若干獨體之文，定爲初文，由是孳乳而成諸合體字，此章氏文始之說也。一於古文字中（包含卜辭金文）分析若干簡單之形，如

•一一×……等體，紬繹其各個體所表示之意象，而含有此等象形體之字，其義往往相近，是此等象形體即可目之爲原始文字，余曩曾主張此說，近魏建功君更有進一步之研究。即余所主張之文字畫。然三者所論皆是字原而非語根。且前二說近於演繹法，其弊日流於傅會。余以爲審形以考誼，似不若右文就各形聲字之義歸納之以推測古代之字形（表）與語義（裏）爲較合理，此余所以推闡右文之故也。

「或謂右文所據之對象，多爲晚周以來之字，奚足以語古？余以爲形聲字固爲後起之音符字，然研尋古代語言之源流，反較前期之意符字爲重要，蓋意符字爲記載事蹟之文字畫之變形，直接固無與於語言也。且形聲字之聲母，泰半借意符之象形指事字爲之，即欲研究意符字，則綜合各形聲字之音義以探溯其聲母之所表象，不猶愈於但取獨體文或剖析象形體而假定其孳乳字之爲自然有系統乎？且右文所表示之古義，本非如淸代古音學家據詩三百篇韵脚研究所得之結果，輒目爲三代古音盡在於是者然。雖然，欲憑古文字以考古語言，則捨形聲字外，實無從窺察古代文字語言形音義三者一貫之跡。故右文之推闡，至少足以爲研究周代以來語言源流變衍之一種有效方法。……」

觀乎自來音訓方法之偏重右文，以及右文本身所表示音義分化之現象，我們不能不說是右文與訓詁學及語言學的關係大而且密。章氏在文始略例裏面表示因爲形聲字的聲母有的是借音，只要音同便可代替，「夫同音之字非止一二，取義于彼見形于此者，往往而有，若農聲之字多訓厚大，然農無厚大義。」所以他反對「隨流波蕩」，「復衍右文之緒」，「深恐學者或有錮桎」，「而欲于形內牽之。」其實從農聲之字既多厚大之義，則「農聲」就是它們的「音原」，自不必一定拘牽形體，說「農字」沒有厚大之義，農為乳聲之借。須知語根重在「音」，它只是利用文字的音來歸納構擬成為一個較為近古的「音式」（義原包含在音原之內）而已。究竟是誰被形體所「錮桎」呢？況且「文始所說亦有專取本聲者」，雖「無過十之一二」，亦足見右文之重要了。

右文說的發端始於宋人，如王聖美（夢溪筆談十四引）、以及王觀國（學林五）、張世南（遊宦紀聞九）、戴侗（六書故）等人皆曾道及，惟零金碎玉而不成條理，蓋為偶然之發見，未嘗為有意之研究也。明黃生字詁於「紛雰盆鳻衯棼」「疋⿰囪疋⿰爻疋疏梳」等條下所說，比較宋人已稍知歸納演繹而立為通則。至清儒小學大倡，始從而論及聲音詁訓相通之理，最著者如段氏說文注（幾于⿰虫麃⿰齒吉眞溓……等字下），王氏的廣雅疏證，郝氏的爾雅義疏，焦循的易餘籥錄，宋保的諧聲補逸，陳詩廷的讀說文證疑，黃承吉的字義起於右旁之聲說（夢陔堂文集卷二）等都是。近人如劉師培的字義起於字音說（左盦集四），梁啓超的從發音上研究中國文字之起源（飲冰室文集六十七）等都是。可惜自宋以來，直到民初，諸家所說，陳腐相因，只有材料多少詳略的不同，而無方法之革新研究，換言之，即缺乏歷史眼光，科學方法，以及對於語言文字深刻的認識也。沈氏研究語文之學久而且精，其學雖源於章氏，然方法眼光並有革新，頗能當仁不讓，青出於藍，曾作右文說在訓詁學上之沿革及其推闡一文，揭載於中央研究院史語研究所集刊外編（蔡先生六十五歲慶祝論文集、民二十二），長約六萬餘言，共分九節：㈠引論，㈡聲訓與右文，㈢右文說之略史一，㈣右文說之略史二，㈤右文說之略史三，㈥諸家學說之批評與右文之一般公式，㈦應用右文以比較字義，㈧應用右文以探尋語根，㈨附錄。文長不便徵引，茲錄其論語根與形聲字之關係如左：

(1)語根之分化語詞，雖與形聲有關，而不能即是一事，形聲爲演繹的，而推尋語根爲歸納的。

(2)音符不盡爲語根，即主諧字不皆爲語根，被諧字不皆爲語詞。

(3)同一主諧之音符，有在此形聲字爲語根而在彼形聲字非語根者。

(4)本音符非語根，別有一與此音符同音之字爲此語詞之語根者。

(5)同一語根，有時用多數音符表之者。

(6)語根之與語詞，有不取音符與形聲字之關係，而別以音近字爲之者。

誠能以右文爲主，再輔以音韻學之知識，就古音以求古義，不拘泥於本字本義，縱橫旁達，以求語文流衍之勢，則語言文字之變雖多歧路，庶幾亦可以沒有亡羊之慮了。上列六條可列如下表：

- (1)甲音符
  - 音符無義者（祇表音素）。
  - 音符兼義者
    - 音符兼義而即爲其語根者、
    - 音符兼義而非其語根者、（別有與此音符同音之字爲其語根、）

（語根）
(2)乙音符（與甲音同）及其孳乳字群、
(3)丙音符（與甲音近）及其孳乳字群、
(4)與甲音符音同之字群、
(5)與甲音符音近之字群、

此外魏建功的古音系研究一書裡，也曾論到「語根」（三〇三頁），和「語根轉變考釋」（一九五頁），惜僅能提出途徑而無具體的構擬方案。不過如他提出來的那個途徑——「所謂語根，是音義源派同一的意思。我們可以由其義同而羅列許多音異的例子，在音異的中間又可以考其變遷關係和歷史。例如舊稱泥紐與各韻讀成的音，包含第二人稱代名詞，和指示、疑問、推擬的形容詞或副詞的語根，文字上往往相通，有許多例子可以考見音變的線索。」這雖是着眼在「音變」的研究，倒是值得探討構擬語根的人的注意。

## 第十節　音　訓（下）

㈡求方言及古今語之音轉規律、

因時地縱橫的變遷而生之「轉語」，也可以視為「分化語」。凡音變義變或音變義同（包括四聲別義），以及音同義變（引申義）者都是語根分化詞，不過「轉語」僅就其「音變」言之耳。爾雅一書以及漢人訓詁，雖然都是「釋古今之異言，通方俗之殊語」，如釋詁「初哉、始也。

」初哉始並一聲之轉，猶初之爲裁製，栽之爲植傳。但皆隨文釋義，雜然混陳，使人知其然而不知所以然之故。方言亦語言的著作，卷一「皆古今語」下曰：「初別國不相往來之言也，今或同，而舊書雅記故俗語不失其方，後人不知，故爲之作釋也」其書之組織在以「通語」證明「轉語」，書裡所收的語言約分五類：

(1)通語（通名、凡通語、凡語。）——沒有地域性的普通話。

(2)某地某地之間通語（四方之通語、四方異語而通者。）——通行區域較廣的方言。

(3)古今語（古雅之別語）——縱的方面語言生滅所殘留的古今異語。

(4)某地語（某地某地之間語）——橫的方面因地域不同而生的各地方言。

(5)轉語（語之轉、代語。）——兼包縱橫方面而生之一詞音變的轉語。

轉語有係乎時者，有因乎地者；或雙聲相轉，或疊韵相迤。如卷一第一條云：「黨、曉、哲，知也。楚謂之黨，或曰曉，齊宋之間謂之哲。」知哲黨三詞古爲雙聲，大概出於一根，黨即今之懂也。曉似別出一源。此不過以通語「知」疏證方語「黨曉哲」而已，其說明語言變衍的現象雖較爾雅爲具體，然其材料及方法，似乎也很凌雜無次。此二書者固皆研究語根及其轉語之材料，然終非自覺的有系統的說明音轉規律之書也。至於說文，根本以文字爲主而不以語言爲主，然其說「考老」轉注之類，實即轉語之表現於造字者，前人論轉注之義者多未能窺見此理。拙著中國文字學概要第二十六節說：「轉謂聲轉，注謂注明，意符字之聲有轉變，則加他音符以注明之；老之聲轉爲丂，便在老旁加注丂聲以明之，即成考字。」蓋語言有轉語，而文字表示之法：一爲轉注，一爲其他五書，如爾雅：「永羕引延融駿，長也。」並語之轉，其中惟永羕爲轉注，永融延引則否，羕字即就永字增羊聲而成者。轉注字之形首即原來意符字之形，故曰「建類一首」，轉注字之義即原來意符字之義，音轉而義不變，故曰「同意相受。」準是以求，如氛氛、走趨、止歱、是韙、言語、音響、革鞹、隶隸、卜卦、盾瞂、羽翼翅狐翟翊翻翮……等，下一字並上一字之轉注，全書約可得二百餘事。惜許君未明言某爲某之轉注字，僅以次字先後以見意，蓋意符字多爲部首，而音轉義同形從之音符字即接次部首之下，或係偶然如此歟？而且許君重分別，聯形體，所以有轉注字見於他部或部中而說義不同者，如鼻爲自之轉注而別立一部，翼爲羽之轉注而定爲飛異之或體，翊爲羽之轉注而說爲飛貌，都是顯然錯誤的地方。章氏云方語有殊，名義爲一，則爲更制一字，此所謂轉注也。這種轉注因於轉語的解釋固較戴段的互訓之說爲優，然實是語言分化之現象而非造字的方法，所以說：六書中的轉注字只是轉語之一部份的表現於造字者，並非轉語盡在轉注之中也。

其後郭璞注方言，多言「聲之轉」，如卷一大也條「皆古今語也」下注：「語聲轉耳」，卷二獪也條下注：「（蔿）音指撝，亦獪聲之轉也。」卷三「蔿譌譁、化也」條中注：「皆化聲之轉也」。……等皆是。其注爾雅多引方言，故亦云「方俗語有輕重耳」（如磒猶隕也」，「語之轉耳」（如卬猶姎也）。清戴震精於審音，悟聲轉之理係自然而成，以爲爾雅方言釋名以外猶闕一卷書，故作轉語二十章以補其闕，序曰：

「人曰始喉，下底脣末，按位以譜之，其爲聲之大限五，小限各四，於是互相參伍，而聲之用備矣。參伍之法：台余予陽、自稱之詞，在次三章；吾卬言我，亦自稱之詞，在次十有五章；截四章爲一類，類有四位，三與十五，數其位皆至三而得之，位同也。凡同位爲正轉，位同爲變轉。爾女而戎若、謂人之詞，而如若然、義又交通，並在次十有一章；周語若能有濟也，注云若乃也，檀弓而曰然，注云而乃也，魯語吾末如之何即奈之何，鄭康成讀如爲那，曰乃曰奈曰那，在次七章，七與十有一，數其位亦至三而得之。若此類遽數之不能終其物，是以爲書明之。凡同位則同聲，同聲則可以通乎其義，位同則聲變而同，聲變而同，則其義亦可以比之而通。更就方音言，吾郡歙邑讀若攝失葉切、唐張參五經文字、顏師古注漢書地理志亦然，歙之正音讀如翕，翕與歙、聲之位同者也。用是聽五方之音，及少兒學語未清者，其展轉譌溷，必各如其位。」

書已不傳，或許是就未有成書，不過按照他的聲類表也可以明其條例近人曾廣源有釋補，謂聲類表即轉語本書。惜昧於音理說多隔膜。今不從，大概有如下表：

| 發音位（同方法）<br>發音部位（同位） | 第一位 | 第二位 | 第三位 | 第四位 |
|---|---|---|---|---|
| | 塞爆塞擦 | 塞爆塞擦之送氣 | 鼻聲 | 通聲擦聲 |
| | 正清次濁 | 正清次濁 | 正清次濁 | 正清次濁 |
| 一類 喉牙 | 見〇（一章） | 溪群（二章） | 影喻（三章） | 曉匣（四章） |
| 二類 舌頭 | 端〇（五章） | 透定（六章） | 〇泥（七章） | 〇來（八章） |
| 三類 舌上 正齒 | 知 照 〇（九章） | 徹澄 穿牀（十章） | 〇娘 日（十一章） | 審禪（十二章） |
| 四類 齒頭 | 精〇（十三章） | 清從（十四章） | 〇疑（十五章） | 心邪（十六章） |
| 五類 輕唇 重唇 | 邦〇（十七章） | 滂並（十八章） | 〇微 明（十九章） | 非奉 敷（二十章） |

例如台余予陽在次三章（即喻母），吾卬言我在次十五章（疑母）；爾女而戎若如然在次十一章（娘日），乃柰那在次七章（泥母）。這樣發音部位同者爲「同位」，發音方法同者爲「位同」；同位爲「正轉」，位同爲「變轉」；同位則同聲，位同則聲變而同；同聲則可以通乎其義，聲變而同則其義亦可比之而通。於是就可以「疑於義者以聲求之，疑於聲者以義求之。」雖然他的聲母排列還有不妥之處，如第二位之濁與第一位也有同位的可能，何以只在第二位？第三位齒頭音何以有濁疑？第四位脣齒非敷奉屬此似以今音爲主，何以第二位的濁不按今音分配？但是他的精神全在啓發風氣，實是用語音學的發音基礎分別音素的部位而闡明音變條例的先導者，欲令學者準是以求語音之轉的自然規律，聲義變遷的法則及聲義相通的原理。這是訓詁學的事業，也是語言學的事業。他想以這個表來貫串爾雅方言釋名的材料，以後王念孫的雅詁雜纂、釋大、雅詁表諸書，都是這種精神及方法的發揮光大。王國維高郵王懷祖先生訓詁音韻書稿序錄云：

雅詁雜纂，一册。雜纂雅詁中同母同義之字而疏釋之，以字母分類，存見母四十一條，匣母一條，精母一條。

釋大七篇，二册。取字之有大義者，依所隸之字母彙而釋之，并自爲之注，存見溪群疑影喻曉七母，凡七篇，篇分上下。

雅詁表，二十一册。取爾雅方言廣雅小爾雅四書詁訓，以建首字（即用以訓釋之字）爲經，而以古韻二十一部分列所釋之字以緯之，其建首字亦各分爲二十一部，故共爲二十一表。（

此外尚有爾雅分韵四册，方言廣雅小爾雅分韵一册，皆雅詁表之長編。）

這樣看來，上列三書前二種以聲母為準，後一書則改以韵部列字，此又於戴氏方法之外別闢蹊徑者了。按王氏廣雅疏證之作，已屢言「語轉」，並且常常彙聚義異聲同而聲轉相同的字例說明「事雖不同，而聲之相轉則同」之理，又常以義近聲轉相同的字例說明聲義相通之理，至於僅泛言聲轉語轉、方俗語有輕重侈弇者更是所在皆是。茲舉數則以見例：

(甲)汎言聲轉者。

「或有也」下云：「域有一聲之轉，故商頌元鳥篇正域彼四方，毛傳云：域有也。」又「方撫有也」下云：「撫方一聲之轉，方之言荒，撫之言幠也。爾雅；幠有也，郭注引詩遂幠大東，今本幠作荒，毛傳云：荒有也。」（卷一、下同。）

「厲隒方也」下云：「厲亦廉（隒）也，語之轉耳。」又「盈臆滿也」下云：「盈億亦語之轉也。」

「郎君也」下云：「良與郎，聲之侈弇耳，猶古者婦稱夫曰良，而今謂之郎也。」又「超逴遠也」下云：逴亦超也，方俗語有輕重耳。」（其云「聲近」者亦多聲轉之例。）

(乙)義相近者聲轉之理亦比之而同。

大也條下云：「善猶大也，故善謂之佳，亦謂之介；大謂之介，亦謂之佳，佳介語之轉耳。」又云：「封墳語之轉，故大謂之封，亦謂之墳；冢謂之墳，亦謂之封，冢亦大也。」又云

：「大則無所不覆，無所不有，故大謂之幠，亦謂之奄；覆謂之奄，亦謂之幠；有謂之幠，亦謂之撫，亦謂之奄；矜憐謂之撫掩，義並相因也。」又云：「厚與大同義，故厚謂之敦，亦謂之厖，大謂之厖，亦謂之敦矣。」有也條下云：「有與大義相近，故有謂之厖，亦謂之方，亦謂之荒，亦謂之幠，亦謂之虞，大謂之厖，亦謂之方，亦謂之荒，亦謂之幠，亦謂之撫，亦謂之吳，吳虞古同聲。」遠也條下云：「凡遠與大同義，遠謂之荒，猶大謂之荒也；遠謂之遐，猶大謂之假也；遠謂之迂，猶大謂之訏也。」張也條下云：「凡張與大同義，張謂之幠，亦謂之扜，猶大謂之幠，亦謂之訏也；張謂之磔，猶大謂之祏也；張謂之彉，猶大謂之廓也。」式也下云：「案凡物之大者皆有獨義，……獨謂之蜀，亦謂之介；大謂之介，亦謂之蜀，義相因也。」美也條下云：「美從大與大同意，故大謂之將，亦謂之皇；美謂之皇，亦謂之將；美謂之賁，猶大謂之墳也；美謂之膚，猶大謂之甫也。」（卷一）

(丙)事雖不同而聲轉之理相同者。

血也條下云：「衊與衁，一聲之轉也。上文云：帍幭幞也，帍之轉爲幭，猶衁之轉爲衊矣。」也滫也條下云：「長謂之脩，亦謂之梢，亦謂之擢；臭汁謂之滫，亦謂之潲，亦謂之濯。事雖不同，而聲之相轉則同也。」（卷八）

惜拘於體裁，只能隨文解說，不能獨立創爲訓詁學之系統，要是長編性質的訓詁材料而已；有識的學者大抵先借疏證古書之機會以搜集材料，材料具備；而後綜合之以成一有系統的學說，王氏釋大之作，大概就是綜合廣雅疏證的材料，說明訓詁的原則及方法，惟不及待其完成，還有需於後人之推闡也。茲取釋大一節以爲代表：

岡、山脊也，亢、人頸也，二者皆有大義。故山脊謂之岡，亦謂之嶺；人頸謂之領，亦謂之亢。彊謂之剛，大繩謂之綱，特牛謂之犅。大貝謂之魧，大瓮謂之瓬，其義一也。岡頸勁聲之轉，故彊謂之剛，亦謂之勁，領謂之頸，亦謂之亢；大索謂之緪。岡緪互聲之轉，故大繩謂之綱，亦謂之緪；道謂之堩，亦謂之䟘。

王國維受了王氏遺稿的啓發以及羅氏的慫恿，乃思爲爾雅聲類以觀其義之通，不過部分之法輒不得其衷，若以喉牙舌齒唇五音分之，則同音字聲義關係似不甚顯；若以字母分之（或假定古音爲若干母，或即用戴氏古二十字母之說），則又破爾雅之義例，欲類之而反分之；結果悟此事之不易，遂改變方法，作了一部爾雅草木虫魚鳥獸釋例。

王氏曾提出一個問題，就是聲轉由於聲者多呢？還是由於韻者多呢？王氏釋例序曰：

「近儒皆言古韵明而後詁訓明，然古人假借轉注多取雙聲，段王諸儒自定古韵部目，然其言詁訓也，亦往往舍其所謂韵而用雙聲，其以疊韵說詁訓者，往往扞格不得通。然則與其謂古韵明而後詁訓明，毋寧謂古雙聲明而後詁訓明歟？」

這話的確有大部分道理。郝氏疏爾雅，他在又與王伯申學使書（曬書堂集二）裡自述其方法說：「鄙意欲就古音古義中博其指趣，要其會歸，大抵不外同、近、通、轉、四科以相統系。」故疏中輒言「聲同」「聲近」「聲轉」。陳澧讀書記曰：「爾雅訓詁同一條者，其字多雙聲。郝蘭皋義疏云：凡同聲聲近聲轉之字，其義多存乎聲（卷一釋大也條）澧謂此但言雙聲即足以明之矣，有今音非雙聲而古音雙聲者，可以其字之諧聲定之，又可以古無輕脣音及古音不分舌頭舌上定之，郝氏所謂聲近聲轉即指此也。」丁顯的丁氏聲鑑序云：「雙聲之說，係乎經術，關乎史學，而兼識乎方言者也。解經而不知雙聲，則諸家之改異不明；讀史而不知雙聲，則各書之歧疑不別；宦游而不知雙聲，則外省之方音不識；且博覽群書而不知雙聲，則轉注之義，訓詁之學，均不明矣。」所以他作的群經異字同聲譜以及諧聲譜諸書，都是以聲爲綱的。

「轉語」的第二部著作就是程瑤田的果蠃轉語記，這部書似乎是推明雙聲疊韵的複音詞的聲音組織（音式），大概受戴氏轉語二十章的影響而擬另闢門徑以求轉語，故與戴書性質稍不類。其文開頭即曰：「雙聲疊韵之不可爲典要，而唯變所適也。聲隨形命，字依聲立；屢變其物而不易其名，屢易其文而弗離其聲。物不相類也而名或不得不類，形不相似而天下之人皆得以是聲形之，亦遂靡或弗似也。姑以所云果蠃者推廣言之；……（中言果蠃蒲盧之轉語約三百事）……凡上所記，以形求之，蓋有物焉而不方；以意逆之，則變動而不居；抑或恒居其所也，見似而名，隨聲義在；愚夫愚婦之所與知，雖聖人莫或易焉者也。」由原文的首尾所云看來，似乎「不方」「變動」是語根的義，而語根的音則未明言，只以「果蠃」「蒲盧」二詞推廣言之，它們是「肖物形而名之，非一物之專名。」至於轉變的規律，他僅於果隋即果蓏下說：「蓏轉爲隋，索隱隋音徒火反，是收聲轉爲送聲；以視都朶，則發聲轉爲收聲；蓋口中界限，一位有發送收三聲，都朶發，隋送，蘇盧收也。」又於「伊利俱盧」下云：「伊利俱盧，所謂雙聲疊韵也，伊俱、利盧爲雙聲，伊利、俱盧爲疊韵；然以字母言之，伊爲影母屬喉，俱爲見母屬牙音，牙喉聲不同矣；今證之以此，則二母不得別爲兩聲；益信戴東原以見爲喉之發聲，影爲喉之收聲，爲得自然之音位也。」由此可見程氏是受了戴氏的方法影響而又以雙聲疊韵的複音詞爲主來加以證明的。可惜他只舉了那些個例證，甚而有時還有些牽強的例證，對於轉變的條例毫未加以綜合，比起戴氏的二十章來可以說是大有遜色了。王念孫的跋語說：「蓋雙聲疊韵出於天籟，不學而能，由經典以及謠俗，如出一軌，而先生獨能觀其會通，窮其變化，使學者讀之而知絕代異語，列國方言，無非一聲之轉，則觸類旁通，而天下之能事畢矣。」王氏遺稿有疊韵轉語一種，雜記複音詞，以字母二字爲綱目，如見谿下列「具區」，來見下列「臚句、軥錄、觚盧、螻蛄、蝸蠃、菲離。」所記寥寥，都無解說，蓋爲未完成之草稿，似欲上追程氏發凡起例之作而爲之列譜羅證，以窺一聲之轉的奧妙，觸類旁通，極盡能事之預備工作即在於是。王國維得見石臞未完之作，思有以成之，於是作連綿字譜三卷，卷上爲雙聲（重音附入）之部，計二十三紐，卷中爲疊韵之部，計二十一部；聲母韵部多少一依王念孫釋大及古音二十一部表之數。卷下爲非雙聲疊韵之字，以首字之聲母爲次。其采輯範圍，不出群經諸子小學之列，共得二十七種。按中國語詞向以複音詞爲基幹，而複音詞中以連綿字爲最多，這實是探討我國原始語言以及語言分化的唯一捷徑。魏建功的古音系研究一書特別注重連綿詞及古成語的材料，他在連綿詞及古成語釋音一節裡說：

雙聲連綿的可以有對轉或通轉的異字重言的存在。

疊韵連綿的可以有同音的異字重言的存在。

非雙聲疊韵連綿的可以有複聲的存在。

非雙聲疊韵連綿的可以有自雙聲疊韵方面變來的。

不但應當把重言、雙聲、疊韵、非雙聲疊韵的連綿詞視為聲韵的變遷，就是那些單音詞（一字）也該和上面的連綿詞會合在一起，以音義為準而觀其演變及分化。魏氏又想完成一件「中國語連綿格」的偉大工作，在同書音軌一節裡已粗具端倪了。（見下文所引）。

戴氏於「韵部」一方面，又有「音聲相配」及「正轉」「旁轉」之說，蓋戴氏精於審音，便以審音之功定考古之事，故其研究古音分部獨能另闢蹊徑。他一面利用韵書的韵目次第說明「音之流變有古今」，「聲類大限無古今」（見聲韵攷卷二）；另一面又從審音上講明「音聲相配」的道理，相配的條例有「正轉」「旁轉」之別，以入聲為相配之樞紐，暗暗列成「陽」「陰」「入」的部類（見答段若膺論韵）。孔廣森繼之作詩聲類，不過是在古書叶韵和諧聲系統的歸納統計以外又加上一點陰陽相配對轉互轉的新方法而已。這種古音的研究雖非訓詁學的範圍，然而古語的探究非借賴古音學的幫助不同，所以段氏注說文先為六書音均表，王懷祖欲伯申之傳其學，首教以古韵二十一部之分合及說文諧聲之義例了。例如詩聲類卷三說：「案陽唐為魚模之陽聲，二韻多互相轉，如亡可通爲無，荒可通爲幠，放可通爲甫，莽有姥音，廣有鼓音（語文弓部彉从弓黃聲，讀若郭。），迎有遻音，推此，則卬之訓吾，陽之訓予，或亦皆可轉讀歟？」由此可見欲曉轉語，先得明白音轉之理。

正式以音聲相配的原理來推求語言文字的本始和流別的學者是章太炎。章氏根據戴孔二氏的理論精神而又加以擴充和音理的說明，開創了以音系爲研究語言文字學的基礎的風氣。他的著作及其主旨大約是如此的——

(1)小學略說——語言文字學的總論、

(2)成均圖——韻部說、

(3)音理論、二十三部音準——韻部之審音論。

(4)一字重音說、古音娘日二紐歸泥說、古雙聲說——聲紐之審音論。

(5)語言緣起說、轉注假借說——語文孳乳轉變的條例。

這都是音聲相配的理論，後來的文始和新方言便是應用音聲轉變關係去說明語文孳乳流衍的例證。他不但注意音理，確定了「陰聲」「陽聲」的界說，古韻二十三部，古聲二十一紐的分合，而且擬定了韻轉聲轉的條例。成均圖是韻轉的公式表，其轉法有六：

旁轉
- 近旁轉——同列相比。
- 次旁轉——同列相遠。

- 正聲
  - 對轉
    - 正對轉——陰陽相對。
    - 次對轉——自旁轉而成對轉。
- 變聲
  - 交紐轉——陰陽非相轉而以比鄰相出入。
  - 隔越轉——隔軸、聲不得轉，間有以軸聲隔五相轉。

古雙聲說裡面指明聲類間的關係如下：

(1) 同一音者，雖旁紐則爲雙聲。（是故金欽禽唫一今聲具四喉音，汙吁芋華一于聲具四牙音。）

(2) 喉牙二音，互有蛻化。（募原相屬，先民或弗能宣究。證以聲類：公聲爲翁，爲宊，工聲爲紅，叚聲爲遐，古聲爲胡，……。）

(3) 百音之極，必返喉牙；喉牙足以衍百音，百音亦終馴復喉牙。（攸聲有條，由聲有笛，……此喉牙發舒爲舌音也；天音如顯，地訓爲易，……此舌音遒斂爲喉牙也。……）

由論音變的法則，進而「以明語原」，「以見本字」，「以一萌俗」。茲節錄文始一則以見一斑：

說文多、重也，從重夕。孳乳爲夥，有大度也；爲哆，張口也；爲炵，盛火也；爲痑，廣也；多與廣大盛厚義皆相應，故孳乳得此。對轉寒，孳乳爲亶，多穀也；爲奲，富奲奲貌。自此旁轉眞，又孳乳爲腆，設膳腆腆多也。然多有重義，故又孳乳爲貤，重次弟物也古音貤亦當如佗、；貤旁轉支爲弟，韋束之次弟也；弟又孳乳爲豑，爵之次弟也，則由支旁轉至矣；弟又孳乳爲程，程、品也，則由支對轉淸矣；凡諸次弟未有不重者，故弟豑程亦重次弟物也。多又引申爲功，夏官司勳：戰功曰多；引申爲自多，呂覽謹聽：聽者自多而不得，注：自多自賢也；由此孳乳爲垑，恃也。（見陰聲歌部甲）

成均圖之弊，近來多已知之，二十三部及二十一紐之多少分合固可人自爲說，然對轉旁轉已不可深信，何況次對轉次旁轉，甚而至於交紐隔越者乎？若然則無不可轉了。錢玄同在文字學音篇裡批評他們說：「對轉之說當然可以成立，惟諸家所舉對轉之韵，彼此毋音不盡相同，尙待商榷。」至「旁轉之說，則難於信從」，因「韵部之先後排列次第，言人人殊，未可偏據一家之論，以爲一定不易之次第。」況且「古今語言之轉變，由于雙聲者多，由于疊韵者少，不同韵之字，以同紐之故而得通轉者，往往有之，此本與韵無涉，未可便據以立旁轉之名稱也。」可見言聲轉者遺於韵，言韵轉者遺於聲，必得聲韵兼顧，證以右文通假，或體重文，然後始能較爲完善也。還有講聲音轉變的重要依據和限制就是「字義」，這義應是語義；章氏拘囿於說文本字本義而反譏王懷祖之不推求本字爲瑕適，也有些蔽惑形體而不得語言之本始。

近日學者間之首先根據音理來試爲創建「音軌」——音變軌則的人，那就是古音系研究的著者魏建功了。所作音軌「凡三部，二十軌，百又六系；古今絕代，殊方別邑，語言變異之跡，可按而求其遞異和同之郵也。」今錄其音軌三部二十軌如下：

聲類軌部一：同位異勢相轉軌，異位同勢相轉軌，同位或異位增減變異軌，同位或異位分合變異軌，韵化軌。

如說文遘遇相訓，二字疊韵，聲母塞鼻相轉，塞鼻同位異勢。爾雅：格懷、來也，探、試也，降、下也，虹、潰也，昆、後也，之子者是子也。皆塞通相轉，塞通亦同位異勢，即戴氏之「同位」。而異位同勢即「位同」，並是取戴氏遺意而用語音學方法擬定的。至同位或異位之增減分合的變異，那又是會通單音詞與複音詞的法則，因爲連綿字及古成語大多別有一字與之音近義同，此又涉及語言分化之範疇者也。

韵類軌部二：同位異勢相轉軌，異位同勢相轉軌，同位上下變異軌，同位異勢變異軌，異位同趨衍變軌，同位異趨衍變軌，分合軌，增減軌，鼻韵化軌，聲化軌十。

韵母方面是以韵位圖爲主要元音變化的間架，再加上韵尾和聲調的種種關係而成。例如「台予」依今音是同位異勢的前升降相轉系，「吾我」是後升降相轉系，在韵位圖上的位置都是屬於同一線的。增減軌就是舊來所謂「對轉」及「通轉」，如說文：「適、之也。宋魯語」之適陰入對轉；說文：關東曰逆，關西曰迎，迎逆陽入對轉。

詞類軌部三：聲同軌，韵同軌，聲韵皆同軌，聲韵均異軌，聲韵混合軌。

這裡除去「雙聲格」及「疊韵格」、「重言格」較爲普通外，其如「綺錯格」、「二合格」及「切音格」部是爲一般人所不注意的。惟爲「柊楑」或「楑柊」（活東、骨朶）是綺錯格，「科斗」「活東」是二合格，不用爲甬是切音格。三格似同而實異，切音格之上字之韵與下字之聲無所限制，而綺錯二合則上字音尾與下字音首必互有關連，所以往往可以用其所對之單音詞易其上一字而爲疊韵，或與上一字相聯而爲雙聲，如：

突欒——團（二合）……團欒（疊韵）

康㝗——空（二合）……空康（雙聲）。

魏氏論證音近音轉及聲韵分合的材料，不外下列幾種：

⑴諧聲系統（右文）。⑵同音假借。⑶同書異文。⑷一字或體。⑸古今方音。⑹詩歌叶韻。⑺連綿字格。⑻學語譌混（小兒和外國語）。⑼中外譯音。⑽漢字支音。⑾同語族語。……

……等。

這些都可以用來作爲訓詁時的線索及佐證。例如：

詩云：「桃之夭夭，有蕡其實。」傳：「蕡、實貌。」蕡何以爲實貌？兪樾群經平議云蕡者大也，因「遵彼汝墳」，墳訓大防，「賁鼓維鏞」，賁鼓大鼓，故知蕡與墳賁字異而義同。馬瑞辰傳箋通釋又云蕡者頒之假借，頒爲大首，引申爲凡大之稱，爾雅：墳、大也。按詩「有頒其首」，樊光注爾雅引作有賁其首；坋字說文一曰大防，則爲墳之重文，猶忿之爲憤；均可爲馬說之證。又說文萉或作𪎊，周禮作蕡，是蕡又可通肥了，有肥其實，義更明顯。詩云：「維鵲有巢，維鳩方之。」傳：「方、有之也。」戴東原詩考正讀方爲房，房之猶居之也。王引之經義述聞又讀方爲放爲旁，放旁均訓依也。房放旁聲並通。俞樾又訓方爲附，方附猶魴之爲鮒，方之訓爲泭也，方附一聲之轉。按毛傳訓方爲有，也不能說是不對，仿佛（彷彿）一作放物（漢書郊祀志），又作荒昒（劉歆遂初賦），徬徨一作方皇（後漢書馬皇后紀），是方可通旁放，亦可通荒，可通附，亦可通幠也，爾雅：「幠、有也。」廣雅：「方撫、有也。」方撫荒幠猶彷彿，幠者覆也，解爲維鳩覆之，義亦可通。覆者孚孵也，故首言居，次言孚，末則言盈矣。

詩云：「二子乘舟，汎汎其景。」釋文：「景如字，或音影。」正義：「觀之汎汎然，見其影之去往而不礙。」王引之又訓爲憬，遠行貌；士昏禮姆加景，今文景作憬，是景憬古字通。按影即景後起分別字，訓影訓憬，都從諧聲系統着想，王氏又引異文爲之證明也。其實不必改字，爾雅：「京景、大也。」詩：「憬彼淮夷」，齊魯詩作廣，韓詩作獷；廣、遠也，遠去與下章汎汎其逝意正同。又按景廣音與黃皇旺王音近，獷即狂之或體，說文人部末有㑌字，解云「遠行也。」（楚辭：「魂㑌㑌而南行兮。」此乃遑惶義。）由此看來，景憬並與往㑌音義相近。釋爲汎汎其往，更爲直接了當，爾雅：「逝、往也。」故上言往而下言逝，文變義同。

上面略舉數例，以見音義相關以及依音求義之一斑，故漢人訓詁多音義相兼。誠能把握住這種絜矩之道，那麼就可從心所欲不逾矩了。

# 第十一節　義訓

以語言解釋語言的方式中，求原是音訓，上面已經說過了；宛述是義訓，翻譯則兼而有之，其僅祇意義相當而無音聲之關係者可以歸之義訓，其不徒意義相當而且有音聲之關係者可以屬諸音訓。現在就宛述和翻譯兩方面分別敘述如下：

㈠宛述：

(1)釋一詞之義：

詩毛傳：「四方而高曰臺。」「高平曰原。」「下濕曰隰。」「曲陵曰阿。」「木下曲曰樛。」「水旋丘如，璧曰辟廱。」「圓者爲囷。」「方曰筐，圓曰筥。」「有足曰錡，無足曰釜。」「山大而高曰崧。」「鏞，大鍾。」「泜，小渚也。」「小渚曰沚。」「大陸曰阜，大阜曰陵。」「小曰羔，大曰羊。」「缾小而罍大。」

（右就其形狀言之）

詩毛傳：「純黑曰驪。」「赤黃曰騂。」「黃馬黑喙曰騧。」「牛黑脣曰犉。」「鷺，白鳥。」「錦衣，采衣也。」「縞衣，白色男服也。綦巾，蒼艾色女服也。」「黑與青謂之黻，五色備謂之繡。」

（右就其顏色言之）

詩毛傳：「檀，強忍之木。」「柳，柔脆之木。」「鴞，惡聲之鳥。」「鵰鳶，貪殘之鳥。」「貔，猛獸。」「騶虞，義獸，白虎黑文。」「瓊，玉之美者。」「瓊瑰，石而次玉。」「精曰絺，粗曰綌。」

（右就其性情言之）

詩毛傳：「副者，后夫人之首飾，編髮爲之。」「展衣，以丹縠爲之。」「兕觥，角爵。」「木曰豆，瓦曰登。」「土曰壎，竹曰篪。」「龜曰卜，蓍曰筮。」

（右就其質料言之）

詩毛傳：「園，所以樹木也。」「囿，所以域養禽獸也。」「笱所以捕魚。」「畢所以掩兔。」「觥，所以誓衆。」「匕，所以載鼎實。」「衰所以備雨。笠所以禦暑。」

（右就其功用言之）

詩毛傳：「門屏之間曰箸。」「水草交謂之麋。」「山脊曰岡。」「山頂曰冢。」「山夾水曰澗。」「側出曰氿泉。」「野，四郊之外。」「坰，遠野也。」「邑外曰郊，郊外曰野。」「由膝以上爲涉。以衣涉水爲厲，由帶以上爲厲。」「裳，下之飾也。」「在下曰裳，所以配衣也。」「上曰衣，下曰裳。」「目上爲名；目下爲清。」「自目曰涕；自鼻曰泗。」「草行曰跋，水行曰涉。」「東西爲交，邪行爲錯。」「兩手曰匊。」「土治曰平，水治曰清。」

（右就其位置言之）

詩毛傳：「冬獵曰狩。」「夏獵曰苗。」「春曰祠，夏曰禴，秋曰嘗，冬曰烝。」「春夏爲圃，秋冬爲場。」「先種曰稙，後種曰穉。」「後孰曰重，先孰曰穋。」「先生曰姊。」

（右就其時間言之）

詩毛傳：「弔失國曰唁。」「田，取禽也。」「善父母爲孝；善兄弟爲友。」「老無妻曰鰥；偏喪曰寡。」「金曰雕，玉曰琢。」「鑿牆而栖曰塒。雞栖于弋爲桀。」

（右就其所及言之）

以上種種分類，不過就其顯著者說明罷了。當然並不是說宛述一詞之義只有這幾方面可說，更不是說一詞之義僅能就一方面宛述之也。訓詁的目的在推明文中文外之意，和後來的一般字書韻書之每字必加詮釋者不同；所以訓詁只是訓解人多不識的古字古言，至於人多識之的今字今言，當然就不加譯釋了。其有不須訓而訓者，多言形，言色，言性，言用，蓋亦有言外之意存乎其間。詩將仲子曰：「將仲子兮，無踰我園，無折我樹檀。」傳：「檀，強忍之木。」又「無踰我牆，無折我樹桑。」傳：「桑，木之衆也。」胡承珙後箋云：「案二傳於木必兼言其形性者，自以取興所在，故箋申之云：無折我樹杞，喻言無傷害我兄弟也。然則所謂桑與檀者，蓋皆以喻段可知；桑以喻段之得衆，所謂厚將得衆也；檀以喻段之恃強，所謂多行不易也。」案折杞踰里，踰牆折桑，亦猶「折柳樊圃，狂夫瞿瞿」，「你怕牆高怎把龍門跳，嫌花密難將仙桂攀」的意思，言杞言桑言檀不過與里牆園叶韵耳，何深意之有？

古書中訓釋字義之最精確簡明者莫如墨經，經上曰：

平，同高也；申，同長也。

圜，一中同長也；方，柱隅四讙也。

閒，不及旁也；盈，莫不有也。

窮，或有前不容尺也；盡，莫不然也。

勇，志之所以敢也；力，形之所以奮也。

利，所得而喜也；害，所得而惡也。

譽，明美也；誹，明惡也。

功，利民也；賞，上報下之功也。罪，犯禁也；罰，上報下之罰也。

當然是辯者的精密爲一般訓詁者所不及，可是這種嚴正的言語態度，平常的文章也都不喜採用的。具體的事物還比較好說，抽象的則有些困難了。例如仁字：

論語：「克己復禮爲仁。」「能行五者—恭寬信敏惠—於天下，爲仁矣。」

禮記：「上下相親謂之仁。」「仁者，義之本也，順之體也。」

孟子：「爲天下得人者謂之仁。」「親親，仁也。」「仁，人心也。」「惻隱之心，仁也。」

荀子：「貴賢，仁也；賤不肖，仁也。」「仁者愛人。」

管子：「以德予人者謂之仁。」「非其所欲勿施於人，仁也。」

韓非子：「寬惠行德謂之仁。」

白虎通：「仁者不忍也，施生愛人也。」

春秋繁露：「愛在人謂之仁。」「仁者，愛人之名。」

墨子：「仁，體愛也。」

莊子：「愛人利物之謂人。」

國語：「畜義豐功謂之仁。」「博愛於人爲仁。」

爲一詞一字立義界，比較起來是件困難的事，所以這種方式在訓詁上不大常見。

(2) 釋對詞之義：

文章喜用對偶，詩人好施變文，相連相並之詞其義或同或異，舊日的訓詁者往往愛爲分別，這種分別固然是研究字義的一大動機與進步，但是得其自然者有之，強爲分析者也很多。如前舉之筐筥，錡釜，皐陵，羔羊，餠罍，衣裳，絺綌，豆登，籧篨，卜筮，涕泗，跋涉，稙穉，姊妹，鰥寡，雕琢之類都尙確切。先秦傳記，此例已經很多，如公羊之春祠夏礿，穀梁之春田夏苗，曲禮之「約信曰誓，涖牲曰盟。」等皆是。毛傳中於物名之連見一處者往往對釋其義，爾雅釋宮以下更事集比，益形汎濫，如：

室中謂之時，堂上謂之行，堂下謂之步，門外謂之趨，中庭謂之走，大路謂之奔。

金謂之鏤，木謂之刻，骨謂之功，象謂之磋，玉謂之琢，石謂之磨。

穀不熟爲飢，蔬不熟爲饉，果不熟爲荒。

邑外謂之郊，郊外謂之牧，牧外謂之野，野外謂之林，林外謂之坰。

下濕曰隰，大野曰平，廣平曰原，高平曰陸，大陸曰阜，大阜曰陵，大陵曰阿。

諸如此類，皆嫌分別過甚。然後人讀書好求甚解，久自成癖，變本加厲，流風餘韵，唐宋猶存。如詩山有樞：「子有衣裳，弗曳弗婁；子有車馬，弗馳弗驅。」傳：「婁亦曳也。」正義：「走馬謂之馳，策馬謂之驅。」又如詩公劉：「于時言言，于時語語。」傳：「直言曰言，論難曰語。」禮記鄭注又云：「發端曰言，答難曰語。」「言、言己事，爲人說爲語。」論語：「食不言，寢不語。」朱注：「答述曰語，自言曰言。」善乎王若虛論語辨惑之言曰：「晦菴解云云，此何可分而妄爲注釋？只是變文耳。」又如詩關雎：「輾轉反側。」朱注：「輾者轉之半，轉者輾之周；反者輾之過，側者轉之留。」究竟怎樣轉法，恐晦翁也轉不規矩也。胡承珙說這句話猶婉轉反覆，大同小異，甚是。清儒於此頗能推原會通，不事穿鑿而妄生枝節，故郝氏疏爾雅於諸書訓釋牴牾處輒曰他書散文則同，爾雅對文則異耳。至於說文一書的體例，專在分別本字本義，往往有一語數字而即區爲數義者，故段注屢云「統言則不別，析言則有異也。」

又因爲這種分別無客觀的積極證據，故常人各一說，以致諸書訓解分歧，聚訟莫決。例如：

毛傳：「崔嵬，土山之戴石者。」「石山戴土曰砠。」

爾雅：「石戴土謂之崔嵬；土戴石爲砠。」

說文釋名與毛同。正義以爲爾雅是，毛傳傳寫有倒；馬瑞辰傳箋通釋又謂毛傳是。段注則欲調停其間，謂二文互異而義則一。實則崔嵬猶崔崔巍巍，亦言厜㕒，巍峩，或單言崒，只是形容其高大而已；砠之爲言阻也，丘蘁也；二者或有大小之別，然亦絕不如毛公所說。

毛傳：「山無草木曰岵；山有草木曰屺。」

爾雅：「多草木，岵；無草木，峐。」（峐即屺，見三蒼。）

說文釋名皆同爾雅。正義又以爲爾雅是，戴震詩考正及王引之經義述聞也都取釋名之說。段玉裁說文注及臧庸拜經日記則以爲毛傳是，其後鈕樹玉徐承慶復訂正段氏而從爾雅；其實全屬浪費之爭。該詩言岵言屺言岡，義本相近，岵之言嘏胡大也，屺之言起也。如必以有無草木爲分別，則岡當在半有半無才相陪配，豈不好笑？況且遊子思親而登高遠望之際，心不暇擇，那裏顧到其他有無陰陽和父母的關係，無草木尚可，有之反覺碍眼了。於此等等，識其大體可也。

(二)翻譯：

訓詁猶翻譯，翻譯有音譯和義譯之別：以其族語或轉語釋之者謂之音譯；以其相當詞（無聲音連屬轉變關係者），或別名、共名，正字、借字，古今制度等相釋者謂之義訓。雖然，其原則——以易曉釋難識，以已知解未知，以常見譯罕見，以直言易曲語——則是相同的。釋古今雅俗語言的書，莫如爾雅方言，其每條所集之諸語詞間，十九都有聲韻上的關係。

(1)以今語釋古語：

孟子：「書曰：洚水警予；洚水者，洪水也。」（此語分古今而即轉語者）

論語：「必也正名乎？」鄭注：「正名謂正書字也，古者曰名，今世曰字。」（此語分古今而非轉語者）

爾雅則兼而有之，如：

「卬吾台予朕身甫余言，我也。」

鐘鼎銘辭用「余我虘（𪊨）怡（辝 [illegible]）朕」等字；書經用「予我台吾卬朕」等字；詩經用「予我余卬（言）」等字；論語用「予我吾」等字，朕字惟堯曰篇引書兩見；孟子用「予吾我」等字，朕字惟引伊訓及象曰五見，余字惟引書一見。吾我予台卬並語之轉，餘則古今相當之詞。

(2)以通語釋方言：

左傳：「楚人謂乳穀，謂虎於菟。」（宣四）

方言：「虎，江淮南楚之間或謂之於𧆘。」

王逸楚辭章句：「楚人謂乳爲（鬭）穀。」（鬭字衍文）

爾雅所釋雖多爲古今語，然古今語與方俗語常相縱橫交錯，如：

爾雅：「迄臻極到赴來弔艐格戾懷摧詹、至也。」

方言：「假佫懷摧詹戾艐、至也。邠唐冀兗之間曰假，或曰佫，齊楚之會郊或曰懷，摧詹戾、楚語也，艐、宋語也。皆古雅之別語，今則或同。」

又爾雅：「如適之嫁徂逝、往也。」

方言：「嫁逝徂適、往也。……逝、秦晉語也，徂、齊語也，適、宋魯語也。往、凡語也。」

(3)以意義相近之詞釋之：

此非古今方俗之殊，只是於某種語境中兩詞義相近耳。如：

毛傳：「悠，思也。」（悠哉悠哉）又「懷、思也。」（嗟我懷人，有女懷春，曷又懷止，兄弟孔懷。）又「傷、思也。」「（維以不永傷）又「惄、思也。」（惄焉如擣）又「論、思也。」（於論鼓鍾）。

爾雅：「悠、傷、憂、思也。」又「懷、惟、慮、願、念、惄、思也。」又「悠悠、思也。」

方言：「鬱悠、懷、惄、惟、慮、願、念、靖、慎、思也。晉宋衞魯之間謂之鬱悠。惟、凡思也，慮、謀思也，願、欲思也，念、常思也。東齊海岱之間曰靖，秦晉或曰慎；凡思之貌亦曰慎，或曰惄。」

義近詞的訓譯，只是指明於某種語境下雙方所表之義有些相近相似耳，不一定指其完全相同；因爲每個語詞都有它本身特具的意義，根本就不能說它相當相等於另外的一個詞，故譯訓也僅是言其大體而已。悠之訓思，蓋由於心思之情貌，有所思則心如懸旌，而所思又多在遠方；詩云：「悠悠我心」，「悠悠我思」，「悠悠旆旌」，「悠悠蒼天」，所狀之物非一，然其搖游遙遠之意味則同。是以毛傳又訓悠爲憂爲遠，爲遠貌遠意，爲行貌。（不過悠憂悠遠聲相近，乃係轉語而非義近詞。）方言訓惄爲思，又爲憂、傷、悵、痛，毛傳又訓爲飢意。蓋隨文施訓，容有不齊，臨文生情，義因境變；語義既流轉而無方，讀書者會通之可也。

茲將悠憂傷惄懷惟慮等詞之諸般訓釋綜合列如下表：

哀、悲、慮、念 —— 思

思 ——

悠—思、憂、傷。——遠、遐、長。

憂—思、愁、病、勞、患、慮、懼。

傷—思、憂、痛、病、慇。——創、毀、害。

惄—思、憂、傷、痛、悵、飢意。

懷—思、念、傷、慇。——藏、抱、依。

惟—思、念、謀。

慮—思、計、謀、議、度、恐。

念—思、識。

願——願—思、念、慕。

有時一字之義以訓一字而義不足盡，則以數字訓之，如周禮鄭注：「典，常也，經也，法也。王謂禮經常所秉以治天下也，邦國官府謂之禮法，常所守爲法也。」曲禮鄭注：「狎、習也，近也。謂附而近之，習其所行也。」數義雖相近，然不如此終不能譯釋明白也。如兩義相隔稍遠，或用猶字以通之，如中庸注：「體猶接納也。子猶愛也。」

(4)以狹義釋廣義：

含義抽象一類的名詞，所指頗爲廣泛，而且任何一個詞的語義（在文句中之義）比它孤立時所包括的綜合義常是狹小的，所以這類的訓釋之詞往往較被釋之詞的義界爲專狹。例如：

荀子：「故道無不明。」注：「道，禮也。」檀弓：「斯道也。」注：「道猶禮也。」

論語：「君子學道則愛人。」孔注：「道謂禮樂也。」

樂記：「君子樂得其道。」注：「道謂仁義也。」

又如：

論語：「克伐怨欲不行焉。」馬注：「欲、貪欲也。」

孟子：「養心莫善於寡欲。」注：「欲、利欲也。」

論語：「苟子之不欲。」孔注：「欲、多情欲也。」

樂記：「小人樂得其欲。」注：「欲謂邪淫也。」

素問：「以欲竭其精。」注：「樂色曰欲。」

（呂覽：「六欲皆得其宜也。」注：「六欲：生死耳目口鼻。」）

(5)以私名釋類名：

論語：「玉帛云乎哉！」鄭注：「玉，璋圭之屬也。」

淮南：「執玉帛者萬國。」注：「玉，圭也。」

吳語：「執玉之君皆入朝。」注：「玉，珪璧也。」

周禮：「掌布緦縷紵之麻草之物。」注：「草，葛蕡之屬。」

周禮：「獸醫。」注：「獸，牛馬之類。」

又：「若不見其鳥獸。」注：「獸，狐狼之屬。」

(6)以類名釋私名：

毛傳：「瓊玖，玉石。」「玖，石次玉。」「琚、佩玉石。」

說文：「璙，玉也。」「瓘，玉也。」「璥、玉也。」

毛傳：「蓬，草。」「芄蘭，草。」「苕，草。」「葑，菜。」「芑，草。」「芑，菜。」「菫，菜。」「榛，木。」「松，木。」「楚，木。」「杞，木。」

又：「流離，鳥。」「鶉，鳥。」「狼，獸名。」「貆，獸名。」

又：「首陽，山名。」「狃，山名。」「龜，山。」「蒙，山。」「汝，水名。」「淇，水名。」「汾，水。」「渭，水。」「沛，地名。」「禰，地名。」「防，邑。」「謝，邑。」

他如毛傳云：「頃筐，畚屬。」「錡，釜屬。」「鬵，釜屬。」「筐，簏屬。」「鬱，棣屬。」「鼉，魚屬。」「猱，猨屬。」……等類，當亦屬此。周禮秋官閩隸注：「閩，南蠻之別。」屬者示其同，別者明其異。

(7)以「某貌」「某聲」釋之：

詩：「翹翹錯薪。」傳：「翹翹，薪貌。」「載驟駸駸。」傳：「駸駸，驟貌。」「淇水湯湯。」傳：「湯湯，水盛貌。」「汶水湯湯。」傳：「湯湯，大貌。」

其言某意者亦如之，如詩：「悠悠蒼天。」備：「悠悠，遠意。」（「驅馬悠悠」傳：「悠悠，遠貌。」）又「有兔爰爰。」傳：「爰爰，緩意。」又「惄如調飢。」傳：「惄，飢意。」（說文：「愵，憂貌。」惄韓詩作愵。）爾雅錄作「惄，飢也。」

其或省貌字者亦同，如詩：「行道遲遲。」傳：「遲遲，舒行貌。」而「春日遲遲。」傳則僅云「遲遲，舒緩也。」

其加然字者亦同，如詩：「南山崔崔。」傳：「崔崔，高大也，國君尊嚴，如南山崔崔然。」又「憂心奕奕。」傳：「奕奕然無所薄也。」而「奕奕梁山。」傳則云：「奕奕，大也。」「奕奕寢廟。」傳則云：「奕奕，大貌。」

詩：「伐木丁丁」，傳：「丁丁，伐木聲。」「椓之丁丁」，傳：「丁丁，椓弋聲。」又「坎坎伐檀兮」，傳：「坎坎，伐檀聲。」「坎其擊鼓」，傳：「坎坎，擊鼓聲。」又「雝雝鳴雁」，傳：「雝雝，雁聲和也。」「其鳴喈喈」，傳：「喈喈，和聲之遠聞也。」亦有聲而言然者，如詩：「咥其笑矣」，傳：「咥咥然笑也。」又「呦呦鹿鳴」，傳：「呦呦然鳴而相呼也。」

(8) 以「辭也」釋之：

詩：「漢有游女，不可求思。」傳：「思，辭也。」正義：「以泳思方思之等皆不取思為義，故為辭也。」又「思皇多士」，傳：「思，辭也。」他如「薄言釆之」，「載馳載驅」，「亦既見止」，「叔善射忌」，「乃見狂且」之且忌止載薄五字傳皆訓「辭也。」至於「于嗟麟兮」及「猗嗟昌兮」之于嗟猗嗟，傳訓「歎辭」，雖亦是辭，但和無義者有別。及禮記鄭注中又有「語助」「發聲」「聲之助」等名。

(9) 以淺近者比況釋之：

詩：「維天之命」，箋：「命猶道也。」

周禮：「體國經野」，鄭玄注：「體猶分也。」（按此與(3)項相同，只多一猶字，言其訓稍輾轉耳。）

中庸：「率性之謂道。」注：「道猶道路也。」（以實況虛）。

周禮：「珍圭以徵守。」杜子春注：「若今時徵郡守以竹使符也。」周禮：「官屬以舉邦治。」鄭衆注：「官屬謂六官，其屬各六十，若今博士大史大宰大祝大樂屬大常也。」

⑽以今字釋古字：

毛傳：「愒，息也。」（菀柳民勞二見。蔽芾傳又云：「憩，息也。」釋文憩本又作愒。通作歇。）

毛傳：「具，俱也。」（大叔于田節南山正月三見。）

毛傳：「詒，遺也。」（雄雉天保二見，靜女丘中有麻同，通作貽。）

毛傳：「諶，誠也。」（蕩一見。說文作忱。）

毛傳：「翕，合也。」（常棣大東般三見。翕從合，以其造字時代言，合爲古字，翕爲今字；但依當時用字之常見與否言，合反較翕爲今也。）

毛傳：「烕，滅也。」（正月。）

他如：「摻摻女手」傳：「摻摻猶纖纖也。」「憂心忡忡」傳：「忡忡猶衝衝也。」「皇皇者華」傳：「皇皇猶煌煌也。」之類亦古今字。

⑾以正字釋借字：

詩：「惄如調飢。」傳：「調，朝也。」（釋文調本又作輖。按此猶嘲謿之通作啁調也。）

詩：「火烈具舉。」傳：「烈，列也。」

他如甲狎，干扞，莫謀，矢誓……等例皆此類。

阮元揅經室文集云詩經用字有義同字變之例，如大雅桑柔「朋友已譖，不胥以穀，人亦有言，進退維谷。」谷借爲穀，詩人嫌其二穀相並爲韻，故易爲谷。馬瑞辰毛詩傳箋通釋又廣其例，如王風君子于役之括佸，兔爰之羅罹，小雅正月之威滅，大雅皇矣之度宅，召南草虫之蟲螽，小雅蓼莪之鞠育，信南山之甸田，大雅行葦之鈞均，抑之訓順。皆一本字，一借字。茲復廣其例，如邶風北門之益遺，上言埤益，下言埤遺，猶裨溢畀貽，皆加增義。衞風氓之宴晏，「總角之宴，言笑晏晏」，上宴字亦戲樂義。齊風還之還儇，韓詩作營嫙，皆美娟英豔之意；下章之昌臧，亦聲近義同。小雅巷伯之哆兮侈兮，皆大義，或謂當作侈兮哆兮，猶綠兮衣兮之例，但毛傳原序如是，不必顚倒強解。又同詩三章之緝緝翩翩，即下章之捷捷幡幡，故傳云捷捷猶緝緝也，幡幡猶翩翩也；說文引作咠咠幡幡。桑扈「不戢不難，受福不那」，難那通用，猶猗那之作阿難猗儺，戢難之爲輯柔儒儺也，並美盛寬大之詞。信南山「疆埸翼翼，黍稷彧彧」，楚茨「我黍與與，我稷翼翼」，甫田「黍稷薿薿」，翼翼彧彧並盛多連綿之貌。商頌那：「庸鼓有斁，萬舞有奕。」斁奕亦皆盛美之詞。同詩「亦不夷懌！」夷懌猶重言。

凡傳注之言「讀爲」「讀曰」「聲同」「聲誤」以及「某之言某也」者亦多指假借（見下節）。

以上所舉，皆訓詁之準則，事無定法，只在善於運用耳。

這裏還有一點應該提出說明的，就是「相反爲訓」的問題。漢人傳注雖知臭訓爲香（見前），但尚無反訓之名：隱七公羊傳：「春秋貴賤不嫌同號，美惡不嫌同辭。」然亦非言反訓之理。至郭璞注爾雅方言始有其說。

方言二：「逞苦了、快也。自山而東或曰逞，楚曰苦，秦曰了。」郭注：「苦而爲快者，猶以臭爲香，亂爲治，徂爲存，此訓義之反覆用之是也。」

爾雅釋詁：「徂在、存也。」（又云：「如適之嫁徂逝、往也。」）郭注：「以徂爲存，猶以亂爲治，以曩爲曏，以故爲今，此皆詁訓義有反覆旁通，美惡不嫌同名。」

自此以後，一般小學家輒誤以爲訓詁之原則，且有以爲訓詁之方法者，於是凡相反者皆可相訓矣。流弊所及，漫無涯涘，作俑始於郭氏，推衍啓自清人，不得不加分辨也。我曾作相反爲訓辨一文，旨在闡明反訓只是語義的變遷現象而非訓詁之法則，對舊說之謬誤者加以辨正，現在擇要引錄於左：

反訓之類別，依其事情性質之不同，約可分爲五種：

㈠授受同詞之例：

爾雅：「貢、賜也。」（釋文：「貢字或作贛。」）

說文：「貢、獻功也。」又「贛、賜也。」

廣雅：「貢、上也。」又「貢、稅也。」又「貢、獻也。」

按古人名字多相應，子貢名賜而經典或作貢或作贛，本爲一字，義亦相同，說文強分爲二，於是臧琳經義雜記、錢大昕養新錄、段玉裁說文注、嚴元照爾雅匡名等書皆從許說而謂二字有別，此皆過信說文之過也。貢猶共供龔，說文：「龔，給也。」又「供、設也。」釋詁：「共，具也。」周禮：「羊人共其羊牲。」注：「共猶給也。」可見貢之本義亦上下之通名，後始分化別爲二義。

廣雅：「祈乞匄、求也。」又「假貸、借也。」又「斂、欲也。」又「斂匄貸稟乞、與也。」王念孫疏證云：「斂爲欲而又爲與，乞匄爲求而又爲與，貸爲借而又爲與，稟爲受而又爲與，義有相反而實相因者，皆此類也。」按「相反相因」四字可以說是道破了反訓的奧秘：相因者，原始之本義；相反者，後來之分化。不可知今而昧古，以爲相反即可相訓也。此類字又有四聲之別：春秋正義：「假借同義，取者假爲上聲，借爲入聲；與者假借皆爲去聲。」而買賣、受授、糴糶等詞，不但有四聲之別，且有字形之異矣。賞償、班頒賦付賻、稅祱綏、貱被……等字亦同。

爾雅：「貿買、市也。」又「貿、買也。」

郝懿行義疏云：「按市兼買賣二義：齊策云：竊以爲君市義。此以買爲市也；越語云：又身與之市。此以賣爲市也。……逸周書命訓篇云：極賞則民賈其上，孔晁注：賈、賣也。左氏桓十年傳：若之何其以賈害也？成二年傳：欲勇者賈余餘勇，杜預注並云賈、買也。是賈亦兼買賣二義。」賈通沽（酤），論語求善賈而沽諸？沽酒市脯不食，是沽亦兼二義。

由此觀之，施受之詞，可別爲四：一爲分別上下者，二爲分別彼此者，三爲分別求與者，四爲互用不別者。如將分別者謂之相反爲訓，則不別者又將云何？所以說這是語義變遷的現象，而非訓詁的法則。

爾雅：「命令禧畛祈請謁誶誥、告也。」又「告謁、請也。」

釋名：「上敕下曰告。」廣韵：「告上曰告，發下曰誥。」

案告亦兼上下相告兩義，誥即告之分別字。

此外有人因爲公羊之「春秋伐者爲客，伐者爲主。」之兩伐字，有主動被動及長言短言之別；軍自敗曰敗，與打破人軍曰敗之兩敗字，有薄敗補敗二切之異，遂謂此亦同字異讀反訓之例，非是。漢語詞性之別，主要由於句位，即或有聲調之別，乃多係人爲而非自然，況且內動外動的不同，也夠不上相反。

㈡古今同辭之例：

爾雅：「初哉首基肇祖元胎俶落權輿、始也。」

案始兼古今二義者，實由於說者所指之時間不同，與其謂彼兼有二義而爲反訓，還不如說它們表過去時或現在時的決定不在本身而在上下文義（語境）爲妥。詩書易諸書都以初終、初後、初既、初又再次等等對言，可知初字多用爲原始之義，覲禮「伯父帥乃初事」注：「初猶故也。」檀弓「夫魯有初」注：「初謂故事也。」但如書康誥的「周公初基。」召誥之「王乃初服。」二初字則爲今始之義。故爾雅又云：「治、故也。」書云「在治忽。」史記作「來始滑。」是治始可通。

哉初一語之轉，哉訓始，原於治裁、植栽，故在又訓存也，猶載之訓事訓立又訓始也。爾雅又云：「在、終也。」在之訓終，蓋由於制裁之義，郝疏謂爲察之終，誤矣。陳玉澍釋例謂哉在同從才聲，始終相反爲義，亦誤。

徂落訓始，爾雅又云：「徂落、死也。」「徂、往也。」「徂、存也。」按且爲俎之初文，引申爲祭名以及被祭者之稱，故又爲祖先。祖先爲往昔之人，故又爲始爲往，往義可實（動詞）可虛（時間副詞），字則作徂或𨑥。死亦云逝，故又謂之徂，字作殂。至徂又訓存者，乃係聲轉，非關義變，從且聲之字如阻（險難）、岨砠、沮（止難）、疽、罝、柤（木閑。廣雅訓距訓隁）……等都有止存之義。郝疏云：「郭蓋未明假借之義，誤據上文徂往爲訓，而云以徂爲存，義取相反，斯爲失矣。殊不思徂往之徂本應作𨑥，徂存之徂又應作且耳。」按謂爲假音，其見甚是；然必以存爲存問慰藉，說文且薦也，薦亦承藉之意，則誤，是亦過信本字本義之蔽也。

落訓始，爾雅又云：「落、死也。」按落本零落往去之義，故訓死；往昔則爲古，故又訓原始；猶謂死爲逝謝（卸）去沒或作古也。邢疏云：「落者，木葉隕墜之始。」邵疏：「左氏昭七年傳云：願與諸侯落之，杜預註：宮室始成，祭之爲落。」孔廣森經學卮言：「嘗考落之爲始，大抵始于終始相嬗之際，如宮室考成謂之落成，言營治之終而居處之始也。成王踐阼，其詩曰：訪予落止，此先君之終，今君之始也。離騷夕餐秋菊之落英，宋人有以菊花不落爲疑，而引此落始也訓之者，頗爲允當。」郝疏：「落本殞墜之義，故云殂落；此訓始者，始終代嬗，榮落互根，易之消長，書之治亂，其道胥然；愚者闇於當前，達人燭以遠覽，落之訓始又訓死，名若相反，而義實相通矣。」近來還有人用易的錯綜互伏之爻，老莊的禍福相倚之論，內典的去來如如故稱如來（又稱如去）之語，以及思想上之矛盾來解釋反訓之理，似乎不必，何則？此乃語義之演變，非語義訓釋之準則。若以道家思想附比，則方生方死之說不是正好作證嗎？不知殂落之訓始爲原始往昔之始，非原始及開始之始，爾雅本爲客觀訓詁之書，故訓同而義異者甚多。然則落之爲死爲始，本一義也，自不必以反訓解之。落訓死俗因作⿰歹各，亦畫蛇添足。至於朱駿聲說文通訓定聲以落爲頟之假，故訓始，猶元首之爲始也。黃侃又謂「落訓木葉侈，無始義，其訓始者當爲反言，何以知之？即以胎殆同從而義反知之也。」也都是昧於語義演變者之論。

爾雅：「治肆古、故也。肆、故今也。」

郭注：「肆既爲故，又爲今，今亦爲故，故亦爲今，此義相反而兼通者。事例在下而皆見詩。」按詩緜「肆不殄厥慍」，思齊「肆戎疾不殄」，傳並云：「肆、故今也。」大明「肆伐大商」，抑「肆皇天弗尚」，箋並云：「肆，故今也。」郭氏字別爲義，與毛鄭不合。王觀國學林云釋故釋言皆用一字爲訓，若以故今二字訓肆字，則非爾雅句法。王引之經義述聞又云爾雅字各爲義，不當以故今二字連讀，肆伐大商之肆當依毛傳訓爲疾，餘三肆字皆當訓爲故，不當訓爲故今也。並列舉書禮記之肆字故字固字今字諸句，證明肆故之訓爲今，今亦訓爲故，皆承上之詞。又云「治肆古故也」條，治讀爲始，始古爲久故之故，肆爲語詞之故；「肆故今也」條則全爲語詞；郭氏謂今與故義相反而兼通，非也。（馬瑞辰傳箋通釋略同）。陳奐傳疏：「毛傳雖本雅訓，而意不同，雅謂肆一句，故一句，總之爲今也；傳謂詩之肆，既爲故，又爲今，立意自異。故者承上古公也，今者承下文王也。」以爾雅之成書由來言之，故今連讀爲正，蓋毛傳先成而後人據以增入於故也條之下。嚴元照匡名、潘衍桐正郭並斥郭氏爲非，是也。肆訓故訓故今，皆承上起下之詞，義同，是此非反訓明矣。郝疏謂肆有緩急二義，因有故今二訓，無足怪也；非是。又云肆遂是所一聲之轉，所以即是以、遂以，是故即肆故；故今即肆今，猶肆故，是故；肆今轉爲斯今，自今，迄今，及今，至今，並字異而義通。此說亦不得要領。肆訓遂，猶聿訓遂。王闓運集解：「此有三讀：肆爲今故亦爲今，一也；肆爲故今，二也，肆故爲今，三也。」末一讀蓋即郝氏之說。

爾雅：「曩、久也。」又云：「曩、曏也。」

邵疏：「釋詁云曩久也，說文云曏不久也。郭氏云以曩爲曏，義有反覆旁通，蓋曩本訓久，反覆旁通又爲不久也。」（按郭注無此語）集解謂曩即曏之重文，今作晌。蓋久與不久，因言者之情略有異耳，非反訓。郝疏云：「對遠日言，則曏爲不久；對今日言，則曏又爲久。」字又作向嚮鄉。詞義生活於句中，故因文而義別。

㈢廢置同詞之例：

爾雅：「廢、舍也。」（注：「舍、放置。」）

邵疏：「廢者，天官太宰云廢置以馭其吏，鄭注：廢猶退也；左氏襄二十三年傳云：天之所廢。廢又訓爲置，公羊宣八年傳云廢其無聲者，左氏文二年傳云廢六關，是也。」郝疏：「舍有二義，亦有二音，詩夜切者，……是皆以止息爲義也；其音書治切者，舍即捨之假借，……是皆以舍釋爲義也。詩楚茨箋及禮檀弓喪大記注並云廢去也，小爾雅及廣雅並云廢置也，置去義亦同。……置者不去也，以不去爲廢者，廢訓爲舍止而不用，亦與去同，是去爲舍，不去亦爲舍也。」

說文：「舍、市居曰舍。」段注：「舍可止，引申之爲凡止之稱。釋詁曰：「廢稅赦、舍也。凡止於是曰舍，止而不爲亦曰舍，其義異而同也。猶置之而不用曰廢，置而用之亦曰廢也。」案廢舍之義本爲放置，其有二義二音二形者，乃因語境之不同而別，猶今語放字之有放置及放棄二義也，非反訓。

爾雅：「矢弛也。」（郭注：「弛放。」）又「弛易也。」（注：「相延易。」）又云：「矢陳也。」

臧琳經義雜記：「凡延及陳設義當作施，凡廢解義當作弛。」（郝疏及嚴氏匡名均用其說）。案陳爲引延之義，施布弛張亦爲陳設之義，凡陳設必鋪布排列。所異者只在設置之後用與不用耳，與廢舍之例同。

(四)美惡同詞之例：

爾雅：「仇偶妃匹、合也。」（注：「皆謂對合。」）

又云：「仇讎敵妃、匹也。」又「敵、當也。」又「酬、報也。」

又云：「妃合、對也。」又「對、怨也。」

左傳桓二：「嘉耦曰妃，怨耦曰仇。」鄭氏箋詩於「君子好逑」，「公侯好仇」，「與子同仇」，「賓載手仇」，「詢爾仇方」等句，都說怨耦曰仇。孫炎注：「仇者相求之匹也，讎者儔侶輩類之匹也，敵者相當之匹也，妃合、耦之匹也。」李巡注：「仇讎、怨之匹也。」臧琳又謂仇怨字作仇，逑耦字作逑，「蓋匹耦之求，不論嘉耦怨耦，俱用從辵求聲字，因嘉耦既以善相求，怨耦又以怨相求，嘉怨不同，而相求則一。」按諸說皆未能得語言之本始，詩中仇逑讎醻魗五字俱有，義兼美惡，是仇讎猶儔酬，本爲相當相對之義，故毛傳於逑仇字只訓匹也合也，而不分嘉怨，得其義矣。匹媲妃配陪倍等義同原，倍陪又通於剖，故副爲剖而有佐貳之義，判爲剖而有伴侶之義，凡此等類，皆由一語孳分，當其未分時，固只一義也；當其已分後，則爲二詞二義，不必謂之反訓也。郝疏：「怨嘉雖異，仇妃本同，對文則兩耦似分，散文則仇妃俱合。」段氏說文注云：「仇讎本皆兼善惡言之，後乃專謂怨爲讎矣。」注又云：「仇者兼好惡之詞，相等爲敵，因之相角爲敵。」仇讎敵之爲匹合對，猶臭之爲香，逆之爲迎，（例已見前），可歸入「變壞式」的例中。

爾雅：「怡懌悅愉豫、樂也。悅懌愉釋、服也。」又「豫、安也。」又云：「豫射、厭也。」戴東原答江愼修論小學書：「即爾雅亦多不足據，姑以釋故言之：如……豫蓋當訓厭足厭飫之厭，射訓厭倦厭憎之厭，此皆掇拾之病。」說文：「猒、飽也足也。」段注：「按飽足則人意倦矣，故引申爲猒倦猒憎。」猒厭古今字，猒饜正俗字。心部懕安也，厂部厭笮也，土部壓壞也，皆由一語根引申，義通於宴晏燕偃郾等字。郝疏：「倦止與飫足義亦相成，安樂與倦怠義又相近，蓋因飫足生安樂，又因安樂生厭倦，始於歡豫，終於倦怠，故厭訓安又訓倦，與豫訓安訓樂又訓厭，其義正同矣。」

詩：「甘心首疾。」傳：「甘、厭也。」傳疏：「快意謂之甘心，憂念之思滿足於心亦謂之甘心。傳以厭詁甘，憂思滿足之意也。」（馬瑞辰則以甘苦相反爲義，苦心猶痛心。案毛說爲長。苦之訓甘，乃係聲借，詳後。）

爾雅：「篤竺、厚也。」說文：「毒、厚也。」

段玉裁說文注：「毒兼善惡之辭，猶祥兼吉凶，臭兼香臭也。易曰聖人以此毒天下而民從之，列子書曰亭之毒之，皆謂厚民也。毒與篤竺同音通用，微子篇天毒降災，史記作天篤。」（詩曰：「天篤降喪。」）

爾雅：「載謨食詐、僞也。」又「作、爲也。」「載、行也。」

王引之云：「蓋僞有兩義，載謨者作爲之義；食詐者虛僞之義。」案荀子性惡：「人之性惡，其善者僞也。」又云：「可學而能，可事而成之在人者，謂之僞。」又云：「器生於工人之僞。」故楊倞注：「僞、爲也。」月令：「毋或作爲淫巧。」鄭注：「今月令作爲爲詐僞。」是作爲之極度則爲詐僞也，今則判然有別。

爾雅：「蠱諂貳、疑也。」又云：「疑、戾也。」（注：「戾、止也。」）

案疑者之心理爲不定，而外貌則爲凝止。故嶷儗擬等字有未定之意，而礙凝癡譺等字則有定止之意。說文𠤕訓未定，疑訓惑也。郝疏以爲未字蓋衍，朱駿聲又謂未爲衍文而二字說解互倒，疑定也，𠤕惑也，義實相反，音亦不同。殊不知許氏所說之二形即一字之異體也。

此外如顛本上端而又爲自上而下（方言箋疏），末爲尾而又爲顛（廣雅），終爲竟末而又爲始自，都與上例略同。祝（呪）禱（譸）之與詛詶（咀咒）亦同，字又作䛆𥜒。

㈤虛實同詞之例：

說文：「盡、器中空也。」墨子：「盡、莫不然也。」爾雅：「悉空畢、盡也。」「極、至也。」詩毛傳：「空、大也。」諸書中「至極絕已大孔盡悉畢既」等字又用爲表極態和全數之副詞。蓋空與大義似相反，而其情況則相同也。說文：「戩、滅也。」段注：「盡之義兼美惡，故滅之義亦兼美惡。」詩云：「俾爾戩穀。」戩爲盡，盡善盡美也。

爾雅：「鞠、盈也。」又云：「鞫、窮也。」

詩「降此鞠訩。」傳：「鞠、盈也。」又「鞫爲茂草。」傳：「鞫、窮也。」鞫一作鞠。郝疏：「鞠訓窮，窮訓極，盡與盈滿義近。又鞠有穹音。」釋詁：「穹，大也。」

爾雅：「壑阬阬滕徵隍漮、虛也。」

郭注：「壑、谿谷也；阬阬、謂阬塹也；隍、城池無水者；方言云：漮之言空也；皆謂丘墟耳。滕徵未詳。」郝疏：「玉篇云：虛、丘居切，大丘也，今作墟；又許魚切，空也；是虛有二音二義。古無墟字，其空虛丘虛並作虛。……爾雅之虛，本以空虛爲義，郭云皆謂丘墟，蓋失之矣。」按虛本大也，高爲大，空亦爲大，似相反而實相通，故說文：「塹、阬也；一曰大也。」「壙、塹穴也；一曰大也。」又「京、人所爲絕高丘也。」而京又訓大。毛詩「在彼空谷。」韓詩作穹谷，爾雅：「穹、大也。」可證高大與空大之相通本由於情狀之類似，而非由於虛實之相反。

亢聲之字多有大義，一爲高大：如亢頏（人頸）、伉（詩云高門有伉，韓詩作閌，說文作阬。）、炕（乾也）、抗（扞也）、㽘（陌也。廣雅則云池也。）一爲寬大：忼（慨也。一作慷。）沆（莽沆大水貌。一曰大澤貌。）一爲深大；航（大貝）、远（獸迹）、阬（閬也、阬閬猶坑㝗，一作㱂㝗，故爾雅云虛也，蒼頡篇：壑也。）。沈兼士右文說中有相反義分化式，謂從亢聲字有高上義，同時亦有窪下義，故甿阬之或訓高或訓窪也。沈氏云：「蓋高起之與窪下，方向雖異，而其容積則一也。如中央下與中央高同得云宛，阪與池同得云陂，從襄聲字有退却與侵奪義（如讓與攘），皆是字義相反相成之理。」經義雜記疑爾雅之阬阬二字相連必有一訛，或本作坑，或本作沆，沆有大義，大者多虛。此說頗有見地。（又詩云「頡之頏之。」傳：「飛而上曰頡，飛而下曰頏。」段玉裁毛詩小學云：「傳上下字互譌，頡同頁，頁頭也，飛而下則頭搶地；頏同亢，亢頸也，飛而上則亢向天。」說文注又引甘泉賦「魚頡而鳥䶀」，謂即頡頏。陳奐傳疏引段說而又謂當是頡頏二字之互譌。）康本糠字，空也。詩「酌彼康爵」箋：「康、空也。」空猶大也。歑爲飢虛，即荒聲之轉。漮爲水虛，即沆之異文。故㱂㝗即坑閬，犺健即康健。亢康俱有舒緩高大之義，故又爲安樂。

至於滕徵的解說，頗不一致，錢氏潛研堂答問：「說文滕、水超涌也，玉篇滕、虛也，引詩百川沸滕；蓋水涌而上有虛之義。……徵者事之虛，春秋傳魯人聞余出，喜於徵死；徵死者徒死也，徒死猶虛死也。」洪頤煊讀書叢錄：「水超涌則其下空虛，滕與騰通。思玄賦：懲洪䨓而爲清，注：懲騰也，懲即徵字。」馬瑞辰郝懿行說並同。翟灝補郭：「徵者信實，可徵以爲虛者，亦若亂之爲治，故之爲今，徂之爲存，允之爲佞，義相反而兼通也。」按徵滕猶蒸騰，升登，皆高起之意，故爲虛。

說文：「琬、圭有宛者。」段注：「玉裁謂圜剡之，故曰圭首宛宛者，與丘上有丘爲宛丘同義，爾雅又云：宛中宛丘，此與毛傳四方高中央下曰宛丘，釋名丘宛宛如偃器正同，謂窊其中宛宛然也。二義相反，俱得云宛。」按爾雅爲客觀的訓詁書，所以兼收異說，或係後人附益求備，自不必責其自相矛盾。宛爲屈曲環圍，穹窿爲宛，低伏亦爲宛，高下不同，其爲屈宛則一。郭注必云中央隆爲宛，馬瑞辰傳箋通釋又必以中央下爲宛，都失之拘。這好像㽘訓陌又訓池，阬訓閬又訓壑的道理相同。

爾雅：「窒、塞也。」詩「穹窒熏鼠」傳同。

潛研堂答問云易闃其无人，孟喜本作窒其，「窒本塞，反訓爲空，猶亂之訓治，徂之訓存也。列子黃帝篇至人潛行不空，一本空作窒，莊子達生篇引此文亦作窒，是窒有空義也。」按詩穹窒連文，東山：「洒掃穹窒。」箋訓爲塞。說文：「窒、塞也。」「竈、空貌。」窒與滯實及竈穴（掘閱）室屋音俱近，疑非反訓。至如閒爲隙又爲隔，乃係一義之兩面，亦非反訓、故爾雅「孔延魄虛無」及「哉之言」俱訓閒也；閒又訓代也，蓋閒隙即隔斷處，亦相交替處也。

爾雅：「允展、信也。」「展允、誠也。」又云：「允任壬、佞也。」

郝疏：「允任壬本訓爲信爲大，而又爲佞，美惡不嫌同辭也。」按訓誠信之字如「允孚亶展諶誠亮詢」等字都有大義，誠信之言深沈也，深沈爲大而虛誕亦爲大，故亶爲信而譠爲欺謾

（方言十），誕爲詞誕（說文）而又爲大（爾雅），爲信（韓詩章句）。亶延展一聲之轉，方言：「展、信也。」楚語：「展而不信。」及逸周書「昭信非展。」「展允干信。」展又爲不信，允同。說文：「佞、巧諂高材也。」論語：「不有祝鮀之佞。」孔注：「佞，口才也。」是佞諂也都是巧言欺謾之意，故允爲信而又爲佞，信佞皆大也。方言：「齊楚謂信曰訏。」說文：「訏，詭譌也。」爾雅：「訏，大也。」訏亦兼此三義。（讀書叢錄及正郭以允爲兌之譌，兌即悅，以言悅人即是佞。又群經平義允爲㕣之借，說文㕣讀沇州之沇，㕣者山間陷泥地，以地言爲陷，以人言即爲諂也。三書都不明語義相反相成之理。）

以上五類，皆語義演變的恰成相反者，自不得叫作反訓。嚴格地講，「反訓」這個名詞根本就不能成立，訓詁是解釋古字古言，基於相反的原則而去訓釋古語，才可以叫作反訓；現在既知這些例子不過是語義演變現象中的一小部份，那麼，就不應再名爲反訓而認爲訓詁原則了。恐以訛傳訛，隨流波蕩，不可遏止，故特爲辨正。至於本非義變而誤認爲反訓的也很不少，這裡再附帶舉正如下：

(1)不曉同音假借而誤以爲反訓者：

爾雅：「亂，治也。」說文：「亂，治也。」又「𤔔，治也，讀若亂同，一曰理也。」又「𢿢，煩也。」又「䜌，亂也，一曰治也，一曰不絕也。」又「變，更也。」

郝氏義疏謂亂之訓治，蓋因與䜌音義俱同，故兼有二義。段氏注則以亂爲「不治」，轉注之法乃訓亂爲治。（匡謬云惟不治故治之，治之曰亂，謂不治者亦曰亂，孟子一治一亂是也。徐灝箋云：自其體言則爲亂，以其用言則爲治，故亂亦訓治也。）按段氏於𤔔下云「此與乙部亂音義皆同」，於𢿢下云：「與𠬪部𤔔，乙部亂，言部䜌，音義皆同；煩曰𢿢，治其煩亦曰亂也。」於䜌下云「與𠬪部𤔔，乙部亂，音義皆同。」然又分別治與不治，是前後自相矛盾也。桂馥說文義證則以亂字通借爲𢿢；故有煩義。現在看來，諸說都非，方以智通雅云：「䜌有辭治變之音。」辭籀文作辝，是以台叶音也。楚辭每篇末多有「亂曰」之文，即辭（詞詩）之借。金文𤔲字多用爲司，司即治也。亂之訓治，猶療理（料理）之訓治，本係音借，非關反訓。舊說反其義以相借或相反爲訓者，都大錯特錯了。

說文：「擾、煩也。」廣雅：「擾、亂也。」但如周禮上的「以擾萬民」，「掌養猛獸而教擾之」等句中之擾字則訓安之義。蓋擾音近柔，故有柔義，書經「柔遠能邇」，詩經「懷柔百神」，禮記「柔遠人也」等柔字，並是優柔安服之意，爾雅：「柔，安也。」是擾之訓安，亦爲假借。

爾雅：「康，靜也。安也。樂也。」又云：「康，苛也。」（同書云「苛，妎也。」方言：「苛，怒也。」

邢疏：「苛名康者，以康安也，苛刻者心安之。」邵疏：「說文云苛小草也，釋器云康謂之蠱，康苛皆細小之物，故假借以爲煩瑣之名。」郝疏：「按苛爲小草，故又爲細也，煩也，重也，又擾也。……康亦細碎，與苛擾義近。聲又相轉。」俞曲園又云：「康苛」爲「抗荷」之借，抗舉與負荷義相近。以上數家雖不以爲反訓，但終嫌牽強。周春補注始云：「康之爲苛，亦猶亂爲治，故爲今，徂爲存，擾爲訓之類。」按經典康字無訓苛者，郭注云「謂苛刻。」苛刻與康，聲都相近。康本糠字，康之訓安樂，乃由空暇寬舒引申；苛之爲煩擾，則由刻酷引申；二義無相連之關係，非反訓也。

爾雅：「愉、樂也。」又云：「愉、勞也。」「瘉，病也。」

又云：「盱、繇、憂也。」又「鬱陶、繇、喜也。」

按愉之爲樂，蓋由迂裕舒餘之義，故娛虞豫預譽與等聲近之字並可訓喜。愉又爲勞病，蓋因鬱積抑悒之意。郝疏：「愉者（勞也）蓋瘉之假音。」愉音轉爲繇，故繇爲憂又爲喜。廣雅：「鬱悠、思也。」王疏：「凡一字兩訓而反覆旁通者，若亂之爲治，故之爲今，擾之爲安，臭之爲香，不可悉數。爾雅云：鬱陶繇、喜也，又云：繇、憂也，則繇字即有憂喜二義；鬱陶亦猶是也。是故喜意未暢謂之鬱陶，檀弓（人喜則斯陶，鄭注陶、鬱陶也。）正義引何氏隱義云：鬱陶，懷喜未暢意；是也。憂思憤盈亦謂之鬱陶，孟子（鬱陶思君爾）、楚辭（九辯；豈不鬱陶而思君）、史記（我思舜正鬱陶）所云是也。暑氣蘊隆亦謂之鬱陶，摯虞思游賦云：戚溽暑之陶鬱兮，余安能乎留斯？夏侯湛大暑賦云：何太陽之赫曦？乃鬱陶以興熱是也。事雖不同，而同爲鬱積之義，故命名亦同。閻氏（百詩尚書古文疏證）謂憂喜不同名，廣雅誤訓陶爲憂，亦非也。」王說雖較閻氏之以一義解之者固佳，然也不免有誤，因爲鬱陶之爲喜爲憂，各有語原所自，不必強以反訓目之。郝氏云：「二義相反。凡借聲之字，不必借義，皆此例也。繇蓋慆之假借，方言云慆憂也。」

爾雅：「蘦、大苦。」注：「今甘草也。或云蘦似地黃。」（詩「采苓采苓」，傳：「苓，大苦。」）

王氏廣雅疏證：「案大苦者大苄也，爾雅云苄地黃，苄苦古字通，公食大夫禮羊苦，今文苦爲苄是也。蘦似地黃，故一名大苦，……苦乃苄之假借，非以其味之苦也。」又方言三：「苦，快也。」方言二：「苦，快也。」郭注謂苦而爲快者，猶以臭爲香。馬瑞辰據以訓解詩之「甘心首疾」，甘與苦相反爲義；說亦無據。

他如「知謂之黨，不知亦謂之黨；解寤謂之黨，昏昧亦謂之曭；光明謂之黨朗，不明亦謂之儻朗。」（見錢繹方言箋疏。猶明母字多有冥明二義。）「介訓爲大（介夵玠），又訓爲小（介砎芥齘玠）。」（見同上）鯨鯢皆大魚（左傳宣十二杜注），鯢鮒皆小魚（莊子外物釋文引李逵注）。鯤爲大魚（莊子）而又爲魚子（爾雅）。艾爲耆老（禮記方言釋名）而又爲少嫩（孟子）。原爲始（元）而又爲再（爾雅）。瘉爲病（爾雅）而又爲瘳（說文）。瘥爲病（毛傳）而又爲瘉（說文）。放爲汜而又爲傍。離爲羅（罹）而又爲劉（鑗）。更爲改（革）而又爲繼（賡）。諸如此類，遽數之不能終其物，並係同音相假，義偶相反；淺人拾摘皮傅，不知實無關於反訓也。

（２）不達反訓原理而強以為反訓者：

說文：「嘆，吞歎也。一曰太息也。」又云：「歎，吟也。」許氏分為兩字，已屬不當；段氏注又從而為之辯護曰：「按嘆歎二字今人通用，毛詩中兩體錯出，依說文則義異：歎近於喜，嘆近於哀。」按毛傳於「于嗟」之文僅云「歎辭」，而鄭箋則分云「美之」「戒之」及「歎之」，陳氏傳疏曰：「美歎曰嗟，傷歎亦曰嗟，凡全詩歎詞有此二義。」可見其義為喜為傷為譏為贊，都由上下文義而別。

馬瑞辰傳箋通釋又謂「嘯歗二字經典通用，而其本字則音同而義別，歗者吹聲悲聲也，……嘯者吟也，……。」諸如此類，都是執拘偏旁，妄生區別，有昧於心理循環，語義周流的消息。

他如爾雅云：「茅，明也。」陳玉澍爾雅釋例謂即釋天之雺，雺，昧也。爾雅：「育，長也。」又「鞠，稚也。」陳氏謂鞠育字通，稚幼與長老義反。頗為略少之訓而又為多甚之詞（見劉淇助字辨略）。方言「謾台」為懼，樂記「慢易」為怠忽，怠忽與畏懼相反。麠為大鹿而又訓似鹿而小者。容為可而又為豈可。一為決定之詞而又為或詞。宜為應合之詞而又為計而未定之詞。不可為豈，或可亦為豈。苟為誠而又為且。誠為實詞而又為未定之詞。（均見劉師培古書疑義舉例補二義相反而一字之中兼具其義之例）犯之為敗又為勝；誠信為穆，不誠為繆，繆即穆也；臭菜爲葷，香草爲薰，薰即葷也；扱取爲引，投擲亦爲引；間爲隙而又爲塞；塞爲隔而又爲通；咺爲快而又爲怒；呵爲笑而又爲怒；……諸如此類，或自矜深得不傳之秘，展轉求之，可至無窮；那裏知道是陷溺迷誤而不自覺呢！

(3)不識古字而誤以爲反訓者：

詩：「徒御不警，大庖不盈。」傳：「不警，警也；不盈，盈也。」又「不戢不難，受福不那。」傳：「不戢，戢也；不難，難也；那，多也；不多，多也。」又「有周不顯，帝命不時。」傳：「不顯，顯也；不時，時也。」又「上帝不寧，不康禋祀。」傳：「不寧，寧也；不康，康也。」又「矢詩不多。」傳：「不多，多也。」鄭箋於此等處並以「豈不……乎」的反言方式解之。臧琳又引以爲「古人語急反言」之證。不知不乃丕字，不丕於古爲一體，丕音近溥，故有大義，用爲表極甚之副詞，詩之不顯不承即書之丕顯丕承，孟子引書語趙注訓爲大，得其義矣；王引之經傳釋詞則謂不丕爲發聲，而斥趙注失之，非是。

又詩「無念爾祖，聿修厥德。」「王之藎臣，無念爾祖。」傳：「無念，念也。」爾雅：「勿念，勿忘也。」按此無字不必以發聲或反言解之，無聿對文，周王告戒殷士曰：勿念念不忘爾祖，惟當修明其德；用意深遠，不煩曲解。至如「無競維人」，「無競惟烈」，傳：「無競，競也。」無音近於，猶「於皇」「於穆」之例，並爲表極甚之副詞。

(4)不知句調爲表意方法之一而誤以爲反訓者：

左傳：「無寧茲許公復奉其社稷」杜注，又「毋寧使人謂子，子實生我而謂子浚我以生乎？」杜注，又「且先君而有知也，毋寧夫人而焉用老臣？」服注，並以「無寧」爲「寧也」。按寧爲肯定而無寧爲詢問，左傳引書曰：「聖作則，無寧以善人爲則而則人之辟乎？」論語：「無寧死於二三子之手乎？」都有乎字可證，上引左傳三例亦有乎字及焉字。魯語：「彼無亦置其同類」韋注：「無亦，亦也。」經傳釋詞以國語之「王無亦鑒於黎苗之王？」「女無亦謂我老耄而舍我？」左傳之「無亦是務乎？」「無亦鑒乎若敖蚡冒至于武文？」晉語之「君不亦禮焉？」等句之無不二字爲發聲，而斥周語「無亦擇其嘉柔」韋注「無亦，不亦也。」爲誤，非是，不知此猶論語「不亦說乎？」「不亦樂乎？」之例，若解爲肯定，則言者委婉的口氣全行失去了。

左傳：「先君若有知也，不尙取之？」服注：「不尙，尙也。」逸周書：「二三子不尙助不穀？」孔晁注，秦策：「楚國不尙全事？」高注並同。又逸周書：「不其亂而？」左傳：「不其餒而？」詩：「不尙息焉？」孟子：「吾不惴焉？」禮記：「不在此位也？」而焉也三字也都是詢問助詞。詩：「不裁我躬？」「濟盈不濡軌？」書：「我生不有命在天？」等句雖無助詞表示句調，但由上下文義可知爲反言，史記引作「我生不有命在天乎？」有乎字可證。王引之一律釋不爲語助無義，失之。顧炎武日知錄謂詩之「亦不夷懌」省乎字，「我生不有命在天」「吾不惴焉」省豈字，「不在此位也」上文省非字；說法雖然不得要領，但較王氏之說仍佳。

公羊傳：「毋欲立之，己殺之，如勿與而已矣？」注：「如即不如，齊人語。」左傳：「敢辱官謗？以速官謗。」注：「敢，不敢也。」「敢辱大館？」注：「敢，不敢也。」聘禮：「辭曰：非禮也，敢對？曰：非禮也，敢辭？」注：「敢言不敢。」顧炎武謂爲語急而省，復廣其例，如左傳：「若愛重傷，則如勿傷？若愛二毛，則如服焉？」「若知不能，則如無出？」「二三子若能死亡，則如違之？以待所濟；若求安定，則如與之？以濟所欲。」「君若愛司馬，則如亡？」「不能，如辭？」「然則如叛之？」其實這也都是問句，漢書翟義傳：「欲令都尉自送，則如勿收邪？」有邪字可證。今語猶有此例，不必齊人語。

以上種種靠着句調表示的意義，因爲古無問號的記載，至於淹沒失解。毛傳云「不顯，顯也。」王引之本之，遂謂不無等字爲發聲；鄭箋云「豈不警乎？豈不盈乎？反其言以美之。」顧炎武本之，以爲古人語急而省文。俞氏古書疑義舉例則兼採三說，故有「語急例」，「反言省乎字例」，「助語用不字例」。近人復引之謂爲反訓。

(5)不明詞類活用現象而誤以爲反訓者：

詩：「薄汙我私。」汙本穢名而又爲去穢之稱。孟子：「將以釁鐘。」釁本罅隙而又爲彌補之詞，猶隙曰縫而綴連亦曰縫也。勞是勞苦之義而又爲勞來之語，詩：「神所勞矣」，「召伯勞之」，「莫我肯勞」等勞是也，蓋劬勞曰勞，慰其勞亦曰勞也，今猶有慰勞犒勞之語。

皮本皮表之名而又爲去皮之稱，國策：「皮面抉眼」，僮約：「落桑皮樓」是也，字亦作披。猶毛爲生毛又爲去毛，詩：「毛炰胾羹」，謂爓去豚毛而炮之也。以上所舉，皆漢語名動同詞的現象，本無足異，不得因其偶然於義相反而就認爲反訓也。若然，則不相反者又將何解。

上列五誤，都是彰然較著者，其他尚不及焉，由這也可見目前訓詁學的一斑了。設無語文之基礎知識，而必於此強作解人，吾恐其不知伊于胡底？章太炎轉注假借說論相反爲義云：「語言之始，義相同者多從一聲而變，義相近者多從一聲而變，義相對相反者亦多從一聲而變。」所舉相對相反之例如先言天，從聲以變則爲地；先言古，從聲以變則爲今；……先言起，從聲以變則爲足；先言頭，從聲以變則爲足。……此皆以雙聲疊韵相轉相迆者也。亦有位部皆同，訓詁相反者：始爲基，終爲期爲極；說樂爲喜爲僖爲嬰，悲痛爲譆；有目爲明，無目爲盲；並以一語相變；既有殊文故民無眩惑。章氏這段話似是而實非，於語言緣起多所未了。至於又謂「若特爲牛父，引申訓獨，而詩傳又訓爲匹，則是讀爲等夷之等也。介爲分畫，引伸宜訓兩，而春秋傳以介特爲單數，則是讀爲孑孓之孑也。苦徂故爲快存今，亦同斯例，顧終古未制本字耳。若從雙聲相轉之例，雖謂苦借爲快，徂借爲存，故借爲今，可也。」這也似乎不必，蓋語義本爲流動變化而漸形成多面，因其語境之不同，自可含有相反兩義，正不必都一一分別爲之造字，或旁求其通借；倘若執著固定的字形和片面的本義而刻舟膠柱以求之，恐語言文字之道由此塞。

# 第十二節　術　語

漢儒訓詁之學，雖然還沒有完全達到細密周備的境界，可是他們所用的術語也有一定不易的相沿習慣，我們從這上面也可以歸納出一點大概的傾向，使人一望而知其所表之訓詁種類。傳註用語之最簡質者，莫如毛傳，如「窈窕、幽閒也，淑善，逑匹也，言后妃有關雎之德，是幽閒貞專之善女，宜爲君子之好匹。」先分釋古字，後綜釋古言。有時句義甚明，勿煩複說者，則只訓難字之義，以下不再重述，如「寤覺，寐寢也。」詩傳而外，如康成的詩箋，易注，三禮注，趙岐的孟子注，王逸的楚辭注，何休的公羊解詁，以及爾雅，說文，方言，釋名，並訓詁之佳作，現在姑就以上數書所言，參以經籍纂詁凡例所列，約爲四十類如左：

(1)某、某也。（某、某也，某也。）

周書謚法：「和、會也。勤、勞也。」周語：「基、始也。命、信也。」易傳：「需、須也。師、衆也。元、始也。芾、小也。」如數字連釋，則前數字釋語之也字可省，如詩傳：「淑善，逑匹也。」「履祿，綏安也。」等是，其末字釋語之也字不可省，無者必係缺文，詩傳：「荒、奄。」上下俱無他文，是缺也字明甚，故傳疏云：「傳荒奄下奪也字，今補；凡言也者，別詞也，詞未盡不須用也以別之，詞已盡則用也以別之，今本多互亂矣。」至如周禮鄭注：「資，取也，操也。」「典、常也，經也，法也。」「詔、告也，助也。」之類，皆一字之義不足盡，或展轉相釋。其句式應亦屬此。

(2) 某者、某也。（某者、某也，某也。）

孟子：「畜君者，好君也。」書大傳：「顓者事也，禹者輔也。」又「堯者高也，饒也。舜者推也，循也。」段氏諸字下注云：「白部曰：者，別事詞也。諸與者音義皆同，釋魚：前弇諸果，後弇諸獵。諸即者。」說文：「泣，無聲出涕曰泣。」段注據韵會本訂正作「無聲出涕者曰泣。」云：「者、別事詞也，哭下曰：哀聲也，其出涕不待言，其無聲出涕者爲泣，此哭泣之別也。」按者即今之這字，某者某也乃古人行文構句之常例，不必拘泥。

(3) 某猶某也。

說文：「讎，猶譍也。」段注：「凡漢人作注云猶者，皆義隔而通之，如公穀皆云孫猶孫也，謂此子孫字同孫遁之孫；鄭風傳：漂猶吹也，謂漂本訓浮，因吹而浮，故同首章之吹。凡鄭君高誘等每言猶者皆同此。許造說文，不比注經傳，故徑說字義，不言猶；惟𡨄字下云：㠭猶齊也，此因㠭之本義極巧，視之於𡨄從㠭義隔，故通之曰猶齊。此以應釋讎甚明，不當曰猶應，蓋淺人但知讎爲怨詞，以爲不切，故加之耳。然則爾字下云：麗爾猶靡麗也，此猶亦可刪與？曰此則通古今之語示人，麗爾古語，靡麗今語；魏風傳：糾糾猶繚繚，摻摻猶纖纖之例也。」又於詡下注云：「禮器：德發言詡萬物，注：詡猶普也。按詡之本義爲大言，故訓爲普則曰猶，凡古注言猶者視此。」按鄭氏注經常好言猶，如中庸注：「道猶道路也，出入動作由之，離之惡乎從也。」「位猶正也。」「流猶移也。」「塞猶實也。」等，都和段氏所說相符。至於天官酒正注：「醴猶體也，成而汁滓相將。盎猶翁也，成而翁翁然蔥白色。」則又言名原了。

(4) 某亦某也。

天官鄭注：「則亦法也，典法則所用異，異其名也。」按經云「六典治邦國，八法治官府，八則治都鄙。」鄭注既云「典、常也，經也，法也。」故又云則亦法也，亦者言其似異而實同也。又經云：「以安邦國，以寧萬民，以懷賓客。」注：「懷亦安也。」凡此皆明其爲變文也。詩傳：「艱亦難也。」傳疏云：「艱難合二字一義，古人屬辭，一字未盡，重一字以足之，七月序正義亦云艱亦難也，但古人之語字重耳。凡全詩中疊字平列放此。」傳言猶者也多此類，如羔羊傳「革猶皮也。」緇衣傳「好猶宜也。」皆上下章字異而義同。或言且，中谷有蓷上章言乾，下章言脩，傳：「脩且乾也。」傳疏：「凡全詩通例，詩三章第二章與第一章同意，傳於第二章即承第一章立訓，如羔羊革猶皮也，緇衣好猶宜也，此通例也。此詩第二章言脩與第一章言乾同意，傳不云脩猶乾也者，且乾不盡乾也。……傳變文立訓，互相足也。」

(5) 某謂某某也。

詩傳：「飱謂黍稷也。」「豆謂內羞庶羞也。」「有謂富也。」「亡謂貧也。」周禮天官鄭

注：「長謂公卿大夫王子弟食采邑者。」「兩謂兩卿。」「爵謂公侯伯子男卿大夫士也。」凡言謂者，都是以狹義釋廣義，或是以直義釋曲義，或是以分名釋總名。

(6)某謂之某。

詩傳：「南風謂之凱風。」「水草交謂之麋。」「衣蔽前謂之襜。」「白與黑謂之黼。」凡言謂之者，皆著其異名或事物之名也。

(7)某某曰某。某某爲某。

左傳：「經緯天地曰文。」「師衆以順爲武。」曲禮：「約信曰誓，涖牲曰盟。」大戴記：「無患曰樂，樂義曰終。」毛傳：「正直爲正，能正人之曲曰直。」爲曰二字古多通用。凡言爲曰者，都是直陳其義而定其義界也。

(8)某，今謂之某。

天官鄭注：「奄，精氣閉藏者，今謂之宦人。」又「今之筭泉，民或謂之賦，此其舊名與？」鄭司農注云：「版、名籍也，以版爲之，今時鄉戶籍謂之版。」凡此皆明古今名稱的同異。

(9)古謂某爲某。（今謂某爲某。）

中庸鄭注：「古者謂子孫曰稀。」天官鄭注：「古者從坐男女沒入縣官爲奴，其少才知以爲奚，今之侍史官婢，或曰奚宦女。」地官注：「鄭司農云：絼，著牛鼻繩，所以牽牛者，今時謂之雉，與古者名同。」凡此也都是明古今名謂的同異。又有引證俗名取義以解古語者，如冬官注：「弱，菑也，今人謂蒲本在水中者爲弱，是其類也。」夏官注：「爟讀如予若觀火之觀，今燕俗名湯熱爲觀，則爟火謂熱火與？」春官注：「鄭大夫讀竁皆爲穿，杜子春讀竁爲毳，皆謂葬穿壙也。今南陽名穿地爲竁，聲如腐脃之脺。」

⑽古曰某，今曰某。

春官注：「或曰：古曰名，今曰字。」秋官注：「書名，書之字也，古曰名。」論語鄭注：「正名謂正書字也，古者曰名今世曰字。」儀禮聘禮記注：「名，書文也，今謂之字。」這是說明古今稱謂的不同的。天官注：「爨，今之竈。」義同此。

⑾某，若（如）今某。

天官注：「此民給徭役者，若今衞士矣。」賈疏：「鄭云若今衞士者，衞士亦給徭役，故舉漢法況之。」又「鄭司農云：官屬謂六官，其屬各六十，若今博士、大史、大宰、大祝、大樂屬大常也。」又「閒民謂無事業者，轉移爲人執事，若今傭賃也。」若亦作如，「治敍，次序官中，如今侍曹伍伯傳吏朝也。」又地官注：「傳，如今移過所文書。」凡言若今如今者，都是以今制比況古制也。

⑿某、某某之稱（名）

天官注：「饔，割烹煎和之稱。」「嬪，婦人之美稱。」儀禮注：「子，男子之美稱。」「甫是丈夫之美稱。」「伯仲叔季，長幼之稱。」稱亦謂之名，天官注：「豎，未冠者之官名。」「追，治玉石之名。」或亦曰辭，儀禮注：「吾子，相親之辭。」

⒀某，言某某也。

詩傳：「古言久也。」「豈不言有是也。」「不遲言疾也。」「蕭蕭馬鳴，悠悠旆旌，言不讙譁也。」「清酒既載，騂牡既備，言年豐畜碩也。」凡此皆闡微著隱，指明其取義所在。

⒁某，所以某也。

說文：「聿，所以書也。」段注：「以用也，聿者，所用書之物也。凡言所以者，視此。」按言所以者，都是指明其功用，而被釋者則必爲名詞。故段氏於說文說解，恒增所以二字以別其爲名爲動，如竹部篗下云「所以收絲者也。」⿱竹刻下云：「所以搔馬也。」箠下云：「所以擊馬也。」所以二字都是今補。又於「笞，擊也。」下注道：「疑奪所以二字，笞所以擊人者，因之謂擊人爲笞也。」

⒂某，某某之屬（類）

天官注：「鄭司農云：別四方正君臣之位，君南面臣北面之屬。」「鄭司農云：祀貢，犧牲包茅之屬，賓貢，皮帛之屬。」又「獸，牛馬之類。」「食有和齊藥之類。」凡言之屬之類者，略其別名也。此以別名釋總名者。

⒃某，某屬（別）

說文：「秔，稻屬。」「秏，稻屬。」段注：「凡言屬者，以屬見別也；言別者，以別見屬也。重其同則言屬，秔爲稻屬是也；重其異則言別，稗爲禾別是也。周禮注曰：州黨族閭比，鄉之屬別；介次市亭之屬別小者。屬別並言，分合並見也。」有時「屬別」字可略，說文「覍」下云「冕也。」段氏謂冕下轉寫奪屬字。

(17)某、某貌。

凡言貌者都是用爲形容詞和副詞，如詩云「維葉莫莫」傳：「莫莫，成就之貌。」此形容詞。又「汎彼柏舟，亦汎其流。」傳：「汎汎，流貌。」此副詞。有時藐字可省，如詩「螽斯羽詵詵兮」，傳：「詵詵，衆多也。」而「駪駪征夫」傳則曰「駪駪，衆多之貌。」「桃之夭夭」傳「其少壯也」，「棘心夭夭」傳則云「盛貌」。然字古用爲形狀詞的語尾，故此類詞的訓釋可以變言然字以表之，例見前。重言之詞多爲形狀語，故又可變言重言以表之，如詩「有洸有潰」傳：「洸洸，武也。潰潰，怒也。」箋：「君子洸洸然潰潰然無溫潤之色。」釋文引韓詩則云：「潰潰，不善之貌。」可見無定式也。說文：「墫，舞也。」段注改爲「士舞也。」並云：「也當爲皃，毛傳：『墫墫，舞皃。』古書也、皃 二字多互譌。」其實也不盡然，這猶毛傳：「薨薨、衆多也。」廣雅：「薨薨，飛也。」之例，依段說也字都應是貌之譌。

(18)某、某聲。

凡言某聲者也都是形容詞或副詞，如毛傳的「淵淵，鼓聲」，「坎坎，擊鼓聲」之類便是。有時探其意以立訓，則曰「關關，和聲」，「喈喈，和聲。」有時僅只明其爲聲而不言某聲，如「嚶嚶，聲也。」等都是。重言象聲詞之爲副詞者，有的也可以言貌，如詩「嘅其歎矣！」「條其歗矣！」「啜其泣矣！」傳：「啜，泣貌。」「條條然歗也。」啜和條嘅都是聲音。

(19)某，某辭（詞）。

辭者聲氣之謂，某辭者，表示某種意義的聲氣也。如詩傳：「于嗟，歎辭。」「猗嗟，歎辭。」「於，歎辭也。」「猗，歎辭也。」「今，急辭。」詩箋：「聊，且略之辭。」檀弓鄭注：「且，未定之辭。」說文辭作詞，如「吹，詮詞也。」「矣，語已詞也。」「只，語已辭。」「粤，審愼之詞。」「寧，願詞也。」或倒言之，則云「乃，詞之難也。」「曾，詞之舒也。」辭爲聲氣之意，故某辭也可以說某聲，如詩傳：「噫，歎也。」論語鄭注：「噫，心不平之聲。」詩箋：「懿，有所痛傷之聲也。」檀弓鄭注：「噫，不寤之聲。」淮南高誘注：「意，恚聲。」公羊何注：「噫，咄嗟貌。」說文：「誒，可惡之辭。」又云：「⿰粤只，聲也。」

(20)某，辭也。

虛字的意義虛到虛無可虛的時候，毛傳則以「辭也」釋之，言其僅有聲而不爲義也。如芣苢之薄，漢廣文王之思，草虫之止，載馳之載，大叔于田之忌，山有扶蘇之且等都是。鄭箋於「迄、期、」等字亦訓「辭也。」韓詩章句又訓「將、聿」等字爲「辭也。」或謂之「語助」，易鄭注：「居，辭也。」檀弓鄭注：「居，齊魯之間語助也。」「爾，語助也。」又稱

「聲之助」及「發聲。」如檀弓鄭注：「噫，發聲也。」說文：「[illegible]，詞也。」中庸注：「思，聲之助。」毛傳：「思，辭也。」

⑵某，……或曰（一曰）某。

凡一詞有異訓而義可兼通者，則並存之，故有一曰或曰之例，公羊解詁云：「或曰者，或人辭，其義各異也。」例如天官內饔：「凡掌共羞、脩、刑膴、胖、骨鱐，以待共膳。」鄭司農注：「刑膴謂夾脊肉，或曰膺肉也。」或曰之文，說無所出而注亦不從，只是備異說耳。又醢人注：「鄭大夫讀茆爲茅，茅沮，茅初生，或曰：茆，水草。」說文多言一曰，如「祏，宗廟主也，周禮有郊宗石室；一曰：大夫以石爲主。」又「禜，設緜蕝爲營，以禳風雨雪霜水旱厲疫于日月星辰山川也。一曰：禜，衞使災不生。」此皆字義之別說，容得兩存。

㉒某，或作（爲）某。

天官注：「玄謂政謂賦也，凡其字或作政，或作正，或作征，以多言之宜從征，如孟子交征利云。」此言諸書異文而義相同，猶鄭司農云：「糟音聲與蕕相似，醫與臆亦相似，文字不同，記之者各異耳，此皆一物。」有時或言某書作某如月令鄭注：「術，周禮作遂。」少儀注：「古文禮，僎作遵。」「周禮圂作豢。」等皆是。至同書異文亦言或作或爲，例如籩人注：「故書餈作茨；鄭司農云：茨字或作餈，謂乾餌餅之也。」禮運注：「苴或爲俎。」少儀注：「酢或爲作。」凡異文皆音讀相同。說文禓下段注：「凡云或爲者，必彼此音讀有相通之理。」

㉓古文某爲某。今文某爲某。

漢儒傳經，有今古文之別；今文爲隸書，古文爲六國時書；古文經出自孔壁魯淹及河間中秘舊藏，漢書藝文志已經著錄，計有尚書古文經，禮古經，春秋古經，論語古，孝經古孔氏……等數種。故康成注禮有今文古文之語，如士冠禮注：「古文闑爲槷，閾爲蹙。」賈疏：「……鄭注禮之時，以今古二字並之，若從今文不從古文，即今文在經，闑閾之等是也，於注內疊出古文槷蹙之屬是也；若從古文不從今文，則古文在經，注內疊出今文，即下文孝友時格，鄭注云：今文格爲嘏，又喪服注：今文無冠布纓之等是也。此注不從古文槷蹙者，以槷蹙非門限之義，故從今不從古也。儀禮之內或從今或從古，皆逐義彊者從之；若二字俱合義者，則互挽見之，即下文云：壹揖壹讓升，注云：古文壹皆作一，公食大夫三牲之肺不離贅者，辯取之一以授賓，注云：古文一爲壹。是大小注皆疊今古文，二者俱合義，故兩存之。」

㉔某，故書作某。

易費氏，詩毛氏，禮周官……等書，雖也屬古文學派，但是字體方面，並非與孔壁古文爲一系，而且其中的周官無今文，所以周禮鄭玄注只稱「故書作某。」天官注：「嬪，故書作賓。」疏云：「言故書者，鄭注周禮時有數本，劉向未校之前，或在山巖石室有古文，考校後爲今文。古今不同，鄭據今文注，故云故書作賓。」「傳別故書作傳辨。」作亦言爲，「七事，故書爲小事，杜子春云當爲七事。」此亦兼存異文也。天官庖人注：「獻，古文爲獸。」此古文非壁中書，大概是古本故書的意思。

(25)古字某某同。古聲某某同。

天官外府注：「鄭司農云：齎或爲資，今禮家定齎作資。玄謂齎資同耳，其字以齊次爲聲，從貝變易，古字亦多或。」周禮注中或言「故書齎爲資」，或言「齎或爲資。」又皀人注讀爲齊，杜子春讀爲粢；又典婦功注故書齎爲谘。可證齊次聲同，皆從貝旁，是一字之或體。論語「無所取材。」鄭注：「古字材哉同耳。」按材哉同從才聲，此云同者，言古字因聲音相同而通用耳。詩常棣箋：「承華者曰鄂，不當作拊，拊鄂足也。」此言不拊因聲同而假借也。詩東山傳：「烝窴也。」箋：「古者聲窴塡塵同也。」又常棣傳：「烝塡也。」箋：「古聲塡窴塵同。」釋文：「窴音田，又音珍，一音陳。……亦音塵。鄭云古聲同，案陳完奔齊以國爲氏，而史記謂之田氏，是古田陳聲同。」正義：「傳訓烝窴也，故轉窴爲久，而釋詁云塵久也，乃作塵字，故箋辨之，古者窴塡塵三字音同，可假借而用之故也。」按桑柔瞻仰傳並云「塡久也。」爾雅：「烝，塵也。」「塵，久也。」是烝塵音相近，今通作陳。詩東山箋：「栗，析也；言君子又久見使析薪，於事尤苦也。古者聲栗裂同也。」釋文：「栗，毛如字，鄭音列，韓詩作蓼，力菊反。」正義：「析薪是分裂之義，不應作栗，故辨之云，古者聲栗裂同，故得借栗爲裂，不是字誤，故不云誤也。」凡言古字古聲同者，非一字之或體重文，即音同相假者也。

(26)某，古某字。（某，今某字。）

詩鹿鳴箋：「視，古示字也。」正義：「古之字以目示物，以物示人，同作視字，後世而作字異，目視物作示傍見，示人物作單示字，由是經傳之中視與示字多相雜亂。此云視民不恌，謂以先生之德音示下民，當作小示字，而作視字，是其與古今字異義殊，故鄭辨之視古示字也，言古作示字正作此視，辨古字之異於今也。禮記云：幼子常視無誑，注云：視今之示字也，言古視字之義，正與今之示字同，言今之字異於古也。士昏禮曰：視諸衿鞶，注云：示之以衿鞶者，皆託戒使識之也，視乃正字，今文作示，俗誤行之。言示之以衿鞶亦宜作示，而古文儀禮作視字，於今文視作示字，鄭以見示字合於今世示人物之字，恐人以爲示是視非，故辨之云視乃正字。……。」按視爲見之轉注，從見示聲，示乃祇之初文，本爲祭器，引申爲神名祭名。視本兼已視及使人視二義，後語義分化而字形亦有別，遂借示字代領使人視之義，猶見之與現然；說文云：「示，天垂象見吉凶，所以示人也。」此乃以後起借義誤爲本義也。示視古今字。禮記緇衣注：「告，古文誥。」告誥亦古今字。考工記弓人注：「荼，古文舒，假借字。」

(27)某某古今字。

禮記曲禮注：「予余古今字。」段氏說文注曰：「詩書用予不用余，左傳用余不用予。曲禮下篇：朝諸侯分職授政任功，曰予一人；注云：覲禮曰伯父寔來，余一人嘉之，余予古今字。凡言古今字者，主謂同音，而古用彼今用此，異字，若禮經古文用余一人，禮記用予一人，余予本異字異義，非謂予余本即一字也。」又於誼字下注云：「周禮肆師注：義讀爲儀，古者書儀但爲義，今時所謂義爲誼。按此則誼古今字，周時作誼，漢時作義，皆今之仁義字也；其威儀字則周時作義，漢時作儀。凡讀經傳者不可不知古今字，古今無定時，周爲古則漢爲今，漢爲古則晉宋爲今，隨時異用者謂之古今字，非如今人所言古文籀文爲古字，小篆隸書爲今字也。」段氏廣雅疏證序亦云：「有古形有今形，有古音有今音，有古義有今義，六者互相求，舉一可得其五。古今者不定之名也，三代爲古則漢爲今，漢魏晉爲古則唐宋以下爲今。」可見這裡所謂古今字，和文字學上的古今字不大相同，一以造字爲主，一以用字爲主，前面曾說爾雅：「誥，告也。」爲以今釋古之例，便是就用字言之也。

(28) 某聲與某相似（近）。

天官內司服注：「鄭司農云：屈者音聲與闕相似，襢與展相似，皆婦人之服。玄謂……禕揄狄展聲相近。」按周禮言闕狄展衣，喪大記曰屈狄襢衣，故先鄭云云。後鄭又以翬釋褘，以搖釋揄，以翟釋狄，以襢釋展，故云。

(29) 某讀爲（曰）某。

說文讀字下段氏注云：「擬其音曰讀，凡言讀如、讀若，皆是也。易其字以釋其義曰讀，凡言讀爲、讀曰、當爲，皆是也。」又譱下注：「凡言讀若者皆擬其音也；凡傳注言讀爲者皆易其字也；注經必兼茲二者，故有讀爲，有讀若，讀爲亦言讀曰，讀若亦言讀如。」又周禮漢讀考序云：「漢人作注，於字發疑正讀，其例有三：一曰讀如，二曰讀爲讀曰，三曰當爲。讀如讀若者擬其音也，古無反語，故爲比方之詞；讀爲讀曰者，易其字也，易之以音相近之字，故爲變化之詞。比方主乎同，音同而義可推也；變化主乎異，字異而義憭然也。比方主乎音，變化主乎義。比方不易字，故下文仍舉經之本字；變化字已易，故下文輒舉所易之字。注經必兼茲二者，故有讀如，有讀爲；字書不言變化，故有讀如，無讀爲。有言讀如某，讀爲某而某仍本字者，如以別其音，爲以別其義。當爲者，定爲字之誤，聲之誤，而改其字也；爲救正之詞，形近而譌，謂之字之誤，聲近而譌，謂之聲之誤；字誤聲誤而正之，皆謂之當爲。凡言讀爲者，不以爲誤；凡言當爲者，直斥其誤。三者分而漢注可讀，而經可讀，三者皆以音爲用，六書之形聲假借轉注於是焉。」例如天官大宰注：「鄭司農云：聯讀爲連，古書連作聯，聯謂連事通職相佐助也。」蓋漢人連貫字皆用連不用聯，故司農以今字易古字。又傳注言以某爲某者，亦讀爲之例，如天官醢人注：「鄭大夫杜子春皆以拍爲膞，謂脅也。或曰豚拍，肩也。今河間名豚脅聲如鍛鎛。」按以拍爲膞，即讀拍爲膞也。又讀爲亦言讀曰，如曲禮注：「扱讀曰吸」，「繕讀曰勁。」讀爲或誤爲讀如，天官序官注：「胥讀如諝，謂其有才知爲什長。」此讀如非擬其音，乃易其字，當作讀爲，大行人注：「胥讀爲譖，象譖謂象之有才知者也。」可據以正此。又某讀爲某上下兩字常誤易，如春官司巫注「杜子春云：蒩讀爲鉏，鉏藉也，書或爲蒩館，或爲租飽。玄謂蒩之言藉也。……」案說文：「蒩，茅藉也。」與蒩訓藉之義正合，若經文本作蒩，則勿煩讀爲鉏而易其字始訓藉也，蓋鉏蒩互倒，因後人先據注改經，又據已改之經而易注也。他如蟈氏注之蟈讀爲蜮，土訓注之訓讀爲馴，皆上下兩字互倒。此段氏說。

(30) 某讀如（若）某。

例如天官大宰注：「利讀如上思利民之利。」段氏曰：「案注經之例，凡言讀如者擬其音，凡言讀爲者易其字，此皆不用其本字，如祝讀注，聯讀爲連是也。凡有言讀如讀爲而仍用本字者，如利讀如上思利民之利，斿讀爲囿游之游；此蓋一字有數音數義，利民之利音與財利別，囿游之游義與旗斿別，故云讀如讀爲以別之也。利民與財利別者，如公羊之伐。」讀如亦曰讀若，如儀禮鄉飲酒注：「如，讀若今之若。」聘禮注：「藪讀若不數之數。」

(31) 某當爲（作）某。（聲誤，字誤。）

天官小宰注：「杜子春云：宮當皆爲官。」段氏云：「凡易字之例：於其音之同部或相近而易之曰讀爲，其音無關涉而改易字之誤則曰當爲，或音可相關義絕無關者，定爲聲之誤，則亦曰當爲。」如天官內饔法：「腥當爲星，聲之誤也。」又典婦注：「授當爲受，聲之誤也。」都是聲誤。如夏采注：「鄭司農云：故書緌爲襚，杜子春云當爲緌，襚非是也。玄謂緌者當作緌，字之誤也，士冠禮及玉藻冠緌之字故書亦多作緌者，今禮家定作蕤。」雜記注：「緌當爲緌，讀如蕤賓之蕤，字之誤也。」這都是字誤。有時字誤聲誤常相混如授受爲聲誤，亦字誤，緌緌字誤亦聲誤。

(32) 某，當言某。（當從）。

地官閭胥：「凡事掌其比，觵撻罰之事。」注：「故書或言觵撻之罰事，杜子春云當言觵撻罰之事。」案此亦當爲之例。又師氏注：「故書中爲得，杜子春云當從得。」又「故書舉爲與，杜子春云當從與。」當從今本作當爲，段氏云：「此鄭君從今書作中，杜從故書作得也。當從今本作當爲，誤。」地官小司徒注：「故書屯或爲臀，今書多爲屯，從屯。」冬官弓人注：「故書燀或作朕，鄭司農云：字從燀。」

(33) 某之言某也。（爲言）

天官膳夫注：「膳之言善也，今時美物曰珍膳。」庖人注：「庖之言苞也，裹肉曰苞苴。」又腊人注：「腊之言夕也。」寺人注：「寺之言侍也。」小宰注：「復之言報也，反也。」又「祼之言灌也。」說文：「祼，灌祭也。」段注：「大宗伯玉人字作果，或作淉，注兩言祼之言灌，凡云之言者，皆通其音義以爲詁訓，非如讀爲之易其字，讀如之定其音，如載師『載之言事』，族師『師之言帥』，禬衣『禬之言亶』，翣柳『柳之言聚』，副編次『副之言覆』，禋祀『禋之言煙』，廾人『廾之言礦』皆是，未嘗曰禋即讀煙，副即讀覆也。以是言之，祼之音本讀如果，廾之音本爲卵，讀如鯤，與灌礦爲雙聲，後人竟讀灌讀礦，全失鄭意。」又周禮漢讀考云：「凡云之言者，皆就其雙聲疊韵以得其轉注假借之用。北本古文卵字，古音如關，亦如鯤，引伸爲總角丱兮之丱，又假借爲金玉礏之礦，皆於其雙聲求之也，讀周禮者徑謂丱即礦字則非矣。」祭統：「鋪筵設同几」，注：「同之言詷也。」案此經本作詷几，注云詷之言同也，鄭意詷本不訓同，於其疊韵訓爲同，非若馬許徑云共也。假今經本作同几，又何煩以難字釋易字哉？傳注中「某之爲言某也」亦同「之言」，如射義曰：「射之爲言繹也。」此釋其語根也。凡云「之言」者有兩種，一種是言其假借，如丱礦，寺侍之屬是也，一種是言其語根，如祼灌，禋煙，腊夕之類是也。

(34) 讀某長言，讀某短言。（內言外言。急言緩言。）

公羊莊二十八年傳注：「伐人者爲客，讀伐長言之；見伐者爲主，讀伐短言之。」又宣八年傳注：「言乃者內而深，言而者外而淺。」又僖廿六年傳注：「弗者，不之深者也。」淮南本經注：「滕讀近殆，緩氣言之。」地形注：「旄讀近綢繆之繆，急氣言之乃得之。」長言短言者，聲調的分別；內言外言及急言緩言者，蓋係聲音的有異也。

(35) 衍字。

秋官掌客注：「（車皆陳）皆陳於門內者，於公門內之陳也。言車者，衍字耳。」疏云：「言車衍字耳者，言車載米之車不合在醯醢下言之，又按侯伯子男醯醢下皆無車字，故知衍字也。」段氏云：「案因下文車字多見而誤衍。」

(36) 脫字。

秋官掌客：「凡諸侯之禮，上公五積，皆眡飧牽，三問皆脩，群介行人宰史皆有牢。」注：「上公三問皆脩，下句云群介行人宰史皆有牢，君用脩而臣有牢，非禮也，蓋著脫字失處且誤耳。」疏云：「按下文凡介行人宰史皆在饗食燕下，此特在上，有人見下文脫此語，錯差著於此；更有人於下著訖，此剩不去，故云蓋著脫字失處也。」考工記冶氏注：「殺矢與戈戟異齊而同其工，似補脫誤在此也。」又矢人注：「刃長寸，脫二字。」

(37) 互文。

天官大府注：「或言受藏，或受用，又雜言貨賄，皆互文。」疏：「言受藏謂內府，言受用謂職內，皆藏以給用，言藏亦用，言用亦藏，是互文也。雜言貨賄者，言貨兼有賄，言賄亦兼有貨，亦是互文。」典枲注：「帛言待有司之政令，布言班言衣服，互文。」疏：「帛謂典絲，布謂典枲，據成而言。知爲互文者，以其典絲典枲俱不爲王及后之用，皆將頒賜，故知互見爲義也。」

(38) 省文。

天官內宰：「以陰禮教九嬪。」注：「不言教夫人世婦者，舉中省文。」疏：「後鄭意下文別教九御，故知此教三夫人已下，不言三夫人世婦者，舉中以見上下省文。」

(39)（句讀）

天官宮正：「春秋以木鐸修火禁，凡邦之事蹕。」注：「鄭司農讀火絕之，云禁凡邦之事。

蹕。」疏：「先鄭讀火絕之，則火字向上爲句也，其禁自與凡邦之事蹕共爲一句。」地官族師：「族師各掌其族之戒令政事，月吉則屬民而讀邦法。」注：「故書上句或無事字，杜子春云當爲正月吉。」疏：「云故書上句或無事字者，則月與上政字連，政又爲正字，故杜子春當爲正月吉旦。」

(40)未聞。（闕）。天官醢人注：「凡菹醢皆以氣味相成，其狀未聞。」酒正注：「古之法式，未可盡聞。」膳夫注：「天子諸侯有其數，而物未得盡聞。」大宰注：「司空亡，未聞其考。」許愼著說文，「其於所不知，蓋闕如也。」全書言闕者十有四，有形音義全闕者，有三者中闕其二闕其一者。君子於其所不知，蓋闕如也，此亦多聞闕疑之義。

以上共得四十例，纂詁凡例所舉僅二十八，今就原例省併爲二十，並增廣其類目，加詳其辭說，如上。雖然，古人撰著，體例未必畫一，或此或彼，要使互見，學者心知其意可也。現在從事於箋注訓詁的人，也不必一定要沿用漢人術語而不敢改革，何則？後來居上，今之新術語——如文法學上之名詞，具體名詞，抽象名詞，專名，公名，等，自較舊日爲多且優也。

## 本章參考書要目

(1)聲訓與右文、沈兼士。（右文說第二節）

(2)說文雙聲疊韵譜、鄧廷楨。（原刻本）
(3)釋名略例、顧廣圻。（王先謙釋名疏證補卷首附錄。又經義叢鈔十二。思適齋集。）
(4)釋名例補、張金吾。（言舊錄）
(5)釋名新略例、楊澍達。（積微居文錄）
(6)釋名音訓舉例及其在語言學上之貢獻、齊佩瑢。（民國三十年三月二十八日南京中報眞知周刊）
(7)廣雅疏證、王念孫。
(8)爾雅草木鳥獸同名考、王茂才。（經義叢鈔。）
(9)爾雅草木蟲魚鳥獸　、王國維。（王靜安先生遺書）
(10)文始、章炳麟。
(11)右文說在訓詁學上的沿革及其推闡、沈兼士。
(12)轉語二十章序、戴震。（戴東原集）
(13)高郵王懷祖先生訓詁音韵書稿序錄、王國維。（北京大學國學季刊第一卷第三號）
(14)釋大、王念孫。（高郵王氏父子遺書）
(15)果臝轉語記、程瑤田。（安徽叢書第二集）
(16)疊韵轉語、王念孫。（北京大學研究所收藏王氏手稿）

(17)連綿字譜、王國維。（遺書本）
(18)成均圖、轉注假借說。古雙聲說。章炳麟。（國故論衡）
(19)古音系研究、魏建功。（北京大學出版組印行）
(20)毛詩傳義類、陳奐。（毛詩傳疏合刻本）
(21)墨子經上下、（墨子閒詁）
(22)方言、揚雄。（方言箋疏）
(23)文字學形義篇、訓詁舉要。朱宗萊。（北大出版組）
(24)反訓纂例、董璠。（燕京學報）
(25)爾雅釋例、陳玉澍。（東南大學排印本）
(26)經籍纂詁凡例、阮元等。
(27)說文解字注、段玉裁。
(28)十三經注疏、（阮刻附校勘記本。南昌局補印原刻本）
(29)周禮漢讀考、段玉裁。（經韵樓本。經解本）
(30)某讀爲某誤易說、段玉裁。（經韵樓集）

# 第四章　訓詁的源淵流派

## 第十三節　實用的訓詁學

詩書易禮是我國古代流傳下來的幾部重要典籍，孔子好而信之，述之，並且用它來說教，作爲教誨門徒的課本。所以論語說：「述而不作，信而好古。」又說：「子所雅言：詩，書，執禮，皆雅言也。」又說：「五十以學易，可以無大過矣。」據太史公所說：「孔子晚喜易，韋編三絕。」不過無論他怎樣的發憤忘食去爲學，他的讀經述古，一定不注重字句的訓解和推蔵，而是注重通篇大義的發明和闡揚；他極力勸人學詩，因爲詩是一部雅樂的經典，其音「樂而不淫，哀而不傷」，其辭「洋洋乎盈耳哉」！詩樂的功用，一方面在性情的陶冶和啓發，一方面又可通達人情世理，政治教化，而且可以誦賦答對，增多見識，故曰：「詩，可以興，可以觀，可以群，可以怨；邇之事父，遠之事君；多識於鳥獸草木之名。」又曰：「誦詩三百，授之以政，不達；使於四方，不能專對；雖多，亦奚以爲？」人若不學詩，將要人情事理皆不通達，故曰：「人而不爲周南召南，其猶正牆面而立也與？」孔子對於書的態度也是如此的述古以設教，論語說：「或謂孔子曰：子奚不爲政？子曰：書云孝乎惟孝，友于兄弟。施於有政，是亦爲政，奚其爲爲政？

」又說：「子張曰：書云高宗諒陰，三年不言。何謂也？子曰：何必高宗？古之人皆然，君薨，百官總己以聽於冢宰，三年。」書末又有「堯曰：咨爾舜，……」那樣的一段文章，頗不類孔子語，或係子張之徒述書語而附益之於其後，無論如何，總爲孔門所傳無疑。孔子既取古昔典籍以垂訓設教，當然他所述的義，不必與經義完全相合；而且去古尙近，語文變遷雖已有雅俗之分，但並不怎樣懸殊太深，既是不注重字句，自然也用不着什麼章句訓詁的了。孟子曾主張「說詩者不以文害辭，不以辭害志，以意逆志，是爲得之。」可是他並沒有貫澈到底。他的徵引詩書常好斷章取義，以爲辯說的佐助，例如他說：「詩云：王赫斯怒，爰整其旅，以遏徂莒，以篤周祜，以對于天下；此文王之勇也，文王一怒而安天下之民。書曰：天降下民，作之君，作之師，惟曰其助上帝，寵之四方，有罪無罪，惟我在，天下曷敢有越厥志？一人衡行於天下，武王恥之，此武王之勇也，而武王亦一怒而安天下之民。」他引詩書禮的時候，大多不加訓解，聽者就可了然，大概詩書等六藝已成爲當時一般士大夫的普通讀物了。不過有時對於難解的古字古言，也間或加以訓釋，如孟子曰：「書曰：降水警余；降水者，洪水也。」降水之爲洪水，文凡兩見，可見若不加訓故，聽者是不大明白的。這個如叫訓詁家譯釋起來，一定要說：「降、洪也。」

儒家對於經典既重在「述」「說」，那麼一般門徒的學習就重在「傳」「記」了。傳者傳也，記者紀也。曾子曰：「傳不習乎？」子夏曰：「君子之道，孰先傳焉？」孟子曰：「仲尼之徒，無道桓文之事者，是以後世無傳焉。」又「齊宣王問曰：文王之囿方七十里，有諸？孟子對曰

：於傳有之。」又曰：「傳曰：孔子三月無君則皇皇如也，出疆必載質。」傳既是述說經義的，故漢人稱引，經和傳大都不別（參看崔適春秋復始）；而論語孝經也都被稱爲傳（參看翟灝四書考異）。傳復有傳，漢志魯論有傳十九篇，孝經有雜傳四篇，蓋傳和經乃相對之名，對經爲傳，對其傳習者言則又爲經也。孔子世家說孔子「序書傳」；荀子大略稱國風傳曰，韓詩外傳亦屢稱「傳曰」，史記三代世表褚先生曰「詩傳曰」云云；易之十翼，釋文云王肅本繫辭下有傳字，太史公自序引之謂易大傳，十翼相傳爲孔子所作（？）；儀禮喪服有記又有傳，舊題「子夏傳」雖經典釋文唐石經初刻皆作「喪服經傳」，賈疏單行本標題亦無「子夏傳」三字，但疏文云「此傳得爲子夏所作。」由此可見或口耳相傳，或筆之於簡，師師展轉傳授；均得謂之傳也。記者，說文云疏也，疋下一曰疋記也，廣雅曰：「註紀疏記，識也。」徐氏所謂一一分別記之是也。公羊僖二年宮之奇諫語引記曰：「脣亡齒寒」，解詁云史記也。韓非忠孝引記曰：「舜見瞽瞍，其容造焉。孔子曰：當是時也，危哉！天下岌岌。」此語亦見孟子萬章篇，斥爲齊東野人之語。禮記文王世子引世子之記，又引「記曰」之文，祭統亦兩引「記曰」。漢志：「禮古經記一百三十一篇，七十子後學者所記也。」河間獻王傳：「獻王所得，皆經傳說記，七十子之徒所論。」今儀禮十七篇，除喪服有傳又有記以外，士冠，士昏，鄉飲酒、鄉射、燕、聘、公食大夫，覲、既夕、士虞、特牲饋食等十一篇都有記，記皆附於篇末，詳略各不同，最短者覲禮記只有十六字。正義曰：「凡言記者，皆是記經不備，兼記經外遠古之言，鄭注燕禮云：後世衰微，幽厲尤甚，禮記之書，稍稍廢棄，蓋自爾之後有記乎？」（記冠義疏）記士昏禮疏及燕禮記燕朝服於寢疏略同。又曰：「記時不同，故有二記。」今案十二篇的記有補經的不足的，有與經互相發明的，也有彼此兩記詳略不同，文字互異的，蓋記者非一人，亦非一時也。喪服之傳曰文中多「某者何」「何以」「曷爲」「孰謂」之類語，和公羊傳的措辭慣例很相像；而記則有特爲經之一條而發者，有兼爲數條而發者，有於經義之外別採他禮以補經者；其旨似乎並不專爲釋經而作，只是普通的記禮之書而已；和傳之旁推曲證，闡微揚奧，處處都與經義比附者稍微有點不同。迨後戴德戴聖各傳禮經（儀禮），又各傳禮記，於是記之名遂爲彼所獨享，今所行禮記四十九篇，中如學記、樂記、雜記、喪大記、喪服大記、喪服小記、坊記、表記、等都名記，大傳、間傳則以傳名，祭義、冠義、昏義、鄉飲酒義、射義、燕義、聘義則以義名，經解則以解名（猶管子明法解、韓非解老之解），曾子問、哀公問、問喪、服問、三年問則以問名；其實以外不名記傳義解問的那些篇原也是記也。漢書翟方進傳：「候伺常大都授時，遣門下諸生至常所問大義疑難，因記其說如是者。」大概凡有所問答而記其所聞之言者都可叫作記，不必記遠古之言或禮制之事者始可名記也。劉歆傳：「講六藝傳記，諸子詩賦數術方技無所不究。」可知六藝略中除五經外都是傳記。

傳記既是依附經義的產物，雖不專主於訓釋字句，其中也自然難免言及訓詁。早於傳記的記載中常有訓詁之語，如周語記叔向之語曰：「其詩曰：『昊天有成命，二后受之，成王不敢康，夙夜基命宥密，於緝熙，亶其心，肆其靖之。』是道成王之德也。……基始也，命信也，宥寬也，密寧也，緝明也，熙廣也，亶厚也，肆固也，靖龢也。其始也，翼上德讓而敬百姓；其中也，恭儉信寬，帥歸於寧；其終也，廣厚其心，以固龢之；……故曰成。」左傳昭二十八年載成鱄之言曰：「詩曰：『唯此文王，帝度其心，莫其德音，其德克明，克明克類，克長克君，王此大國，克順克比，比于文王，其德靡悔，既受帝祉，施于孫子。』心能制義曰度，德正應和曰莫，照臨四方曰明，勤施無私曰類，教誨不倦曰長，賞慶刑威曰君，慈和徧服曰順，擇善而從之曰比，經緯天地曰文；九德不愆，作事無悔，故襲天祿，子孫賴之。」又宣公十二年記楚子之言曰：「夫文止戈爲武，武王克商，作頌曰：『載戢干戈，載櫜弓矢，我求懿德，肆于時夏，允王保之。』又作武，其卒章曰：『耆定爾功。』其三曰：『鋪時繹思，我徂維求定。』其六曰：『綏萬邦，屢豐年。』夫武，禁暴、戢兵、保大、定功、安民、和衆、豐財者也，故使子孫勿忘其章。」又襄公九年載穆姜之言曰：「亡。是於周易曰隨，元亨利貞，无咎。元，體之長也，亨，嘉之會也，利，義之和也，貞，事之幹也。體仁足以長人，嘉德足以合禮，利物足以和義，貞固足以幹事。」又昭公十二年載南蒯枚筮之，遇坤之比曰黃裳元吉，以爲大吉，示子服惠伯，惠伯曰：「……黃，中之色也，裳，下之飾也，元，善之長也。……」諸如此類，或釋詩，或解易，不但比漢儒訓故爲早，而且出在孔子以前，故皮錫瑞經學歷史說：「惟是左氏浮夸，未必所言盡信；穆姜明隨卦之義，何與文言盡符？」現在看來，這或係後來編纂的人（劉歆）隨文增飾，未必在當時即需如此之詳密訓故也，觀孟子之引詩書而不加訓故可知。經籍纂詁凡例首列「經傳本文即有訓詁」，所舉如：

周書謚法：「和、會也。勤、勞也。」
國語周書：「基、始也。命、信也。」
易象上傳：「需、須也。師、衆也。」
孟子梁惠王：「畜君者，好君也。」
大戴記哀公問：「親之也者，親之也。」
周語：「敬、文之恭也。忠、文之實也。正、德之道也。端、德之信也。」
左氏文元年傳：「忠、德之正也。信、德之固也。」
又成十三年傳：「體、身之幹也。敬、身之基也。」
又襄九年傳：「元、體之長也。亨、嘉之會也。」
又昭九年傳：「陳、水屬也。火、水妃也。」
又昭十二年傳：「黃、中之色也。裳、下之飾也。」
又昭十七年傳：「漢、水祥也。水，火之牡也。」
公羊桓八年傳：「春曰祠，夏曰禴。」
穀梁桓四年傳：「春曰田，夏曰苗。」
左氏襄三年傳：「師衆以順爲武。」

又昭二十八年傳：「經緯天地曰文。」

魯語：「咨才爲諏。」

左氏襄四年傳：「咨親爲詢。」

又宣十二年傳：「止戈爲武。」

又昭元年傳：「皿蟲爲蠱。」

大戴記小辨：「無患曰樂，樂義曰終。」

禮記曲禮下：「約信曰誓，涖牲曰盟。」

易說卦傳：「乾爲天。」

左氏閔元年傳：「震爲土。」

易雜卦傳：「乾、剛，坤、柔。」

左氏閔元年傳：「屯、固，比、入。」

這裡面除去周書以外，其餘如易傳，孟子，公羊，穀梁，左傳。國語（春秋外傳），大戴記，禮記等，都不出「傳記」的範圍。其中釋字義之最精者，莫過公羊傳，易傳次之。左傳文旨本不在於解經，故太史公十二諸侯年表僅名爲左氏春秋而不言傳。漢書司馬遷傳贊：「孔子因魯史記而作春秋，而左丘明論輯其本事以爲之傳，又纂異同爲國語。」韋昭國語解叙：「丘明復采錄前世穆王以來，下訖魯悼智伯之誅，以爲國語，其文不主於經，故號曰外傳。」康有爲新學僞經考以為左傳國語出於一源而為劉歆所割裂，並非完全無因。說者謂春秋之傳有二義：有訓詁之傳，有載記之傳，訓詁之傳主於釋經，載記之傳主於紀事。這種說解實是不明白左傳來源的緣故。漢志云傳春秋者凡五家，左氏論本事而作傳，及末世口說流行，有公羊、穀梁、鄒、夾之傳。夾氏無書，鄒氏無師，所傳者惟公穀而已。公穀依經立傳，經所不書，則不發義，而且特別注意在一字一詞的訓釋，前面已經舉過數例，不再重複了。

自秦末至西漢，大致可以說是今文經學家的得勢期間，雖然古文經學家似乎已在那裡暗暗地發動萌生了。這由西漢所立經傳博士的數目上可見其一斑（參看王國維漢魏博士考），所謂今文十四博士之學是也。今文學家以六經為孔子所作，孔子是政治家，六經即孔子致治的學說，所以解說經傳偏重在微言大義，推闡發揮，其特色為功利的，而其流弊則不免近於狂妄皮傅。他們為了利祿的趨使，功利主義的束縛，一味在以己意附會經義，不求經文的本解，故重在口說，這和孔孟的「說詩」「言詩」倒還相近。墨經也有經說，體制和傳相同。西漢經師傳經，精義都見於說。公羊定元傳曰：「定哀多微辭，主人習其讀而問其傳，則未知己之有罪焉爾。」解詁：「讀謂經，傳謂訓詁。」可見微言大義非藉口授之傳而不能明也。漢書蔡義傳：「詔求能為韓詩者，徵義待詔，久不進見。義上疏曰：臣山東草萊之人，行能無所比，容貌不及衆，然而不棄人倫者，竊以聞道為先師，自託於經術也；願賜清閒之燕，得盡精思於前。上召見義，說詩，甚說之。」又儒林傳：「兒寬初見武帝，語經學，上曰：吾始以尚書為樸學，弗好。及聞寬說，可觀，乃從寬問一篇。」匡衡傳：「諸儒爲之語曰：「無說詩，匡鼎來！』匡說詩解人頤。……太子太傅蕭望之少府梁丘賀問衡對詩諸大義，其對深美。望之奏衡經學精習，說有師道，可觀覽。」說經雖尙有師承，然亦可自行潤色，儒林傳：「……問經數篇，式謝曰：聞之於師具是矣，自潤色之。不肯復授。」又「守小夏侯說文，恭增師法至百萬言。」說之箸於竹帛的或叫作記，或即名說，儒林傳：「倉說禮數萬言，號曰后氏曲臺記。」又「寬至雒陽從周王孫受古義，號周氏傳。……作易說三萬言，訓故舉大誼而已，今小章句是也。」又「劉向校書，考易說，以爲諸易家說皆祖田何楊叔丁將軍，大誼略同；唯京氏爲異黨；焦延壽獨得隱士之說，託之孟氏，不相與同。」又「江公著孝經說。」夏侯勝傳：「受詔撰尙書論語說。」（師古曰：「解說其義，若今義疏也。」）說亦即章句，丁寬易說即小章句，張禹傳：「初禹爲師，以上難數對己問經，爲論語章句獻之。始魯扶卿及夏侯勝王陽蕭望之韋玄成皆說論語，篇第或異；禹先事王陽，後從庸生采獲所安，最後出而尊貴，諸儒爲之語曰：欲爲論，念張文。」儒林傳：「無故善修章句，爲廣陵太傅。」其善說一端者，多無章句，儒林傳：「高相其學亦亡章句，專說陰陽災異，自言出於丁將軍。」又「費直長於卦筮，亡章句，徒以彖象繫辭十篇文言解說上下經。」說如無記及章句或生徒受授，就不免有絕傳之虞，儒林傳：「賓持論巧慧，易家不能難。……後賓死，莫能持其說。」說之流弊，一在於瑣碎繁雜，一經說至百餘萬言；二在於便辭巧說，曲學阿世；是以通人恥學，羞爲章句。傳記說既同類，故劉歆傳稱「六藝傳記」，獻王傳稱「經傳說記」。漢志所載傳記之屬，又有的叫外傳，內傳，傳記，雜記，說義，略說，章句，以及微等名。此外別有所謂緯書者，隋書經籍志：「說者又云：孔子既叙六經以明天人之道，知後世不能稽通其意，故別立緯及讖以遺來世。其書於前漢，有河圖九篇，洛書六篇，云自黃帝所受本文；又別有三十篇，云自初起至於孔子，九聖之增演以廣其意；又有七經緯三十六篇，並云孔子所作。」王制正義引鄭玄釋春秋運斗樞云：「孔子雖有盛德，不敢顯然改先王之法以教授於世，陰書於緯，以傳後王。」文選劉歆移太常博士書注：「論語讖曰：子夏六十四人，共撰仲尼微言。」四庫全書提要：「讖者詭爲隱語，預決吉凶，史記秦本紀稱盧生奏錄圖書之語是其始也。緯者經之支流，衍及旁義，史記自序引易『失之毫釐，差以千里。』漢書蓋寬饒傳引易『五帝官天下，三王家天下。』注者均以爲易緯之文是也。蓋秦漢以來，去聖日遠，儒者推闡論語，各自成書，與經原不相比附，如伏生尚書大傳，董仲舒春秋陰陽，核其文體，即是緯書，特以顯有主名，故不能託諸孔子；其他私相撰述，漸雜以術數之言，既不知作者爲誰，因附會以神其說。迨彌傳彌失，又益以妖妄之辭，遂與讖合而爲一。」緯書今多不存，內容雖然有些狂妄，但亦時涉正經，固爲今文經學家說之薈萃也。

今文家既不重訓詁，而務碎義難逃，故其所說之義，非經之本義，不合於古，因此頗遭古文家之反對。劉歆移書太常博士責讓之曰：「往者綴學之士，不思廢絕之闕，苟因陋就寡，分文析字，煩言碎辭，學者罷老且不能究其一藝，信口說而背傳記，是末師而非往古，……」信口說而是末師，恰好說中了今文家的通病。西漢末年，因了古文經的發現，引起了今古文兩派的分立，大概古文家以爲孔子是一位史學家，六經便是孔子整理古代史料書籍的定本，所以他們講經偏重於名物訓詁，其特色爲考證的，信古的，其弊則流於僞擬揣度。今文家並非完全不講訓詁，只是不甚看重而已。如魯詩故，「魯申公獨以詩經爲訓故以教，亡傳疑，疑者則闕弗傳。」齊詩后氏孫氏各作訓故，韓詩亦有訓故；書有大小夏侯解故；這都是今文家所作的訓故。但因不大注重的緣故，所以丁將軍說易，訓故僅舉大誼。古文家之看重訓故，主由於古文經中多古字古言的關係，他們爲了發揚古文經，不得不先研究訓故，那時的訓故，本伏藏在「小學」之內，後漢書盧植傳植上疏云：「古文科斗，近於爲實，而厭抑流俗，降在小學，中興以來，通儒達士——班固、賈逵、鄭興父子並敦悅之。今毛詩左氏周禮各有傳記，其與春秋共相表裏，宜置博士，爲立學官。」這樣看來，在東漢末年一般人是認古文家和小學家爲一家的，其實在西漢末年業已如此，所以當時的小學家多爲古文家，蓋古文經多古字，解經須得小學的幫助，而古文字的字體筆意也可供小學家研討的資料，許慎說文敘曰：「至孔子書六經，左丘明述春秋傳，皆以古文，厥誼可得而說。」兩漢古文家之著名者如張敞（左傳）、桑欽（古文尚書）、杜林（古文尚書）、衞宏（毛詩古文尚書）、徐巡（古文尚書）、賈逵（古文尚書毛詩周官左傳國語）、許慎（書孔氏、詩毛氏、禮周官、春秋左氏、論語、孝經）等人，都也是小學家，由說文解字及其所引通人說可考見其一斑。因此孔安國能以今文字讀古文尚書，遂起其家，而司馬遷爲了學古文尚書，也常從孔子問故；劉歆繼賈誼左氏傳訓故尹更始左氏傳章句之後，引傳文以解經，由此訓故章句義理始備；杜林揚雄又各爲蒼頡篇作訓故；自是諸書古字古言才得大明於世。另一方面，今文家一星半點的訓故却多無小學的根據，說文序指責那一班經生說：「今雖有尉律不課，小學不修，莫達其說久矣。……諸生競逐說字解經誼，稱秦之隸書爲倉頡時書云，父子相傳，何得改易？乃猥曰：馬頭人爲長，人持十爲斗，虫者屈中也；……若此甚衆，皆不合孔氏古文，謬於史籀，俗儒鄙夫，玩其所習，蔽所希聞，不見通學，未嘗覩字例之條，怪舊藝而善野言，以其所知爲秘妙，究洞聖人之微恉。……其迷誤不諭，豈不悖哉？」大概今古文兩家之爭，原由於文字有古今之分，繼而解說各異，家法遂別，固不僅在小學訓故之講論與否而已。當時稱這一派人的學問爲「古學」，如劉歆傳云「父子俱好古」，又贊其「博物洽聞，通達古今。」揚雄傳贊雄「實好古而樂道。」語又見儒林傳。賈逵傳：「雖爲古學。」許冲上說文表云：「愼本從逵受古學。」段注云：「古學者，古文尚書、詩毛氏、春秋左氏傳、及倉頡古文史籀大篆之學也。」是「古學」乃古文字、訓詁、古史、古禮制等學之總名，別於今文家之「經學」。

古文經學家既以解說古字古言爲治古學之門徑，遂特別推重爾雅，七略云：「書者古之號令，號令於衆，其言不立具，則聽受施行者弗曉。古文讀應爾雅，故解古今語可知也。」六藝略孝經家有爾雅三卷二十篇。這是稱說及箸錄爾雅之始。蓋爾雅亦傳記之流，總釋五經，本爲秦漢以來傳經者所記，便於初學的誦習，後經古文經家之推崇和增修補益，方才大顯於世，成爲訓詁的圭臬。

爾雅一書的旨趣可由其命名取義及目錄學家之分類上看得出來。攷漢志論語孝經小學三家之附六藝，因爲都是當時小學中所誦習的科目，齊民要術引崔寔四民月令云：「正月農事未起，命成童以上入大學，學五經。」又云：「十一月硯冰凍，命幼童讀孝經論語篇章，入小學。」是六藝乃大學之科目，論語孝經篇章乃小學之科目，篇章之類如倉頡篇急就章等既獨佔小學之名，而論語孝經遂各別爲類，論語書多，故自成一家，孝經書少，故附以石渠論五經雜議、爾雅、小雅、古今字、弟子職諸書爲一家；論語孝經漢人並謂之傳記，趙岐孟子題辭說漢文帝立論語孝經孟子爾雅等傳記博士；可見這些書都是五經總義之屬，六藝入門的階梯，幼童入學必讀的要籍，故附於六藝之末。隋志以爾雅改列論語類，並說：「爾雅諸書解古今之義，並五經總義，附於此篇。」其實不必改易也。鄭玄駁五經異義云：「玄之聞也，爾雅者，孔子門人所作，以釋六藝之言，蓋不誤也。」王充論衡云：「爾雅之書，五經之訓故。」郭璞爾雅注序：「夫爾雅者，所以通訓詁之指歸，叙詩人之興詠，總絕代之離詞，辨同實而殊號者也；誠九流之津涉，六藝之鈐鍵，學覽者之潭奧，摛翰者之華苑也；若乃可以博物不惑，多識於鳥獸草木之名，莫近於爾雅。」陸德明經典釋文序錄：「爾雅所以訓釋五經，辨章同異，多識鳥獸草木之名，博覽而不惑者也。」這些話都可以說明爾雅一書的旨趣。而四庫提要則謂「今觀其文，大抵采諸書訓詁名物之同異，以廣見聞，實自爲一書，不附經義。……蓋亦方言急就之流，特說經之家多資以證古義，故從其所重，列之經部耳。」自爲一書不附經義的話，似乎未得其實。爾雅既是釋古今語文的著作，其命名取義也就在此，劉熙釋名：「爾雅，爾昵也，昵近也，雅義也，義正也；五方之言不同，皆以近正爲主也。」張晏漢書注及經典釋文說略同，釋文又說：「爾，字又作邇；雅，字亦作疋。」案釋詁：「邇幾暱、近也。」是爾邇可通也。劉台拱論語駢枝：「子所雅言，詩書，執禮，皆雅言也。謹案：雅言正言也，鄭注謂正言其音者得之。……夫子生長於魯，不能不魯語，惟誦詩讀書執禮三者，必正言其音，所以重先王之訓典，謹末學之流失。……昔周公著爾雅一篇，以釋古今之異言，通方俗之殊語，劉熙釋名曰：爾昵也，昵近也，雅義也，義正也，五方之言不同，皆以近正爲主也。張晏漢書注亦云：爾近也，雅正也。後人解近正之云，或以爲近而取正（按即陸氏釋文），或以爲近於正道（按即邵氏正義），皆非也。上古聖人，正名百物，……其後事爲踵起，象數滋生，積漸增加，隨時變遷，王者就一世之所宜而斟酌損益之，以爲憲法，所謂雅也；然而五方之俗不能強同，或意同而言異，或言同而聲異，綜集謠俗，釋以雅言，比物連類，使相附近，故曰爾雅。揚雄方言繼爾雅而作，應劭風俗通義自謂演述方言，故其名書之意相表裏。詩之有風雅也亦然，王都之音最正，故以雅名，列國之音不盡正，故以風名。……雅之爲言夏也，荀卿榮辱篇云：越人安越，楚人安楚，君子安雅，是非知能材性然也，是注錯習俗之節異也。又儒效篇云：居楚而楚，居越而越，居夏而夏，是非天性也，積靡使然也。然則雅夏古字通。」阮元與郝蘭皐戶部論爾雅書也說：「古人字從音出，喉舌之間，音之所通者簡，天下之大，音之所異者繁；爾雅者近正也，正者虞夏商周建都之地之正言也，近正者，各國近於王都之正言也。予姻家劉台拱之言曰：子所雅言詩書執禮，雅言者，誦詩讀書，從周之正言，不爲魯之方言也，執禮者，詔相禮儀，亦以周音說禮儀也；小雅大雅皆周詩之正言也。劉氏此說足發千古之蒙矣。然則爾雅一書，皆引古今天下之異言以近於正言，夫曰近者，明乎其有異也，正言者猶今官話也，近正者各省土音近於官話者也。」案夏之爲言假也、暇也、嘏也，故夏有大義遠義古義，雅夏古聲近通用，雅亦古也，呂覽士容：「趨翔閑雅。」史記司馬相如傳：「雍容閒雅。」五帝紀：「其文不雅馴。」又「擇其言尤雅者。」漢書揚雄傳：「作賦甚弘麗溫雅。」又「大司馬車騎將軍王音奇其文雅。」張敞傳：「博學文雅過於敞。」叙傳：「函雅故，通古今。」方言至也條下云：「皆古雅之別語也。」漢書儒林傳：「文章爾雅，訓詞深厚。」由這些複音詞的用法看來，爾雅似乎和溫雅、文雅、古雅、典雅、雅馴……等相同，都是儒雅古雅的意思，換言之，爾雅係平列的複詞，爾亦雅也，雅亦爾也，爾音近儒近柔，言其爲古雅溫馴之語也。又近聞憩之師說：「爾者近也，近者指時間言，今也；雅者遠也，古也；今古者，以今語釋古語也。」此說簡捷爽快，郭注云：「此所以釋古今之異言，通方俗之殊語。」正可爲上說作一注脚。總之，雅字之解已無問題，所異者只爾字耳。漢志云：「古文應讀爾雅，故解古今語而可知也。」這句話可作爲爾雅一名之的解，爾雅猶古今字之命名取義也。漢初通行小學要籍如倉頡，如急就，無不以篇首二字名篇，蓋緣史籀成例；而爾雅則否，或出於增訂者之手也未可知。

爾雅自西漢末年始顯於世，故其作者傳測不一。漢志不注作者姓名，蓋闕如也。鄭志答張逸問曰：「爾雅之文雜，非一家之著，則孔子門人所作，亦非一人。」（詩鳧鷖正義引）張揖進廣雅表云：「昔在周公，纘述唐虞，……六年制禮，以導天下，著爾雅一篇，以釋其義。……禮三朝記：哀公曰：寡人欲學小辨，以觀於政，其可乎？孔子曰：爾雅以觀於古，足以辨言矣。春秋元命苞言子夏問夫子作春秋不以初哉首基爲始何？是以知周公所造也。……爰及帝劉，魯人叔孫通撰置禮記，文不違古；今俗所傳三篇爾雅，或言仲尼所增，或言子夏所益，或言叔孫通所補，或言沛郡梁文所考，皆解家所說，先師口傳，既無正譣聖人所言，是故疑不能明也。」（陸德明據此云釋詁一篇爲周公所作，其餘十九篇爲後人增益。邵晉涵云張氏所謂三篇即漢志之三卷也，以謂陸氏殆失考。）梁吳均西京雜記（僞託劉歆所作）曰：「郭偉字文偉，茂林人也，好讀書，以謂爾雅周公所制，而爾雅有張仲孝友，張仲宣王時人，非周公之制明矣。余嘗以問揚子雲，子雲曰：孔子門徒游夏之儔所記，以解釋六藝者也。家君以爲外戚傳史佚教其子以爾雅，爾雅小學也；又記言孔子教魯哀公學爾雅，爾雅之出遠矣。舊傳學者皆云周公所記也，張仲孝友之類後人所作耳。」到了宋朝以後，才有人懷疑周公孔子子夏等人所作的問題，歐陽修詩本義說是秦漢之間學詩者所集；葉夢得石林集說是漢人取毛氏詩說所作；曹粹中放齋詩說說其成書在毛公之後，毛公以前其文猶略；呂南公題爾雅後說此書多同毛氏詩說，故知出於秦漢之間；朱子語錄說是取傳注以作；四庫全書提要曰：「按大戴禮孔子三朝記稱孔子教魯哀公學爾雅，則爾雅之來遠矣，然不云爾雅爲誰作。據張揖進廣雅表稱周公著爾雅一篇，今俗所傳三篇，或言仲尼所增，或言子夏所益，或言叔孫通所補，或言沛郡梁文所考，皆解家所說，疑莫能明也。於作書之人，亦無確指。其餘諸家所說，小異大同。今參互而考之：郭璞爾雅註序稱豹鼠既辨，其業亦顯，邢昺疏以爲漢武帝時終軍事；七錄載犍爲文學爾雅注三卷，陸德明經典釋文以爲漢武帝時人，則其書在武帝以前。曹粹中放齋詩說曰：爾雅毛公以前其文猶略，至鄭康成時則加詳，如學有緝熙于光明，毛公云光廣也，康成則以爲學于光明者，而爾雅曰緝熙光明也；又齊子豈弟，康成以爲言發夕也，而爾雅曰豈弟發也；薄言觀者，毛公無訓，振古如茲，毛公云振自也，康成則以觀爲多，以振爲古，其說皆本於爾雅；使爾雅成書在毛公之前，顧得爲異哉？則其書在毛公以後。大抵小學家綴輯舊文，遞相增益，周公孔子皆依託之詞，觀釋地有鶼鶼，釋鳥又有鶼鶼，同文複出，知非纂自一手也。其書歐陽修詩本義以爲學詩者纂集博士解詁，高承事物紀原亦以爲大抵解詁詩人之旨，然釋詩者不及十之一，非專爲詩作。揚雄方言以爲孔子門徒解釋六藝，王充論衡亦以爲五經之訓故，然釋五經者不及十之三四，更非專爲五經作。今觀其文，大抵採諸訓詁名物之同異以廣見聞，實自爲一書，不附經義，如釋天云暴雨謂之涷，釋草云卷施草拔心不死，此取楚辭之文也；釋天云扶搖謂之飇，釋虫云蒺藜蝍蛆，此取莊子之文也；釋詁云嫁往也，釋水云瀵大出尾下，此取列子之文也；釋地云西王母，釋獸云小領盜驪，此取穆天子傳之文也；釋地云東方有比目魚焉，不比不行，其名謂之鰈，南方有比翼鳥焉，不比不飛，其名謂之鶼鶼，此取管子之文也；又云邛邛岠虛負而走，其名謂之蟨，此取呂氏春秋之文也；又云北方有比肩民焉，迭食而迭望，釋水云河出崑崙墟，此取山海經之文也；釋詁云帝皇王后辟公侯，又云洪郭宏溥介純夏幠，釋天云春爲青陽，……至謂之醴泉，此取尸子之文也；釋鳥曰爰居雜縣，此取國語之文也。如是之類，不可殫數，蓋亦方言急就之流，特說經之家多資以證古義，故從其所重，列之經部耳。」邵晉涵正義曰：「郭氏釋天篇註引離騷云攝提貞於孟陬，以證正月爲陬；又蜺爲挈貳，註云蜺雌虹也，見離騷；暴雨謂之涷，註曰離騷云令飄風兮先驅，使涷雨兮灑塵是也；釋草卷施草，註云宿莽也，離騷云。俱引屈原賦之文以爲證佐。……屈原賦雖雜楚音，不乖雅訓，故郭氏有取焉；後人不察，轉謂爾雅言暴雨以釋離騷之涷雨，作爾雅者在離騷以後，豈知涷雨之名亦見淮南王書，將謂爾雅在淮南以後乎？……」其餘諸說，都大同小異，總之不外孔子門人、周公、漢人、三說。對於這個問題，可以分成下列五點來說：

(1)大戴記：「爾雅以觀于古。」盧辯注：「爾，近也，謂依於雅頌。」王念孫曰：「是盧氏不以爾雅爲書名，案彼文云：循弦以觀于樂，爾雅以觀于古，謂循乎弦，爾乎雅也，盧說爲長。」又春秋元命苞及西京雜記之說，都係後人僞託，不可盡信。這樣看來，周孔所作，全無根據，即使所作原僅一篇，雖可釋張仲孝友諸疑，但也不能使人心服，故張揖也因無證驗而疑不能明也。

(2)春秋戰國的時候，讀書誦詩，很少訓詁；到了秦始皇統一之後，雖有博士之官，然不專爲經立；直到西漢初年，師師相傳，仍然重在講說大義，闡明微言，既無需訓詁專著，故今文家也不大注意此道。後來傳記章句漸次寫成問世，閭里書師爲了便利初學的讀經，於是雜取五經傳記中之訓釋字義者，集而錄之，勒爲專書，以教學童，猶史籀倉頡之於日用雜字也。所以爾雅多今文經字及其解說；臧在東云爾雅今文之學，徐養源云乃兼采古今文之說，非專用今文也。二說都是，然溯其初，固今文之學也。毛詩漢廣江之永矣，韓詩作羕，釋詁：「永羕長也。」毛詩皇矣貊其德音，韓詩作莫，釋詁：「貊莫定也。」毛詩大雅嵩高維嶽，禮記孔子閒居引作嵩，釋詁云嵩高也，釋山云山大而高崧。毛詩遵彼汝墳，韓詩作濆，釋邱云墳大防，釋水云汝有濆。洪頤煊曰：「釋訓一篇，專爲釋詩而作，其間有不在今詩者，蓋三家傳本有異同也。」治爾雅者必先明乎此，然後展轉證明，知古文某即今文某，有今古文異而兼釋者，有今古文異而只釋今文或古文者，爾雅通而今古文訓說及文字之異也就可通了。

(3)爾雅的被人推重，是由於古文家的重視訓詁，七略說古文尚書讀應爾雅，隋志云梁有漢劉歆爾雅注三卷，劉歆移太常博士書云：「孝文時諸子傳記立於學官。」趙岐也說：「孝文皇帝欲廣游學之路，論語孝經孟子爾雅皆置博士。」太平御覽引漢舊儀云：「武帝初置博士，取學有通修，博識多藝，曉古文爾雅，能屬文章者爲之。」漢書平帝紀：「徵天下通知逸經古記，天文歷算鍾律，小學史篇，方術本草，及五經論語孝經爾雅教授者。」後漢書賈逵傳：「逵數爲帝言古文尚書與經傳爾雅訓詁相應。」可見古文家特別推崇爾雅的原因，是爲了給古文經張目。因此，爾雅一書既被古文家所增益，又復引用以解經，展轉反覆，所以書中所錄古今文說或同或異。如流擇也，流求也，皆釋左右流之；剪勤也，剪齊也，皆釋實始剪商。

(4)古文家既用雅訓以解經，但他們的經詁又想託之於古，故多不明言所用者爲雅訓。毛詩故訓傳爲古文家訓故之最著者，後出轉精，自較周詳，於是後人又取毛傳訓故以入爾雅。其書釋詩者較多，如釋詁：「關關噰噰，音聲和也。」「謔浪笑敖，戲謔也。」釋言：「烝塵也。戎相也。飫私也。孺屬也。」數訓連見一起，此釋小雅常棣之詩也。釋訓引如切如磋，如琢如磨，瑟兮僩兮，赫兮烜兮，有斐君子，終不可諼兮。又引既微且尰，是刈是濩，履武帝敏，張仲孝友，有客宿宿，有客信信，其虛其徐，猗嗟名兮，式微式微，徒御不驚。釋天引是類是禡，既伯既禱，乃立冢土，戎醜攸行，振旅闐闐。釋畜引既差我馬。這都是明引詩文成句而釋之的例子，蓋詩經讀者最多而文易曉，故纂集者多所資取。若取毛傳和爾雅來比較，有字異義同者，如揫遒之訓聚，芾茀之訓小，慴疊之訓懼，癉憚之訓勞，諐愆之訓過，枿蘖之訓餘，酬醻之訓報，頲定之訓題，瘇里之訓病等都是；又有訓異義同者，如爾雅癉勞也，瘽病也；瘇病也；悝憂也；毛傳則云癉病也，憚勞也，里病也，憂勞病義相成相似。爾雅憮庬有也，毛傳憮庬厚也，有厚義亦相近。又有字同訓異者，如爾雅寫憂也，釋以寫我憂，以寫我心句，毛傳則云寫除也，輸寫其心也。爾雅峩峩祭也，釋奉璋峩峩句，毛傳峨峨盛壯也。兩相比較，爾雅望文生義之處，毛傳每每不用，可見古文家之立訓必審乎聲，察乎情，實較今文家爲優也。

(5)爾雅之爲後人所附益，並不是有意作僞，當時許多著述多是叢書性質，尙無一人獨佔作者名義的習氣，而小學一類啓蒙的讀本，因爲客觀材料增加改變的緣故，所以常常隨時附益，如釋山之五嶽，釋地之八陵，都是漢制，必爲漢人所增無疑，此猶史游急就之末二章（三十四章本）中有漢魏間人語也，釋詁一篇，密靜也前後兩見，而俶始也，俶作也，駿大也，駿長也，始作一義，大長一義；釋地有鶼鶼，釋鳥又有鶼鶼；諸如此類，都是增益的明證。

爾雅的來源既是收集些客觀的訓詁材料分類編輯而成，那麼裡面就免不了有蕪雜混淆的地方，戴東原曾經指責它的缺點說：「說文所載九千餘文，當小學廢失之後，固未能一一合於古；即爾雅亦多不足據，姑以釋故言之：如台朕賚畀卜陽、予也，台朕陽當訓予我之予，賚畀卜訓賜予之予，不得錯見一句中。孔魄哉延虛無之言、間也，郭氏注云：孔穴延魄虛無皆有間隙，餘未詳。考之說文，哉言之間也，言之間即詞助，然則哉之言三字乃言之間，言爲助詞，見於詩易多矣。豫射厭也，郭氏注云：詩曰服之無射，餘未詳。豫蓋當訓厭足厭飫之厭，射訓厭倦厭憎之厭。此皆掇拾之病，其解釋詩書緣詞生訓，非字義之本然者，不一而足。」案此種掇拾之病，不獨上舉數條爲然，陸佃爾雅新義說予也當也等條一名兩讀，鄭樵注疑原則分兩條，以二字同文故誤耳。王引之經義述聞又廣舉例證，如君也條之天帝皇王后辟公侯爲君上之君，林烝爲群聚之群；予也條台朕陽爲予我之予，賚畀卜爲賜予之予；待也條須俟徯爲竢待之待，替戾底止爲止待之待，他如故有古及語詞二義，僞有作及詐二義，當有當理及相當二義，息有止息及氣息二義，乃有仍及語詞二義，相有輔互及視三義，捷有交接疾捷二義；凡此等類，都因其聲殊塗同歸，故其義有條不紊，而得合而釋之者，古人訓詁之指本於聲音六書之用，廣於假借，所以二義不嫌同條也。嚴九能娛親雅言也舉了好些例子，如信有忠信及屈信二義，勝有勝負勝任二義，數有數術選數二義，言有好言芳言二義，說這是古人義訓尙簡而通的現象，顧氏音論兩聲各義之說不盡然一條，以及鍾山札記古人之於音訓並不因音讀而區別一條，都可和此互相發明。郝氏義疏亦云強有勉強剛強二義，重有厚再二義，虛有空皆二義，虛有空虛丘墟二義，勞有勤勉二義，思有意思思念二義（分兩條），見視都有看示二義，安有靜樂二義，舍有止息捨釋二義，佞有巧諂才美二義，……諸如此類，遽數之不能終其物，現在看來，數義或相似，或相反，或相異，都不出語義引申及同音假借的範圍，王氏嚴氏的話都說得很對，所以九能譏東原讀雅未熟，伯申斥漁仲誤以後音析古義也。如明爾雅一書之來歷，凡其文字與經傳之違合，立說與毛許之同義，以及本書前後錯出，自相矛盾，本借或異各體同條，轉訓又訓比接相續，諸種現象皆可渙然冰釋，不必強爲發凡起例而釋之了。

爾雅的傳授，漢武以前已不可考，七略說古文尙書讀應爾雅。今以司馬遷所引堯典一篇考之，如協和萬邦譯作合和萬國，欽若昊天作敬順昊天，歷象日月星辰作數法日月星辰，宅嵎夷作居嵎夷，寅賓日出作敬道日出，厥民析作其民析，允釐百工作信飭百官，庶績咸熙作衆功皆興，共工方鳩僝功作共工旁聚布功，有能俾乂作有能使治者，他如圮毁、師衆、僉然、克能、諧和、格至、降下、覲見、謐靜、詢謀、惇厚、任倿、時是、茂勉、于於、暨與、祖始、疇誰、若馴、永長、作爲、莫不和雅訓相合。李斯倉頡佚文，散見群書，如廷直也，革戒也，赦舍也，樂喜也，戢聚也，阬壑也，等類，也都與雅義相符。雖未明言引用，但必與爾雅有關。此外漢人傳注之可見者，如河間所上之樂記，毛公之詩傳，馬融之書注禮注，杜子春鄭興鄭衆之周官注，賈逵之左傳注，以及鄭玄說經，許愼解字，郡永爾雅，古訓是式，而鄭許已明言爾雅曰云云了，如周禮注天官冢宰下引爾雅曰：冢大也，說文旡部引爾雅𣄼薄也，都是其例。其他像揚子雲之作方言，應劭的著風俗通，也都是雅學的支流。

西漢經師重師法，東漢古學重家法；今文家專明微言大義，古文家多詳體制名物訓故；分門別戶，相視若仇。自雅訓是式，古學盛行以來，平帝在位時，古文經曾一度立於學官，元始五年，並下詔徵求天下通知爾雅小學史篇者，遣詣京師，因是諸儒解經，都尊雅說。鄭玄先通今文，復受古學，雜揉今古，巍然一代大師，故其箋詩，多據爾雅以補毛。本傳說：「造太學受業，師事京兆第五元先，始通京氏易，公羊春秋，三統歷，九章算術，又從東郡張恭祖受周官禮記左氏春秋韓詩古文尚書，以山東無足問者，乃西入關，因涿郡盧植事扶風馬融。」因爲他的博學多師，閎通廣大，打破門戶之見而參合衆家，也是必然的趨勢，故他雖以古學爲宗，實亦兼采今學，本傳說：「凡玄所注周易尚書毛詩儀禮禮記論語孝經尚書大傳中候乾象歷，又著七政論魯禮禘祫義六藝論毛詩譜駁許愼五經異義答臨孝存周禮難，凡百餘萬言。」其注尚書用古文而多異於馬融，或馬從古而鄭從今，或馬從今而鄭從古，（可參攷陳喬樅今文尚書經說考）；箋詩以毛爲主，然間易字，所易者多本三家說（參攷陳奐鄭氏箋攷徵）；注儀禮並存今古文，從今文則注內出「古文某爲某」，從古文則注內出「今文某作某。」賈疏云：「鄭注禮之時，……或從今，或從古，皆逐義彊者從之；若二字俱合義者，則互換見之。」（見士冠禮布席於門中句下）；周禮禮記沒有古今的不同，其注可以不論；其注論語就魯論篇章，而校以齊論古論，故注內多云：「魯讀某爲某，今從古。」王國維書論語鄭氏注殘卷後謂其正論語讀都是以古改魯，無以魯改古者，可知篇章雖今，而字句實古。鄭氏六藝論說他自己箋詩的態度是「注詩宗毛爲主，毛義若隱略，則更表明，如有不同，即下己意，使可識別。」又周禮序云：「玄竊觀二三君子之文章，顧省竹帛之浮辭，其所變易，灼然如晦之見明，其所彌縫，奄然如合符復析，斯可謂雅達廣攬者也；然猶有參錯，同事相違，則就其原文字之聲類，考訓詁，擣祕逸；謂二鄭者同宗之大儒，明理于典籍，觕識皇祖大經，周官之義存，古字發疑正讀，亦信多善，徒寡且約用，不顯傳于世，今讚而辨之，庶成此家世所訓也。」這種不拘泥家法而以是非爲準的解經態度，可以說是合理的正確的，科學的偉大的態度，他考訓詁的根本依據能着眼在「文字之聲類」，緣聲以求義，不爲字形所拘束，也是很對的。至於諸本互校，擇善而從，發疑正讀，改訛補脫，凡此種種，都已超出正名物，考字義的訓故範圍了。或謂鄭氏好引緯書，是其一短，歐陽修集有請校正五經箚子，主張刪削其書，然緯書也並非不可盡信也；又或謂康成好改經字，也是一短，然所注但曰某當作某，明其爲聲誤或字誤，並非逕加改削也。漢代古文家的注經還有一個特點，王國維書爾雅郭注後曰：

「漢人注經，不獨以漢制說古制，亦以今語釋古語，杜子春鄭大夫鄭司農說周禮已用其法，後鄭司農注三三禮，復推而廣之。然古語者有字而無音者也，由古語之字以求其音與義，於是有讀如讀若之例焉，有讀爲之例焉；今語者有音無字者也，由其音以求其字，或可得，或不可得，凡云今謂ㄙ爲ㄙ者，上ㄙ其義，下ㄙ其音也，其音如此，其字未必如此，（如周禮夏官序官司爟注；今燕俗名湯熱爲觀，字當作涫；考工輪人注：今人謂蒲本在水中者爲弱，字當作蒻，禮記內則注：拭物之巾今齊人有言紛者，字當作帉；而作觀弱紛者，但取其音或從經字也。）吾但取其字以表其音，使與古ㄙ字之音相比附而已矣；故以今語釋古語，雖舉其字，猶或擬其音，如周禮天官醢人豚拍注云：鄭大夫杜子春皆以拍爲膊，謂脅也，今河間名豚脅聲如鍛鎛；又春官小宗伯甫竁注：鄭大夫讀竁皆爲穿，杜子春讀竁爲毳，皆謂葬穿壙也，今南陽名穿地爲竁，聲如腐脆之脆；又考工記輪人察其菑蚤不齵注：鄭司農菑讀如雜廁之廁，謂建輻也，泰山平原所樹立物爲菑，聲如胾，博立梟棋亦爲菑。蓋河間之言鍛鎛，南陽之言竁，泰山平原之言菑，初未有此字也，以其言脅之音如鎛而知其當爲膊，以其言穿地之音如腐脆之脆而知其當爲竁，以其言所立之音如胾而知其當爲菑，此言語學之事也。由鍛鎛之爲豚脅而知豚拍之爲豚膊，由於之爲穿地而知竁之爲穿壙，以胾之爲樹立而知菑之爲建輻，此訓詁之事也。不必問其字之如何，但使古今兩語音義相會足矣，故與其求其字也，寧存其音，此鄭君以今語釋古語之法也。郭景純注爾雅從之，故注中往往有音。……」

其實這種方法，揚子雲先已用過，大概他們都是模取方言的遺意吧。

## 第十四節　理論的訓詁學

周秦兩漢的重要字書，約可分爲兩派：記載文字形體的，如史籀倉頡訓纂之屬是也；記載語言變遷的，如爾雅方言釋名之屬是也。前一派是屬於文字學的範圍，可以不論。後一派的性質也略有不同，爾雅是純客觀的輯集些訓詁的材料，只是明其當然而不能明其所以然，換言之，只是臚列許多古今轉語，同義詞，正假字，却不能說明他們的所以然，示人以訓詁之途徑。方言雖是有意模仿爾雅，但是它的態度已由客觀而進入主觀，它的取材已由紙面而進入口頭，它的目的不僅爲了實用而且重在研究，示人以訓詁之途徑；爾雅如果是訓詁的材料，方言則是訓詁的學術了。這在訓詁學史上不能不說是一個新紀元。

方言的作者是揚雄，漢書本傳說他「少而好學，不爲章句，訓詁通而已，博覽無所不見……默而好深湛之思，清靜無爲少嗜欲……自有大度，非聖哲之書不好也，非其意雖富貴不事也。」又贊曰：「實好古而樂道，其意欲求文章成名於後世，以爲經莫大於易，故作太玄；傳莫大於論語，作法言；史篇莫善於倉頡，作訓纂；……。」常璩華陽國志又續云：「典莫正於爾雅，作方言。」可見他自以方言擬之於爾雅也，然其性質並不同。其著書之動機及經過，在他和劉歆往返的信中說得很明白，歆與雄書云：「三代周秦軒車使者，遒人使者，以歲八月巡路，求代語、僮謠，歌戲。欲得其最目，因從事郝隆求之有日，篇中但有其目，無見文者。歆先君數爲孝成皇帝言：當使諸儒共集訓詁爾雅所及，五經所詁不合爾雅者，詁籀爲病，及諸經氏之屬，皆無證驗，博士至以窮世之博，學者偶有所見，非徒無主而生是也。……屬聞子雲獨採集先代絕言，異國殊語，以爲十五卷，其所解略多矣；而不知其目。」雄答書云：「雄少不師章句，亦於五經之訓所不解。常聞先代輶軒之使奏籍之書，皆藏於周秦之室，及其破也，遺棄無見之者；獨蜀人有嚴君平臨邛林閭翁孺者，深好訓詁，猶見輶軒之使所奏言，……君平有千言耳，翁孺梗概之法略有。……雄爲郎之歲，自奏少不得學，而心好沈博絕麗之文，願不受三歲之奉，且休脫直事之繇，得肆心廣意以自克就；有詔可不奪奉，令尚書賜筆墨錢六萬，得觀書於石室；……遂得盡意，故天下上計孝廉及內郡衞卒會者，雄常把三寸弱翰，齎油素四尺，以問其異語，歸即以鉛摘次之於槧，二十七歲於今矣。而語言或交錯相反，方覆論思，詳悉集之，燕其疑。」由他倆來往的信裡，我們可以知道他的不屑於爲章句訓詁之學，正是好自肆心廣意的創造而不好爲人作注脚的緣故，恰好他認識的親朋中有保存着輶軒使者的奏籍之書，代語梗概之法略有，又適遇官中歲月優悠，得以親自採集各地方言異語。這種工作雖然是他的好勝心所驅使，然而於語言交錯相反之中反覆論思，正是擔負起訓詁家的擔子，所以劉歆認爲這十五卷書，一定會給爾雅所詁的古言增添不少的證驗，較諸博士窮年累月的鑽研之所解，當然要多多了。書中大也條下云：「……皆古今語也。初別國不相往來之言也，今或同，而舊書雅記故俗語不失其方，而後人不知，故爲之作釋也。」可知他是想從方言俗語裡尋覓古語的遺跡；大概漢代訓詁之學多半是經師口耳相傳下來的，荀子勸學提倡「學近其人」而輕視誦經，而一般經師又只重在解說大義，不究訓詁；古文經師雖然重視爾雅，可是仍然有許多不大了解的地方；如果只抱殘守缺，不另闢研究的蹊徑，恐怕是要束手無策，甚至於妄生臆解的；相對的，言語自然遞變之跡存留在方言俗語之中的反倒不被人注意。子雲既作訓纂以擬倉頡；復繼君平翁孺之後，脫離章句，採集四方異語，於爾雅五經訓詁之外獨豎一幟，這是他作書的主要動機。他著述的經過可以說是一種「標題羅語」的方法，先依照雅訓或當時通行的經詁標立題目，然後再按着這標題去向那些孝廉衞卒探問其異語而羅列其下。例如卷一「咺唏怮怛、痛也。凡哀泣而不止曰咺，哀而不泣曰唏。」這是標題，下文又接着說：「於方，則楚言哀曰唏；燕之外鄙，朝鮮洌水之間，少兒泣而不止曰咺；自關而西，秦晉之間，凡大人小兒泣而不止謂之嘵，哭極音絕亦謂之嘵；平原謂啼極無聲謂之嘵哴；楚謂之噭咷，齊宋之間謂之喑，或謂之惄。」這是羅語，故羅語和標題常不完全一致相符，或多或少；還有的有目無文，如卷三「氓、民也。」等條都是。至如「黨曉哲、知也。」條，大概是先有「曉哲、知也。」的題目，後來調查的結果，才知道楚謂之黨，於是又以黨字補入，上下始完全相符。標題的依據上面說是雅訓經詁，這可以在比較上看得出來，如：

（爾雅）如適之嫁徂逝、往也。

（方言）嫁適徂適、往也。自家而出謂之嫁，由女而出為嫁也；逝、秦晉語也；徂、齊語也；適、宋魯語也；往、凡語也。

〔爾雅〕迄臻極到赴來弔艐格戾懷摧詹、至也。

〔方言〕假佫懷摧詹戾艐、至也。邠唐冀兗之間曰假或曰佫；齊楚之會郊或曰懷；摧詹戾楚語也；艐宋語也；皆古雅之別語也，今則或同。

卷六「杼柚、作也。東齊土作謂之杼，木作謂之柚。」戴震疏曰：「蓋釋詩小東大東，杼柚其空之義。」又卷七「發稅、舍車也。」戴疏：「蓋釋詩齊子發夕之義。」又卷三「⿰麗攴、數也。」下無方語，毛詩傳：「麗、數也。」爾雅：「歷、數也。」論語引堯曰：「天之歷數在爾躬。」說文：「⿰麗攴、數也。」又「褸裂、敗也。南楚凡人貧衣被醜弊或謂之褸裂，或謂之襤褸，故左傳曰：『蓽路襤褸以啟山林，殆謂此也。』」這都是解釋經傳之較然可見者。他的工作大部分固在蒐集，然而也間有語原聲轉的研究解釋，如卷三「鋌空也，語之轉也。」卷十一：「蠾蝓者侏儒語之轉也。」其記音求字之經過，也大費苦心，不得其正字也，或直音之，如憐謂之無寫和人兮等是；或自造字，如埶仇也，⿰多農盛多也，凡人語而過謂之⿺辶譌等是；或既得其正字而仍存其音之輕重疾徐者，如大也條下云或謂之弩，弩猶怒也；弩怒音近；凡人大謂之奘，或謂之壯，奘壯音近；豐也條下云楚謂之伃，燕謂之杼；伃杼音近；視也條下云凡相竊視南楚謂之䀡，或謂之占，自江而北謂之䀡，凡相候謂之占，占猶瞻也；占䀡瞻音俱相近。其所釋詞義也較爾雅為細密，如思也條之惟凡思也，慮謀思也，願欲思也，念常思也；又大也條之物大貌曰豐，深大曰厖，物壯大曰嘏曰夏，人大曰奘曰壯，物盛多曰寇曰夥，地大曰墳，張小使大曰廓曰摸，……等皆是。

由上面的著作動機及經過裏，可以知道他研究的目的是因爲古書中所存留的已死的語言，後人不易懂得，而方言中反而有好些古語的保留，於是就想拿活語言的聲音來和古書中的字兩相對照着尋一個相當可靠的解釋；換言之，今語有音有義而無字，古字古言有字有音而多不知其義，拿當時各地表示方言的聲音和意義來推尋古典裏面相當的文字，（不得其相當之字者，則假借譬況直音之。）這實是研究古語的一個新方法。郭璞「少玩雅訓，旁味方言。」「沈研鑽極，二九載矣。」其注爾雅多考諸方國之語，時引方言以爲證驗，這可說是能夠兩相貫串證發了；其序雅云「總絕代之離詞，辨同實而殊號。」其序方言則云：「考九服之逸言，標六代之絕語；類離詞之指韻，明乖途而同致。」蓋言其不但由縱的方面觀其蟬變之跡，且能由橫的方面明其推衍之勢，以方言釋古語，以通語釋方言，縱橫兩面兼貫會通，實開時地綜合研究的先聲。書中所收集語言的種類，按照縱橫兩面可以分爲下列五種：

(1)不含地域性的普通話：

通語——卷一「娥㜲、好也。……好其通語也。」又「憮㤀憐牟、愛也。……憐通語也。」

通名——卷十一「蛥蚗，……西楚與秦，通名也。」

凡語——卷一「嫁逝徂適、往也。……往凡語也。」

凡通語——卷二「釥嫽、好也。……好凡通語也。」

(2)通行區域較廣的方言：

四方之通語——卷三「庸恣比侹更佚、代也。齊曰佚，江淮陳楚之間曰侹，餘四方之通語也。」

四方異語而通者——卷十一「蠀螬謂之蟦，……秦晉之間謂之蠹，或謂之天螻，四方異語而通者也。」

△△之間通語——卷四「覆結謂之幘巾，……皆趙魏之間通語也。」（卷六「抾摸、去也，齊趙之總語也。」）

△地通語——卷三「攈翕翕葉、聚也。楚謂之撲，或謂之翕，葉、楚通語也。」

(3) 縱方面語言新舊生滅交替之際所殘留的古今語：

古今語——卷一「敦豐……大也。……皆古今語也，初別國不相往來之言也，今或同。」

古雅之別語——卷一「假佫……至也，……皆古雅之別語也，今則或同。」

(4) 橫方面語言因地域的差別而發生變異的各地方言：

△地語。

△△之間語。（全書中大多是這兩種，從略。）

(5) 兼包縱橫兩面因音聲轉變而發生的方國殊語：

轉語——卷三「庸謂之倯，轉語也。」卷十「煤，火也，楚轉語也。」

語之轉——卷三「攈鋌澌、盡也。……鋌賜也，鋌賜撲澌盡也，鋌空也，語之轉也。」

代語——卷十「悈鰓乾都耇革、老也。皆南楚江湘之間代語也。」（注：「凡以異語相異謂之代也。」）

其書之所以標名爲輶軒使者絕代語釋別國方言，用意也正在此——標絕語，考逸言，不僅釋古今語，而且尤重方言。禮失而求諸野，不也比妄肆揣測爲佳嗎？

關於方言和揚雄的關係，舊來也有懷疑的人。漢志備列揚子雲所著書，獨無方言之目（或疑別字即方言，恐非。）蓋劉歆雖聞有此作，但終究未見其目，故七略不及箸錄，漢志亦不載。又因終雄之世，方言之作仍未完成，書中前後重出（如卷一虔儇慧也，卷十二儇虔謾也。卷六爰喛恚也，卷十二爰喛哀也。卷一眉梨老也，卷十二麋棃老也。卷一虔劉慘綝殺也，卷二叨綝殘也，卷三虔散殺也，卷六參蠡分也，卷十三𠠾劙解也。……等），以及有標題而無方語者（卷十二以下多如是，全書約得三百三十餘條。），不一而足，故雄不言己作，而他人也多不知爲雄所作也。許愼作說文。引揚雄說解凡十二見，皆係倉頡訓纂中語，而說解之與方言相合的也很多，如口部咺哓咷喑四字下云：「朝鮮謂兒泣不曰咺。」「秦晉謂兒泣不止曰哓。」「楚謂兒泣不止曰噭咷。」「宋齊謂兒泣不止曰喑。」都與方言合，但不標揚雄或方言字；馬鄭諸儒的說解經文，也有時稱某爲某地人語，然亦不引方言或揚雄說；直到東漢末年應劭作風俗通義，序中始稱揚雄作方言，所說的著作情形和雄的答書約略相同，且自道其竊取方言之意，加以演述，比隆斯人。迨後孫炎注爾雅莫蚼螳蜋蛑，杜預注左傳授師孑焉，薛綜述二京解，張載劉逵注三都賦，都遞相徵引；而張揖作廣雅，幾乎完全採入；郭璞又「觸事廣之，演其未及，摘其謬漏，」爲之注解，其餘如西京雜記，華陽國志也都曾道及；隋志始正式著錄。自魏晉沿及隋唐，諸儒於方言作者均無異詞，到宋以後，才有人疑其非眞，洪邁容齋隨筆就漢書揚雄傳及方言末附歆與雄往返書，列舉五大證據，斷非雄作，必爲漢魏之際好事者爲之云云。戴震方言疏證已經逐條駁正，是洪氏的話也不足信也。

揚氏的方言學所給與當時訓詁學上的影響，第一是使人知道語言的殊異因乎地域的關係者也很大，故何休公羊傳云「厶齊人語也」，「厶魯人語也」；王逸楚辭注云「厶楚人語也」。許愼說文及淮南子注，鄭康成禮記注、周禮注、儀禮注，以及劉熙釋名諸作，並知異國殊域音轉聲異之理。第二是使人知道今語俗言中有不少的古語絕言之遺留，故上節所言諸家注周禮並知以今時方言的音義釋古語之字也。

漢人訓詁的著作於爾雅方言之外，又能自闢新途徑者厥惟劉熙的釋名。後漢書文苑傳曰：「劉珍字秋孫，一名寶，南陽蔡陽人也，少好學，永初中爲謁者僕射，鄧太后詔使與校書劉騊駼馬融及五經博士，校定東觀五經諸子傳記百家藝術，整齊脫誤，是正文字。……著誄頌連珠凡七篇，又撰釋名三十篇，以辨萬物之稱號。」其書久佚，後世未見著錄。漢末又別有劉熙者也作釋名，兩人姓既相同，書名亦一，於是有人疑劉熙即劉珍者，非也。熙字成國，北海人也。後漢書無傳，然其事蹟亦有可考，錢大昕釋名跋云：「吳志程秉傳：避亂交州，與劉熙考論大義，遂博通五經；薛綜傳：少依族人，避地交州，從劉熙學；韋曜傳：曜因獄吏上書，見劉熙所作釋名，信多佳者；據此三文推之，則劉君漢末名士，建安中避地交州，故其書行於吳，而韋宏嗣因有辨釋名之作也。」隋志錄有釋名八卷，劉熙撰，即吳志所說之書也。或疑范蔚宗誤記於劉珍名下，亦非，二劉都是當時有名的經學家啊！成國著書的動機及目的，自序說：「熙以爲自古造化，制器立象，有物以來，迄於近代，或典禮所制，或出自民庶，名號雅俗，各方名殊，……夫名之於實，各有義類，百姓日稱而不知其所以之意；故撰天地、陰陽、四時、邦國、都鄙、車服、喪紀、下及民庶應用之器，論叙指歸，謂之釋名，凡二十七篇。」這種推求名實間的義類，命名的指歸，實是一種推尋語原的工作。什麼是義類？王念孫廣雅疏證說：「又案舉者對舉也，故所以舉棺者謂之輁軸，士喪禮下篇：遷于祖用軸，鄭注云：軸、輁軸也，輁狀如長牀，穿桯，前後著金而關軸焉。是也；杠者，橫關對舉也，故牀前橫木謂之杠，說文：杠，牀前橫木也，徐鍇傳云：今人謂之牀桯。是也；舁者亦對舉也，故輿牀謂之楇，輿者共舉也，故車所以舉物者謂之輿。釋名云：自古制器立象，名之於實，各有義類；斯之謂矣。」因此書中的訓釋字和被釋之名，詞性大都不同，以動釋名者，因功業而名也；以形容疏狀釋名者，因德性而名也；以名釋名者，因實質而名或比擬之而名也；例已見上章所舉，這裏不再重述了。他所用的方法是音訓，音訓之法，漢代傳記訓詁都已經廣加應用，劉熙不過是集其大成而已。四庫提要雖譏其「以同聲相諧推論稱名辨物之意，中間頗傷於穿鑿，」然也稱贊「可因以考見古音；又去古未遠，所釋器物亦可因以推求古人制度之遺。」畢沅疏證序又譽爲「參校方俗，考合古今，析名物之殊，辨典禮之異，洵爲爾雅說文以後不可少之書。」不過我覺得這些稱譽並不能夠恰中肯切，前乎此者，像春秋繁露，白虎通，風俗通義諸書，雖然也都是釋名的前導，目的在乎正名辨物，但是釋名的精義還在於探求語原的工作，有資考證，尙其小焉者耳。蓋訓詁的最極目的，不僅在明其當然，還要明其所以然。爾雅者，明其當然之書也；釋詁者，明其所以然之書也。訓詁必兼具這兩件事才算完備，方言釋名，雖都是補足爾雅的缺陷之作，但與爾雅並不相同。

訓詁的方法有主觀與客觀，有理論與實用的區別，前者如爾雅方言之屬，（方言是介乎二者之間的產物），只是客觀的以通語譯釋古語方言；後者如白虎通釋名之屬，純是訓詁家本個人的觀察，應用音訓之法，以音近音同之字去紬繹一事一物命名的取義所象，即使有時出於偶合，其獨能闡明音原的理論而推廣之，也就很難能可貴，獨具灼眼爲常人所不及了。它於訓詁學上的影響，自然是很重要的。（參看音訓節）

釋名在訓詁學上的價值，除去上章所說的推論事物命名之因以及探求語根與語詞詞性的關係等要點以外，還有一點可以注意的，就是他的解釋名原常以當時方言方音爲證是也，如「天，豫司兗冀以舌腹言之，天，顯也，在上高顯也。青徐以舌頭言之，天，坦也，坦然高而遠也。」「風，兗豫司冀橫口合脣言之，風、氾也，其氣博氾而動物也。青徐言風踧口開脣推氣言之，風、放也，氣放散也。」此皆以方音證其命名取義也，音雖小異而義仍同。又「女、如也，婦人外成如人也，故三從之義少如父教，嫁如父命，老如子言。青徐州曰婼，婼、忤也，始生時人意不喜忤忤然也。」此方言有異而取義亦異也。又「水泆出所爲澤曰掌，水停處如手掌中也，今兗州人謂澤曰掌。」「兄、荒也，荒、大也，故青徐人謂兄爲荒也。」「厚、後也，有終後也，故青徐人言厚如後也。」此皆以方言證其命名取義也。至如「事、傳也，傳、立也，凡所立之功也，故青徐人言立曰傳也。」之類，和考工記輪人鄭司農注：「泰山平原所樹立物曰菑，聲如胾。」的取材相同，（管子輕重篇春有以剚耕，又傳戟十萬；漢書蒯通傳不敢事刃公之腹者，注引李奇曰：東方人以物臿地中爲事。事傳剚菑栽……並聲近義通。管仲齊人，泰山平原齊地，正與青徐合。）然一以之證古語，一以之明語原，要在訓詁家善於利用之而已。

## 第十五節　訓詁學的中衰

爾雅方言說文釋名四書，可說是漢人開創的文字訓詁學方面四個重大的端緒，可惜到魏晉以來，一般經師以及好古之士，大都不能克紹箕裘，發揚光大，以致雅學式微，古學淪亡，令人惋惜之極！甚至於一般人都誤解爾雅的意義，只拿它當作多識博見的獺祭，認爲知道一些草木鳥獸虫魚之名是很博雅的，反忽略了它的語學價值。例如竇氏家傳說：「竇攸治爾雅，舉孝廉，爲郎，世祖與百寮遊於靈台，得鼠身如豹文，熒有光輝，群臣莫有知者，唯攸對曰：此名鼮鼠，事見爾雅。乃賜絹百匹。」（見藝文類聚引，是光武時事也。郭璞注則以武帝時孝廉郎終軍事。）又晉書蔡謨傳：「謨初渡江，見蟛蜞大喜曰：蟹有八足，加以二螯，合烹之。既食，吐下委頓，方知非蟹。後詣謝尚而說之，尚曰：卿讀爾雅不熟，幾爲勸學死。」由這些人治爾雅的目的可見當時風尚之一斑了；故郭璞序云：「誠九流之津涉，六藝之鈐鍵，學覽者之潭奧，摛翰者之華苑也。若乃可以博物不惑，多識於鳥獸草木之名者，莫近於爾雅。爾雅者蓋興於中古，隆於漢氏，豹鼠既辨，其業亦顯，英儒贍聞之士，洪筆麗藻之客，靡不欽玩耽味，爲之義訓。」這時在雅學方面所可稱道的，只有張揖的廣雅和郭璞的爾雅註了。

注爾雅的人，前乎郭氏者，據隋志及釋文所錄有犍爲文學注，劉歆注，樊光注，李巡注，孫炎注等數家；郭璞少好經術，博學高才，精古文奇字，陰陽曆算；（見晉書本傳）他自己也說：「少玩雅訓，旁味方言，」「璞不揆檮昧，少而習焉，沈研鑽極，二九載矣。」（方言爾雅序）。功夫既深，對於舊注自多不滿，「雖註者十餘，然猶未詳備，竝多紛謬，有所漏略。」於是踵事增華，廣徵博引，重爲作註，「是以復綴集異聞，會粹舊說；考方國之語，采謠俗之志；錯綜奕孫，博關群言；剟其瑕礫，搴其蕭稂；事有隱滯，爰據徵之；其所易了，闕而不論；別爲音圖，用祛未寤。」可見他的注雅也只是薈萃舊說，取長補短，猶之乎後人之爲集解了。郭注的特色甚多，第一是引方言以證爾雅，如至也條下引方言云：齊楚之會郊曰懷，宋曰屆，詹摧皆楚語。往也條下引方言云：自家而出謂之嫁，猶女出爲嫁。信也條下引方言曰：荊吳淮泗之間曰展，燕岱東齊曰諶，宋衞曰詢。……等例都是；揚子方言原是爲爾雅所詁求證驗，郭氏精研兩書，窺其遺意，知爾雅之作，所以釋古今之異言，通方俗之殊語，故引方言以釋雅，明一語的轉變不同或係乎時或因乎地。所謂「考方國之語，采謠俗之志」是也。第二是引今語以廣雅，郭氏既知漢時方言可以註雅，又悟晉時俗語也未嘗不可以註雅，於是註中言當時俗語者很多，如那於也下云：那猶今人云那那也。余身也下云：今人亦自呼爲身；陽予也下云：今巴濮之人自呼河陽。𣪘忽罄盡也下云：𣪘今直語耳（直語猶他條言常語通語），忽然、盡貌，今江東呼厭極爲罄。恙憂也下云：今人云無恙，謂無憂也。徯待也下云：書曰徯我后，今河北人語亦然。行言也下云：今江東通謂語爲行。而釋草一篇，言今言、俗言、今江東……等者尤多，幾於逐條都是；且有爲當時方言作音者，如嗟咨蹉也下云：今河北人云蹉歎，音兔罝。又恀忙恃也下 云：今江東呼母爲恀，音是。又逮遝也下云：今荊楚人皆云遝，音沓。王國維曰：「夫景純於爾雅既別有音義矣，此注中復有音何也？曰：非爲古語作，實爲釋古語之今語作也。爲今語作音何也？曰：今語有音無字，吾但取今語之音，以與古厶字之音相比附，而古字之義見矣。如……；謂河北云蹉如罝音，江東呼母如是音，荊楚呼遝如沓音，本但有其音，其定爲蹉恀遝三字者，則景純自於古語中得之，而轉以證古語之義，故舉其字而復存其音，以示定其爲某字之所由，並示古今語之相合云爾。餘如……。郭意若曰：今有厶音與古厶字之音相近，有厶物之名之音與古厶物之名相近，吾姑以古厶字及古厶物稱之，而所以用此字當此物者，由其音如厶故，猶杜鄭諸儒注禮之旨也。」其實這都是竊取方言的遺意。第三是明語言之通轉，注中言轉語者甚夥，如卬我也注：卬猶姎也，語之轉耳。夫之兄爲兄公，注：今俗呼兄鍾，語之轉耳。不律謂之筆注：蜀人呼筆爲不律也，語之變轉。賚畀卜予也注：賚畀卜皆賜與也，與猶予也，因通其名耳。凡此皆明言其爲通轉者。又有言ㄙ猶ㄙ也，亦通轉之例，如磒猶隕也，方俗語有輕重耳。駿猶迅，速亦疾也。慴即懾也。茀離即彌離，彌離猶蒙蘢耳。俌猶輔也。迺即乃。淈書序作汩，音同耳。猶即繇也，古今字耳。壬猶任也。存即在。齊亦疾。駔猶麤也。途即道也。旻猶愍也。成猶重也。……等都是。他如薦進也，摯至也，臻至也，袝付也等，莫不依據音理，以通古今方俗之異言。第四是明語義之演變，如徂在存也注：以徂爲存，猶以亂爲治，以曩爲曏，以故爲今，此皆訓詁義有反覆旁通，美惡不嫌同名。此發明反訓之理也。又允孚亶展諶誠亮詢、信也，展諶允愼亶、誠也。注：轉相訓也。永悠迥遐、遠也，永悠迴遠、遐也。注：遐亦遠也，轉相訓。此明訓異義同也。又悅懌愉釋賓協、服也。注：皆謂喜而服從。又愉勞也，注：勞苦者多惰愉，今字或作窳同。此言義相展轉引申也。第五是取證豐富，爾雅固主於釋經，然語言本係天成，舉凡同時同地之作，無論經史子集，九流百家，都可以附翼雅訓，取證古語，邵氏正義說：「禮失而求諸野，方今去聖久遠，道術缺廢，無所更索，彼九家者，不猶瘉於野乎？若能修六藝之術而觀此九家之言，舍短取長，則可以通萬方之略矣。」郭注所引，如易、書、詩、魯詩、禮、禮記、大戴記、周禮、公羊、穀梁、左傳、論語、孟子、謚法、詩傳、鄭箋、詩序、蒼頡、埤蒼、方言、廣雅、離騷、山海經、管子、晏子、尸子、莊子、呂覽、淮南、本草、家語、……諸書之中頗有溢出經傳小學範圍之外者，然不能因此即云爾雅出於諸書之後。蓋去雅未遠，自多相合者。第六是態度謹愼，郭氏於義之常行常見而易了者，既已闕而不論，或只說「見詩書」，「義之常行者」，「常語」等以概其餘；蓋省繁文費辭也。其於所不知，亦付闕如，則云「未聞」「未詳」以識之，全書計約百有八十餘事（翟灝補郭云凡百四十二科）。書中如載謨僞也下注云：載者言而不信，謨者謀而不忠之類，雖鄭樵等指爲臆說，但瑕不掩瑜，不必過爲苛求。第七是正舊注之失，郭氏注多取孫炎之說，然亦不盡盲從，如苐離也。下注：「孫叔然字別爲義，失也。」病也條下注：「虺頹玄黃皆人病之通名，而說者便謂之馬病，失其義也。」（邢疏云：「蓋指孫炎不能弘通。」）序所謂「錯綜樊孫，博關群言；剟其瑕礫，搴其蕭稂。」是也。陸德明曰：「先儒於爾雅多臆必之說，乖蓋闕之義，惟郭景純洽聞強識，詳悉古今，作爾雅注，爲世所重。」故其書一出而舊注完全廢棄，並不是無因的。至於注中之發明「轉訓」，「反訓」，也是其他訓詁家所未曾提過的。郭氏所註書如方言註、三倉解詁、山海經註、穆天子傳註等，並稱閎博，可與雅註媲美。其別爲爾雅音及爾雅圖讚者，蓋亦本樊光孫炎等舊規也（樊注中已有反切，如尸寀也，寀七在反。明明斤斤察也，斤居親反兩條，都確爲注文。孫炎別有爾雅音二卷，顏氏家訓謂叔然獨知反語本此。）郭氏之後，又有梁沈旋集注（兼音），陳施乾音，謝嶠音，顧野王音，唐裴瑜注，……等數家，陸氏釋文則以郭注爲主，犍爲文學以下數十家，並加采擇。

廣續爾雅者，這時有小爾雅和廣雅。小爾雅的作者，舊說不一，漢志有小雅一篇，次爾雅古今字之間，無作者姓名；隋志有小爾雅一卷，李軌略解，亦無作者姓名；舊新唐志並與此同；至中興書目始題小爾雅一卷孔鮒撰，是自宋以來才相傳如此，故晁公武讀書志，陳振孫書錄解題，王應麟玉海並同。清代小學家論小爾雅者，大致可分爲兩派：戴東原書小爾雅後，四庫提要，謝啓昆小學考都以爲是晉人僞作；宋翔鳳小爾雅訓纂，胡承珙小爾雅義證，王煦小爾雅疏則以爲是漢志原書，王氏並信其爲孔鮒眞作。戴東原說：「小爾雅一卷，大致後人皮傅掇拾而成，非古小學遺書也。……其解釋字義不勝枚數以爲之駁正，故漢世大儒不取以說經，獨王肅杜預及東晉枚賾奏上之古文尚書孔傳，頗涉乎此。……或曰小爾雅者，後人采王肅杜預之說爲之也。」四庫提要本之以爲說曰：「……其書久佚，今所傳本則孔叢子第十一篇鈔出別行者也。……漢儒說經皆不援及，迨杜預注左傳始稍見稱引，明是書漢末晚出，至晉始行，非漢志所稱之舊本。」宋翔鳳則曰：「七略有小爾雅一篇，蓋爾雅之流別，經學之餘裔也。說詩者毛氏，說禮者鄭仲師氏，馬季常氏，往往合焉。晉李軌作小爾雅略解，傳於唐世，書並單行，故隋唐諸志並著李軌解而不箸撰小爾雅者名氏，顏注漢書，此亦蓋闕。蓋是書出西京之初，儒者相傳，以求佔畢之正名，輔奇觚之絕誼，則其來已古矣。迭更五季，茲書遂佚；晚晉之人，僞造孔叢，嘗刺取以入其書，宋人寫館閣書者，又就孔叢以錄出之，當代書目，遂題爲孔鮒所撰，而李軌之解不傳，則唐以前之元本不可復見；今既采自僞書，定多竄亂，根株粗究，涇渭易明。若夫條分縷析，舉此證彼，兩漢諸儒，門戶不隔，烏可不知其同異，考斯雅訓乎？」宋氏所說，大致不誤，惟以孔叢第十一篇即刺取漢人小雅而成，孔叢雖僞，而小爾雅不僞，其說雖本諸陳振孫及錢大昕等人，但未足認爲定論。還是戴氏之說比較近理，大概是漢魏以來補續爾雅之作耳。故全書十三章，廣故、廣言、廣訓、仍依爾雅舊題，泛釋經典古今異語；廣義、廣名，則專言人事，推廣訓之未及，補釋親之不備；其餘廣服、廣器，皆釋器之遺事；廣物兼廣草木，廣鳥廣獸兼廣鳥獸畜魚虫等篇；至廣度量衡三章，則爲爾雅所無。其中解說訓詁，頗能閎闡經義，補續爾雅的未備，例如廣詁首條「淵懿邃賾、深也。」次條「封巨莫莽艾祁、大也。」三條「頒賦舖敷、布也。」都可補續爾雅大也條的不足，而淵懿封祁的訓釋，也都與毛傳相合。又所釋字義，往往也是一訓兼該二義，和爾雅相類，如廣詁「經屑省、過也。」經爲經過，省爲過失等是也。又其解說制度，多與鄭康成相違，故戴氏指爲王肅輩所僞作；又嫌其「兩法雜施，顯相刺謬，」斥爲皮傅掇拾；其實這類客觀的訓詁書大多是纂集衆家而成，所以爾雅兼具今古文之說，爾雅廣雅二書，戴氏固亦責其掇拾之病了。總之，此書今本，固然不必強說其即爲漢志所載之小雅原書，但觀其所載多是古訓，也可以補足爾雅的遺闕。故唐人注疏、音義、索隱以及文選注等書，並都稱引。

廣雅的作者是魏張揖，魏書江式傳記式上表曰：「魏初博士清河張揖、著埤蒼、廣雅、古今字詁，究諸埤廣，掇拾遺漏，增長事類，抑亦於文爲益者。」四庫提要說：「今埤蒼字詁皆久佚，惟廣雅存其書，因爾雅舊目，博采漢儒箋注，及三蒼說文諸書以增廣之，於揚雄方言亦備載無遺。隋秘書學士曹憲爲之音釋，避煬帝諱改名博雅，故至今二名並稱，實一書也。」其著書的經過及動機，在他的上書表中說得很明白，其文曰：「博士臣揖言：……夫爾雅之爲書也，文約而義固，其陳道也，精研而無誤，眞七經之檢度，學問之階路，儒林之楷素也。若其包羅天地，綱紀人事，權揆制度，發百家之訓詁，未能悉備也。臣揖體質蒙蔽，學淺詞頑，言無足取，竊以所識，擇撢群藝，文同義異，音轉失讀，八方殊語，庶物易名，不在爾雅者，詳錄品覈，以箸于篇，凡萬八千一百五十文。」其書既爲廣續爾雅而作，故篇目一仍其舊。王念孫疏證序說

至於舊書雅記詁訓，未能悉備，網羅放失，將有待於來者，魏太和中博士張君稚讓，繼兩漢諸儒後，參考往籍，偏記所聞，分別部居，依乎爾雅，凡所不載，悉箸於篇，其自易、書、詩、三禮、三傳、經師之訓，論語孟子鴻烈法言之注，楚辭漢賦之解，讖緯之記，倉頡、訓纂、滂熹、方言、說文之說，靡不兼載。蓋周秦兩漢古義之存者，可據以證得失，其散逸不傳者，可藉以窺其端緒，則其書之爲功於訓詁也大矣。」臧琳經義雜記論爾雅廣雅異同云：「魏張稚讓上廣雅表云：不在爾雅者，詳錄品覈，以著于篇；然則廣雅所載皆爾雅所無。余參讀二書，有爾雅有而廣雅重見者，有爾雅有而廣雅申明者，有廣雅以爾雅展轉相訓者。今纂錄釋詁釋言兩篇，上列爾雅，下列廣雅，以考同異，……。憮有也；撫有也。格至也；假至也。祥善也；善祥也。從自也；自從也。誠信也；信誠也。湯遠也；（同）。齊疾也；（同）。讎敵匹也；匹敵讎輩也。使從也；（同）。探取也；（同）。俌舉也；（同）。降下也；（同）。薦晉進也；（同）。餥食也；（同）。啜茹也；啜茹食也。卒終也；殄殚竟也。燠煖也；燠煖煗也。班賦也；班賦布也。圖慮謀

也；圖謀慮議也。戾定止也。戾定也。般還也；（同）。遹率循也；循率述也。亮相導也；亮相也。遷徙也；遷徙移也。陶喜也；（同）。鞠稚也；毓稚也。蓋割裂也；害割也。奘駔也；將且也。聁薄也（說文引爾雅，今本闕。）；聁薄也。」案張揖所采諸書訓詁，自然多與爾雅相同相因者，非有意使之重複也。王念孫說：「凡字訓已見爾雅而此復載入者，蓋偶未檢也。後皆放此。」（見訂大也下）。這大概是引方言之文而偶有未照，故仍存其字。其掇拾之病也和爾雅同，如釋詁：「仁𢤱或員虞方云撫、有也。」仁虞撫為相親有，其他為有無。「乃昔遂邁行從歸往、往也。」乃昔之往為時間副詞，其餘之往則為動詞，遂則介於二者之間，可實可虛。這種廣續的工作，在治雅學方面看來，並沒有什麼多大價值，蓋爾雅之興，本在於箋注未行之前，經師口說講授之時；等到箋注既行之後，也就用不着客觀的再加以集輯了。所需要的還是訓詁方法的推陳出新吧。

這時期的經學，古文經既被獨尊，也就沒有什麼競爭和進步了。鄭玄既雜揉今古，兼通群書，著作等身，蘊合為一，於是經生都趨鄭門受學，不必再求諸家，故范蔚宗論鄭氏曰：「括囊大典，網羅衆家，刪裁繁蕪，刊改漏失，自是學者略知所歸。」鄭氏門人幾徧天下，本傳云「齊魯間宗之」，不獨齊魯為然，即遠至蜀地，也多好鄭學，姜維即其一也。同時也有不滿於鄭學者，荀爽注易本古文費氏，虞翻注易則本今文孟氏；而虞氏奏易注說：「若乃北海鄭玄，南陽宋忠，雖各立注，忠小差玄，而皆未得其門，難以示世。」又奏玄解尚書違失事云：「故北海徵士鄭玄所注尚書，以顧命康王執瑁，古月似同，從誤作同，既不覺定，復訓爲杯，謂之酒杯。成王疾困憑几，洮頮爲濯，以爲澣衣成事，洮字虛更作濯，以從其非。又古大篆卯字當讀爲柳，古柳卯同字，而以爲昧。分北三苗，北古別字，又訓北，言北猶別也。……於此數事，誤莫大焉。」（見吳志本傳注）王粲也曾「難鄭玄尚書事」，事見家訓勉學篇。何宴集論語孔安國、包咸、周氏、馬融、鄭玄、王肅、周生烈之說，並下己意，爲集解一書，雖采鄭氏，也不盡全從鄭氏。而反對鄭學最烈者莫如王肅，肅善賈馬之學，不好鄭氏，曾爲書、詩、論語、三禮、左傳解，又撰定父朗易傳，晉時都立於學官。考王肅也兼通今古文，故其駁鄭，或以今文說駁鄭氏的古文說，如詩小雅車舝：「以慰我心」，毛傳：「慰，安也。」鄭箋申毛氏之古文說曰：「我得見女之新昏如是，則以慰除我心之憂也。」王肅則從韓詩今文說，改慰爲慍云：「韓詩以慍我心，慍恚也。」即其一例；或以古文說駁鄭氏之今文說，如詩大雅生民：「厥初生民，時維姜嫄。生民如何？克禋克祀，以弗無子，履武帝敏，歆，攸介攸止，載震載夙，載生載育，時維后稷。」毛傳：「履踐也，帝高辛氏之帝也，武迹，敏疾也，從於帝而見于天，將事齊敏也，歆饗，介大也，止福祿所止也。……」鄭箋：「帝上帝也，敏拇也，介左右也，夙之言肅也，祀郊禖之時，時則有大神之迹，姜嫄履之，足不能滿，履其拇指之處，心體歆歆然其左右所止住，如有人道感己者也，於是遂有身，而肅戒不復御，後則生子而養，長名之曰棄。」是毛氏以后稷爲帝嚳之子，姜嫄配帝高辛氏而生，故云帝爲高辛氏；大戴記帝繫篇、司馬遷五帝本紀、以及劉歆班固賈逵馬融服虔等皆信此說。鄭氏信讖緯，春秋命歷序云少昊傳八世，顓頊傳九世，帝嚳傳十世，則堯非嚳子，稷年又小於堯，則姜嫄不得爲帝嚳之妃，故云當堯之時爲高辛氏之世妃，謂其爲嚳後世子孫之妃也。於是箋又取今文說，以爲后稷無父感天而生，猶商頌之「天命玄鳥，降而生商。」也，故云帝爲上帝。王肅從古文說以駁之云：「帝嚳有四妃，上妃姜嫄生后稷，……帝嚳崩後，十月而后稷生，蓋遺腹也。雖爲天所安，然寡居而生子，爲衆所疑，不可申說；姜嫄知后稷之神奇，必不可害，故棄之以著其神，因以自明。」這樣看來，王之攻鄭，純是故意相難以自標奇立異，又僞造孔安國書傳，論語注，孝經注，孔子家語，孔叢子五書，以互相證明，家語是他立說的根據，其注家語如五帝，七廟、郊丘之類，都是專爲駁詰鄭氏而發；又作聖證論，依據家語以攻擊鄭氏；故鄭氏門人馬昭說：「家語，王肅所增加。」當時鄭王兩派互相駁難，如孔晁及孫毓之毛詩異同評，都是王學的首選；而孫炎之毛詩、禮記、三傳、國語、爾雅諸注及馬昭之駁聖證論諸語，則鄭學之健將也。諸人只斤斤於兩家之是非，而訓詁之術反無多少發明了。

這時在訓詁方面的一個新趨勢，即注家兼爲經字作音是也。字音源於語音，兩者原來是相諧合的，後來因爲語言聲音的轉變，語音和字音就發生了分歧的現象，於是就需要表示音讀的方法，描寫字音的開始，最初是「讀音」和譬況爲音二者並用，「讀若」如杜鄭諸家之解禮，許氏之作說文，譬況爲音如高誘注淮南呂覽之「急氣」「緩氣」，「閉口」「籠口」；何休注公羊之「長言」「短言」，「內言」「外言」；劉熙釋名之「舌腹」「舌頭」，「合唇」「開唇」等都是。後來因爲這種方法不能夠得其眞實而只得其彷彿，使人難知，同時又受到佛教譯經的影響，於是漢末訓詁者如服虔應劭之漢書注，魏孫炎之爾雅音義都已知用反切的方法來作音了。魏晉南北朝以來，音義之學，獨盛一時，於是聲隨義變，一字可有數音；地分南北，諸家又有不同；顏之推本南人，晚歸北，其家訓論字書音訓，經史字讀，多引江南河北諸本，然常以南本爲是，如書證篇說：「詩云有杕之杜，江南本並木旁施大，傳曰：杕、獨貌也。徐仙民音徒計反。說文曰：杕、樹貌也，在木部。韻集音次第之第。而河北本皆作夷狄之狄，此大誤也。」又譏河北江南學士強爲分別經讀說：「夫物體有精粗，精粗謂之好惡；人心有所去取，去取謂之好惡（上呼號，下烏故反）；此音見於葛洪徐邈。而河北學士讀尚書云：好（呼號反）生惡（於谷反）殺，是爲一論物體，一就人情，殊不通矣。」又說：「江南學士讀左傳，口相傳述，自爲凡例，軍自敗曰敗，打破人軍曰敗（補敗反），諸記傳未見補敗反，徐仙民讀左傳唯一處有此音，又不言自敗敗人之別，此爲穿鑿耳。」魏晉諸儒音註，今多亡佚，據經典釋文所錄，爲易音者三人：王肅，李軌，徐邈。爲尚書音者四人：孔安國，鄭玄，李軌，徐邈。爲詩音者九人：鄭玄，徐邈，蔡氏，孔氏，阮侃，王肅，江惇，干寶，李軌。爲周禮音者六人：鄭玄，王肅，李軌，劉昌宗，徐邈，王曉；近有戚袞，沈重。儀禮音者四人：鄭玄，王肅，李軌，劉昌宗。禮記音者十四人：鄭玄，王肅，李軌，劉昌宗，徐邈，射慈，謝楨，孫毓，繆炳，曹耽，尹毅，蔡訟，范宣，徐爰；近有沈重。爲左傳音者七人：服虔，曹髦，嵇康，杜預，李軌，荀訥，徐邈。爲公羊音者二人：李軌，江惇。爲論語音者一人：徐邈。爲老子音者一人：戴逵。爲莊子音者二人：李軌，徐邈。爲爾雅音者六人：孫炎，郭璞，沈旋，施乾，謝嶠，顧野王。前後幾及五十餘家，可謂盛矣。陸德明本係南人，其作釋文也屬南學，考其書創始於陳後主元年，成書亦在未入隋以前，觀其徵引幾全爲南方學者之作，於王曉周禮音注云「江南無此書，不詳何人。」於論語注云：「北學有杜弼注，世頗行之。」又書中引北音，止一再見。而徐遵明，北方大儒，書中未嘗一引，由此也可見其一斑了。其著書之動機及目的，一爲「承乏上庠，循省舊音，苦其太簡，況微言久絕，大義愈乖，攻乎異端，競生穿鑿，不在其位，不謀其政，既職司其憂，寧可視成而已？遂因暇景，救其不逮。」二爲「書音之作，作者多矣。……漢魏迄今，遺文可見，或專出己意，或祖述舊音，各師成心，製作如面；加以楚夏聲異，南北語殊，是非信其所聞，輕重因其所習；後學鑽仰，罕逢指要。」於是「研精六籍，采摭九流，搜訪異同，校之蒼雅，輒撰集五典、孝經、論語、及老莊爾雅等音，合爲三袟三十卷，號曰經典釋文。古今並錄，括其樞要，經注畢詳，訓義兼辯，質而不野，繁而非蕪，示傳一家之學。」其著書條例，約十數端：㈠經注兼音。㈡摘字爲音。㈢舊音多不依注作，今微加斟酌，首標典籍常用合時者，次列音義可並行互用者；至義乖於經者，則不悉記。㈣古人作音先用譬況，後有反語，魏朝以來，蔓衍實繁，世變人移，音訛字替，今亦存之音內，不敢遺舊。㈤舊音或用借字，令人疑昧，今從易識。援引衆訓但取大意，不全寫舊文。㈥經文異讀，自昔已然；倉卒假借，趣於近似；人用其鄉，言字互異；加之秦燬典籍，漢分今古，一經數家，章句不同；今撰音書，須定紕繆，若兩本俱用兼通者，並出其文，以明其異；其涇渭朱紫者，亦悉書刊正。間存他經別本，詞反義乖者，示博異聞耳。(七)經籍文字，相承已久；至如悅作說，閑作閒，智作知，汝作女之類，依舊音之。然音書之體，當辨正借，或反音正字以辨借音，或兩音之，務在易了不惑。(八)隸古定尚書，本不全爲古字，舊本古字無幾，穿鑿之徒，依傍字部，妄造改易，多不可從；今依舊爲音，字有別體，見之音內。(九)春秋名字氏族地名，前後互出，經傳更見，文字正假，相去遼遠，今皆斟酌折衷。(十)爾雅字讀須逐五經，後人好生異見，改音易字，採摭雜書，不考本末，鳥魚虫艸，妄增偏旁；今並校量，不從流俗。(十一)方言差別，南北最鉅，或失輕浮，或滯沉濁，今之去取，冀祛茲弊。夫質有精粗，謂之好惡（並如字），心有愛憎，稱爲好惡（上呼報反下烏故反）；當體則云名譽（音預），論情則曰毀譽（音餘）；及夫自敗（蒲邁反）敗他（蒲敗反）之殊，自壞（呼怪反）壞撤之異；此等或近代始分，或古已爲別，相仍積習，有自來矣。余承師說，皆辯析之。比人言者，多爲一例。如而靡異，邪（不定之詞）也（助句之詞）弗殊，莫辯復（扶又反重也）復（音服反也），寧論過（古禾反經過）過（古臥反超過）；又以登升共爲一韻，攻公分作兩音，如此之儔，恐爲非得。（十二）五經字體，乖替者多。至如黿鼉從龜，亂辭從舌，席下爲帶，惡上安西，析旁著片，離邊作禹，直是字譌。如寵爲竉，錫爲鍚，攴代文，无混旡，便成兩失。又敉字俗以爲約敉字，說文以爲勞倈字，渴字俗以爲飢渴字，字書以爲水竭字，如此之類，改便驚俗，不能悉改。總而言之，陸氏之意不外一在訂舊音之利病，二在辨俗字之是非。其書不但爲訓故音義之總匯，也是校勘板本之唯一憑藉。考音讀義訓，往往相關，如易晉卦蕃庶之庶注「如字，衆也；鄭止奢反，謂蕃遮禽也。」又接字下注「如字。鄭音捷，勝也。」此皆音隨義變之例。周禮天官冡宰「以擾萬民」之擾，「而小反。鄭而昭反；徐李尋倫反。」擾音爲馴，即緣馴治之義，蓋古書音讀以文義爲主，故義通之字不妨換讀，字有某義，即讀某音，並不像後世字書之拘泥也。吳承仕經籍舊音辨正不明此理，遂謂「音擾爲馴，聲類不近，字書韻書亦不收此音。」至一字數讀而分別四聲者，前面曾已討論，這裡不再重加駁正了。

魏晉以來，學官所立，群經傳注，漸定於一。釋文所錄，易注凡三十三人，而以王弼韓伯爲主；書注九家，而以孔安國王肅爲正；詩注八家，而獨遵毛鄭；周禮注四家，儀禮注十一人，禮記注六家，而三禮注則俱以鄭爲主；左傳注八家，而用杜預；公羊注四家，而用何休；穀梁注九家，而用范甯；孝經注二十三家，隨俗從鄭注十八章本；論語注二十家，而以何晏集解爲主；爾雅注六家，而依郭本爲正。凡所取舍，都以通行及立於學官者爲主，實開唐人義疏之前導。當時一般通人學者，除去別爲新注之外，集解及義疏之學很爲盛行，蓋古今不同，南北又異，諸說紛紜，學者茫然；又時遷代移，經既難明，注也不了，而經師傳以經，頗有意模仿釋者之講唱，考講經在漢已然，六朝隋唐又受釋者俗講之影響，想方式必有變更；今就唐代俗講所遺文詞觀之，其講唱經文之本都先引經文，繼以說唱，形式略如五經之講疏，可見二者之間互有牽涉也；於是集解及義疏之學興盛一時。今就釋文可考見的，易有張璠集解十二卷（集二十二家解，七錄云二十八家），荀爽九家集注十卷（不知何人所集）；書有范甯集解十卷，姜道盛集解十卷；詩有崔靈恩集注二十四卷；公羊有孔衍集解十四卷；穀梁有孔衍集解十四卷，范甯集注十二卷，胡訥集解十卷；論語有何晏集解十卷，李充集注十卷，孫綽集注十卷，江熙集解十二卷；爾雅有沈旋集注。爲義疏者較少，書有夏費甝義疏，禮記有皇侃義疏，喪服義疏，春秋有沈文何義疏，孝經有皇侃義疏，論語有皇侃義疏。義疏也名講疏，如陸氏於易下注云：「陳周弘正作老莊義疏」，而老子下又云：「近代有梁武帝父子及周弘正講疏。」陳書本傳則僅稱疏。梁書皇侃傳云撰禮記講疏，論語義，是義疏亦可只稱義或疏，亦或稱義記。

迨唐孔穎達等義疏出，而前此諸家義疏多廢。夫漢學重明經，唐學重疏注，當漢唐交替之間，諸儒競爲義疏講章之學，雖然有意和釋者相爭，而其功也不可磨滅也。其見於南北史儒林傳的，南學如崔靈恩的三禮義宗，左氏經傳義，沈文何的春秋、禮記、孝經、論語、義記，皇侃的論語、禮記義，戚袞的三禮義記及禮記義，張譏的周易、尚書、毛詩、孝經、論語義，顧越的喪服、毛詩、孝經、論語義，王元規的春秋、孝經、義記。北學如劉獻之的三禮大義，徐遵明的春秋義章，李鉉的撰定孝經、論語、毛詩、三禮義疏，沈重的周禮、儀禮、禮記、毛詩、喪服經義，熊安生的周禮，禮記義疏，孝經義；都先後並出，好像雨後春筍，可惜都已亡失。皇侃之論語義疏是其僅存者，觀其略於名物制度，只以老莊之義旨，發爲四六之文章，和漢代古文經學家的說經相去甚遠，唯稍近於今文經學家章句之學耳，這也是南學崇尚玄談浮夸的結果。此外爲經傳義疏者還有許多人。唐太宗以儒學紛歧，章句繁雜，詔國子祭酒孔穎達與諸儒撰定五經義疏，凡一百八十卷，名曰五經正義。所定經疏，易主王注，書主孔傳，詩主毛鄭，禮記主鄭注，左傳主杜解。這大概是當時風尚使然，魏晉相沿如此也。既以一家傳注為主，故只有引申和曲傅，而無駁詰和疑難，故其書後改名正義者，即以所用之注為正也。其書初名義贊，又題兼義，蓋本為删定江南諸家義疏而成者。惜疏中稱引舊疏多不著其名，或僅稱某氏。序中評論舊疏得失云：

易正義序：「其江南義疏十有餘家，皆辭尚虛玄，義多浮誕，……斯乃義涉於釋氏，非為敎於孔門也，既背其本，又違於注。……」

書正義序：「其為正義者，蔡大寶、巢猗、費甝、顧彪、劉焯、劉炫等，其諸公旨趣，多或因循，帖釋注文，義皆淺略，惟劉焯劉炫最為詳雅。然焯纖綜經文，穿鑿孔穴，詭其新見，異彼前儒，非險而更為險，無義而更生義；……炫嫌焯之煩雜，就而删焉，雖復微稍省要，又好改張前義，義更太略，辭又過華，……今奉明勑，考定是非，謹竭庸愚，竭所聞見，覽古人之傳記，質近代之異同，存其是而去其非，削其煩而增其簡。」詩正義序：「其近代為義疏者，有全緩、何胤、舒瑗、劉軌思、劉醜、劉焯、劉炫等，然焯炫並聰穎特達，文而又儒，……於其所作疏內，特為殊絕，今奉勑删定，故據以為本。然焯炫等負恃才氣，輕鄙先達，同其所異，異其所同，或應略而反詳，或宜詳而更略，……今則削其所煩，增其所簡。」禮記正義序：「其為義疏者，南人有賀循、賀瑒、庾蔚、崔靈恩、沈重宣、皇甫侃等，北人有徐道明、李業興、李寶鼎、侯聰、熊安生等，其見於世者，唯皇熊二家而已。熊則違背本經，多引外義，猶之楚而北行，……皇氏雖章句詳正，微稍繁廣，又既遵鄭氏，乃時乖鄭義，此是木落不歸其本，……今奉勅刪理，仍據皇氏以爲本，其有不備，以熊氏補焉。必取文證詳悉，義理精審，剪其繁蕪，撮其機要。」

左傳正義序：「其爲義疏者，則有沈文何、蘇寬、劉炫，然沈氏於義例粗可，於經傳極疎；蘇氏則全不體本文，唯旁攻賈服，……劉炫於數君之內，實爲翹楚，然聰惠辯博，固亦罕儔，……又意在矜伐，性好非毀，規杜氏之失，凡一百五十餘條，習杜氏而攻杜氏，猶蠹生於木而還食其木，非其理也；……然比諸義疏，猶有可觀，今奉勅刪定，據以爲本，其有疎漏，以沈氏補焉，若兩義俱違，則特申短見。」

從這些序言裡可以看出正義多以二劉舊疏爲據，其刪煩增簡之處亦即舊疏攷注之處也。正義雖就注推衍，然亦多能發明經文及傳注詞言之例。如：

倒文、

葛覃「施于中谷」。傳：「中谷，谷中。」正義：「倒其言者，古人之語皆然，詩文多此類也。」又谷風「不我遐棄」。箋：「不遠棄我而死亡。」正義：「不我遐棄，猶云不遐棄我，古人之語多倒，詩之此類衆矣。」（此爲語法之倒）

柏舟「母也天只」！正義：「序云父母欲奪而嫁之，知天爲父也，先母後天者，取其韵句耳。」（此因叶韵而倒）

采蘩「夙夜在公」，傳：「夙，早也。」箋：「早夜在事，謂視濯漑飢爨之事。」正義

：早謂祭日之晨，夜謂祭祀之先夕之期也，先夙後夜，便文耳。」（此因成語而倒）

婉文、七月「七月在野，八月在宇，九月在戶，十月蟋蟀，入我牀下。」箋：「自七月在野至十月入我牀下，皆謂蟋蟀也。」正義：「以入我牀下是自外而入，在野在宇在戶從遠而至於近，故知皆謂蟋蟀也。退蟋蟀之文在十月之下者，以人之牀下非虫所當入，故以虫名附蟋蟀之下，所以婉其文也。」（此因修辭而倒）

變文、桃夭「宜其室家。」二章作「宜其家室。」三章作「宜其家人。」箋：「家人猶室家也。」正義：「以異章而變文耳，故云家人猶室家也。」

異文、定之方中「作于楚宮。」「作于楚室。」正義：「別言宮室，異其文耳。」

互文、楚茨：「楚楚者茨，言抽其棘。」箋：「茨言楚楚，棘言抽，互辭也。」又「我倉既盈，我庾維億。」箋：「倉言盈，庾言億，亦互辭，喻多也。」

旄丘：「何其處也？必有與也。」「何其久也？必有以也。」正義：「言與言以者互文，以者自己於彼之辭，與者從彼於我之稱。」

便文、出車：「設此旐矣，建彼旄矣。」正義：「言此旐彼旄者，凡兩事一言彼一言此，便文耳。于彼新田，于此菑畝，皆此類也。」

連言、賓之初筵：「弓矢斯張。」正義：「弓可言張，而並言矢者，矢配弓之物，連言之耳。」又定之方中序：「始建城市而營宮室。」正義：「建城市經無其事，因徙居而始築城立市，故連言之。」

協句、谷風箋：「何暇憂我後所生子孫也。」正義：「時未必有孫，言之協句耳。」碩人箋：「兄弟皆正大。」正義：「經無弟而言弟者，協句也。」

逆言、禮記：「其登餕獻受爵。」正義：「以特牲言之，則先受爵而後獻，獻而後餕，今此經先云餕者，以餕爲重，舉重者從後以向先逆言之，故云其登餕獻受爵也。」

又有發明注文立訓之所以然者，如：

文勢、周易：「言天下之至賾而不可亂也。」韓注本作「至動」，正義：「以文勢上下言之，宜云至動而不可亂也。」

對文、書顧命：「一人冕執劉，立于東堂；一人冕執鉞，立于西堂。」傳：「劉、鉞屬。」正義：「劉鉞屬者，以劉與鉞相對，故言屬，以似之而別，又不知何以爲異。」又詩葛覃：「薄汙我私，薄澣我衣。」傳：「汙、煩也。」正義：「汙澣相對，則汙亦澣名，以衣汙垢者澣而用功深，故因以汙爲澣私服之名耳。言汙煩者，謂澣垢衣用功煩多，亦以煩爲澣名。」

總之，正義既非成于一手，而注又只主一家，但取舊疏增刪更定，不事創獲，故箴孔疏之失者，一曰曲狥注文，二曰彼此互異，三曰雜引讖緯；如果知道了他成書的經過，三失也正是意中事耳。朱子語類說孔疏詩禮記爲上，書易爲下；這種優劣的差異，完全是因爲所宗之傳注已有優劣的緣故。清人如臧庸之拜經日記極惡其繁蕪，而陳澧之讀書記又甚贊其詳洽，見仁見智，各有是非，然其依據閎深，存古之功是永遠不能埋沒的。迨後賈公彥疏周禮儀禮，楊士勛疏穀梁，徐彥疏公羊，宋邢昺等疏論語、孝經、爾雅，孫奭疏孟子，都沿孔氏成例，專守一家，賈疏最好，楊徐次之，邢疏尚有可取，而孫疏則只以空言相衍，纏繞注文，純是講章之體了。

自西漢以迄隋唐，經學凡數變，有今文家解說微言大義的經學，因而有古文家訓詁名物的古學；有鄭康成雜揉今古的鄭學，因而有王肅僞託復古的王學；相沿而歷南北朝，因受釋者翻譯及說唱佛經的影響，於是又有隋唐諸儒的音義之學及義疏之學；又因解者紛歧，寫本不一，於是又有集解及刊正之學；迨顏師古五經定本出而後經典無異文，孔沖遠五經正義出而後經書無異說。學術既隨政權分合而歸於統一，以錮塞人民的思想，那麼一二才智聰明的人，就不得不以己意說經，漸開穿鑿傅會之習，著信古太過，即易招蔑古逞奇之說，於是有宋明人高談義理，緣詞生訓的宋學及王學。訓詁學便在這經學附庸的寄託之下隨波起伏，受到一時一代人的注意與卑棄。

宋人於爾雅之解說，邢昺等的正義尚不無可取，如補郭注之未詳，引舊籍以證郭，都可以說是郭注的功臣，至如以聲近通借及音義相同說哉、怡、漠、諶、亮、詢、靈迥、嵩、茂、……諸字，雖不能全備，亦可謂達訓詁之理了。其餘如王雱的爾雅，陸佃的爾雅新義，都不脫安石妄生新義之弊。鄭樵的爾雅注，四庫提要頗爲辯護，謂爲爾雅家的善本，然考其自序及後序，首先攻擊爾雅之昧於言理，不達物情；其「一言本一義，饘自饘，餬自餬，不得謂餬爲饘。」的說法，固頗合乎語言學的見解，可是他不知道同義詞的來源不同，而訓詁中翻譯的義訓，好些只是言其相當，自不得謂其以數十言而總一義之爲昧於言理也。羅願的爾雅翼，引證浩博，誠較陸佃埤雅爲優，然以鶉爲淳，以鳩爲九，皆不脫王安石字說的惡習；而「略其訓詁，山川星原，研究動植」，是亦僅雅學之支流，不足以當訓詁也。王安石等的三經新義，根本談不到訓詁，只以己意說經耳。朱熹集宋學的大成，但仍不廢傳注正義，論語訓蒙口義序云：「本之注疏，以通其訓詁，參之釋文，以正其音讀，然後會之於諸老先生之說，以發其精微。」語類云：「祖宗以來，學者但守注疏，其後便論道；如二蘇直是要論道，但注疏如何棄得？」又云：「某尋常解經，只要依訓詁說字。」可知朱子一反蘇歐妄談義理的惡習，先研訓詁章句而後始論道。不過他主張訓詁貴乎簡捷了當，使人有玩味餘地，不當一氣說盡，反喧賓奪主。答張敬夫書云：「漢儒可謂善說經者，不過只說訓詁，使人以此訓詁，玩索經文，訓詁經文，不相離異，只作一道看了，直是意味深長也。」語類云：「漢初諸儒專治訓詁，如教人亦只言某字訓某字，自尋義理而已。」又云：「自晉以來解經者，却改變得不同，王弼郭象輩是也，漢儒解經，依經演繹；晉人則不然，捨經而自作文。」又云：「傳注惟古注不作文，却好看，疏亦然。今人解書，且圖要作文，又如辨說，百般生疑，故具文雖可讀，而經意殊遠。程子易傳亦成作文，說了又說，故今人觀者更不看本經，只讀傳，亦非所以使人思也。」又云：「某集注論語只是發明其辭，使人玩味經文，理皆在經文內。」這樣看來，宋學雖一反漢人之說，但到朱子的說經，則兼取二者之長，深得毛孔傳經之旨，是朱學與程蘇等人也不完全相同也。故其詩集傳序云：「於是乎章句以綱之，訓詁以紀之，諷詠以昌之，涵濡以體之。」他作的詩經集傳，四書集注諸書，都能深入淺出，脫去隋唐義疏及宋初經說的繁冗之弊。惜其稍疏於聲音通轉之理，訓詁終不免被字面所拘束，如釋「左右流之」的流爲「順水之流而取之。」釋「薄汙我私」的薄爲「少也。」等都是。然如釋「言告師氏」之言爲「辭也」等，也間有是處。

## 第十六節　訓詁學的復興

元明尊朱學，惜多未得朱學之旨。其能獨樹一幟而脫去宋學以釋老說經之拘攣，一反於平易近情者，則爲金朝的遺老王若虛，他極力反對宋儒的「妄」，攻擊漢儒的「陋」，認爲求之太過和穿鑿附會都是不合「人情義理」。他不但說聖人之經是人情之書，而且提出以「文勢」「語法」爲解經的輔助，這實是語言學的事業，也是科學的讀經的開始。例如他說：

> 子曰：「十室之邑，必有忠信如丘者焉，不如丘之好學也。」或訓焉爲何而屬之下句。「廄焚，子退朝，曰：傷人乎？不問馬。」或讀不爲否而屬之上句。意謂聖人至謙，必不肯言人之莫己若；聖人至仁，必不至賤畜而無所恤也。義理之是非姑置勿論，且道世之爲文者有如此語法乎？故凡解經，其論雖高，而於文勢語法不順者，亦未可遽從，況未高乎？（論語辨惑）

子曰：「視其所以，觀其所由，察其所安，人焉廋哉！」曰視，曰觀，曰察，文之變耳。晦庵曰：「觀詳於視，察又詳於觀。」此幾王氏之鑿矣，雖若有理，然聖人之意恐不若是。（論語辨惑）

晦庵解「食不語，寢不言」云：「自述曰語，自言曰言」，此何可分而妄爲注釋？只是變文耳。（論語辨惑）

他的著作，除去五經論孟辨惑之外，又有史記辨惑，諸史辨惑，新唐書辨惑等書，在裡面他指出司馬遷的「史記用而字多不安」，「用於是乃遂等字冗而不當者十有七八。」這雖然有點吹毛求疵，但都能從文法著眼。元人株守宋儒經說而忽略注疏，故於古音古義多所牴牾，如熊朋來五經說以鄭氏周禮注讀樂師「詔來瞽皐舞」之皋爲告（號），又讀大祝「來瞽令皐舞」之皐爲嗥，是前後異讀，而不知告皐嗥號四字同音同義也。劉瑾的詩傳通釋，陳櫟的尙書集傳纂疏，陳師凱的書蔡傳旁通等書，於朱學尙能旁徵博引，疏通補苴；明胡廣等奉敕修定五經大全，則雜取上列諸家而飣飣成編，蓋士人自元以來都爲科舉所牢籠，訓詁名物之學益不堪問矣，此由張萱之彙雅，可見其荒謬之一斑。明末有志之士，痛八股之爲害，於是極力主張復古，棄虛尙實；前如朱謀㙔之駢雅，楊愼之古音駢字，古音複字，方以智之通雅等書；實開淸儒考證之先河；而且都能明乎聲近義通的道理，脫去文字形骸的拘牽，在明代空疏淺陋的風氣中，不可不謂爲特出者也。其後王夫之顧炎武諸人繼起，於漢唐注疏及宋元明人之說，擇善而從，雖兼採漢宋，實欲擺脫朱學藩籬而上追唐漢者也；王氏之周易稗疏、詩經稗疏、四書稗疏諸書的解說名物制度都能上溯爾雅毛傳；顧氏之日知錄詩本音等書於古音古義多所發明。至陳啟源之毛詩稽古編，毛奇齡之續詩傳鳥名、白鷺洲主客說詩諸作，始專尊漢學而詆宋學。

雍乾以後，古書漸出，經義大明。惠戴諸儒爲漢學元宗。惠棟之九經古義諸書，都能就古音以說古義，發明毛鄭傳注之旨。戴震作毛鄭詩考正，孟子字義疏證，爾雅文字考，方言疏證諸書，皆稱精審。他主張通經必以小學爲入門，而文字聲韻故訓三者又相因。其攻擊宋人不明故訓之言曰：

「言者輒曰：有漢儒經學，有宋儒經學，一主於故訓，一主於理義；此誠震之大不解也者。夫所謂理義，苟可以舍經而空凭胸臆，將人人鑿空得之，奚有於經學之云乎哉？惟空凭胸臆之卒無當於賢人聖人之理義，然後求之古經；求之古經而遺文垂絕，今古縣隔也，然後求之故訓；故訓明則古經明，古經明則賢人聖人之理義明，而我心之所同然者乃因之而明。……彼歧故訓理義二之，是故訓非以明理義，而故訓胡爲？」（題惠定宇先生授經圖）

「治經先考字義，次通文理。志存聞道，必空所依傍；漢儒故訓有師承，亦有時傅會；晉人傅會鑿空益多；宋人則恃胸臆爲斷，故其襲取者多繆，而不謬者在其所棄。我輩讀書，原非與後儒競立說，宜平心體會經文，有一字非其的解，則於所言之意必差，而道從此失。……宋以來，儒者以己之見，硬坐爲古聖賢立言之意，而語言文字實未之知。」（與某書）

「嗚呼！經之至者、道也，所以明道者、其詞也，所以成詞者，未有能外小學文字者也。由文字以通乎語言，由語言以通乎古聖賢之心志，譬之適堂壇之必循其階而不可以躐等。是故鑿空之弊有二：其一緣詞生訓也，其一守訛傳謬也；緣詞生訓者，所釋之義非其本義，守譌傳謬者，所據之經非其本經。」（古經解鉤沈序）

他不但獨樹漢幟，特標故訓，而且更進一步的提出研究文字故訓的理論，因小學雖分爲三，「而字學、故訓、音聲、未始相離。」（與是仲明論學書）義由音出，音隨義變的道理，至此始大明於世。他又主張解詩者只訓釋字義名物，詩意則留待誦者的玩味，毛詩補傳序：「今就全詩，考其字義名物於各章之下，不以作詩之意衍其說。蓋字義名物前人或失之者，可以詳覈而知，古籍具在，有明證也；作詩之意，前人既失其傳者，非論其世，知其人，固難以臆見定也。」這和朱子的「章句以綱之，訓詁以紀之，諷詠以昌之，涵濡以體之」的方法，所差也很幾希了。所以他說：「先儒爲詩者，莫明於漢之毛鄭，宋之朱子。」可見他所指責的宋人非朱子也；詩經補注中也多採用集傳說。毛鄭詩攷正多能訂正漢人之誤，如：

賓之初筵三章「有壬有林」，傳：「壬、大，林、君也。」震按傳本爾雅，然詩中如有蕡有鶯之類，並形容之辭；此以形容百體既至，禮無不備，而行之既盡其善，壬壬然盛大，林林然多而不亂。（此以全書句法爲證之例）

常棣四章「每有良朋，烝也無戎。」傳：「烝、塡。」箋云：「古聲塡寘聲同。」震按烝衆也，語之轉耳。朋友雖衆猶無助，以甚言兄弟之共禦侮也。」又雲漢首章「寧莫我聽」，震按寧乃也，語之轉。（此以古音通轉爲證之例）

唐蟋蟀首章傳：「聿、遂。」震按文選注引韓詩薛君章句云：「聿、辭也。」春秋傳引詩「聿懷多福」，杜注云：「聿、惟也。」皆以爲辭助。詩中聿曰遹三字互用，爾雅：「遹、自也，述也。」禮記引詩聿追來孝，今詩作遹；七月篇曰爲改歲，釋文云漢書作聿；角弓篇見晛曰消，釋文云韓詩作聿，劉向同。傳於歲聿其莫釋之爲遂，於聿修厥德釋之爲述；箋於聿來胥宇釋之爲自，於我征聿至、聿懷多福、遹駿有聲，遹求厥寧、遹觀厥成、遹追來孝、竝釋之爲述。今考之，皆承明上文之辭耳，非空爲辭助，亦非發語辭；而爲遂爲述爲自，緣辭生訓，皆非也。說文有欥字，注云：「詮詞也。从欠从曰，曰亦聲。」引詩「昭求厥寧」，然則欥蓋本文，省作曰，同聲假借用聿與遹。詮詞者，承上文所發端，詮而釋之也。（此通假借本字爲證之例）

出其東門首章聊樂我員，震按員、旋也，言聊樂於與我周旋，下章又言聊可與之歡娛，娛對員爲義。古字云員通，小雅正月篇昏姻孔云，釋文謂本又作員；春秋傳曰：「其誰云之。」云與員皆周旋相親之意。（此以同篇對文爲證之例）

首章傳：「發夕，自夕發至旦。」震按發又有發卸之義，方言云：「發、舍車也……」……又郭璞云：今通言發寫。寫即卸字，古音夕似略切。發夕與發卸，語之，不必作朝夕之夕解。發夕謂解息車徒，與豈弟、翱翔、遊敖，尤語意相邇，一章言車徒休解，二章言安行樂易，三章言翱翔以往，四章言遊敖自縱，皆在道路指目之。（此以上下意近爲證之例）

扈三章「不戢不難，受福不那。」傳：「不戢、戢也，不難、難也，那、多也，不多，多也。」震按古字丕通作不，大也。那如「有那其居」之那，安也。……凡詩不顯、不承、不時、不寧、不康，皆當讀爲丕。詩之不顯不承，即書之丕顯丕承也；書立政篇丕丕基，漢石經作不不其。（此以他書同語異字爲證之例）

七月三章「猗彼女桑」，傳：「角而束之曰猗。」震按猗如「有實其猗」之猗，猗然長茂也。（此以本書同詞訓同爲證之例）

漢廣首章「南有喬木，不可休思。」傳：「思、辭也。」震按經文思或作息者，轉寫之譌。爾雅：「休、蔭也。」休求泳方各爲韵，思皆句末辭助。……凡詩中用韵之句，韵下有一字或二字爲辭助者必連用之，數句並同，不得有異。惟不可休思思譌作息，及歌以誶止止譌作之，遂亂其例。（此以全書韵例訂正譌文之例）

以上數例，皆求訓詁之準則，約言之，不外通古音，曉古字，明歸納，重證據而已。自顧戴而後，說文及古韵之學，幾爲人人必知之學，小學明而後經義明，一時名家群起，由兼主毛鄭而專宗毛氏，疏通證明，各有顓門。

當時治雅學者，以高郵王氏父子爲最精，郝懿行等次之。王氏之學本出於戴氏。戴氏爾雅文字考序曰：「夫援爾雅以釋詩書，據詩書以證爾雅，由是旁及先秦以上，凡古籍之存者，綜覈條貫，而又本之六書音聲，確然於故訓之原，庶幾可與於是學。」又爾雅注疏箋補序：「爾雅、六經之通釋也。援爾雅附經而經明，證爾雅以經而爾雅明；然或義具爾雅而不得其經，殆爾雅之作，其時六經未殘闕歟？爲之旁摭百氏，下及漢代，凡載籍去古未遙者，咸資證實，亦勢所必至。曩閱莊周書已而爲知者，已而不知其然，語意不可識，偶檢釋故；已、此也，始豁然通其詞。至若言近而異趣，往往雖讀應爾雅而莫之或知，如周南不可休思，釋言：庥、廕也，即其義。豳詩蠶月條桑，釋木桑柳醜條，即其義。小雅悠悠我里，釋故：悝、憂也，即其義。說詩者，不取爾雅也。外此轉寫譌舛，漢人傳注，足爲據證，如釋言：鬩、恨也。郭氏云：相怨恨。毛公傳小雅兄弟鬩于牆，鬩、很也。鄭康成注曲禮很毋求勝，很、鬩也。二字轉注，義出爾雅。又苛、妎也，郭氏云：煩苛者多嫉妎，康成注內則疾痛苛癢，苛、疥也，義出爾雅。凡此遽數之不能終其物，用是知經之難明，爾雅亦不易讀矣。」又與王內翰鳳喈書論爾雅「札」字即堯典「光被四表」之光，亦即樂記「號以立橫，橫以立武。」孔子閒居「以橫於天下」之橫。故禮記鄭注：「橫、充也。」書孔傳：「光、充也。」爾雅：「桄、充也。」釋文：「孫作光。」蓋橫轉寫爲桄，脫誤爲光；堯典古本必有作橫被四表者。若本爲光字，雖不解無不曉者，解之爲充轉令人疑。由此一字可見考古之難，亦可見欲考一字，當貫串群經，以形義古音相互證發，然後始知爾雅某字即書之某、禮記之某也。郝疏雖非出於戴氏之門，然治雅的成就却很足以紹繼其業。

郝邵二疏都是爲改補邢疏而成之作，邵晉涵的爾雅正義先出，故稍遜於郝。其撰書之例有六：一曰校補譌脫，二曰廣采舊注，三曰補郭未詳，四曰引經爲證，五曰推明音義，六曰辨別名物。清儒治爾雅者有如雨後春筍，分門別類，各有專精，然其規模法度，大抵不出邵氏的範圍。惜仍墨守疏不破注之例，堅遵郭義，未能脫去舊日枷鎖，旁推交通聲近之字於郭注之外，故終不及郝氏也。郝氏之學出於阮元，阮氏釋且釋門諸作，頗能發明因聲求義，聲近義通之理。阮氏與郝氏論爾雅書云：「今子爲爾雅之學以聲音爲主，而通其訓詁，余亟許之，以爲得其簡矣。以簡通繁，古今天下之言皆有部居而不越乎喉舌之地。」又爾雅校勘記序：「爾雅經文之字有不與經典合者，轉寫多歧之故也；有不與說文解字合者，說文於形得義，皆本字本義，爾雅釋經則假借特多，其用本字本義少也。此必治經者深思而得其意，固非校勘之餘所能盡載矣。」阮氏於爾雅雖未有專書，然其釋字的零篇散簡之作，却很能得到「以簡通繁」的樞要，如釋蓋一文，謂爾雅：「蓋割、裂也。」郭注未詳，今學者皆以蓋割同聲假借，元更謂害、曷、盍、末、未、古音皆相近，每加偏旁互相假借，若以爲正字則失之，蓋之通於害割，猶昧之訓割，蓋害之爲盍曷何也。又與宋定之論爾雅書云：「要當以精義古音貫串證發，多其辭說爲第一義，引經傳以證釋爲第二義也。」郝蘭皐承阮氏之啟發，治雅尚能守此二義；其再奉阮雲台先生論爾雅書云：「懿行比來修整爾雅，竊謂詁訓以聲爲主，以義爲輔。古之作者，釋名以聲代聲，聲近而義通，故釋名一部爲爾雅二部也；廣雅以義闡義，義博而文眩，故廣雅一部爲爾雅二三部也。今之所述，蓋主釋名之聲而推廣雅之義，一聲通轉至十餘聲，是得爾雅十餘部也；一義旁推至四五義，是得爾雅四五部也。以此證發，觸類而通。不似舊人疏義，但鈔撮古書，以爲通經，守定死本子，不能動轉。……又適購得經籍纂詁一書，絕無檢書之勞，而有引書之樂。」又與王伯申學使書云：「某近爲爾雅義疏釋詁一篇，尚未了畢。竊謂詁訓之學，以聲音文字爲本，轉注假借各有部居，疏通證明存乎了悟。前人疏義，但取博引經典以爲籍徵，不知已落第二義矣。鄙意欲就古音古義中博其恉趣，要其會歸，大抵不外同、近、通、轉四科，以相統系；先從許叔重書得其本字，而後知其孰爲假借；觸類旁通，不避繁碎，仍自條理分明，不相雜厠。其中亦多佳處，爲前人所未發。」這兩封書信中的話，可以說是他治爾雅之道的自白，也可見第一義第二義之與舊疏輕重不同，完全是受阮氏的影響。爾雅義疏中於每字之下，先列本字，轉注假借，依次以聲音同近通轉四科相統系。如釋詁：「哉、始也。」郝疏云：「哉者才之假音，說文云：才、艸木之初也。經典通作哉，尚書大傳云儀伯之樂舞鼚哉，詩云陳錫哉周，鄭俱以哉爲始也。郭注下文茂勉引大傳茂哉茂哉，釋文：或作茂才；書云往哉汝諧，張平子碑作往才汝諧；哉生魄，晉書夏侯湛傳作才生魄；是才哉古字通。又通作載，陳錫哉周，左氏宣十五年傳作陳錫載周；書載采采，史記夏紀作始事事；詩載見辟王，傳亦云載始也；是載哉通。爾雅釋文哉亦作栽，中庸栽者培之，鄭注栽讀如文王初載之載；栽或爲茲；茲栽哉古皆音同字通也。」是郝氏以才爲本字，哉載栽茲四字皆聲同假借也。近人黃侃又取此說以才爲其餘諸字之語根。案清人治訓故者約有兩派，一則必求本字，一則不求本字，若以語言學之見地言之，「只有語源，並無本字。」（錢玄同語）如論本字，是仍跳不出文字形體的魔障也。再說好些語言根本就未造本字，而且又有許多本字反較假借為後起，如必每個語詞都求本字，不但不合於古，而且也有些求不出來也。故曰：求本字反不如求語根為勝，雖然他們的關係是那樣的密切。還有一點令人不能已於言者，求本字者必以說文為準，許氏說解不少誤謬，如以誤謬的解說為本字，還不如不求本字之為佳也。例如爾雅：「廓、大也。」郝疏未明言本字，只說：「方言云張小使大謂之廓。」郭廓擴恢皆音同義同。嚴元照爾雅匡名引說文「霩、雨止雲罷貌。」以為本字，引臣鉉等曰：「今別作廓，非是。」以廓為俗字。近人爾雅正名又以廓當作郭；又有人謂說文：「彉、弩滿也，讀若郭。」孫注：「廓、張之使大也。」是正字當作彉。這樣看來，本字究應以那個為是呢？其實語言的興起，絕非先為弓滿或城郭或雲罷一義而造一專詞；文字由形得義，可有本字；語言由音得義，不必有本字；郭廓槨鞹霩、彉彍擴廣曠懬壙獷潢橫、光桄晃洸駫、狂汪皇煌鍠隍……等字之訓大，都可說是本字本義也。又例如說文以才為草木之初，不知才字乃𢦏字之省體，𢦏字或釋為災，或釋為栽（在），並非草木之初。𢦏之為災（菑）為栽，本為裁制植作之義，始乃由制作傳立之義引申而成者。嗚呼！清人過信說文，始有此弊；今之治語文學者如章黃諸人，猶以初文為語根，動輒講求本字，亦為不善變矣。至郝氏之引經傳舊注以疏爾雅，僅採以為佐助，不論古訓之是非，較之王氏父子之就雅訓以明經，引經文以證雅，左右逢源，摘發獨多者，又遜一步了。郝疏經解本不全，所刪四分之一，或云出自石臞之手，以今觀之，所刪去者多立說未安處，凡百十三則，恐非石臞不能下筆也。

其他雅學要籍，爾雅方面：輯佚者有臧鏞堂之爾雅漢注，黃奭之爾雅古義，余蕭客之爾雅古經解鉤沈。校勘者有阮元之爾雅注疏校勘記，張宗泰之爾雅注疏本正誤，王樹枬之爾雅郭注佚存補訂，龍啟瑞之爾雅經注集證，盧文弨之爾雅音義攷證。正名者有嚴元照之爾雅匡名，錢坫之爾雅古義，江藩之爾雅小箋，王樹枬之郭氏爾雅訂經。補郭者有翟灝之爾雅補郭，周春之爾雅補注，劉玉麟之爾雅補注殘本。箋正者有胡承珙之爾雅古義，王引之之經義述聞，錢大昕之潛研堂答問，俞樾之群經平義，嚴元照之娛親雅言等。釋例者有王國維之爾雅草木虫魚鳥獸釋例，陳玉澍之爾雅釋例。考釋名物者有戴震釋車，程瑤田之釋宮、釋草、釋虫小記，錢坫之爾雅釋地四篇注，宋翔鳳之釋服，任大椿之釋繒，劉寶楠之釋穀，孫星衍之釋人……等。廣續爾雅者有吳玉搢之別雅，洪亮吉之比雅，程際盛之駢字分箋，史夢蘭之疊雅，劉燦之支雅，夏味堂之拾雅。輔翼爾雅者有陳奐之毛詩傳義類，朱駿聲之說雅，俞曲園之韵雅，程先甲之選雅。小爾雅方面，有胡承珙之小爾雅義證，宋翔鳳之小爾雅訓纂，王煦之小爾雅疏，葛其仁之小爾雅疏證，朱駿聲之小爾雅約注。

以上諸家，各有所長，然就雅學而言，其成就都不及王氏父子之精而博也。王念孫廣雅疏證之特色有六：

一、考究古音，以求古義。古音不同於今音，古義不同於今義，於古義之散佚不傳者，則就古音以求之。疏中言某與某古音義相同者甚多，如降有大義，洪降古聲相同也；臨有大義，臨與隆古聲相同也。沈古音長含反，讀若覃，故沈耽譚並有大義。

二、引申觸類，不限形體。　訓詁之旨，本於聲音，故原聲以求義，有聲同義同者，如夸訏芋並從于聲而義同，顝䫥魁古並同聲同義；有聲近義同者，如祜與胡聲近義同，並有大義，隱與殷聲近而義同，並訓爲大。又有字異而義同者，如牣爲滿，充牣或作充仞，或作充忍，並字異而義同，有字亦或作者，如浩訓大，字亦作灝，又作皓。

三、只求語根，不言本字。　王氏雖用說文，然並不爲本字本義所拘。如廣釋詁：「鼻、始也。」疏云：「鼻之言自也，說文：自、始也。讀若鼻，今俗以初生子爲鼻子是。」不言自本字，鼻借字。又「臨、大也。」疏：「臨之言隆也，說文：隆、豐大也。」不言臨爲隆之假音。（王引之經義述聞中論經文假借條，亦言借字本字；不過他所說的本字和說文中的本字並不一樣，只是正字耳。）

四、申明轉語，比類旁通。　王氏推明轉語，並不只空言一聲之轉，便算了事，多能旁推互證，申明其音轉之理。有語義相因相近者，其音轉之方多比之而同，如有與大義相近，故有謂之厖、方、荒、幠、虞，大亦謂之厖、方、荒、幠、吳；又大則無所不覆，無所不有，大覆有義相因，故大謂之幠、奄，覆亦謂之奄、幠，有亦謂之幠（撫）、奄；矜憐與覆有義又相因，故矜憐亦謂之撫掩。有事雖不同，而聲之相轉可比之而同者，如長謂之脩、梢、擢，臭汁亦謂之滫、潲、濯。

五、張君誤采，博考證失。　張揖纂集群書而作廣雅，以一人之力，采萬卷之富，當然難免互有得失，疏之者自不必爲之傅會，牽強證明。如廣釋詁：「比、樂也。」疏云：「比者，雜卦傳：比樂師憂，言親比則樂，動衆則憂，非訓比爲樂，師爲憂也，此云比樂也，下云師憂也，皆失其義耳。」此皆明言張君誤采而正其失者。

六、先儒誤說，參酌明非。　爲廣雅作疏，目的不僅在使廣雅之義明，而且還在使群經之義皆因之而明，此所以讀書雜志及經義述聞中多引廣雅爲據以改正舊注，序所謂「周秦兩漢古義之存者，可據以證其得失；其散逸不傳者，可藉以闚其端緒」是也。如廣釋詁：「拱捄、法也。」疏云：「商頌長發受小球大球，受小共大共，傳云：球、玉也，共、法也。案球共皆法也，球讀爲捄，共讀爲拱，廣雅：拱捄、法也。……然則小球大球，小共大共，謂所受法制有小大之差耳。傳解球爲玉，已與共字殊義，箋復謂共爲執玉，迂回而難通矣。」又「戚咨、慚也。」疏：「倒言之則曰資戚，太玄親初一云：其志齟齬，次二曰：其志資戚，資戚猶齟齬，謂志不伸也。范望注訓資爲用，戚爲親，皆失之。」

以上六端，都是犖犖大者，遽數之不能終其例，姑略舉數則以發其凡。至於校補譌文脫字，勘正衍名錯策，均詳舉所由，雖超出訓詁之外，然由音義以校勘譌誤，也仍然不出訓詁之外也。桂馥於錢大昭之廣雅疏義，嘗歎其精審，但與王氏較，實不可以道里計。段玉裁稱王氏能以古音得精義，天下一人而已；阮元與宋定之書亦云：「懷祖先生之於廣雅，若膺先生之於說文，皆注爾雅之炬矱。誠非虛譽。章太炎評論道：「元治小學，非專辨章形體，要于推尋故言，得其經脈，不明音韵，不知一字數義所由生，此段氏所以爲桀。旁有王氏廣雅疏證、郝氏爾雅義疏，咸與段書相次，郝于聲變，猶多臆必之言；段于雅訓，又不逮郝；文理密察，王氏爲優，然不推說文本字，是其瑕適。」此論可謂一偏之見。王氏後又有疏證補正，俞樾復爲之作疏證拾遺，王樹枏又作廣雅補疏，要皆彌縫小道耳。續廣雅者則有劉燦一家。

方言之學，亦戴氏開其端，所作方言疏證一書，雖重在參訂校補，然「宋元以來，六書故訓不講，故鮮能知其精竅，加以譌舛相承，幾不可通。」是戴氏篳路藍縷之功不可沒也。迨後有盧文弨之重校方言，劉台拱之方言補校，顧震福之方言校補（附佚文），孫詒讓之札迻中校郭注，郭慶藩之方言校注，然後本子始稍稍可讀。註釋之者，有錢繹之方言箋疏，廣徵博引，也頗能得聲義貫串以互相證發之妙，其言某某聲義並同，某某聲並相近者，不一而足。惟於相反爲義之理不了，致多誤說，王念孫嘗作方言疏證補，惜未完稿，其實張揖已盡捲方言中的材料以廣續爾雅，是王氏疏證一部可抵兩部書看也。朱士端又有方言補義。自子雲以後，方言之學可稱絕響，郭璞之注，尚能廣續於萬一，其注漢時方言全以晉時方言爲據，故時有補正音義及廣地廣語之處（參看王國維書郭注方言後）。迨後研究方言者可分爲兩派：一爲廣續方言之作，如戴震之續方言（手稿），杭世駿之續方言，程際盛之續方言補，徐乃昌之續方言又補，程先甲之廣續方言及拾遺，張愼儀之續方言新校補，沈齡之續方言疏證，都是采取經史子集傳注，小學字書，以及音義類書之流，以補遺漏。餘如淳于鴻恩之公羊方言箋疏，李翹之屈宋方言考，雖係考釋齊楚之語，亦補遺一類之作。二爲考證常語之作，如王應麟之困學紀聞，陶宗義之輟耕錄，楊愼之丹鉛總錄，胡應麟之莊嶽委談，郎瑛之七修類稿，方以智通雅中之諺原，翟灝之通俗編，錢大昕之恒言錄，趙翼之陔餘叢考諸書，皆采輯後世之熟語常言之見于故書者。（此外考釋及記載方言俗語之見于筆記及專著者，如歐陽修之歸田錄，毛奇齡之越語肯綮錄，范寅之越諺，孫錦標之南通方言疏證，胡文英之吳下方言考，……等書，與上列諸書性質又不相同，這裡可以不論。）兩派的方法雖不同，却都是目治的古典的方言學，前者是輯補古書，後者是考證故實，章太炎新方言序評論得失說：「自揚子雲纂方言，近世杭程二家皆廣其文，撮錄字書，勿能爲疏通證明，又不麗於今語；錢曉徵蓋志輶軒之官守者也，知古今方音不相遠，及其作恒言錄，沾沾獨取史傳爲徵，亡由知聲音文字之本柢；仁和翟灝爲通俗編，雖略及訓詁，亦多本唐宋以後傳記雜書，於古訓藐然亡麗，俄而撮其一二，又楓不理析也。考方言者在求其難通之語，筆札常文所不能悉，因以察其聲音條貫，上稽爾雅方言說文諸書，敫然如析符之復合，斯爲貴也。乃若儒先常語，如不中用、不了了諸文，雖亡古籍，其文義自可直解，抑安用博引爲？」章氏以爲古今語言，其源本同，殊語絕言，尙有存者；今世筆札常文所不能知的話，只是因爲聲音有流變耳，倘能以古今音轉的規律，推見國語的本始，都可以在說文爾雅方言中得其根抵。這樣不僅可以考明方言，也可以硏究訓故。蓋硏究方俗語之目的有二：一爲語言學的，一爲訓故學的；雖爲一事，實不相同。郭氏以晉時方言注爾雅方言，我們何嘗不可用現在的方言以注爾雅方言？不過不要像章氏那樣的過分拘泥於本字，甚至每語都必求其出處而致牽強皮傅。因爲語言是隨時隨地變遷的，不但音有變遷，語義和語法也都有變遷及增減的。

釋名之學似乎不大受人注意。廣續者有張金吾廣釋名，博采經傳記注，子史讖緯，訖于東漢，約有五十種書中之音訓材料，依類廣之，補其未備。惜未能疏釋其同異，只見漢人音訓之無定及穿鑿耳。其書舊本譌錯不能卒讀，畢沅作釋名疏證（江聲代作），詳加校讐，又輯補遺及續釋名二種附刊於後，自此始有善本可讀。後顧千里亦有校本，成蓉鏡有補證，吳翊寅有校議，顧震福有校補（附佚文），孫詒讓札迻亦及斯書。王先謙又與王啓原、葉德炯、孫楷、皮錫瑞、蘇輿、王先愼，覆加銓釋，決疑通滯，因合畢氏元本，參酌顧校及成氏吳氏孫氏諸書，甄錄尤雅，集爲釋名疏證補；又得胡玉搢許克勤二君所校，於是爲刪去重複，別卷附末，名曰疏證補附。可惜這些人大多疏於古音訓故，是以校訂文字之功多，考釋語原之功少。王氏之廣雅疏證於釋詁三篇，多言其語原，而釋親釋宮以下，亦屢解物名取義的所由；如能以王氏爲主，旁採段郝諸書，參之漢人音訓，證以古音古義，爲之取去是非，其於釋名之學必有很大的裨益。（詳見音訓節）

戴氏謂「昔人既作爾雅方言釋名，余以謂猶闕一卷書，創爲是篇，用補其闕。俾疑於義者，以聲求之，疑於聲音，以義求之。」此轉語二十章之所由作也。轉語之學可以說是淸儒的一大發

明，還有待於今人之補苴完成也。（詳見音訓節）

清儒還有一個發端，就是釋詞之學。文法學在過去本附庸在訓詁之內，因爲只要講字義，每字的詞性自然就都明白了，所以我國只有章句訓詁以及修辭鍊字之學，而無所謂文法；故漢人傳注有「辭也」、「歎辭」、「語助」、「語辭」、「發聲」、以及「聊、且略之辭。」「且、未定之辭。」等名，爾雅采「粤于爰、曰也。」「爰粤于、於也。」「哉之言、詞也。」「伊維、侯也。」等條，至於說文，或言「某詞」，如欥爲詮詞，者爲別事詞，皆爲俱詞之屬是也；或言「詞之某也」，如曾爲詞之舒，乃爲詞之難，尒爲詞之必然之屬是也；或言「詞也」，如𩫏等字是；或言「聲也」，如只粤等字是。下逮魏晉隋唐義疏，於此類字續有發明。廣雅錄「曰惟每雖兮者其各而烏豈也乎些只、詞也。」之訓，家訓音辭暨文心章句也都曾談到之乎哉也，宋人尤多創見。清劉燦著支雅，首列釋詞之篇，分詞爲三十六類；劉淇作助字辨略，專辨助字之義。蓋字類之義，不盡相同，有有實義可說者，有無實義而有用可指者，甚有實義與用俱無者；因此訓釋字義就感到「實字易訓，虛字難釋」了。虛字之義用既不易確指，舊來的注疏家就多把虛字誤解爲實字實義，以致經文晦澀，扞格難通。王引之於訓釋經義時有見於是，經義述聞通說下語詞誤解以實義條特論其非，別爲經傳釋詞一書，專釋語詞，其序曰：「語詞之釋，肇於爾雅，粤于爲曰，茲斯爲此，每有爲雖，誰昔爲昔，若斯之類，皆約舉一隅，以待三隅之反；蓋古今異語，別國方言，類多助詞之文，凡其散見於經傳者，皆可比例而知，觸類長之，斯善式古訓者也。自漢以來，說經者宗尚雅訓，凡實義所在，既明著之矣，而語詞之例，則略而不究；或即以實義釋之，遂使其文扞格，而意亦不明。如由、用也，猷、道也，而又爲詞之於；若皆以用與道釋之，則尚書之別求聞由古先哲王，大告猷爾多邦，皆文義不安矣。……」可見他是以訓詁學的見地來研究虛字的，於是訓詁學中支出一個別派，就是釋詞之學。他的書在現在看來，固然離文法學尚遠，但是在訓詁學上乃是很重要的一大發明；方東澍的漢學商兌雖極力攻擊漢學，但他對於王氏不能不大事佩服說：「實足令鄭朱俯首，自漢唐以後，未有其比。」他作書的方法，完全是應用歸納法和演繹法，序所謂「比例而知，觸類長之。」「引而申之，以盡其義類。」「揆之本文而協，驗之他卷而通。」是也。不過在研究的時候，也並非全靠歸納，還藉着文義、辭例、句法、以及異文或寫等等的幫助。錢熙祚跋語中說他的釋詞之法有六：

一、有舉同文以互證者：如據隱六年左傳「晉鄭焉依」，周語作「晉鄭是依」，證焉之猶是。據莊二十八年左傳「則可以威民而懼戎」，晉語作「乃可以威民而懼戎」，證乃之猶則。

二、有舉兩文以比例者：如據趙策「與秦城何如不與」，以證齊策「救趙孰與勿救」孰與之猶何如。

三、有因互文而知其同訓者：如據檀弓「古者冠縮縫」，孟子「無不知愛其親者，無不知敬其兄也，」證也之猶者。

四、有即別本以見例者：如據莊子「漠然有間」，釋文「本亦作爲間」，證爲之猶有。

五、有因古注以互推者：　如據宣六年公羊傳何注：「焉者，於也。」證孟子「人莫大焉無親戚君臣上下」之焉當訓於。據孟子「將爲君子焉，將爲小人焉。」趙注：「爲、有也。」證左傳「何福之爲？」「何臣之爲？」「何衞之爲？」「何國之爲？」「何免之爲？」諸爲字皆當訓有。

六、有採後人所引以相證者：　如據莊子引老子「故貴以身於天下則可以託天下，愛以身於天下則可以寄天下。」證以之猶爲。據顏師古引「鄙夫可以事君也與哉」，李善引「鄙夫不可以事君」，證論語與之當訓以。

在這六法之外，還可以增添四種方法：

七、對文：　如據禹貢多以既攸二字相對爲文，遂釋「彭蠡既豬，陽鳥攸居」。「漆沮既從，豐水攸同。」「九州攸同，四隩既宅。」諸攸字爲詞之用。

八、連文：　如據「越若」連言，知越與若皆訓「及」。據「其殆」連文，知其猶殆也。

九、聲轉：　如據「由用」一聲之轉，知用可訓爲「由」，由亦可訓爲「用」。據「用以爲」一聲之轉，知「何以」即「何用」，亦即「何爲」。據「爰于粤」一聲之轉，知音可訓爲「與」「於」。

十、字通：　如據「于」與「於」古字通，知兩字皆可訓「爲」，訓「如」。

這十種方法既可用於虛字的訓釋，當然也可以用於實字的訓釋，在經義述聞裏可以找到同樣的例子。後來有孫經世的經傳釋詞補，又有吳昌瑩的經詞衍釋，都是廣續之作。馬建忠在文通裏屢次指斥釋詞所說的「互文」、「同文」、「連文」之非，約十餘見；又謂「古書中爲字有難解者，釋詞諸書，只疏解其句義耳，而爲字之眞解未得。」現在看來，文通固爲經生家所未夢見之書，但馬氏也未必夢見今日之文法學也；馬氏云：「古人用字各有各義，不可牽混。」（卷八）、又云：「不知古人用字不苟，其異用者，正各有其義耳。」這種嚴密的看法的確比王氏爲進步，要亦是時代使然耳。

經義述聞多同廣雅疏證，又多補足經傳釋詞之語，其通說下十二條，皆訓詁之準則，茲約錄之於左：

經文假借、　經典古字，聲近而通，則有不限於無字之假借者，往往本字見存，而古本則不用本字而用同聲之字；學者改本字讀之，則怡然理順，依借字解之，則以文害辭。是以漢世經師作注，有讀爲之例，有當作之條，皆由聲同聲近者，以意逆之而得其本字，所謂好學深思，心知其意也。然亦有改之不盡者，迄今考之文義，參之古音，猶得更而正之，以求一心之安，而補前人之闕。如借光爲廣，而解者誤以爲光明之光（說見易光亨，書光被四表，國語少光王室，光遠宣朗。）；借有爲又，而解者誤以爲有無之有（說見遲有悔）；……

語詞誤解以實義。　經典之文，字各有義，而字之爲語詞者，則無義之可言，但以足句耳。語詞而以實義解之，則扞格難通。余曩作經傳釋詞十卷，已詳著之矣，茲復約略言之：如與、以也；論語陽貨篇：「鄙夫可與事君也與哉？」言不可以事君也；而解者云：「不可與之事君」；則失之矣。以、及也，復上六曰：「用行師，終有大敗，以其國君凶」，言及其國君凶也；而解者訓以爲用，云「用之於國，則反乎君道」；則失之矣。……善學者不以語詞爲實義，則依文作解，較然易明。何至展轉遷就，而卒非立言之意乎？

經義不同不可強爲之說。講論六藝，稽合同異，名儒之盛事也；述先聖之原意，整百家之不齊，經師之隆軌者。然不齊之說，亦有終不可齊者，作者既所聞異辭，學者亦弟兩存其說；必欲牽就而泯其參差，反致混淆而失其本指，所謂離之則兩美，合之則兩傷也。……

經傳平列二字上下同義。古人訓詁，不避重複，往往有平列二字，上下同義者，解者分爲二義，反失其指。如泰象傳：「后以裁成天地之道，輔相天地之宜。」解者訓裁爲節，或以爲坤富稱財；不知裁之言載也，成也，裁與成同義而曰裁成，猶輔與相同義而曰輔相也。隨象傳：「君子以嚮晦入宴息。」解者以爲退入宴寢而休息；不知宴之言安，安與息同義也。……

經文數句平列，上下不當歧異。經文數句平列，義多相類，如其類以解之，則較若畫一，否則上下參差而失其本指矣。如洪範：「聽作謀」，與「恭作肅，從作乂，明作哲，睿作聖」竝列，則謀當爲敏；解者以爲下進其謀，則文義不倫矣。……

經文上下兩義不可合解。經文上下兩義者，分之則各得其所，合之則扞格難通。如屯六二：「匪寇昏媾」，謂昏媾也，「女子貞不字，十年乃字。」謂妊娠也；而解者誤以爲女子貞不字承昏媾言之，則云許嫁笄而字矣。……

其有平列二字，字各爲義，而誤合之者，大雅棫樸篇：「芃芃棫樸。」棫、白桵也，樸、棗也；而解者誤合爲一，則以樸爲棫之叢生者矣。……凡此皆宜分而合者也，說經者各如其本指，則明辨晳矣。

衍文。　經之衍文，有至唐開成石經始衍者，有自唐初作疏時已衍者，有自漢儒作注時已衍者，如無逸：「先知稼穡之艱難，乃逸，則知小人之依。」乃逸二字，衍字也，家大人曰：文義上下相承，中間不得有乃逸二字，且周公戒王以無逸，何得又言乃逸乎？乃逸二字蓋涉下文「厥子乃不知稼穡之艱難，乃逸乃諺。」而衍；而某氏傳曰：「先知之，乃謀逸豫。」則已衍乃逸二字矣

又有旁記之字誤入正文者，祭義：「爓燎羶薌，見以蕭光，又見閒以俠甒，加以鬱鬯。」鄭注曰：「見及見間，皆當爲覸，字之誤也。覸以蕭光，光猶氣也，覸以俠甒，謂雜之兩甒醴酒也。……」引之謹案：見以蕭光，見乃間之借字也，古見間古聲，故借見爲間，間雜廁也；見閒以俠甒，當作見以俠甒，亦借見爲間也；後人因見爲間之假借，而旁記間字，傳寫者不知而並存之，遂成見間以俠甒耳。……

形譌。經典之字，往往形近而譌，仍之則義不可通，改之則怡然理順。如夫與矢相似而誤爲矢（見春官樂師注）……，四字古文與三相似而誤爲三（覲禮注）……若斯之類，先儒既已宣之矣

。他如行與衍相似而誤爲衍，笑字棣書與先相似而誤爲先，人字篆文與九相似而誤爲九，民字下半與比相似而誤爲比，其字古文與六相似而誤爲六，靳字草書與㓞相似而誤爲㓞，……我與義相似而誤爲義，孟子公孫丑篇：「是集義所生者，非義襲而取之也。」下義字文義難通，疑當作我；言在外者，我可以襲而取之，浩然之氣從內而出，非我所能襲取也。我與義相似，又涉上文兩義字而誤耳。……尋究文理，皆各有本字，不通篆隸之體，不可得而更正也。

上下相因而誤。　經典之字，多有因上下文而誤寫偏旁者。如堯典：「在璿璣玉衡」，機字本從木，因璿字而從玉作璣。大雅緜篇：「自士徂漆，」沮字本從彳，因漆字而從水作沮。……此本有偏旁而誤易之者也。盤庚：「烏呼！」烏字因呼字而誤加口；周南關雎：「展轉反側」，展字因轉字而誤加車。魏風伐檀：「河水清且漣猗」，猗字因漣字而誤加水。……此本無偏旁而誤加之者也。

上文因下文而省。　古人之文，有下文因上而省者，亦有上文因下而省者。堯典：「朞三百有六旬有六日」，三百者三百日也，因下六日而省日字。小雅天保篇：「禴祠烝嘗，于公先王。」公者，先公也，因下先王而省先字。……

增字解經。　經典之文，自有本訓，得其本訓，則文義適相符合，不煩言而已解；失其本訓而強爲之說，則阢隉不安，乃於文句之間增字以足之，多方遷就而後得申其說，此強經以就我，而究非經之本義也。如蹇六二：「王臣蹇蹇，匪躬之故」，故、事也，言王臣不避艱難者，皆國家之事，而非其身之事也；而解者曰：「盡忠於君，匪以私身之故而不往濟君」（正義），則於躬上增以字私字，故下增不往濟君字矣。……此皆不得其正解而增字以遷就之，治經者苟三復文義而心有未安，雖舍舊說以求之可也。

後人改注疏釋文。　經典譌誤之文，有注疏釋文已誤者，亦有注疏釋文未誤而後人據已誤之正文改之者，學者但見已改之本，以爲注疏釋文所據之經已與今本同，而不知其未嘗同也，如易繫辭傳：「莫善乎蓍龜」，唐石經善誤爲大而諸本因之，後人又改正義之善爲大矣。

以上所列十二條，不但通論訓詁及古人屬詞之例，而且更由訓詁以及於校勘學了。

　俞曲園承二王之後，於古人行文之法，立言之例，研究發明，益爲精密。他在群經平議序裡說：「嘗以爲治經之道大要有三：正句讀，審字義，通古文假借；……三者之中，通假借爲尤要。諸老先生惟高郵王氏父子發明故訓，是正文字，至爲精審，所著經義述聞用漢人讀爲讀曰之例者居半焉。……余之此書，竊附王氏經義述聞之後。」又以「諸子之書，文詞奧衍，且多古文假借字，注家不能盡通，而儒者又屏置弗道，傳寫苟且，莫或訂正，顚倒錯亂，讀者難之。」於是又爲諸子平議一書，以附讀書雜志之後。又以「周秦兩漢至於今遠矣，執今人尋行數墨之文法，而以讀周秦兩漢之書，譬猶執山野之夫，而與言甘泉建章之巨麗也。夫自大小篆而隸書而眞書，自竹簡而縑素而紙，其爲變也屢矣，執今日傳刻之書，而以爲是古人之眞本。譬如聞人言笱，歸而煎其簀也。嗟乎！此古書疑義所以日滋也。竊不自揆，刺取九經諸子爲古書疑義舉例七卷，使童蒙之子習知其例，有所依據，或亦讀書之一助乎？若夫大雅君子，固無取乎此。」是舉例一書又可與經傳釋詞並駕齊驅了。自序中雖然自歉着說爲了使童蒙習知其例，其實一般大雅君子也未嘗不可以作爲參考的，這種深入淺出，條理詳明的入門讀物，在清人的著作中尚屬罕見。劉師培嘆爲絕作，發千古未有之奇；馬敍倫推爲縣之日月而不刊，發蒙百代，梯梁來學的著作。書中所包括的內容，非常廣泛，舉凡訓詁、文法、修辭、校勘等諸方面的學問，差不多都曾論及。茲擇錄四十五則以見例：

(1) 上下文異字同義例：論語：「臧文仲其竊位者與？知柳下惠之賢而不與立也。」古文位立同字，此章立字當讀爲位。

(2) 上下文同字異義例：論語：「子路有聞，未之能行，惟恐有聞。」上有字乃有無之有，下有字乃又字也。

(3) 倒句例：墨子：「啟乃淫溢康樂，野于飲食。」按野于飲食即下文所謂渝食于野也，與左傳：「室於怒，市於色。」句法正同。詩人之詞必用韵，故倒句尤多，節南山：「弗聞弗仕，勿罔君子；式夷式已，無小人殆。」言勿罔君子，勿殆小人也。又孟子：「若崩厥角稽首。」厥者頓也，角者頟角也，稽首、首至地也，若崩二字乃形容厥角稽角之狀，蓋紂衆聞武王之言，一時頓首至地若山冢之崒崩也。

(4) 倒序例：周官大宗伯職「以肆獻祼享先王。」若以次第而言，則祼最在先，獻次之，肆又次之也。

(5)錯綜成文例：論語：「迅雷風烈。」楚辭：「吉日兮辰良。」夏小正：「剝棗栗零。」周禮大宗伯職：「薦豆籩徹。」

(6)參互見義例：禮記文王世子：「諸父守貴宮貴室，諸子諸孫守下宮下室。」又云：「諸父諸兄守貴室，子弟守下室。」鄭注曰：「上言父子孫，此言兄弟，互相備也。」又雜記上篇：「有三年之練冠，則以大功之麻易之。」鄭注曰：「言練冠易麻，互言之也。」鄭注有云通異語者；文王世子：「庶子以公族之無事者守於公宮，正室守太廟。」注云：「或言宮，或言廟，通異語。」又有云文相變者；喪大記：「浴水用盆，沃水用枓，沐用瓦盤。」注曰：「浴沃用枓，沐於盤中，文相變也。」

(7)兩事連類而並稱例：少年饋食禮：「日用丁巳。」言或用丁，或用巳也。士虞禮：「冪用絺布。」言或用絺，或用布也。日知錄曰：「孟子云禹稷當平世，三過其門而不入，考之書曰：啟呱呱而泣，予弗子；此禹事也，而稷亦因之受名。華周杞梁之妻善哭其夫而變國俗，考之列女傳曰：哭於城下七日而城爲之崩；此杞梁妻事也，而華周妻亦因之以受名。」愚謂此皆連類而及之例也。

(8)兩義傳疑而並存例：儀禮士虞禮：「死三日而殯，三月而葬，遂卒哭。」鄭注曰：「此記更從死起，異人之聞，其義或殊。」穀梁傳之解經，多有並存兩說者；隱二年傳：「或曰紀子伯莒子而與之盟，或曰年同爵同，故紀子以伯先也。」又文十八年傳：「姪娣者，不孤子之意也，一人有子，三人緩帶；一曰就賢也。」凡著書者博採異文附之簡策，如管子明法篇之「一曰」，大匡篇之「或曰」，皆爲管氏學者傳聞不同而並記之也。韓非子書如此者尤多。尙書每有「又曰」之文，愚謂亦當以是解之。

(9)兩語似平而實側例：緜篇：「曰止曰時。」箋云：「時、是也，曰：可止居於是。」正義曰：「如箋之言，則上曰爲辭，下曰爲於也。」蕩篇：「侯作侯祝。」傳曰：「作祝詛也。」段玉裁曰：「作祝詛也，四字一句。侯作侯祝，與乃宣乃畝，爰始爰謀，句法同。」

(10)兩句似異而實同例：禮記表記：「仁有數，義有長短小大。」鄭注曰：「數與長短小大，互言之耳。」儀禮特牲饋食禮：「饔有以也，酳有與也。」兩句義同，變文以成辭耳。尙書堯典：「流共工于幽州，放驩兜于崇山，竄三苗于三危，殛鯀于羽山。」枚賾傳曰：「殛竄放流，皆誅也，異其文，述作之體。」至詩人之詞，此類猶多：關雎：「參差荇菜，左右流之；窈窕淑女，寤寐求之。」傳曰：「流、求也。」則流之求之一也。兔爰首章：「我生之初，尙無爲。」次章「我生之初，尙無造。」傳曰：「造、爲也。」則無爲無造一也。

(11)以重言釋一言例：禮記樂記：「肅肅敬也，雍雍和也。」顧氏日知錄曰：「詩本肅雍一字，而引之二字者，長言之也。詩云：有洸有潰，毛公傳之曰：洸洸武也，潰潰怒也，即其例也。」錢大昕養新錄：「詩亦汎其流，傳云：汎汎流貌。碩人其頎，箋云：長麗俊好頎頎然。

……並以一言釋重言。」

⑿以一字作兩讀例：古書遇重字多省不書，但于本字下作二畫識之；亦或並不作二畫，但就本字重讀之者。考工記輈人曰：「輈注則利準，利準則久，和則安。」鄭注曰：「故書準作水，鄭司農云：注則利水，謂轅脊上雨注，令水去利也。玄謂利水重讀似非。」據此則故書利水二字本無重文，先鄭特就此二字重讀之，故後鄭可以不從也。

⒀倒文協韻例：詩既醉：「其僕維何？釐爾女士。釐爾女士，從以孫子。」按女士者，士女也，孫子者，子孫也，皆倒文以協韻，猶衣裳恒言，而詩則曰制彼裳衣；琴瑟恒言，而詩則曰如鼓瑟琴也。莊子山木：「一上一下，以和爲量。」按此本作「一下一上，以和爲量。」上與量爲韻。秋水：「無東無西，始於玄冥，反於大通。」亦後人所改，原文本作「無西無東」，東與通爲韻也，王氏念孫已訂正。

⒁變文協韻例：詩鄘風柏舟：「母也天只，不諒人只！」傳曰：「天謂父也。」正義曰：「先母後天者，取其韻句耳。」

⒂古人行文不嫌疏略例：儀禮聘禮：「上介出請入告。」鄭注曰：「於此言之者，賓彌尊，事彌錄。」據注知聘賓所至，上介皆有出請入告之事，而上文不言，是古人行文不嫌疏略也。必一一載之簡策，則累牘而不能盡矣。襄二年左傳：「以索馬牛皆百匹。」正義曰：「司馬法丘出馬一匹，牛三頭。」則牛當稱頭，而亦云匹者，因馬而名牛曰匹，並言之耳。經傳之

文，此類多矣。

⒃古人行文不避繁複例：孟子：「故王之不王，非挾太山以超北海之類也，王之不王，是折枝之類也。」離婁篇：「瞽瞍厎豫而天下化，瞽瞍厎豫而天下之爲父子者定。」兩「王之不王」兩「瞽瞍厎豫」，若省其一，讀之便索然矣。

⒄語急例：古人語急，故有以如爲不如者，隱元年公羊傳：「如勿與而已矣？」注曰：「如即不如。」是也。有以敢爲不敢者，莊二十二年左傳：「敢辱高位？」注曰：「敢不敢也。」是也。（詳見日知錄）詩君子偕老：「是紲袢也。」毛傳曰：「是當暑袢延之服也。」然則袢即袢延也。論語：「由也喭。」鄭注曰：「子路之行，失於畔喭。」然則喭即畔喭也。並古人語急而省也。

⒅語緩例：古人語急，則二字可縮爲一字；語緩則一字可引爲數字。襄三十一年左傳：「繕完葺牆，以待賓客。」急言之，則止是葺牆以待賓客耳。

⒆一人之辭而加曰字例：凡問答之辭必用曰字記載之，恒例也，乃有一人之辭中加曰字自爲問答者，此則變例矣。論語：「懷其寶而迷其邦，可謂仁乎？曰：不可；好從事而亟失時，可謂知乎？曰：不可。」兩曰字仍是陽貨語，直至「孔子曰諾」，始爲孔子語。說本閻氏四書釋地。按記人於下文特著孔子曰，則上文兩曰不可，非孔子語明矣。亦有非自問自答之辭，而中間又用曰字，以別更端之語者。禮記檀弓：「公瞿然失席曰：是寡人之罪也。曰：寡人

嘗學斷斯獄矣。」哀十六年左傳：「乞曰：不可得也。曰：市南有熊宜僚者，若得之，可以當五百人矣。」

⒇兩人之辭而省曰字例：有兩人問答，因語氣相承，誦之易曉，而曰字從省不書者。論語：「子曰：由也，女聞六言六蔽矣乎？對曰：未也。居，吾語女。」又「子曰：食夫稻，衣夫錦，於女安乎？曰：安。女安則爲之。」居吾語女，及女安則爲之，皆夫子之言。

(21)文具於前而略於後例：詩大叔于田：「叔善射忌，又良御忌。」其下云：「抑磬控忌，抑縱送忌。」則專承良御而言。「叔馬慢忌，叔發罕忌。」其下云：「抑釋掤忌，抑鬯弓忌。」則專承叔發罕忌而言，文具於前而略於後也。夫詩人之詞限於字句，具前略後，固所宜也；乃有行文之體，初無限制，而前所羅陳，後從省略，乃知古人只取意足，辭不必備也。斯例也，孔子傳易即已有之，同人象傳：「同人之先，以中直也。」王引之曰：「同人之先，謂同人之先號咷而後笑也，先者有後之辭也，言先而後見矣。」

(22)文沒於前而見於後例：詩生民：「誕置之隘巷，牛羊腓字之；誕置之平林，會伐平林；誕置之寒冰，鳥覆翼之，鳥乃去矣，后稷呱矣。」按后稷所以見棄之故，千古一大疑，而不知詩人固明言之，蓋在后稷呱矣一句。夫至鳥去之後，后稷始呱，則前此者未嘗呱也。凡人始生，無不呱呱而泣，后稷生而不呱，是其異也，於是人情駭怪，僉欲棄之於巷隘，於平林，……而后稷亦既呱矣，遂收而養之，命之曰棄，志異也。詩人歌詠其事，初不言見棄之由，蓋沒其文於前，而著其義於後，此正古人文字之奇也。

(23)蒙上文而省例：禹貢：「終南惇物，至于鳥鼠。」正義曰：「三山空舉山名，不言治意，蒙上既旅之文也。」定四年左傳：「楚人爲食，吳人及之；奔；食而從之。」奔上當有楚人字，食而從之上當有吳人字，蒙上而省也。

(24)探下文而省例：夫兩文相承，蒙上而省，此行文之恒也；乃有逆探下文而預省上字，此則爲例更變，而古書亦往有之。舜典：「舜生三十徵庸，三十在位，五十載。」因下句有載字，而上二句皆不言載。孟子滕文公：「夏后氏五十而貢，殷人七十而助，周人百畝而徹。」因下句有畝字，而上二句皆不言畝。

(25)舉此以見彼例：禮記王制：「大國之卿，不過三命，下卿再命；小國之卿與下大夫，一命。」鄭注曰：「不著次國之卿者，以大國之下互明之。」又喪大記：「復者朝服，君以卷，夫人以屈狄。」鄭注曰：「君以卷，謂上公也；夫人以屈狄，互言耳。」又祭法：「燔柴於泰壇，祭天也；瘞埋於泰折，祭地也，用騂犢。」鄭注曰：「地陰祀用黝牲，與天俱用犢，連言爾。」凡此之類，皆是舉此以見彼。

(26)因此以及彼例：古人之文，省者極省，繁者極繁，省則有舉此見彼者矣，繁則有因此及彼者矣。日知錄曰：「古人之辭寬緩不迫，得失、失也，史記刺客傳：多人不能無生得失。利害、害也，吳王濞傳：「擅兵而多佗利害。緩急、急也，倉公傳：緩急無可使者。……」按此皆因此及彼之辭，古書往往有之：禮記文王世子：「養老幼於東序。」因老而及幼，非謂養老兼養幼也。玉藻：「大夫不得造馬車。」因車而及馬，非謂造車兼造馬也。禮記雜記：「爲妻，父母在，不在不稽顙。」正義曰：「按喪服云：大夫爲適婦，爲喪主。父爲己婦之主，故父在不敢爲婦杖；若父沒母在，不爲適婦之主；所以母在不杖者，以父母尊同，因父而連言母。」

(27) 古書傳述亦有異同例：閻氏若璩四書釋地曰：「論語杞宋並不足徵，中庸易其文曰：有宋存。……中庸既作於宋，殆爲宋諱乎？且爾時杞亡而宋獨存，易之亦與事實合。」按閻氏此論，可謂入微，蓄疑十年，爲之冰釋。

(28) 古人引書每有增減例：日知錄曰：「書泰誓：受有億兆夷人，離心離德；予有亂臣十人，同心同德。」左傳引之則曰：太誓所謂商兆民離，周十人同者，衆也。……此皆略其文而用其意也。」按管子法禁篇引泰誓曰：「紂有臣億萬人，亦有億萬之心；武王有臣三千而一心。」蓋古人引書，原不必規規然求合也。說文引詩往往有合兩句爲一句者，如齊風鷄鳴：「東方明矣，朝既昌矣。」日部引作「東方昌矣。」禮記中庸：「錦衣尙絅。」正義曰：「詩本文云：衣錦褧衣，此云尙絅者，斷絕詩文也。又俗本云：衣錦褧裳。」

(29) 稱謂例：古人稱謂，或與今人不同。有以父名子者，左傳成十六年：「潘尫之黨。」襄二十三年：「申鮮虞之傅摯。」有以夫名妻者，左傳昭元年：「武王邑姜」是也。（並見日知錄）。又有以母名女者：襄十九年左傳：「齊侯娶于魯曰顏懿姬，其姪鬷聲姬。」杜注曰：「顏鬷皆二姬母姓，因以爲號。」是也。又有以子名母者：隱元年：「惠公仲子」是也。至於禮經所稱，則有以事目其人者：特牲饋食禮：「三獻作止爵。」鄭注曰：「賓也，謂三獻者，以事名之。」是也。

(30)寓名例：史記萬石君傳：「長子建，次子甲，次子乙，次子慶。」甲乙非名也，失其名而假以名之也。漢書魏相傳：「中謁者趙堯舉春，李舜舉夏，兒湯舉秋，貢禹舉冬。」不應一時四人，同以堯舜禹湯爲名，皆假以名之也。（說詳日知錄）。莊列之書多寓名，讀者以爲悠謬之談，不可爲典要；不知古立言者自有此體也。雖論語亦有之：長沮桀溺是也。夫二子者，問津且不告，豈復以姓名通於吾徒哉？特以下文各有問答，故爲假設之名以別之。以爲二人之眞姓名則泥矣。

(31)以大名冠小名例：古人之文，有舉大名而合之小名，使二字成文者：如禮記言「魚鮪」，左傳言「鳥烏」，孟子言「草芥」，荀子言「禽犢」，皆其例也。禮記月令：「孟夏行春令，則蝗蟲爲災；仲冬行春令，則蝗蟲爲敗。」王引之曰：「蝗虫皆當爲虫蝗，此言虫蝗，猶上言蟲螟，後人不知而改爲蝗虫，謬矣。」

(32)以大名代小名例：儀禮既夕：「乃行禱于五祀。」鄭注曰：「五祀博言之，士二祀，曰門，曰行。」五祀其大名也，曰門曰行，其小名也。

⒀以小名代大名例：詩采葛：「一日不見，如三秋兮。」三秋即三歲也。漢書東方朔傳：「年十三，學書三冬，文史足用。」三冬亦即三歲也。

⒁以雙聲叠韵字代本字例：夏小正：「黑鳥浴。」傳曰：「浴也者，飛乍高乍下也。」浴者俗之誤字，說文：「俗、習也。」又「習、數飛也。」俗習雙聲。尙書多方：「天惟五年須暇之子孫。」暇即夏字，詩皇矣篇鄭注引此經正作「須夏之子孫。」夏與暇叠韵。古書多假借，雙聲叠韵字之通用者，不可勝舉。

⒂以讀若字代本字例：錢氏潛研堂集曰：「漢人言讀若者，皆文字假借之例，不特寓其音兼可通其字。即以說文言之：珣讀若宣，爾雅：璧大六寸謂之宣；不必從玉從旬也。𧼮讀若匐，詩：匍匐救之；不必從走從咅也。……」

⒃美惡同辭例：如「退食自公，委蛇委蛇。」詩人之所美也；而左傳云：「衡而委蛇必折。」則委蛇又爲不美矣。「豈弟君子，民之父母。」詩人之所美也，而齊風云：「魯道有蕩，齊子豈弟。」則豈弟又爲不美矣。學者當各依本文體會，未可徒泥其辭也。

⒄高下相形例：孟子：「曾子養曾晳，必有酒肉；將徹，必請所與，問有餘，必曰有。曾晳死，曾元養曾子，必有酒肉，將徹，不請所與，問有餘？曰亡矣。將以復進也。」此舉曾元之養口體，以形曾子之養志，學者不可泥乎其詞。

⒅實用活用例：宣六年公羊傳：「勇士入其門，則無人門焉者。」上門字，實字也，下門字則

爲守是門者矣。襄九年左傳：「門其三門。」下門字，實字也，上門字則爲攻是門者矣。以女妻人，即謂之女，以食飤人，即謂之食；古人用字類然，經師口授，恐其疑誤，異其音讀，以示區別，於是何休注公羊有長言短言之分，高誘注淮南有緩言急言之別。詩「興雨祁祁，雨我公田。」釋文曰：「興雨如字，雨我、于付反。」左傳：「如百穀之仰膏雨也，若常膏之。」釋文曰：「膏雨如字，膏之、古報反。」苟知古人有實字活用之例，則皆可以不必矣。

(39)語詞複用例：古人用語助詞，有兩字同義而複用者：左傳：「一薰一蕕，十年尚猶有臭。」尚即猶也。禮記：「人喜則斯陶。」斯即則也。此顧炎武說。文十八年左傳：「人奪汝妻而不怒，一抶汝，庸何傷？」庸亦何也。莊子齊物論：「庸詎知吾所謂知之非不知邪？」庸亦詎也。荀子宥坐：「女庸安知吾不得之桑落之下？」庸亦安也。大戴記曾子制言：「庸孰能親汝乎？」庸亦孰也。此王引之說。禮記三年問：「然後乃能去之。」言然後又言乃。莊子逍遙遊：「而後乃今將圖南」，言而後又言乃。漢書食貨志：「天下大氐無慮皆鑄金錢矣。」言大氐又言無慮。

(40)上下文變換虛字例：尚書洪範：「水曰潤下，火曰炎上，木曰曲直，金曰從革，土爰稼穡。」爰即曰也。論語：「富而可求也，雖執鞭之士，吾亦爲之；如不可求，從吾所好。」而即如也。禮記文王世子：「文王九十七乃終，武王九十三而終。」而即乃也。

(41)反言省乎字例：古文簡質，往往有省乎字者，尚書西伯勘黎：「我生不有命在天？」呂刑篇：「何擇非人？何敬非刑？何度非及？」據史記引皆當有乎字。讀者毋以反言爲正言，致與古人意旨剌謬也。

(42)助語用不字例：古人有用不字作語詞者，不善讀之，則以正言爲反言，而於作者之旨大謬矣。斯例也，詩人之詞尤多。車攻：「徒御不警，大庖不盈。」傳曰：「不警、警也，不盈、盈也。」……凡若此類，傳義已明且晳矣；乃毛公亦偶有不照者：如思齊：「肆戎疾不殄」，不、語詞也。……王氏引之作經傳釋詞始一一辨正之，眞空前絕後之學。今姑舉數事，以補王氏所未及……。

(43)不達古語而誤解例：古人之語，傳之至今，往往不能通曉，於是失其解者，十而八九，今略舉數事示例：究度、古語也，詩皇矣：「爰究爰度。」是也。亦或作鳩度，襄二十五年左傳：「度山林，鳩藪澤。」是也。（說本王氏經義述聞。）亦或作軌度，二十一年傳：「軌度其信。」是也。究鳩軌，並從九聲，故得通假。劉炫曰：「軌、法也，行依法度而言有信也。」未達古語。

(44)兩字一義而誤解例：尚書無逸：「用咸和萬民。」按咸和一義也，咸讀爲諴，說文言部：「諴、和也。」枚傳以爲皆和萬民，則不辭矣。

(45)兩字對文而誤解例：凡大小、長短、是非、美惡、之類，兩字對文，人所易曉也；然亦有其義稍晦，致失其解者，如尙書洪範：「木曰曲直，金曰從革。」曲直對文，從革亦對文，從、因也，由也，從革即因革也。人知因革，莫知從革，斯失其解矣。

以上所舉四十五則，雖然有些在鄭注、孔疏、以及顧王之書裡都已開其端，然都不及兪氏的完密周備，於古人行文之法，立言之例，可謂體會入微了。現在看來，固然還有些需要我們的修正，如倒句、語急、語緩、美惡同辭，實字活用、助語用不字、反言省乎字……等例，都解釋得不大正確。這在本書裡差不多都已隨文舉正，茲處不必再爲重複了。

總之，淸儒的訓詁學在經學的隆盛下，已經有突飛猛進的發展，幾乎人人皆然，不獨王兪兩家。他們都能以「就古音以求古義，不限形體。」（古韵、文字）作訓詁的機樞，以「比例而知，觸類長之。」（歸納、比較、演繹）作訓詁的方法，以「搜考異文，廣覽箋注」，「古人行文之法，立言之例。」（輯佚、校勘、古訓、文法、修辭）作訓詁的輔佐；每立一訓，必「以精義古音，貫串證發」，「一字之義，當貫群經，本六書，然後爲定。」所以「揆之本文而協，驗之他卷而通。」「發明意旨，渙然冰釋。」凡前人注疏之「扞格難通，詰鞫爲病」者，莫不「怡然理順」了。

現在，我們的語音學，聲韵學，語言學，文法學，修辭學，文字學，校勘學……等各方面，都較從前進步了很多；而歸納、比較、演繹……等等的研究法，也都能澈底的了解，有意的去運用；至於從前所看不到的古本，現在我們看到了，從前所沒有夢見的卜辭銘辭，現在我們差不多都弄明白了，在比較和歸納上又多了不少的材料；段玉裁曾用金文銘辭中「攸勒」去釋詩，到了孫詒讓王國維，更擴大的利用卜辭銘辭的材料，去比較研究古書中的字義和成語。現在我們應當不要辜負時代的賜與，要繼承着戴段王俞諸儒啟發的遺緒，作古語言學的獨立研究，注意語根的探討，補苴轉語的規律，調查全國的方言，來完成訓詁學上的偉業！

## 本章參考書舉要

(1)經籍纂詁凡例、阮元等。（原刻本、淮南局補印本。石印本。）
(2)經學歷史、皮錫瑞。（思賢書局原刊本、商務影印本、又萬有文庫本。）
(3)漢書藝文志、儒林傳。
(4)兩漢古文學家多小學家說、王國維。（觀堂集林卷七。商務王靜安先生遺書本。）
(5)小學考、謝啓昆。（訓詁、音義、兩類。）
(6)中國文字形義學、沈兼士。（爾雅、方言兩節。北大講義本。）
(7)東塾讀書記、（鄭學、朱子。）陳澧。
(8)書爾雅郭注後、書方言郭注後、王國維。
(9)方音研究第二講研究方言之代表著作、魏建功。（北大講義本。）
(10)方言疏證序、戴震（戴氏遺書本。）

(11)雅學考、胡元玉。（北大出版組排印本。）
(12)經典釋文、陸德明。（抱經堂本、附盧文弨考證。武昌局翻本。四部叢刊影印通志堂本。）
(13)十三經注疏。（阮元刻附校勘記本最善；有南昌局補印原刻本，湖南翻刻本，上海石印本。）
(14)滹南辨惑、王若虛。（大東書局標點翻印本易得。）
(15)毛鄭詩考正、戴震。（戴氏遺書本、經解本。）
(16)爾雅文字考序、戴震。（戴東原集。）
(17)研經室集、阮元。（經解本即可。）
(18)爾雅義疏、郝懿行。（經解本不全。孫郝聯薇校刻足本。）
(19)爾雅郝注刊誤、王念孫。（羅氏刻殷禮在斯堂叢書本。）
(20)廣雅疏證、王念孫。（經解本。淮南局本。）
(21)廣雅疏證補正、王念孫。（殷禮在斯堂叢書本。）
(22)方言箋疏、錢繹。（紅蝠山房本、徐氏積學齋叢書本。）
(23)今後研究方言之新趨勢、沈兼士。（北大歌謠周刊增刊。）
(24)釋名疏證補、王先謙。（思賢書局本。）
(25)經傳釋詞跋、錢熙祚。（守山閣本附。）
(26)經義述聞、通說下。王引之。（自刻本、江西局本、經解本。）

(27)古書疑義舉例、俞樾。（第一樓叢書、春在堂全書。大東書局標點本易得便讀。）

(28)與友人論詩書中成語書、王國維。（觀堂集林二。古之成語有可由詩書本文比校知之者，有可由經傳子史相互比校而求其相沿之意義者，有不經見於古書而旁見彝器者，亦得比校而定其意義。）

方言十三卷

方言序

郭璞

蓋聞方言之作出乎輶軒之使所以巡遊萬國采覽異言車軌之所交人迹之所蹈靡不畢載以爲奏籍周秦之季其業隳廢莫有存者暨乎揚生沉淡其志歷載構綴乃就斯文是以三五之篇著而獨鑒之功顯故可不出戶庭而坐照四表不勞疇咨而物來能名考九服之逸言摽六代之絕語類離詞之指韻明乖途而同致辨章風謠而區分曲通萬殊而不雜具洽見之奇書不刊之碩記也余少玩雅訓旁味方言復爲之解觸事廣之演其未及摘其謬漏庶以燕石之瑜補琬琰之瑕俾後之瞻涉者可以廣寤多聞爾

西漢氏古書之全者如鹽鐵論揚子雲方言其存蓋無幾鹽鐵論前輩每恨其文章不稱漢氏唯方言之書最奇古去傳頃聞之曾文清公嘗以三詩荅呂治先有云傷心昨夜杯中物不對王郎對影斟紫微呂居仁次韻云書來肯附銅魚使記我今年病不斟自注云出子雲方言今所在鏤板輒誤作病不禁此書世所有而無與是正知好之者少也山谷詩云追隨富貴勞牽尾乃用太元經語紹興初胡少汲洪玉父李文若諸人校黃詩刊本乃誤作縈牽尾自此他本遂承誤鬱蒼蒼三字文人多愛之亦或鮮記其出於太元大抵子雲精於小學且多見先秦古書故方言多識奇字太元多有奇語然其用之亦各有宜子雲諸賦多古字至法言劇秦所用則無幾古

人文章蓋莫不然西漢一書唯相如子雲
等諸賦韓退之文唯曹成王碑柳子厚自
騷詞晉問等他皆不用古字
本朝歐文忠王荊公蘇長公曾南豐諸宗
工文章照映今古亦不多用古字得非以
謂古文奇字聲形之學雖在所當講而文
律之妙則不專在是若有意用之或返累
正氣也耶學者要知所以用之當其可則
盡善耳今方言自閩本外不多見每惜其
未廣子來官尋陽有以大字本見示者因
刊置郡齋而附以所聞一二蓋惜前輩之
言久或不傳也慶元庚申仲春甲子會
稽李孟傳書

漢儒訓詁之學惟謹而楊子雲尤為洽
聞蓋一物不知君子所恥博學詳說將
以反約凡其辨名物析度數研精覃思
毫釐必計下而五方之音殊俗之語莫不
推尋其故而旁通其義非徒猥瑣拘泥而
為是弗憚煩也世之學者忽近而慕遠捨
實而徇名高談性命過自賢聖視訓詁諸
書往往束之高閣盍亦思夫周官太平之
典其道甚大百物不廢雖醫卜方技纖悉
畢載聖門學詩不獨取其可興可觀可群
可怨而鳥獸草木之名亦貴多識本末精
粗並行而不相悖故漢儒尊經重古純懿
有守之風類非後人所能企及子雲博極
群書於小學奇字無不通且遠採諸國以
為方言誠足備爾雅之遺闕平時所以用
力於此深矣世知好之者蓋鮮
前太守尚書郎李公一日語餘苦無善
本頃偶得諸相識字畫落落可觀因以
告而鋟之木輒併附管見云慶元庚申重午

日東陽朱贇書

# 輶軒使者絕代語釋別國方言第一

黨曉哲知也楚謂之黨黨朗也解寤皃或曰曉齊宋之間謂之哲

虔儇慧也謂慧了音翾秦謂之謾言謾訑音訑大和反謾莫錢又亡山反晉謂之㦟音埋或莫佳反宋楚之間謂之倢言便倢也楚或謂之𧬈他和反亦今通語自關而東趙魏之間謂之黠或謂之鬼言鬼脈也

娥㜲音盈好也秦曰娥言娥娥也宋魏之間謂之㜲言㜲㜲也秦晉之間凡好而輕者謂之娥自關而東河濟之間謂之媌今關西人亦呼好為媌莫交反或謂之姣言姣潔也音狡趙魏燕代之間曰姝昌朱反音株亦四方通語或曰妦言妦容也言蚌自關而西秦晉之故都曰妍秦舊都今扶風雍丘也晉舊都今太原晉陽縣也其俗通呼好為妍五千反妍一作忏好其通語也

烈枿餘也謂烈餘也五割反陳鄭之間曰枿晉衛之間曰烈秦晉之間曰肄音謚傳曰夏肄是屏或曰烈

台胎陶鞠養也台猶頤也音怡晉衛燕魏曰台陳楚韓鄭之間曰鞠秦或曰陶汝潁梁宋之間曰胎或曰艾爾雅云艾養也

憮亡輔反㤿音淹憐牟愛也韓鄭曰憮晉衛曰㤿㤿憸多意氣也汝潁之間曰憐宋魯之間曰牟或曰憐憐通語也

㥄憮矜悼憐哀也㥄亦憐耳音陵齊魯之間曰矜陳楚之間曰悼趙魏燕代之間曰㥄自楚之北郊曰憮秦晉之間或曰矜或曰悼

咺香遠反唏虛几反㣊音的一音灼怛痛也凡哀泣而不止曰咺哀而不泣曰唏於方則楚言哀曰唏燕之外鄙鄙邊邑名朝鮮洌水之間朝鮮今樂浪郡是也洌水在遼東音烈少兒泣而不止曰咺少兒猶言小兒自關而西秦晉之間凡大人少兒泣而不止謂之唴丘尚反哭極音絕亦謂之唴平原謂啼極無聲謂之唴哴哴音亮今關西語亦然楚謂之噭咷叫逃兩音宇或作㕤音求齊宋之間謂之喑音蔭或謂之惄奴歷反

悼惄悴憖傷也詩曰不憖遺一老亦恨傷之言也憖魚吝反自關而東汝潁陳楚之間通語也汝謂之惄秦謂之悼宋謂之悴楚潁之間謂之憖

愼濟𢡃惄溼桓憂也𢡃者憂而不動也作念反宋衛或謂之愼或曰𢡃陳楚或曰溼或曰濟自關而西秦晉之間或曰惄或曰溼自關而西秦晉之間凡志而不得欲而不獲高而有墜得而中亡謂之溼溼者失意潛沮之名沮一作阻或謂之惄

鬱悠懷惄惟慮願念靖愼思也晉宋衛魯之間謂之鬱悠鬱悠猶鬱陶也惟凡思也慮謀思也願欲思也念常思也東齊海岱之間曰靖岱太山秦晉或曰愼凡思之貌亦曰愼謂感思者之容或曰惄

敦豐厖鴟鴞㚘音介憮海狐反般般桓嘏音賈奕戎京奘在朗反將大也凡物之大貌曰豐厖深之大也東齊海岱之間曰㚘或曰憮宋魯陳衛之間

謂之嘏或曰戎秦晉之間凡物壯大謂之嘏或曰夏秦晉之間凡人之大謂之奘或謂之壯燕之北鄙齊楚之郊或曰京或曰將皆古今語也（語聲轉耳）初別國不相往來之言也今或同而舊書雅記故俗語不失其方（皆本其言之所出也）（雅小雅也）而後人不知故爲之作釋也（釋詁釋言之屬）

假（音駕）格（古格字）懷摧詹戾艐（古屆字）至也邠唐冀兗之間曰假或曰格（邠今在始平漆縣唐今在太原晉陽縣）齊楚之會郊（兩境之間）或曰懷摧詹戾楚語也（詩曰先祖于摧六日不詹魯侯戾止之謂也此亦方國之語不專在楚也）艐宋語也皆古雅之別語也（雅謂風雅）今則或同

嫁逝徂適往也自家而出謂之嫁由女而出爲嫁也逝秦晉語也徂齊語也適宋魯語也往凡語也

謾台（蠻怡二音）脅閱（呼隔反）懼也燕代之間曰謾台齊楚之間曰脅閱宋衛之間凡怒而噎噫（噎謂憂也噫央媚反）謂之脅閱（脅閱猶閱穀也）南楚江湘之間謂之嘽咺（相水名今在零陵咺音香遠反）

虔劉慘綝殺也（今關西人呼打爲綝音廩或洛感反）秦晉宋衛之間謂殺曰劉晉之北鄙亦曰劉秦晉之北鄙燕之北郊翟縣之郊謂賊爲虔（今上黨潞縣即古翟國）晉魏河內之北謂綝曰殘楚謂之貪南楚江湘之間謂之歎（言歎綝難猒也）

亟憐憮㥏愛也東齊海岱之間曰亟（詐欺也）自關而西秦晉之間凡相敬愛謂之亟陳楚江淮之間曰憐宋衛邠陶之間曰憮或曰㥏（陶唐晉都處）

眉梨耋鮐老也東齊曰眉（言秀眉也）燕代之北鄙曰梨（言面色似凍梨）宋衛兗豫之內曰耋（八十爲耋音絰）秦晉之郊陳兗之會曰耇鮐（言背皮如鮐魚耇音垢）

脩駿融繹尋延長也陳楚之間曰脩海岱大野之間曰尋（大野今高平鉅野）宋衛荊吳之間曰融

自關而西秦晉梁益之間凡物長謂之尋周官之法度廣爲尋度謂絹帛橫廣幅廣爲充爾雅曰廣充幅延永長也凡施於年者謂之延施於衆長謂之永各隨事爲義

允訦音諶恂音荀展諒音亮穆信也齊魯之間曰允燕代東齊曰訦宋衛汝潁之間曰恂荆吳淮汭之間曰展汭水口也音芮西甌毒屋黃石野之間曰穆西甌駱越別種也音嘔其餘皆未詳所在衆信曰諒周南召南衛之語也

碩沈巨濯訏敦夏于大也訏亦作芋音義同耳香于反齊宋之間曰巨曰碩凡物盛多謂之寇今江東有小鳧其多無數俗謂之寇也齊宋之郊楚魏之際曰夥音禍自關而西秦晉之間凡人語而過謂之過于果反或曰僉東齊謂之劒或謂之弩弩猶怒也陳鄭之間曰敦荆吳揚甌之郊曰濯中齊西楚之間曰訏西楚謂今汝南彭城自關而西秦晉之間凡物之壯大者而愛偉之謂之夏周鄭之間謂之暇音賈郴洛含反齊語也于通詞也

抵觸牴也儆音致會也雍梁之間曰抵秦晉亦曰抵凡會物謂之儆

華荂晠也荂亦華別名音誇齊楚之間或謂之華或謂之荂

墳地大也青幽之間凡土而高且大者謂之墳即大陵也張小使大謂之廓陳楚之間謂之摸音莫

嬛蟬火全反繝音剡撚諾典反未續也楚曰嬛蟬出也別異義楚曰蟬或曰未及也

踏古蹋字他匣反䠛道遙𨁎音拂跳也楚曰𨂝勑厲反亦中州語陳鄭之間曰䠛楚曰蹠自關而西秦晉之間曰跳或曰路

躡郅音質跂音企𢓜格亦訓來躋濟渡踚踊躍登也自關而西秦晉之間曰躡東齊海岱之間謂之躋魯衛曰郅梁益之間曰𢓜或曰跂

逢逆迎也自關而東曰逆自關而西或曰迎
或曰逢
撏常含反攓音蹇摭盜蹠挻羊羶反取也南楚曰攓陳
宋之間曰摭衛魯揚徐荊衡之郊曰撏衡衡山南
岳名今在長沙自關而西秦晉之間凡取物而逆謂
之攓音餌楚部或謂之挻
餥音非飵音昨食也陳楚之內相謁而食麥饘謂
之餥饘麋也音旃楚曰飵凡陳楚之郊南楚之外
相謁而飧晝飯為飧謁請也或曰飵或曰鮎音黏秦晉
之際河陰之間曰餲惡恨反䭓五恨反今馮翊郃陽河東龍門
是其處也此秦語也今關西人呼食欲飽為餲䭓
釗薄勉也相勸勉也居遼反秦晉曰釗或曰薄故其
鄙語曰薄努猶勉努也如今人言努力也南楚之外
曰薄努自關而東周鄭之間曰勔釗沉湎齊魯
曰勖茲勖勔亦訓勉也
輶軒使者絕代語釋別國方言第一

輶軒使者絕代語釋別國方言第二
釥錯眇反嫽洛夭反好也青徐海岱之間曰釥或
謂之嫽今通呼小姣潔喜好者為嫽釥好凡通語也
朦忙紅反厖鴟鵝豐也自關而西秦晉之間凡大
貌謂之朦或謂之厖豐其通語也趙魏之郊
燕之北鄙凡大人謂之豐人燕記曰豐人杼
首杼首長首也楚謂之伃音序燕謂之杼燕趙
之間言圍大謂之豐謂度圍物也
娃烏佳反嫷諾過反窕途了反豔美也吳楚衡淮之
間曰娃南楚之外曰嫷言婁嫷也宋衛晉鄭之間
曰豔陳楚周南之間曰窕自關而西秦晉之
間凡美色或謂之好或謂之窕故吳有館娃
之宮秦有榛娥之臺皆戰國時諸侯所立也榛音七秦晉之
間美貌謂之娥言娥娥也美狀為窕言閑都也美色為
豔言光豔也美心為窈言幽靜也
奕僷容也自關而西凡美容謂之奕或謂之

偞（偞奕偞皆輕麗之皃偞音葉）宋衛曰偞陳楚汝潁之間謂之奕

䫜（音綿下作矊音字同耳）鑠（舒灼反）盱（香于反）揚䁕（音滕）雙也南楚江淮之間曰䫜或曰䁕好目謂之順（言流澤也）黸（黸黑也）瞳之子謂之矊（言矊邐也）宋衛韓鄭之間曰鑠（言光明也）燕代朝鮮洌水之間曰盱（謂舉眼也）或謂之揚（詩曰美目揚兮是也此本論雙耦因廣其訓復言目耳）

魏（羌箠反）笙揫（音遒）摻（素檻反）細也自關而西秦晉之間凡細而有容謂之魏（魏魏小成皃）或曰徥（言徥偕也度皆反）凡細貌謂之笙斂物而細謂之揫或曰摻

儴（言瓌瑋也）渾（們渾肥滿也狐本反）䐓（䐓呬充壯也匹四反）𦢈（音壞）僇（恪膠反）泡（音庖）盛也自關而西秦晉之間語也陳宋之間曰僇（僇佯大皃）江淮之間曰泡（泡肥洪張皃）秦晉或曰𦢈梁益之間凡人言盛及其所愛曰偉其肥膱謂之𦢈（肥𦢈多肉）

私策纖葆（音銳）稺（古稚字）杪（莫召反）小也自關而西秦晉之郊梁益之間凡物小者謂之私小或曰纖繒帛之細者謂之纖東齊言布帛之細者曰綾（音凌）秦晉曰靡（靡細好也）凡草生而初達謂之葆（鋒萌始出）稺年小也木細枝謂之杪（言杪梢也）江淮陳楚之內謂之篾（篾小皃也）青齊兗冀之間謂之葼（馬鬣）燕之北鄙朝鮮洌水之間謂之策故傳曰慈母之怒子也雖折葼笞之其惠存焉（言教在其中也）

殗（於怯反）殜（音葉）微也宋衛之間曰殗自關而西秦晉之間凡病而不甚曰殗殜（病半臥半起也）

臺敵延（一作迮）也東齊海岱之間曰臺自關而西秦晉之間物力同者謂之臺敵

抱嬔（追萬反一作嬎）耦也（耦亦匹互見其義耳音赴）荆吳江湖之間曰抱嬔宋潁之間或曰嬔

倚（丘寄反）踦（郄奇反）奇也（奇偶）自關而西秦晉之間凡全物而體不

具謂之倚，梁楚之間謂之踦。雍梁之西郊凡嘼支體不具者謂之踦。
逴（勑略反）獡（音鑠）透（式六反）驚也。自關而西秦晉之間凡蹇者或謂之逴（行略逴也）。體而偏長短亦謂之逴。宋衞南楚凡相驚曰獡，或曰透（皆驚皃也）。
儀、佫，來也。陳潁之間曰儀。自關而東周鄭之郊齊魯之間或謂佫曰懷。
翻、暗、敆（音汝），黏也。齊魯青徐自關而東或曰翻（言黏刎也），或曰敆。
餬（音胡）託、庇（庇蔭）、寓、媵（音孕），寄也。齊衞宋魯陳晉汝潁荆州江淮之間曰庇，或曰寓。寄食爲餬（傳曰餬予口於四方是也），凡寄爲託，寄物爲媵。
逞、苦、了，快也。自山而東或曰逞，楚曰苦（苦而爲快者猶以臭爲香治爲亂徂爲存此訓義之反覆用之是也），秦曰了（今江東人呼快爲愃相緣反）。
梅、惬、赧，愧也。晉曰梅，或曰惬，秦晉之間凡愧而見上謂之赧（小雅曰面赤愧曰赧），梁宋曰惬（勑惬亦慙皃也音匿）。

叨（託高反）惏（洛含反），殘也。陳楚曰惏。
憑、齘、苛，怒也。楚曰憑（憑恚盛皃楚詞曰康回憑怒），小怒曰齘（言噤齘也），陳謂之苛（相苛責也）。
㥸、刺，痛也（㥸憭小痛也音策）。自關而西秦晉之間或曰㥸。
撟、捎，選也（此妙擇積聚者也撟䂭兩音）。自關而西秦晉之間凡取物之上謂之撟捎。
撊（呼旱反）梗（魚鯁）爽，猛也。晉魏之間曰撊（傳曰撊然登埤），韓趙之間曰梗，齊晉曰爽。
瞯（音閑）睇（音悌）睎、略（音略），眄也。陳楚之間南楚之外曰睇，東齊青徐之間曰睎，吳揚江淮之間或曰瞯，或曰略。自關而西秦晉之間曰眄。
𩞄（消息）喙（口喙）呬（許四反），息也。周鄭宋沛之間曰𩞄，自關而西秦晉之間或曰喙，或曰𩞄，東齊曰呬。
鎃（劈歷）摫（音規），裁也。梁益之間裁木爲器曰鎃，裂帛爲衣曰摫。鎃又斲也（皆析破之名也）。晉趙之間謂

之鍁鍁

鐫琢也謂鑿鐫也子旋反晉趙謂之鐫

鍇音揩鐯音啟堅也自關而西秦晉之間曰鍇吳揚江淮之間曰鐯

揄鋪音敷懢音藍㥮帗音拂縷葉輸音臾毳也音脆皆謂物之行蔽也荊揚江湖之間曰揄鋪楚曰懢㥮陳宋鄭衛之間謂之帗縷燕之北郊朝鮮洌水之間曰葉輸今名短度絹為葉輸也

孑蓋餘也謂遺餘昨吝反周鄭之間曰蓋或曰孑青徐楚之間曰孑自關而西秦晉之間炊薪不盡曰蓋孑俊也遵俊也廣異語耳

翿音濤幢徒江反翳也儛者所以自蔽翳也楚曰翿關西關東皆曰幢

挍略求也秦晉之間曰挍就室曰挍於道曰略略強取也攈古捃字摭盜蹠取也此通語也

茫矜奄遽也謂遽矜也吳揚曰茫今北方通然也莫光反陳潁之間曰奄秦晉或曰矜或曰遽

速逞搖扇疾也東齊海岱之間曰速燕之外鄙朝鮮洌水之間曰搖扇楚曰逞

予賴讎也南楚之外曰賴賴亦惡名秦晉曰讎

恒慨蔘索含反綏羞繹音弈紛母言既廣又大也荊揚之間凡言廣大者謂之恒慨東甌之間謂之蔘綏東甌亦越地今臨海永寧是也或謂之羞繹紛母

剿雀潦反又子了反蹶音厥獪也古狡獪字秦晉之間曰獪楚謂之剿或曰蹶言踣蹶也楚鄭曰蔿音指撝亦或聲之轉也或曰姡言黠姡也今建平郡人呼姣為姡胡刮反

輶軒使者絕代語釋別國方言第二

輶軒使者絕代語釋別國方言第三

陳楚之間凡人嘼乳而雙產謂之釐孳（音茲）秦晉之間謂之僆子（音輦）自關而東趙魏之間謂之孿生（蘇官反）女謂之嫁子（言往適人）

東齊之間聟謂之倩（言可借倩也今俗呼女聟爲卒便是也卒便一作平使）

燕齊之間養馬者謂之娠（今之溫厚也音振）官婢女廝謂之娠（女廝婦人給使者亦名娠）

楚東海之間亭父謂之亭公（亭民）卒謂之弩父（主擔幔弩導幨因名云）或謂之褚（言衣赤也褚音赭）

臧甬（音勇）侮獲奴婢賤稱也荊淮海岱雜齊之間（俗不純爲雜）罵奴曰臧罵婢曰獲齊之北鄙燕之北郊凡民男而聟婢謂之臧女而婦奴謂之獲亡奴謂之臧亡婢謂之獲皆異方罵奴婢之醜稱也自關而東陳魏宋楚之間保庸謂之甬（保言可保信也）秦晉之間罵奴婢曰侮（言爲人所輕弄）

蔿（音花）譌（訛言）譁（五瓜反皆化聲之轉也）涅化也燕朝鮮洌水之間曰涅或曰譁雞伏卵而未孚（音赴）始化之時謂之涅

斟協汁也（謂和協也或曰潘汁所未能詳）北燕朝鮮洌水之間曰斟自關而東曰協關西曰汁

蘇芥草也（漢書曰樵蘇而爨蘇猶蘆語轉也）江淮南楚之間曰蘇自關而西或曰草或曰芥（或言菜也）南楚江湘之間謂之莽（嫫母）蘇亦荏也（荏屬也爾雅曰蘇桂荏也）關之東西或謂之蘇或謂之荏周鄭之間謂之公蕡（音翡翠今江東人呼荏爲菩音魚）沅湘之南或謂之菩（今長沙人呼野蘇爲菩音車轄沅水名在武陵）其小者謂之蘸葇（堇葇也亦蘇之種類因名云）

蘴（舊音蜂今江東音嵩字作菘也）蕘（鈐蕘）蕪菁也陳楚之郊謂之蘴魯齊之郊謂之蕘關之東西謂之蕪菁趙魏之郊謂之大芥其小者謂之辛芥或謂之幽芥其紫華者謂之蘆菔（今江東名爲溫菘實如小豆羅匐二音）東魯謂之菈遝（洛荅大合兩反）

䔢芡(音儉)雞頭也北燕謂之䔢(今江東亦呼䔢耳)青徐淮泗之間謂之芡南楚江湘之間謂之雞頭或謂之鴈頭或謂之烏頭(狀似烏頭故傳以名之)

凡草木刺人北燕朝鮮之間謂之茦(爾雅曰茦刺也)或謂之壯(今淮南人亦呼壯壯傷也山海經謂刺爲傷也)自關而東或謂之梗(今云梗榆)或謂之劌(劌者傷割人名音鱖魚也)自關而西謂之刺江湘之間謂之棘(楚詞曰曾枝剡棘亦通語耳音己力反)

凡飲藥傅藥而毒南楚之外謂之瘌(乘瘌)北燕朝鮮之間謂之癆(癆瘌皆辛螫也音聊)東齊海岱之間謂之眠或謂之眩(眠眩亦今通語耳)自關而西謂之毒瘌痛也

逞曉恔苦快也(快即狡狡戲亦快事也)自關而東或曰曉或曰逞江淮陳楚之間曰逞宋鄭周洛韓魏之間曰苦東齊海岱之間曰恔自關而西曰快

膠譎詐也涼州西南之間曰膠自關而東西或曰譎或曰膠(汝南人呼欺爲讉訑回反亦曰詒音殆)詐通語也

揠擢拂戎拔也(今呼拔草心爲揠烏拔反)自關而西或曰拔或曰擢自關而東江淮南楚之間或曰戎東齊海岱之間曰揠

慰廛度凥也(周官云夫一廛宅也音纏約)江淮青徐之間曰慰東齊海岱之間或曰度或曰廛或曰踐

萃雜集也東齊曰聖

迨遝及也東齊曰迨(音殆)關之東西曰遝或曰及

荄杜根也(今俗名韭根爲荄音陔)東齊曰杜(詩曰徹彼桑杜是也)或曰芰(音撥)

班徹列也北燕曰班東齊曰徹

瘼(音莫)癁病也(謂勞復也)東齊海岱之間瘼或曰癁秦曰瘎(音閻或湛)

掩醜掍(衮衣)綷(作憒反)同也江淮南楚之間曰掩

宋衞之間曰緈或曰掍東齊曰醜

裕猷道也東齊曰裕或曰猷

虔散殺也東齊曰散青徐淮楚之間曰虔

氾音汎浼音漫潣湯潣洼烏蛙反洿也皆洿池也自關而東或曰洼或曰氾東齊海岱之間或曰浼或曰潣荆州呼潢也

庸恣比比次侹侹直更佚蹉跌代也齊曰佚江淮陳楚之間曰侹餘四方之通語也今俗亦名更代作為恣作也

氓民也民之總名音萌

执仇也謂怨仇也音舊

寓寄也

露敗也

別治也

棖法也救傾之法

謫怒也相責怒也音蹟

間非也

格正也

𢿣數也偶物為灑故立數也

軫戾也相了戾也江東音善

屑潔也謂潔清也音薛

諄罪也謂罪惡也章順反

俚聊也謂苟且也音吏

梱就也梱梱成就皃恪本反

苙圂也謂闌圂也音立

廋隱也謂隱匿也音搜索也

銛取也謂挑取物音忝

棖隨也棖柱令相隨也

儓音臺𦉰音䓯農夫之醜稱也南楚凡罵庸賤謂之田儓供儓駑鈍皃或曰僕臣儓亦至賤之號也或謂之𦉰𦉰丁健皃也廣雅以為奴字作𦉰音同或謂之辟辟商人醜稱也僻僻便黠皃也音擘

庸謂之倯轉語也倯猶保倯也今隴右人名孏為倯相容反

褸裂須捷挾斯敗也南楚凡人貧衣被醜弊謂之須捷（須捷狎獿也）或謂之褸裂（裂衣壞貌音縷）或謂之襤褸故左傳曰蓽路襤褸以啓山林（蓽路柴車）殆謂此也或謂之挾斯（挾斯猶挾變也）器物弊亦謂之挾斯

撲（打撲）鋌（音挺）澌盡也南楚凡物盡生者曰撲生（今種物皆生云撲地生也）物空盡者曰鋌鋌賜也（亦中國之通語也）連此撲斯皆盡也鋌空也語之轉也

攗翕葉聚也（攗屬藂相著貌）楚謂之攗或謂之翕葉楚通語也

斟益也（言斟酌益之）南楚凡相益而又少謂之不斟凡病少愈而加劇亦謂之不斟或謂之何斟（言雖小損無所益也）

差間知愈也南楚病愈者謂之差或謂之間（言有間隙）或謂之知知通語也或謂之慧或謂之憭（慧憭皆意精明）或謂之瘳或謂之蠲（蠲亦除也音涓一圭反）或謂之除

# 輶軒使者絕代語釋別國方言第三

輶軒使者絕代語釋別國方言第四

禪衣江淮南楚之間謂之褋(楚辭曰遺余褋兮澧浦音簡牒)關之東西謂之禪衣有袌者(前施袌囊也房報反)趙魏之間謂之袏衣無袌者謂之裎衣(音逞)古謂之深衣(制見禮記)

襜褕江淮南楚謂之𧝑褣(裳凶反)自關而西謂之襜褕其短者謂之裋褕(音豎)以布而無緣敝而紩之謂之襤褸自關而西謂之統裾(俗名裾掖音倔)其敝者謂之緻(緻縫納敝故名之也丁履反)

汗襦(廣雅作褕)江淮南楚之間謂之襘(音甑)自關而西或謂之袛裯(袛音止裯丁牢反亦呼為掩汗也)自關而東謂之甲襦陳魏宋楚之間謂之襜襦或謂之襌襦(今或呼衫為單襦)

帬陳魏之間謂之帔(音披)自關而東或謂之襬(音碑今關西語然也)

蔽厀江淮之間謂之褘(音韋或褘)或謂之袚(音沸)魏宋南楚之間謂之大巾自關東西謂之蔽厀齊魯之郊謂之袡(昌詹反)

襦(字亦作褕又襦無右也)西南屬漢謂之曲領或謂之襦

褌陳楚江淮之間謂之䘨(錯勇反)

袴齊魯之間謂之䙱(傳曰徵褰與襦音騫)或謂之襱(今俗呼袴踦為襱音鮦魚)關西謂之袴

褕謂之袖(襦褾有袖者因名云)

袚謂之襎(即衣領也劫偃兩音)

袿謂之裾(衣後裾也或作袪廣雅云衣袖)

褸謂之衽(衣襟也或曰裳際也)

褸謂之緻(襤褸綴結也)

裯謂之襤(祗裯弊衣亦謂襤褸)

無緣之衣謂之襤

無袂衣謂之𧝓(袂衣袖也音藝𧝓音慢惰)

無裥之袴謂之襣(袴無踦者即今犢鼻褌也裥亦襱字異耳)

褙謂之袩(千苕丁俠兩反未詳其義)

袥謂之交衣交領也裺謂之襦尖劒反襜謂之被衣掖下也佩紟謂之裎所以係玉佩帶也音禁褸謂之袩即衣衽也覆碎謂之襌衣作憒反偏禪謂之襌襦即衫也礿繵謂之襌今又呼為涼衣也灼纏兩音袒飾謂之直衿婦人初嫁所著上衣直衿也音但襃明謂之袍廣雅云褻明長襦也繞衿謂之帬俗人呼接下江東通言下裳懸裺謂之緣衣縫緣也音掩絜襦謂之蔽膝廣異名也裪𧜽謂之袖衣褾音藨江東呼䘼音婉帍裱謂之被巾婦人領巾也方廟反繞繙謂之襹裺衣督脊也緍音循

厲謂之帶小爾雅曰帶之垂者為厲䘸裷謂之幭即帊幞也煩寃兩音幭亡別反䙅格謂之𧞣即小兒次衣也翳洛嘔三音楚謂無緣之衣曰襤紩衣謂之褸秦謂之緻自關而西秦晉之間無緣之衣謂之裗𧝐嫌上說有未了故復分明之複襦江湘之間謂之𧝑音豎或謂之筩褹今筩袖之褹也褹即袂字耳大袴謂之倒頓今雹袴也小袴謂之校衫今橑袴也皎了兩音楚通語也幏巾也巾主覆者故名幏也大巾謂之帉音芬嵩嶽之南嵩高中岳山也今在河南陽城縣陳潁之間謂之帤如豬反亦謂之幏江東通呼巾幏耳絡頭帞頭也音貊紗繢鬢帶苑位反䰉帶音菜帑音績亦千幨於怯反幧頭也自關以西秦晉之郊曰絡頭南楚江湘之間曰帞頭自河以北趙魏之間曰幧頭或謂之帑或謂之幨其遍者謂之

髤帶(今之偏疊幧頭也)或謂之髤帶(髤亦結也)覆結謂之幘巾或謂承露或謂之覆髤(今結籠是也)皆趙魏之間通語也

屝屨麤履也徐兗之郊謂之屝(音翡)自關而西謂之屨中有木者謂之複舄自關而東複履其庳者謂之靴下(音婉)禪者謂之鞮(今韋鞮也)絲作之者謂之履麻作之者謂之不借粗者謂之屨東北朝鮮洌水之間謂之䩕(音卬)角南楚江沔之間揔謂之麤(沔水今在襄陽)西南梁益之間或謂之屩(他回反字或作屩音同)或謂之㞜(下瓦反一音畫)履其通語也徐土邳圻之間(今下邳也圻音祁)大麤謂之䩕角(今漆履有齒者)

緉(音兩)緛(音爽)絞也(謂履中絞也音校)關之東西或謂之緉或謂之緛絞通語也

纑謂之縝(謂纑縷也音振)

輶軒使者絕代語釋別國方言第四

輶軒使者絕代語釋別國方言第五

鍑(釜屬也音富)北燕朝鮮洌水之間或謂之錪(音腆)或謂之餅(音餅)江淮陳楚之間謂之錡(或曰三腳釜也)或謂之鏤吳揚之間謂之鬲(音曆)

釜自關而西或謂之釜或謂之鍑(鍑亦釜之總名)

甑自關而東謂之甗(音言)或謂之鬵(音岑梁州呼鉹)或謂之酢餾(屋霤)

盂(音于)宋楚魏之間或謂之盌(烏管反)盌謂之盂或謂之銚鋭(謠語)盌謂之櫂盂謂之柯(轉相釋者廣異語也)海岱東齊北燕之間或謂之盎(書卷)

盃(音雅)椷(封緘)盞(酒醆)温(薄淹反)閜(呼雅反)㮮(音章)𥂕(音摩)桮也秦晉之郊謂之盃(所謂伯盃者也)自關而東趙魏之間曰椷或曰盞(最小桮也)或曰温其大者謂之閜吳越之間曰㮮齊右平原以東或謂之𥂕桮其通語也

蠡(瓠勺也音麗)陳楚宋魏之間或謂之簞或謂之

檝（今江東通呼勺爲檝音羲）或謂之瓢
案陳楚宋魏之間謂之㰏自關東西謂之案
桮落（盛桮器籠也）陳楚宋衞之間謂之桮落又謂之豆筥自關東西謂之桮落
箸筩（盛朼箸籫也）陳楚宋魏之間謂之筲（鞭鞘）或謂之籯（漢書曰遺子黃金滿籯音盈也）自關而西謂之桶檧（今俗亦通呼小籠爲桶檧音籠冠檧蘇勇反或作筩）
㼚（音岡）㼨（都感反亦音沈）甒（音舞）㼜（音由）㽉（音鄭）甇（胖江反）甀（度睡反）瓮瓿甊（瓿音部甊洛口反）㼪（牛志反）甖（於庚反）靈桂之郊謂之㼚（今江東通名大瓮爲㼚）其小者謂之㼨周魏之間謂之甂（今江東亦呼甖爲甂子）秦之舊都謂之㽉淮汝之間謂之㼜江湘之間謂之甇自關而西晉之舊都河汾之間（汾水出大原經絳北西南入河）其大者謂之甀其中者謂之瓿甊自關而東趙魏之郊謂之瓮或謂之甖東齊海岱之間謂之甇甖其通語也

罃陳魏宋楚之間曰瓵（音臾）或曰㼡（音殊）燕之東北朝鮮洌水之間謂之瓺（音暢亦腸）齊之東北海岱之間謂之儋（所謂家無儋石之餘也音擔字或作甔）周洛韓鄭之間謂之甀或謂之罃罃謂之甄（鼓鞞）甈謂之甓
缶謂之瓿㼫（即盆也音偶）其小者謂之瓶
罃甂謂之盎（案爾雅甂康壺而方言以爲盆未詳也甂都感反盎烏浪反）自關而西或謂之盆或謂之盎其小者謂之升甌（惡牟反亦音憂）
甂（音邊）陳魏宋楚之間謂之㼭（今河北人呼小盆爲㼭子杜啓反）自關而西謂之甂其大者謂之甌
所以注斛（盛米穀寫斛中者也）陳魏宋楚之間謂之篙（今江東亦呼爲篙音至覡）自關而西謂之注箕陳魏宋楚之間謂之籮（籮亦籮屬也形小而高無耳）
炊箕謂之縮（漉米箕也）或謂之箄（音藪）或謂之匼（音旋）（江東呼淅籤）

篝今薰籠也陳楚宋魏之間謂之牆居

扇自關而東謂之箑今江東亦通名扇爲箑音篓自關而西謂之扇

碓機碓梢也陳魏宋楚自關而東謂之梴音延

磑或謂之䃺即磨也錯碓反

繘汲水索也音橘自關而東周洛韓魏之間謂之綆或謂之絡音洛關西謂之繘綆

櫪養馬器也梁宋齊楚北燕之間或謂之樎音縮或謂之皁皁隸之名於此乎出

飲馬橐自關而西謂之裺囊音鶴或謂之裺篼或謂之幭篼音樓燕齊之間謂之帳廣雅作振字音同耳

鉤懸物者宋楚陳魏之間謂之鹿觡或呼鹿角或謂之鉤格自關而西謂之鉤或謂之鑶音微

臿燕之東北朝鮮洌水之間謂之斛湯料反此亦鍫聲轉也宋魏之間謂之鏵或謂之鍏音韋江淮南楚之間謂之臿沅湘之間謂之畚趙魏之間謂之喿字亦作鍫也東齊謂之梩音駛江東又呼鍫刃爲鐅普蔑反

杷無齒爲朳宋魏之間謂之渠挐今江東名亦然諾豬反或謂之渠疏語轉也

僉今連架所以打穀者宋魏之間謂之攝殳音殊亦杖名也或謂之度今江東呼打爲度音量度也自關而西謂之棓蒲項反或謂之拂音拂齊楚江淮之間謂之柍音悵怏亦音爲車鞅此皆打之別名也或謂之桲音勃

刈鉤江淮陳楚之間謂之鉊音昭或謂之鐹音果自關而西或謂之鉤或謂之鎌或謂之鍥音結

薄宋魏陳楚江淮之間謂之苗或謂之麴此直語楚聲轉也自關而西謂之薄南楚謂之蓬薄

橛燕之東北朝鮮洌水之間謂之椵揭扻也江東呼都音段

槌絲蠶薄柱也度畏反宋魏陳楚江淮之間謂之植音值自關而西謂之槌齊謂之㭒音陽其橫關西曰㮳音朕亦名校音交宋魏陳楚江淮之間謂之䉛音帶

齊部謂之持（丁謹反）胡以縣㯚關西謂之綸（力冉
反）東齊海岱之間謂之繏（相主反）宋魏陳楚江
淮之間謂之繯（擐甲）或謂之環（擐）
簟宋魏之間謂之笙（今江東通言笙）或謂之籧苗自
關而西謂之簟或謂之菥（今云菥篾篷也）其粗者謂
之籧篨自關而東或謂之篕掞（音剡江東呼籧篨為廢音廢）
筕篖（似籧篨直文而粗江東呼笪音靼）自關而東周洛楚魏
之間謂之倚佯（音羊）自關而西謂之筕篖南楚
之外謂之篖
牀齊魯之間謂之簀（牀版也音迮）陳楚之間或謂
之第（音滓又音姊）其杠北燕朝鮮之間謂之樹自
關而西秦晉之間謂之杠南楚之間謂之趙
（趙當作兆聲之轉也中國亦呼杠為桃牀皆通也）東齊海岱之間謂
之樺（音先）其上板衛之北郊趙魏之間謂之牒
（簡牒）或曰牑（履蜀）
俎几也西南蜀漢之郊曰杫（音賜）

榻前几江沔之間曰桯（今江東呼為承桯音刑）趙魏之
間謂之椸（音易）凡其高者謂之虡（即筍虡也音巨）
篗榬也（所以絡絲也音委）兗豫河濟之間謂之榬絡
謂之格（所以轉篗給車也）
繀車（蘇對反）趙魏之間謂之轣轆車東齊海岱
之間謂之道軌
戶鑰自關之東陳楚之間謂之鍵（巨蹇反）自關
之西謂之鑰
簙謂之蔽或謂之箘（音困）秦晉之間謂之簙吳
楚之間或謂之蔽或謂之箭裏（簙著名廣雅云）或
謂之簙毒或謂之夗專（夗於辯反專音轉）或謂之匳
璇（或曰竹器所以整頓簙者銓旋兩音）或謂之綦所以投簙謂
之枰（評論）或謂之廣平所以行棊謂之局或謂
之曲道
圍棊謂之弈自關而東齊魯之間皆謂之弈

輶軒使者絕代語釋別國方言第五

輶軒使者絕代語釋別國方言第六

聳㛌欲也（皆強欲也山頂也）荆吳之間曰聳晉趙曰㛌自關而西秦晉之間相勸曰聳或曰㛌中心不欲而由旁人之勸語亦曰聳凡相被飾亦曰㛌

聳聹聾也半聾梁益之間謂之聹（言胎聹煩憒也音宰）秦晉之間聽而不聰聞而不達謂之聹生而聾陳楚江淮之間謂之聳（言無所聞當聳聹也）荆揚之間及山之東西雙聾者謂之聳聾之甚者秦晉之間謂之䏊（五刮反言聉無所聞知也外傳聾聵伺火音蒯聵）吳楚之外郊凡無有耳者亦謂之䏊其言睽者若秦晉中土謂墮耳者明也（五刮反）

陂（偏頗）傜（逍遥）袤也陳楚荆揚曰陂自山而西凡物細大不純者謂之傜（言娥傜也）

由迪正也東齊青徐之間相正謂之由迪

憮（音憮）恧（人力反又女六反）慙也荆揚青徐之間曰憮若梁益秦晉之間言心內慙矣山之東西自愧曰恧（小爾雅曰心愧爲恧）趙魏之間謂之䀝（音密亦祕）

謇（音蹇）展難也齊晉曰謇山之東西凡難貌曰展荆吳之人相難謂之展若秦晉之言相憚矣齊魯曰燀（難而雄也昌羨反）

胥由輔也（胥相也由正也皆謂輔持也）吳越曰胥燕之北鄙曰由

蛩烘戰慄也（蛩恭烘兩音）荆吳曰蛩烘蛩烘又恐也

鍈（吐本反）錘（直睡反）重也東齊之間曰鍈宋魯曰錘

鋡（音含）龕受也（今云龕囊依此名也）齊楚曰鋡揚越曰龕受盛也猶秦晉言容盛也

矔（慣習）眮（侹侗）轉目也梁益之間瞋目曰矔轉目顧視亦曰矔吳楚曰眮

逴（勑略反）騷（先牢反）𨁊蹇也（跛者行跣踔也）吳楚偏蹇曰騷齊楚晉曰逴（行略逴也）

𪗍（音斯）嗌（惡介反）噎也（皆謂咽痛也音翳）楚曰𪗍秦晉或

曰嗌又曰噎

怠陁壞(謂壞落也音虫豸未曉)

埕(音涅)墊(丁念反)下也凡柱而下曰埕屋而下曰墊

伆邈離也(謂乖離也音刎)楚謂之越或謂之遠吳越曰伆

顛頂上也

誣淹与也(乙劒反)吳越曰誣荊齊曰淹与猶秦晉言阿与(相阿与者所以致誣淹也)

掩索取也自關東曰掩自門而西曰索或曰狚(伹伺也)

暥(烏拔反)略(音略)視也東齊曰暥吳揚曰略(今中國亦云目略也)凡以目相戲曰暥

遙廣遠也梁楚曰遙

汩遙疾行也(汩汩急皃也于筆反)南楚之外曰汩或曰遙

蹇妯擾也(謂躁擾也妯音迪)人不靜曰妯秦晉曰蹇齊宋曰妯

絓(音乖)挈(口八反)儝(古焭字)介特也楚曰儝晉曰絓秦曰挈物無耦曰特獸無耦曰介(傳曰逢澤有介麋)

飛鳥曰雙鴈曰椉

台既失也宋魯之間曰台

既隱據定也

稟浚敬也秦晉之間曰稟齊曰浚吳楚之間自敬曰稟

悛(音銓)懌(音奕)改也自山而東或曰悛或曰懌(論語曰悅而不懌)

坻(水泜)坦(癰疽)場也(音傷)梁宋之間蚍蜉犂鼠之場謂之坻(犂鼠蚡鼠也)螾場謂之坦(螾蛐蟮也其糞名坦螾音引)

徥用行也(徥皆行皃度揩反)朝鮮洌水之間或曰徥

鋪頒索也東齊曰鋪頒猶秦晉言抖藪也(謂斗藪舉索物也鋪音敷)

參蠡分也(謂分割也音麗)齊曰參楚曰蠡秦晉曰離

廝披散也東齊聲散曰廝器破曰披秦晉聲

變曰廝器破而不殊其音亦謂之廝器破而
未離謂之璺(音問)南楚之間謂之妭(妨美反一音把塞)
緍緜施也秦曰緍趙曰緜吳越之間脫衣相
被謂之緍緜(相覆及之名也音旻)
悀(音踊)偪(妨逼反)滿也凡以器盛而滿謂之悀(言涌出也)
腹滿曰偪(言勅偪也)
傒醯(醯酢)冉鑖(冉音騷)危也東齊椅物而危謂之
傒醯(椅居枝反)偽物謂之冉鑖
紕(音毗)繹(音亦)督雉理也秦晉之間曰紕凡物曰
督之(言正理也)絲曰繹之(言解繹也)
矤(古矧字)呂長也東齊曰矤宋魯曰呂
𨇨𨇁力也東齊曰𨇨(律𨇨多力皃)宋魯曰𨇁𨇁田
力也(謂耕墾也)
瘱(嫕也又翳)諦(音帝)審也齊楚曰瘱秦晉曰諦
諳(音帶翳諦亦音帝)諟也(亦審諟互見其義耳音帝)吳越曰諳諦
揞(烏感反)揜錯(音酢)摩滅也荊楚曰揞吳揚曰揜

周秦曰錯陳之東鄙曰摩
抾摸去也齊趙之總語也抾摸猶言持去也
舒勃展也東齊之間凡展物謂之舒勃
摳揄旋也秦晉凡物樹稼早成熟謂之旋燕
齊之間謂之摳揄
絙(周鄧反)筳(湯丁反)竟也秦晉或曰絙或曰竟楚
曰筳
擱(音剡)剸(音妻)續也秦晉續折謂之擱繩索謂
之剸
擘(音檗)楚謂之紉(今亦以綫貫針為紉音刃)
閻笘開也東齊開戶謂之閻笘楚謂之闓(亦開字也)
杼柚作也東齊土作謂之杼木作謂之柚
厲卬為也(爾雅曰俶厲作也作亦為也)甌越曰卬吳曰厲
戲憚怒也齊曰戲楚曰憚
爰嗳恚也(謂悲恚也)楚曰爰秦晉曰嗳皆不欲𤸁
而強畣之意也

傁艾長老也東齊魯衛之間凡尊老謂之傁或謂之艾（禮記曰五十爲艾）周晉秦隴謂之公或謂之翁南楚謂之父或謂之父老南楚瀑洭之間（暴匡兩音洭水在桂陽）母謂之𡛷謂婦妣曰母㛂（音多）稱婦考曰父㛂（古者通以考妣爲生存之稱）

巍嶢崝嶮高也（嵬嶢崝嵤[illegible]高峻之皃也）

猒塞安也（物足則定）

悛（音凌）憮（亡主反）憐也

掩翳薆也（謂蔽薆也詩曰薆而不見音愛）

佚惕緩也（跌唐兩音）

輶軒使者絕代語釋別國方言第六

輶軒使者絕代語釋別國方言第七

諄憎所疾也（之潤反）宋魯凡相惡謂之諄憎若秦晉言可惡矣

杜蹻𨇾也趙曰杜（今俗語通言𨇾如杜杜棃子𨇾因名之）山之東西或曰蹻（郄蹻燥𨇾皃音笑謔）

佻抗縣也趙魏之間曰佻自山之東西曰抗燕趙之郊縣物於臺之上謂之佻（了佻縣物皃丁小反）

發稅舍車也（舍宜音寫）東齊海岱之間謂之發（今通言發寫也）宋趙陳魏之間謂之稅（稅猶脫也）

肖類法也齊曰類西楚梁益之間曰肖秦晉之西鄙自冀隴而西（冀縣今在天水）使犬曰哨（音騷）西南梁益之間凡言相類者亦謂之肖（肖者似也）

憎懷憚也（相畏憚也）陳曰懷

譙（字或作誚）讙（火袁反）讓也齊楚宋衛荊陳之間曰譙自關而西秦晉之間凡言相責讓曰譙讓北燕曰讙

僉胥皆也自山而東五國之郊曰僉（六國唯秦在山西）東齊曰胥

侔莫強也北燕之外郊凡勞而相勉若言努力者謂之侔莫

傑㑌罵也（羸小可憎之名也傑音卬竹）燕之北郊曰傑㑌

展惇信也東齊海岱之間曰展燕曰惇（惇亦誠信皃）

斯掬離也齊陳曰斯燕之外郊朝鮮洌水之間曰掬

蝎（音曷）噬（筮卜）逮也東齊曰蝎北燕曰噬逮通語也

皮傅彈憸強也（謂強語也音僉）秦晉言非其事謂之皮傅東齊陳宋江淮之間曰彈憸

膊（普博反）曬（霜智反）晞暴也東齊及秦之西鄙言相暴僇為膊（暴僇謂相暴磔惡事音膊脯）燕之外郊朝鮮洌水之間凡暴肉發人之私披牛羊之五藏謂之膊暴五穀之類秦晉之間謂之曬東齊北燕海岱之郊謂之晞

熬聚（即鬻字也創眇反）煎㸑（皮力反）鞏火乾也凡以火而乾五穀之類自山而東齊楚以往謂之熬關西隴冀以往謂之㸑秦晉之間或謂之聚凡有汁而乾謂之煎東齊謂之鞏（拱手）

胹（而）飪（荏）亨爛糦（熾）酋（囚）酷熟也自關而西秦晉之郊曰胹徐揚之間曰飪嵩嶽以南陳潁之間曰亨自河以北趙魏之間火熟曰爛氣熟曰糦久熟曰酋穀熟曰酷熟其通語也

魏盈怒也（魏上已音）燕之外郊朝鮮洌水之間凡言呵叱者謂之魏盈

𨃵蹬（音務）隑企（欺豉反）立也東齊海岱北燕之郊跪謂之𨃵蹬（今東郡人亦呼長跽為𨃵蹬）委痿謂之隑企（腳躄不能行也）

瀧涿謂之霑漬（瀧涿猶瀨滯也音籠）

希鑠摩也燕齊摩鋁謂之希（音慮）

平均賦也燕之北鄙東齊北郊凡相賦斂謂之平均

羅謂之離離謂之羅皆行列物也

剑超遠也剑上巳音燕之北郊曰剑東齊曰超

漢漫眠眩懣愬也眠音瞑恚朝鮮洌水之間煩懣謂之漢漫顛眴謂之眠眩眩音懸

憐職愛也言相愛憐者吳越之間謂之憐職

茹食也吳越之間凡貪飲食者謂之茹今俗呼能粗食者為茹音勝如

詢貌治也謂治作也詢恪垢反吳越飾貌為詢或謂之巧語楚聲轉耳

煦州吁反煆呼夏反熱也乾也熱則乾悴吳越曰煦煆

攍音盈膂賀𦵏儋也今江東呼擔兩頭有物為𦵏音鄧齊楚陳宋之間曰攍莊子曰攍糧而赴之燕之外郊越之垂甌吳之外鄙謂之膂擔者用膂力因名云南楚或謂之攍自關而西隴冀以往謂之賀今江東語亦然凡以驢馬駝載物者謂之負他音大亦謂之賀

樹植立也燕之外郊朝鮮洌水之間凡言置立者謂之樹植

過度謂之涉濟猶今云濟度

福祿謂之祓戩廢箭兩音

傺音際眙勑吏反逗也逗即今住字也南楚謂之傺西秦謂之眙眙謂住視也西秦酒泉燉煌張掖是也逗其通語也

輶軒使者絕代語釋別國方言第七

輶軒使者絶代語釋別國方言第八

虎陳魏宋楚之間或謂之李父江淮南楚之間謂之李耳（虎食物值耳即止以觸其諱故）或謂之於䖍（於音烏今江南山夷呼虎爲䖍音狗竇）自關東西或謂之伯都（俗曰伯都事抑虎說）

貔（貍別名也音毗）陳楚江淮之間謂之貅（音來）北燕朝鮮之間謂之貊（今江南呼爲貊貍音丕）關西謂之狸（此通名耳貔未聞語所出）

貛（豚也音歡）關西謂之貒（波湍）

雞陳楚宋魏之間謂之鸊鴟（避祇兩音）桂林之中謂之割雞或曰䳜（音從）北燕朝鮮洌水之間謂伏雞曰抱（房奧反江東呼蓲央富反）爵子及雞雛皆謂之鷇（恪遘反關西曰鷇音顧）其卵伏而未孚始化謂之涅

豬北燕朝鮮之間謂之豭（猶云豭斗也）關東西或謂之彘或謂之豕南楚謂之豨其子或謂之豚或謂之貕（音奚）吳揚之間謂之豬子其檻及蓐曰橧（爾雅曰所寢橧音繒）

布穀自關東西梁楚之間謂之結誥周魏之間謂之擊穀自關而西或謂之布穀（今江東呼爲穫穀）

鵖鴠（鳥似雞五色冬無毛赤倮晝夜鳴侃旦兩音）周魏齊宋楚之間謂之定甲或謂之獨舂（好自低仰）自關而東謂之城旦（言其辛苦有似於罪謫者）或謂之倒懸（好自懸於樹也）或謂之鴠鴠自關而西秦隴之內謂之鶡鴠

鳩自關而東周鄭之郊韓魏之都謂之鵖（音郎）鷎（音皋）其鵴鳩謂之鸊鷎自關而西秦漢之間謂之鵴鳩（菊花）其大者謂之鳻鳩（音班）其小者謂之鴓鳩（今荊鳩也）或謂之鷄鳩（音葵）或謂之鶌鳩（音浮）或謂之鶻鳩梁宋之間謂之鷦鳫

尸鳩（按爾雅即布穀非戴勝也或云鵀皆失之也）燕之東北朝鮮洌水之間謂之鶝鴀（福不兩音）自關而東謂之戴鵀東齊海岱之間謂之戴南南猶鵀也（此亦語楚聲轉也）或謂之鶭鸅（案爾雅說戴鵀下鶭鸅自別一鳥名方言似依此義也）

又失也或謂之戴鳻或謂之戴勝勝所以纏紝東齊吳揚之間謂之鵀自關而西謂之服鶝或謂之鵖鶝燕之東北朝鮮洌水之間謂之[illegible]音或

蝙蝠邊福兩音自關而東謂之服翼或謂之飛鼠或謂之老鼠或謂之僊鼠自關而西秦隴之間謂之蝙蝠北燕謂之蟙蠌職墨兩音

鴈自關而東謂之鴚鵝音加南楚之外謂之鵝或謂之鶬鴚今江東通呼為鴚

桑飛即鷦鷯也又名鷦鸎自關而東謂之工爵或謂之過贏音螺或謂之女鷗今亦名為巧婦江東呼布母自關而東謂之鸋鴂案爾雅云鸋鴂鴟鴞屬非此小雀明矣寧玦兩音自關而西謂之桑飛或謂之懱爵言懱截也

驪黃自關而東謂之創鶊又名商庚自關而西謂之驪黃其色黧黑而黃因名之或謂之黃鳥或謂之楚雀

野鳧其小而好沒水中者南楚之外謂之鷿鷉鷿音指辟鷉音他奚反大者謂之鶻蹏滑蹄兩音

守宮秦晉西夏謂之守宮或謂之蠦蝘盧纏兩音或謂之蜤易南陽人又呼蝘蜓其在澤中者謂之易蜴音析南楚謂之蛇醫或謂之蠑螈榮元兩音東齊海岱謂之螔螏似蜥易大而有鱗今所在通言蛇醫耳斯侯兩音北燕謂之祝蜓音延桂林之中守宮大者而能鳴謂之蛤解似蛇醫而短身有鱗采江東人呼為蛤蚧音頭頷汝潁人直名為蛤蠏音解誤聲也

宛野謂鼠為鼸宛新野今皆在南陽音鎌

雞雛徐魯之間謂之秋侯子子幽反徐今下邳僮縣東南大徐城是也

輶軒使者絕代語釋別國方言第八

輶軒使者絕代語釋別國方言第九

戟楚謂之釨（取名於鉤釨也）凡戟而無刃秦晉之間謂之釨或謂之鏔（音寅）吳揚之間謂之戈東齊秦晉之間謂其大者曰鏝胡（泥鏝）其曲者謂之鉤釨鏝胡（即今雞鳴句子戟也）

三刃枝（今戟中有小子刺者所謂雄戟也）南楚宛郢謂之匽戟（音假郢今江陵也余正反）其柄自關而西謂之柲（音祕）或謂之殳（音殊）

矛吳揚江淮南楚五湖之間謂之鍦（嘗蛇反五湖今吳興太湖也先儒處之多亦不了所未能詳者）或謂之鋋（音蟬）或謂之鏦（漢書曰鏦殺吳王錯江反）其柄謂之矜（今字作穜巨巾反）

箭自關而東謂之矢江淮之間謂之鍭（音侯）關西曰箭（箭者竹名因以為號）

鑽謂之鍴（音端）

矜謂之杖（矛戟穜即杖也）

劒削自河而北燕趙之間謂之室自關而東或謂之廓或謂之削自關而西謂之鞞（方婢切）

盾自關而東或謂之瞂（音伐）或謂之干（干者扞也）關西謂之盾

車下鐵陳宋淮楚之間謂之畢（未詳）

大車謂之綦（鹿車也音忌）

車䡴（車軸頭也于厲反）齊謂之轆（又名輓）

車枸簍（即車弓也音縷）宋魏陳楚之間謂之筱（今呼車子弓為筱音巾個）或謂之䉤籠（穹隆兩音）其上約謂之箹（即畚帶也音瓜瓝）或謂之篹（音脈）秦晉之間自關而西謂之枸簍西隴謂之㮥（即畚字薄晚反）南楚之外謂之蓬（今亦通呼蓬）或謂之隆屈（尾屈）

輪（車輅也）韓楚之間謂之軑（音大）或謂之軧（詩曰約軧錯衡音祇）關西謂之輚（音揔）

輑謂之軸（牛忿反）

輮楚衛之間謂之輖（張由反）

箱謂之輫（音俳）

軫謂之枕(車後橫木)車紂自關而東周洛韓鄭汝潁而東謂之䋺(音秋)或謂之曲綯(綯亦繩名詩曰宵尔索綯)或謂之曲綸(今江東通呼索綸音倫)自關而西謂之紂

輨(音管)軑(音大)鍊鏅(鍊音東鏅音度果反)關之東西曰輨南楚曰軑趙魏之間曰鍊鏅

車釭齊燕海岱之間謂之鍋(音戈)或謂之錕(袞衣)自關而西謂之釭盛膏者乃謂之鍋

凡箭鏃胡合嬴者(胡鏑在於喉下嬴邊也)四鐮(廉稜也)或曰拘腸三鐮者謂之羊頭其廣長而薄鐮謂之鉀(普蹄反)或謂之鈀(音葩)箭其小而長中穿二孔者謂之鉀鑪(今箭鉀鑿空兩達者也鑪盧兩音)其三鐮長尺六者謂之飛虻(此謂今射箭也)凡者謂之平題(今戲射箭頭題猶羊頭也)所以藏箭弩謂之箙(盛弩箭器也外傳曰檿弧箕箙)弓謂之鞬(犍牛)或謂之韇(牛犢)

凡矛骹細如鴈脛者謂之鶴厀(今江東呼為鈴釘)

有小枝刃者謂之鉤釨

矛或謂之釨

鋑謂之鈹(今江東呼大矛為鈹鈹音彼鋑音聃)

骹謂之銎(即矛刃下口音凶)

鐏謂之釬(音扞或名為鐓音頓)

舟自關而西謂之船自關而東或謂之舟或謂之航(行伍)南楚江湘凡船大者謂之舸(姑可反)小舸謂之艖(今江東呼艖小底者也音叉)艖謂之艒縮(目宿二音)小艒縮謂之艇(艇也)艇長而薄者謂之艜(衣帶)短而深者謂之䑼(今江東呼艖䑼者音步)小而深者謂之𦪺(即長艖也音卬竹)東南丹陽會稽之間謂艖為欚(音禮)泭謂之䈀(音敷)䈀謂之筏(音伐)筏秦晉之通語也江淮家居䈀中謂之薦(音符)方舟謂之潢(揚州人呼渡津航為杭荊州人呼樹音橫)艁舟謂之浮梁(即今浮橋)楫謂之橈(如寮反)或謂之櫂(今云櫂歌依此名也)所以隱櫂謂之㯉(搖櫓小橛也江東又名為胡人音獎)所以縣櫂謂之緝

繫櫂頭索也

所以刺船謂之槁音高維之謂之鼎係船爲維首謂之閤閭今江東呼船頭屋爲之飛閭是也或謂之艗艏鷁鳥名也今江東貴人船前作青雀是其像也音六後曰舳今江東呼柂爲舳音軸舳制水也僞謂之仡吾勃反僞音訛船動搖之皃也仡不安也

輶軒使者絕代語釋別國方言第九

輶軒使者絕代語釋別國方言第十

媱愓遊也江沅之間謂戲爲媱或謂之愓音羊或謂之嬉香其反

曾訾何也湘潭之原潭水名出武陵音潭一曰淫荆之南鄙謂何爲曾或謂之訾今江東人語亦云訾爲聲如斯若中夏言何爲也

央亡嘿屎嘿音目屎丑夷反姡胡刮反獪也江湘之間或謂之無賴或謂之𤢺恐𢗰多智也恪交反凡小兒多詐而獪謂之央亡或謂之嘿屎嘿屎潛潛狡也或謂之姡言黠姡也姡娗也言恫娗也或謂之猾音滑皆通語也

崽者子也崽音枲聲之轉也湘沅之會兩水合處也音獪凡言是子者謂之崽若東齊言子矣聲如宰

誺不知也音癡眩江東曰咨此亦如聲之轉也沅澧之間澧水今在長沙音禮凡相問而不知荅曰誺使之而不肯荅曰吂音茫今中國語亦然粃不知也今淮楚間語呼聲如非也

㷄火也呼隗反楚轉語也猶齊言焜火也音毁

嘳無寫憐也皆[illegible]之代語也音蒯沅澧之原凡言相
憐哀謂之嘳或謂之無寫江濱謂之思濱水邊也
皆相見驩喜有得亡之意也九嶷湘潭之間
謂之人兮九嶷山名今在零陵營道縣
婩魚踐反嫧音榮鮮好也南楚之外通語也
嘳哰闌牢二音謰謱上音連下力口反拏也言譇拏也奴加反東
齊周晉之鄙曰嘳哰嘳哰亦通語也平原人好嘳哰
也南楚曰謰謱或謂之支註支之豉反註音注或謂
之詀謕上託兼反下音啼轉語也拏揚州會稽之語
也或謂之惹言情惹也汝邪反一音若或謂之譧言譧譧也
亄嗇貪也謂慳貪也音懿荊汝江湘之郊凡貪而不
施謂之亄亦中國之通語或謂之嗇或謂之惏惏恨
也慳者多情恨也
遙窕淫也九嶷荊郊之鄙謂淫曰遙言心遙蕩也
沅湘之間謂之窕窈窕冶容
潛涵沉也楚郢以南曰涵音含或古南反或曰潛潛

又遊也潛行水中亦為游也
寂安靜也江湘九嶷之郊謂之寂
拌棄也音伴又普槃反楚凡揮棄物謂之拌或謂之
敲恪校反今汝潁間語亦然或云㩧也淮汝之間謂之役江東又呼
㩧音豐又音豹
諑愬也諑譖亦通語也楚以南謂之諑
戲泄歇也楚謂之戲音羲泄奄息也楚揚謂之泄
攓取也音騫一曰騫楚謂之攓
曊曬乾物也揚楚通語也曊音非亦皆北方常語耳或云曬
棐猝也謂倉卒也音斐江湘之間凡卒相見謂之棐
相見或曰突他骨反
迹迹屑屑不安也皆往來之皃也江沅之間謂之迹
迹秦晉謂之屑屑或謂之塞塞或謂之省省
不安之語也
濶沭音閥佂伀遑遽也江湘之間凡窘猝怖遽
謂之濶沭喘喈皃也或謂之佂伀

翥舉也謂軒翥也楚謂之翥
忸怩慙歰也歰猶苦者楚郢江湘之間謂之忸怩
或謂之嘁咨子六伊二反
垤封塲也楚郢以南蟻土謂之垤垤中齊語也
讁過也謂罪過也音賾亦音適罪罰也南楚以南凡相非議
人謂之讁或謂之衇血脉衇又慧也今名黠鬼衇
膀兄也此音義所未詳荆揚之鄙謂之膀桂林之中
謂之䵒
謇極吃也楚語也亦北方通語也或謂之軋鞅軋氣不利也
烏入反或謂之歰語歰難也今江南又名吃爲喋若葉反
呰昨啓反矲蒲揩反短也江湘之會謂之呰凡物
生而不長大亦謂之鮆又曰癠今俗呼小爲癠音薺菜
桂林之中謂短矲言矲偕也矲通語也東陽之間
謂之府言俯視之因名云
鉗鉗害又惡也疲疲怪惡腹也妨反反憋憋怤急性也妨滅反惡也南
楚凡人殘罵謂之鉗殘猶惡也又謂之疲癡騃也

香戩反揚越之郊凡人相侮以爲無知謂之眲
諾革反眲耳目不相信也因字名也或謂之斫斫郄斫頓
直之貟今關西語亦皆然
惃衮衣愗音敎頓愍惽也謂迷惽也楚揚謂之惃或謂
之愗江湘之間謂之頓愍頓愍猶頓悶也或謂之氐
惆丁弟丁牢二反南楚飲毒藥懣謂之氐惆亦謂之
頓愍猶中齊言眠眩也愁恚憒憒毒而不發
謂之氐惆氐惆猶懊憹也
悅舒蘇也謂蘇息也楚通語也
眠娗莫典塗殄二反脉蜴音析賜施輕易茭媞恪校得懈二反譠
謾託蘭莫蘭二反㦣忚嚴醯二音皆欺謾之語也楚郢以
南東揚之郊通語也六者亦中國相輕易蚩弄之言也
𩑶額顏顙也湘江之間謂之𩑶今建平人呼額爲𩑶音旃
桑中夏之謂額東齊謂之顙汝潁淮泗之間
謂之顏
頷頤頜也謂頷車也南楚謂之頷亦今通語爾秦晉謂

之頷頤其通語也

紛怡喜也湘潭之間曰紛怡或曰巸已〔嬉怡二音〕

鄉或也〔酒鄉〕沅澧之間凡言或如此者曰鄉如是〔亦此憨聲之轉耳〕

愮療治也江湘郊會謂醫治之曰愮〔俗云厭愮病音曜〕愮又憂也〔博異義也〕或曰療

芔〔凶位反〕莽〔嫫母反〕草也東越揚州之間曰芔南楚曰莽

悈〔悈音良愅〕鰓〔鰓音魚鰓〕乾都〔音干〕耇〔音姤〕草老也〔皆老者皮色枯瘁之形也〕皆南楚江湘之間代語也〔凡以異語相易謂之代也〕

扲〔揰扲〕抌〔都感反亦音甚〕推也南楚凡相推搏曰扲或曰揔〔古骨反〕沅湧澆幽之語〔澆水今在桂陽涌水今在南郡華容縣也〕或曰攩〔今江東人亦名推為攩音晃〕

食閻〔音鹽〕慫慂〔上子竦反下音涌〕勸也南楚凡己不欲喜而旁人說之不欲怒而旁人怒之謂之食閻或謂之慫涌

欸〔音醫或音塵埃〕瞖〔鷖〕然也南楚凡言然者曰欸或曰瞖

緤末紀緒也南楚皆曰緤〔音薛〕或曰端或曰紀或曰末皆楚轉語也

䁯〔音揔〕𥈥〔音麗〕闚貼〔勑纖反〕占伺視也凡相竊視南楚謂之闚或謂之䁯或謂之貼或謂之占或謂之𥈥𥈥中夏語也〔亦言睬也〕闚其通語也自江而北謂之貼或謂之覗凡相候謂之占占猶瞻也

𩟹〔惡孔反〕䭢〔奴動反〕䁍多也南楚凡大而多謂之𩟹或謂之䭢凡人語言過度及妄施行亦謂之䭢

抯〔租黎〕摣〔以加反〕取也南楚之間凡取物溝泥中謂之抯或謂之摣

仉〔音汎〕僄〔飄零〕輕也楚凡相輕薄謂之相仉或謂之僄也

卷終

輶軒使者絕代語釋別國方言第十一

蛥蚗蛥音折蚗于列反一音玦齊謂之螇螰奚鹿二音楚謂之
蟪蛄莊子曰蟪蛄不知春秋也或謂之蛉蛄音零秦謂之蛥
蚗自關而東謂之虭蟧貂料二音或謂之蝭蟧音帝
或謂之蜓蚞廷木二音西楚與秦通名也江東人呼蟂蟧
蟬楚謂之蜩音調宋衛之間謂之螗蜩今胡蟬也似蟬
而小鳴聲清亮江南呼螗蛦陳鄭之間謂之蜋蜩音良秦晉
之間謂之蟬海岱之間謂之蛉齊人呼爲巨蛉音技其
大者謂之蟧或謂之蝒馬按爾雅云蝒馬者蜩非別名蝒馬也
此方言誤耳其小者謂之麥蚻如蟬而小青色今關西呼麥蚻音癰
癤之癤有文者謂之蜻蜻即蚻也爾雅云耳其雌蜻謂
之疋祖反一大而黑者謂之蝬音棧黑而赤者謂
之蜺雲霓蜩蟧謂之蠚蜩江東呼爲蠚蟧也蟪謂之寒
蜩寒蜩瘖蜩也按爾雅以蜺爲寒蜩月令亦曰寒蟬鳴知寒蜩非瘖者也
此諸蟬名通出爾雅而多駁雜未可詳據也寒蜩蛪也似小蟬而色青蛪音應
蛄詣謂之杜蛒音格螻螲謂之螻蛄螲音室或謂

之蟓蛉象鈴二音南楚謂之杜狗或謂之蛞螻
蜻蛚即趨織也精列二音楚謂之蟋蟀或謂之蛬梁國呼蛬
音鞏南楚之間謂之蚟孫孫一作絲
蟷蠰謂之髦有斧蟲也江東呼爲石蜋又名齕肬或謂之虰按爾
雅云蟷蜋蛑虰義自應下屬方言依此說失其指也或謂之蛘蛘
姑蠪謂之強蛘米中小黑甲蟲也江東名之䖯音加建平人呼芈子音芈
芈即姓也
蟒即蝗也莫鯁反宋魏之間謂之蚮音貸南楚之外謂
之蟅蟒蟅音近詐亦呼吒蜢或謂之蟒或謂之𧑍音滕
蜻蛉謂之蝍蛉六足四翼蟲也音靈江東名爲狐黎淮南人呼蠊蛜蠊音
康蛜音伊
舂黍謂之𧒂蝑𧒂音聳蝑音壞沮反又名蚣𧒂江東呼蚱蜢
蟦蠀謂之蚇蠖即踧二音蠖烏郭反又呼步屈
蠭燕趙之間謂之蠓螉蒙翁二音其小者謂之蠮
螉小細腰蠭也音蠮壹或謂之蚴蜺幽悅二音其大而蜜謂
之壺蠭今黑蠭穿竹木作孔亦有蜜者或呼笛師

蠅東齊謂之羊（此亦語轉耳今江東人呼羊聲如蠅凡此之類皆不宜別立名也）陳楚之間謂之蠅自關而西秦晉之間謂之蠅

蚍蜉（毗浮二音亦呼蟞蜉）齊魯之間謂之蚼蟓（駒養二音）西南梁益之間謂之玄蚼（法言曰玄駒之步是）燕謂之蛾蛘（蛾養一音建平人呼蚳音侈）其塲謂之坻（直尸反）或謂之蛭（亦言冢也）

蟦蠐謂之蟦（翡翠反）自關而東謂之蝤蠐（猶齊兩音）或謂之蚕蠾（書卷）或謂之蝖轂（亦呼當齊或呼地蠶或呼蟦蝖）（喧斛兩音）梁益之間謂之蛒（音格）或謂之蝎或謂之蛭蛒（音質）秦晉之間謂之蠹或謂之天螻（按爾雅云螜天螻謂螻蛄耳而方言以為蝎未詳其義也）四方異語而通者也

蚰蜒（由延二音）自關而東謂之螾蜒（音引）或謂之入耳或謂之蜧蠬（音麗）趙魏之間或謂之蚨虷（扶于二音）北燕謂之蛆蚭（蛆奴六反蚭音尼江東又呼蛩音鞏）

鼅鼄（知株二音）鼄蝥也（音無）自關而西秦晉之間謂之鼄蝥（今江東呼蝃蝥音掇）自關而東趙魏之郊謂之鼅鼄或謂之蠾蝓（燭臾二音）蠾蝓者侏儒語之轉也北燕朝鮮洌水之間謂之蝳蜍（齊人又呼社公亦言周公音毒餘）

蜉蝣（浮由二音）秦晉之間謂之蟝蛒（似天牛而小有甲角出糞土中朝生夕死）

馬蚿（音弦）北燕謂之蛆蟝（蚷蛆）其大者謂之馬蚰（音逐今關西云）

輶軒使者絕代語釋別國方言第十一

輶軒使者絕代語釋別國方言第十二

爰嗳哀也嗳哀而恚也音段

儒輸愚也儒輸猶儒撰也

愋諒知也

拊撫疾也謂急疾也音府

菲怒悵也謂惋惆也音翡

鬱熙長也謂壯大也音怡

娋孟姉也外傳曰孟啖我是也今江東山越間呼姉聲如市此因字誤遂俗也

娋音義未詳

築娌匹也今關西兄弟婦相呼為築里度六反廣雅作妯

娌耦也

礦裔習也謂玩習也音盈

躔度展反逡循也逡巡

躔歷行也躔猶踐也日運為躔月運為逡運猶行也

逭音換亦管遁陽六反轉也逭遁步也轉相訓耳

遾窦望也今云烽火是也

揄楕脫也

解輸稅也稅猶脫耳

賦與操也謂操持也

盪音蕩歇泄乞涸也謂渴也音鶴

澂妨計反澂音澄清也

逯音鹿亦錄遡音素行也

墾牧司也墾力也耕墾用力

牧飤也謂放飤牛馬也

監牧察也

蚕始也蚕化也別異訓也音蟲

鋪脾止也義有不同故異訓之鋪妨孤反

攘掩止也

幕覆也

侗他動反胴挺動狀也謂形狀也

疋抄小也樹細枝為抄也

屑佳勞也屑屑往來皆劬勞也

屑惟王相獪也市儈
效音皎娃口䫫反明也
淎將威也
嬀居偽反娗音挺偒也爛偒健狡也博丹反
保虔謾也謂惠黠也莫錢反
佻疾也謂輕疾也音糶
鞅侼強也謂強戾也音敦
鞅侼懟也亦爲怨懟鞅猶怏也
追末隨也
僉怚劇也謂勦劇音驕怚也
僉夥也僉者同故爲多音禍
夸烝媱也上媱爲蒸
毗頯懣也謂憤懣也音頯
熒激清也
紓遲緩也謂寬緩也音舒
清蹢急也

杍杍栟㦜胡計反解也
葳逞解也葳訓勃復言解錯用其義音展
柢柲刺也皆矛戟之矡所以刺物者也音觸柢
倩荼借也荼猶徒也
㦒朴猝也謂急速也旁歷打撲二音
麋棃老也麋猶眉也
萃離時也
漢赤怒也
赤發也
謣呼瓜反吁然也音于皆應聲也
猜忦恨也
艮磑堅也艮磑皆石名物也五碓反
炗眼明也炗光也音溪
忲愉悅也忲愉猶呴愉也音敷
即圍就即半也即一作助
𢥋㤕中也中宜爲忡忡惱怖意也

薵蒙覆也

籌戴也此義之反覆兩通者字或作壽音俱波濤也

堪輂載也輂轝亦載物者也音釘鋦

搖祖上也

祖搖也

祖轉也互相釋也動搖即轉矣

括關閉也易曰括囊無咎音活

衝俶動也

羞厲熟也熟食爲羞

厲今也

備該咸也咸猶皆也

噬食也

噬憂也

㥄悸也謂悚悸也

虜鈔强也皆强取物也

鹵奪也

鑈正也謂堅正也奴俠反

蒔殖立也

蒔更也爲更種也音侍

鬌尾稍盡也鬌毛物漸落去之名除爲反

尾梢也

㱤𠋩倦也今江東呼極爲㱤音劇外傳曰余病㱤矣

鼃律始也音蛙

蓐臧厚也

遵遳行也遳遳行皃也魚晚反

鑴音攜餟祭醊餽也音愧

餼香旣反䭘音映飽也

惵度協反耇音坫贏也音盈

蚩愮悖也謂悖惑也音遙

趙肖小也

吹扇助也吹噓扇佛相佐助也

焜曅晠也韡曅焜燿晠皃也

苦翕熾也
蘊崇也
蘊蓄積也蓄者貪故爲積
蓄殄合也
翬翻飛也翬翬飛皃也音揮
憤目盈也
諫央諫諻從橫音也
搪音搪遨音敖張也
岑夤大也
岑高也岑崟峻皃也
效䀏文也䀏䀏文采皃也音户
鈵董錮也謂堅固也音柄
扞搷揚也謂播揚也音填
水中可居爲洲三輔謂之淤音血瘀上林賦曰行乎州淤之
浦也蜀漢謂之嬖手臂
殹幕也謂蒙幕也音醫

刳音枯狄也宜音剔
度高爲揣棠絹反
半步爲跬差箠反
半盲爲睺呼鉤反一音猴
未陞天龍謂之蟠龍
裔夷狄之摠名邊地爲裔亦四夷通以爲號也
考引也
弼高也
上重也
箇枚也爲枚數也古餓反
一蜀也南楚謂之獨蜀猶獨耳

輶軒使者絶代語釋別國方言第十二

輶軒使者絕代語釋別國方言第十三

裔歷相也

裔旅末也

毗緣廢也

純毟好也（毟毟小好皃也音沐）

藐素廣也（藐藐曠遠皃音邈）

藐漸也

蹻（踊躍）拼（拯拔）拔也出休為拼出火為蹻也（拼一作拔）（蹻一作踚）

炖（託孫反）烼（音閩）煓（波湍）赫貌也（皆火盛熾之皃）

憤竅（孔竅）阨也（謂迫阨烏革反）

杪眇小也

讁咎謗也（謗言噂讁也音沓）

藏敕戒備也（藏亦訓敕）

摵（音蹜）擲（致音）到也

聳膞忘也

黜（度感反）黕（莫江反）私也（皆冥闇故為陰私也）

龕（音堪）喊（音減）唿（荒麥反亦音郁）唏（靈几反）聲也

茶（音塗）萆（方婢反）析也析竹謂之茶（今江東呼篾竹裏為茶亦名為茶之也）

僻（音遠）宵（音蹻）使也

蠢作也（謂動作也）

忽達芒也（謂草杪芒鋨出）

芒濟滅也（外傳曰二帝用師以相濟也）

劇（音廓）蠡（音儷）解也䰒能也僻刻也

聳悚也（謂警聳也山頂反）

跌蹷也（偃地反江東言路丁賀反）

蘪蕪也（謂草穢蕪也音務）

湧淹敗也溼敝為湧水敝為淹（皆謂水潦漫淳壞物也）

瞢（音狸）梅（亡改反）貪也

擷（恪穎反）挺（音延）竟也

譴喘轉也（譴喘猶宛轉也）

囮胎僆逃也皆謂逃叛也僆音輦䡅

隋毻易也謂解毻也他臥反

朓説好也謂姊悅也音遥

懲怛惡也〻怛懷亦知難也

吴大也

灼驚也猶云恐熵也

賦動也賦斂所以擾動民也

瘵極也巨畏反江東呼極為瘵倦聲之轉也

煎盡也

爽過也謂過差也

蟬毒也

慘惱也音猶

惱惡也慘悴惡事也

遲積也

究蓄也謂究樂也言婉

類法也

䬄本也今以烏羽本為䬄音侯

懼病也驚也

葯薄也謂薄裹物也葯猶纏也音決的

[月旋]短也便旋庳小皃也

掊深也掊尅深能

湟休也

撈取也謂鈎撈也音料

膜撫也謂撫順也音莫

由式也

猷詐也猶者言故為詐

蓮隨也

揣試也揣度試之

顡怒也顡顡恚皃也巨廪反

埝下也謂陷下也音坫肆

讀解也讀訟所以解釋理物也

賴取也

抍業也謂基業也音鉗

帶行也隨人行也

濂空也濂窘空皃康或作㪡虛字也

湛安也湛然安皃

嘍樂也嘍嘍㪡皃音鏤

侻㪡也㪡樂也音蛻

衎定也衎然安定皃也音看

膞膍也謂膍肉也魚自反

讟痛也謗誣怨痛也亦音讀

鼻始也嘼之初生謂之鼻人之初生謂之首梁益之間謂鼻為初或謂之祖祖居也鼻祖皆始之別名也轉復訓以為居所謂代語者也

充養也

翳掩也謂掩覆也

臺支也

純文也

祐亂也亂宜訓治

恌理也謂情理也音遙

薀晠也薀藹茂皃

搪張也謂彀張也音堂

惲謀也謂議也嘔憤反

陶養也

㩒格也今之竹木格是也音禁惡

毗曉明也

扱擭也扱猶級也

扶護也扶挾將護

淬寒也淬猶淨也作憒反

湊淨也皆冷皃也初兩爭耕二反

瀧極也渗瀧極盡也

牧凡也

易始也易代更始也

逭周也謂周轉也

䵣色也䵣然赤色貌也音奭

恬靜也恬惔安靜

禔福也謂福祚也音祇

禔喜也有福即喜

攋洛旱反隓許規反壞也

息歸也

抑安也

潛亾也

曉過也

曉嬴也

𪙂短也𪙂𪙂短小貌音剬音肫贅

隑剴切陭也江南人呼梯為隑所以隑物而登者也音剴切也

远長也謂長短也胡郎反

远迹也爾雅以為兔迹

賦臧也

蘊饒也音溫

芬和也芬香和調

檮依也謂可依倚之也

依祿也祿位可依憑也

䏦腯也腯腯肥充也音脉亦變

盬雜猝也皆倉卒也音古

蹻行也言跳蹻也音藥

盬且也盬猶䟴也

抽讀也

媵託也

適牾也相觸迕也

押予也予猶與音畢

彌縫也

譯傳也

譯見也傳宣語即相見

梗略也梗槩大略也

臆滿也愊臆氣滿之也

隲益也謂增益也音罵

空待也來則實也

珇好也

珇美也美好等互見義耳音祖

姬色也嫗煦好色皃

闓開也謂開門也

靡滅也或作摩滅字音縻

菲薄也謂微薄也音翡

腆厚也

媟狎也相親狎也

芋大也芋猶訏耳香于反

煬翕炙也今江東呼火熾猛為煬音恙

煬烈暴也

馺馬馳也馺馺疾皃也素荅反

選延偏也

澌索也盡也

晞燥也

梗覺也謂直也

苹集也

睨俾倪曎音亦明也

暟臨昭也

暟美也暟暟美德也呼凱反

箄方氏反簍音縷籅音餘筥弓弢篪也古筥字江沔之間謂之籅趙代之間謂之筥淇衛之間謂之牛筐淇水名也篪其通語也

篪小者南楚謂之簍自關而西秦晉之間謂之箄今江南亦名籠為箄

籠南楚江沔之間謂之篣今零陵人呼籠為篣音彭或謂之笯音都墓亦呼籃

篆盛餅筥也南楚謂之筲今建平人呼筲為鞭鞘趙魏之郊謂之去篆今通語也

鍏謂之鍣廣雅作鍣字

無外謂之刁斗謂小鈴也音貂見漢書
匕謂之匙
盂謂之㭉子殄反河濟之間謂之盞䀉
椀謂之盦
盂謂之銚銳音謠木謂之涓抉椀亦盂屬江東名盂為凱亦曰
甌也鏂吷兩音
餌謂之餻或謂之粢或謂之餎音鈴或謂之餣
央怯反或謂之䬴音元
餅謂之飥音毛或謂之餦餛長渾兩音
餳謂之餦餭即乾飴也飴謂之餧音該䬧謂之餹以豆
屑雜餳也音髓餳謂之餹江東皆言餹音唐凡飴謂之餳自
關而東陳楚宋衛之通語也
𪎊音尖𪎊音才𪍸于八反𪌓音牟大麥麴𪍭音脾餅麴𪍿音蒙
有衣麴𪍴音小麥麴為𪍴即麴也麴也自關而西秦豳之
間曰𪎊豳即邠音哉晉之舊都曰𪍴今江東人呼麴為𪍴音育
右河濟曰麲或曰𪍨北鄙曰𪍭麴其通語也

屋梠謂之欞雀梠即屋檐也亦呼為連綿音鈴
甂謂之甊即屋檐也今字作甍音萌甊音雷
冢秦晉之間謂之墳取名於大防也或謂之培音部或
謂之堬音臾或謂之采古者卿大夫有采地死葬之因名也或謂
之埌波浪或謂之壠有界埒似耕壟因名之自關而東謂
之丘小者謂之塿培塿亦堆高之皃洛口反大者謂之丘
又呼冢為墳也凡葬而無墳謂之墓言不封也墓猶慕也所以
墓謂之墲墲謂規度墓地也漢書曰初陵之墲是也

輶軒使者絶代語釋別國方言第十三

釋名八卷

# 釋名序

劉熙字成國撰

熙以爲自古造化制器立象有物以來迄于近代或典禮所制或出自民庶名號雅俗各方名殊聖人於時就而弗改以成其器著於旣往哲夫巧士以爲之名故興於其用而不易其舊所以崇易簡省事功也夫名之於實各有義類百姓日稱而不知其所以之意故撰天地陰陽四時邦國都鄙車服喪紀下及民庶應用之器論敘指歸謂之釋名凡二十七篇至於事類未能究備凡所不載亦欲智者以類求之博物君子其於答難解惑王父幼孫朝夕侍問以塞可謂之士聊可省諸

右釋名八卷館閣書目云漢徵士北海劉熙字成國撰推揆事源釋名號致意精微崇文總目云熙即物名以釋義凡二十七目臨安府陳道人書籍鋪刋行

# 刻釋名序

釋名者小學文字之書也古者文字之書有三焉一體制謂點畫有縱橫曲直之殊若說文字原之類是也二訓詁謂稱謂有古今雅俗之異若爾雅釋名之類是也三音韻謂呼吸有清濁高下之不同若沈約四聲譜及西域反切之文是也三者雖各自名家要之皆小學之書也夫自六經出而爾雅作爾雅作而釋名著是故漢藝文志以爾雅附孝經而經籍志以附論語蓋崇之也漢劉熙所著釋名翼雅者也宜與雅並傳爾雅故有鏤本而釋名乆無傳者余按全晉偶得是書於李僉憲川甫川甫得諸蔡中丞石岡石岡得諸濟南周君秀因託呂太史仲木校正付太原黃守刋布焉然則翼雅之書詎止於是乎郭璞有圖沈璇有注孫炎有音江瓘有贊邢昺有正義張揖有廣雅曹憲有博雅孔鮒有小爾雅劉伯莊有續爾雅楊雄有方言劉霽有釋俗語盧辯有稱謂沈約有俗說張顯有古今訓韋昭有辨釋名凡讀爾雅者皆當參覧其可以小學之書而忽之哉

嘉靖甲申冬十二月旣望谷泉儲良材邦掄父撰

重刊釋名後序

漢徵士北海劉熙著釋名二十七篇蓋爾雅之緒也昔者周公申彝倫之道乃制作儀周二禮雅南豳頌四時皆發揮於陰陽象器山河草木以及蟲魚鳥獸之物義雖裁諸已文多傳諸古恐來世之不鮮也其徒作爾雅以訓焉魯哀公欲學小辯以觀政孔子曰觀爾雅以辯言釋名者亦辯言之意乎今夫學者將以為道也欲為道而不知義則於道不樂進欲知義而不辯言則於義不可精欲辯言而不正名則於言不能審是故洒掃應對道德性命其致一也夫音以九土而異聲以十世而殊山人以為勤蔿藿荅者國人以為巔蒜韭蔥者也古人以為基丞介乎者今人以為始君大至者也故名猶明也釋猶譯也鮮也譯而明之以從義而入道也是書南宋時刻於臨安尋燬不傳今侍御谷泉儲公邦掄得之於嵩山命憲李公李公得之於中丞石岡蔡公乃命柟校正付絳州守程君鴻刊布焉其意遐乎但爾雅先詁言訓親而後動植近取諸身斯遠取諸物也釋名以天地山水為先則類乎玩物矣故魏張揖采蒼雅作廣雅辭類雅衍猶為存爾雅之舊乎

嘉靖三年冬十月乙卯高陵呂柟序

釋名今無刊本茲所校者又專本無副正過亦八十餘字皆以意揆諸義者故義若可告即為定改求而不得仍存其舊序中可謂二字釋國篇諱首之諱一字釋姿容篇邊自二字釋言篇說曰二字操功之功一字曾疑為切字曜齒之曜一字釋疾篇匠一二字凡十一字皆闕未改俟有他本及知釋名者柟又識

# 釋名目錄





# 釋名卷第一

劉熙字成國撰



## 釋天第一

天豫司兖冀以舌腹言之天顯也在上高顯也青徐以舌頭言之天坦也坦然高而遠也春曰蒼天陽氣始發色蒼蒼也夏曰昊天其氣布散皓皓也秋曰旻天旻閔也物就枯落可閔傷也冬曰上天其氣上騰與地絕也故月令曰天氣上騰地氣下降易謂之乾乾健也健行不息也又謂之玄玄懸也如懸物在上也　日實也光明盛實也　月缺也滿則缺也　光晃也晃晃然也亦言廣也所照廣遠也　景境也明所照處有境限也　晷規也如規畫也　曜耀也光明照耀也　星散也列位布散也　宿宿也星各止宿其處也　氣餼也餼然有聲而無形也　風兖豫司冀橫口合脣言之風氾也其氣博氾而動物也青徐言風踧口開脣推氣言之風放也氣放散也　陰陰也氣在內奧陰也　陽揚也氣在外發揚也　寒

捍也捍格也　暑煮也熱如煮物也　熱爇也如火
所燒爇也　雨羽也如鳥羽動則散也　春蠢也動
而生也　夏假也寬假萬物使生長也　秋緧也緧
迫品物使時成也　冬終也物終成也　四時四方
各一時時期也物之生死各應節期而止也　年進
也進而前也　歲越也越故限也唐虞曰載載生物
也殷曰祀祀已也新氣升故氣已也　五行者五氣
也於其方各施行也　金禁也其氣剛嚴能禁制也
木冒也華葉自覆冒也　水準也準平物也　火
化也消化物也亦言毀也物入中皆毀壞也　土吐
也能吐生萬物也　子孳也陽氣始萌孳生於下也
於易爲坎坎險也　丑紐也寒氣自屈紐也於易爲
艮艮限也時未可聽物生限止之也　寅演也演生
物也　卯冒也載冒土而出也於易爲震二月之時
雷始震也　辰伸也物皆伸舒而出也　巳巳也陽
氣畢布已也於易爲巽巽散也物皆生布散也　午
仵也陰氣從下上與陽相仵逆也於易爲離離麗也
物皆附麗陽氣以茂也　未昧也日中則昃向幽昧
也　申身也物皆成其身體各申束之使備成也
酉秀也秀者物皆成也於易爲兌兌悅也物得備足

皆喜悅也　戌恤也物當收斂矜恤之也亦言脫也
落也　亥核也收藏百物核取其好惡眞僞也亦言
物成皆堅核也　甲孚也萬物解孚甲而生也　乙
軋也自抽軋而出也　丙炳也物生炳然皆著見也
丁壯也物體皆丁壯也　戊茂也物皆茂盛也
已紀也皆有定形可紀識也　庚猶更也庚堅强貌
也　辛新也物初新者皆收成也　壬妊也陰陽交
物懷妊也至子而萌也　癸揆也揆度而生乃出之
也　霜喪也其氣慘毒物皆喪也　露慮也覆慮物
也　雪綏也水下遇寒氣而凝綏綏然也　霰星也
水雪相摶如星而散也　霢霂小雨也言裁霢歷霑
漬如人沐頭惟及其上枝而根不濡也　雲猶云云
衆盛意也又言運也運行也　雷硍也如轉物有所
硍雷之聲也　電殄也乍見則殄滅也　震戰也所
擊輒破若攻戰也又曰辟歷辟折也所歷皆破折也
雹砲也其所中物皆摧折如人所盛咆也　虹攻
也純陽攻陰氣也又曰蝃蝀其見每於日在西而見
於東啜飲東方之水氣也見於西方曰升朝日始升
而出見也又曰美人陰陽不和婚姻錯亂淫風流行
男美於女女美於男恒相奔隨之時則此氣盛故以

其盛時名之也　霓齧也其體斷絕見於非時此灾氣也傷害於物如有所食齧也　暈捲也氣在外捲結之也日月俱然　陰而風曰曀曀翳也言掩翳日光使不明也　風而雨土曰霾霾晦也言如物塵晦之色也　珥氣在日兩旁之名也珥耳也言似人耳之在面旁也　日月虧曰食稍稍侵虧如蟲食草木葉也　晦灰也火死爲灰月光盡似之也　朔蘇也月死復蘇生也　弦月半之名也其形一旁曲一旁直若張弓施弦也　望月滿之名也月大十六日小十五日日在東月在西遙相望也　昏損也陽精損滅也　晨伸也旦而日光復伸見也　祲侵也赤黑之氣相侵也　氛粉也潤氣著草木因寒凍凝色白若粉之形也　霧冒也氣蒙亂覆冒物也蒙日光不明蒙蒙然也　彗星光梢似彗也　孛蒲沒反星星旁氣孛孛然也　筆星星氣有一枝末銳似筆也　流星星轉行如流水也　枉矢齊魯謂光景爲枉矢言其光行若射矢之所至也亦言其氣枉暴有所灾害也　厲疾氣也中人如磨厲傷物也　疫役也言有鬼行疫也　札截也氣傷人如有斷截也　灾栽也火所燒滅之餘曰栽言其於物如是也　害割也如割削物也　異者異於常也　眚痟也如病者痟瘷也　慝態也有姦態也　妖殀也殀害物也　孽孽也遇之如物見髡孽也

## 釋地第二

地者底也其體底下載萬物也亦言諦也五土所生莫不信諦也易謂之坤坤順也上順乾也　土吐也吐生萬物也　已耕者曰田田塡也五稼塡滿其中也　壤瀼也肥濡意也　廣平曰原原元也如元氣廣大也　高平曰陸陸漉也水流漉而去也　下平曰衍言漫衍也　下濕曰隰隰蟄也蟄溼意也　下而有水曰澤言潤澤也　地不生物曰鹵鹵爐也如爐火處也　徐州貢土五色有青黃赤白黑也　土青曰黎似黎草色也　土黃而細密曰埴埴膱也黏胒如脂之膱也　土赤曰鼠肝似鼠肝色也　土白曰漂漂輕飛散也　土黑曰盧盧然鮮散也

## 釋山第三

山產也產生物也　土山曰阜阜厚也言高厚也大阜曰陵陵隆也體高隆也　山頂曰冢冢腫也言腫起也　山旁曰陂言陂陁也　山脊曰岡岡亢也在上之言也　山旁隴間曰涌涌猶桶桶狹而長也　山大

而高曰嵩嵩竦也亦高稱也　山小高曰岑岑嶃也嶃然也　上銳而長曰嶠嶠形似橋也　小山別大山曰甗甗音彥甗甑也甑一孔者甗形孤出處似之也　山多小石曰磝磝堯也每石堯堯獨處而出見也　山多大石曰礐礐學也大石之形學學形也　山有草木曰岵岵怙也人所怙取以爲事用也　山無草木曰屺屺圯也無所出生也　山上有水曰埒埒脫也脫而下流也　石載土曰岨岨臚然也土載石曰崔嵬因形名之也　山東曰朝陽山西曰夕陽隨日所照而名之也　山下根之受霤處曰甽甽吮也吮得山之肥潤也　山中叢木曰林林森也森森然也　山足曰麓麓陸也言水流順陸燥也　山體曰石石格也堅捍格也　小石曰礫礫料也小石相枝柱其間料料然出內氣也

## 釋水第四

天下大水四謂之四瀆江河淮濟是也　瀆獨也各獨出其所而入海也　江公也小水流入其中公共也　淮圍也圍繞揚州北界東至海也　河下也隨地下處而通流也　濟濟也源出河北濟河而南也　川穿也穿地而流也　山夾水曰澗澗間也言在兩山之間也　水正出曰濫泉濫銜也如人口有所銜口闓則見也　懸出曰沃泉水從上下有所灌沃也　側出曰氿泉氿軌也流狹而長如車軌也　所出同所歸異曰淝泉本同出時所浸潤少所歸各枝散而多似淝者也　水從河出曰雍沛言在河岸限內時見雍出則沛然也　水上出曰涌泉瀆泉並是也　水泆出所爲澤曰掌水停處如手掌中也今兗州人謂澤曰掌也　水決復入爲汜汜已也如出有所爲畢已而還入也　風吹水波成文曰瀾瀾連也波體轉流相及連也　水小波曰淪淪倫也小文相次有倫理也　水直波曰涇涇俓也言如道俓也　水草交曰湄湄眉也臨水如眉臨目也水經川歸之處也　海晦也主承穢濁其水黑如晦也　水注谷曰溝田間之水亦曰溝溝搆也縱橫相交搆也　注溝曰澮澮會也小溝之所聚會也　水中可居者曰洲洲聚也人及鳥物所聚息之處也　小洲曰渚渚遮也體高能遮水使從旁迴也　小渚曰沚沚止也小可以止息其上也　小沚曰泜泜遲也能遏水使流遲也　人所爲之曰潏潏術也堰使水鬱術也魚梁水碓之謂也　海中可居者曰島島到也人所奔

到也亦言鳥也物所赴如鳥之下也

## 釋丘第五

丘一成曰頓丘一頓而成無上下大小之殺也　再成曰陶丘於高山上一重作之如陶竈然也　三成曰崑崙丘如崑崙之高而積重也　前高曰髦丘如馬舉頭垂髦也　中央下曰宛丘有丘宛宛如偃器也涇上有一泉水亦是也　偏高曰阿丘阿荷也如人擔荷物一邊偏高也　畝丘丘體滿一畝之地也　圜丘方丘就其方圜名之也　銳上曰融丘融明也明陽也凡上銳皆高而近陽者也　如乘曰乘丘四馬曰乘一基在後似車四列在前似駕馬車之形也　如陼（之異文）者曰陼丘形似水中之高地隆高而廣也　水潦所止曰泥丘其止汙水留不去成泥也　澤中有丘曰都丘言蟲鳥往所都聚也　當途曰梧丘梧忤也與人相當忤也　道出其右曰畫丘人尚右凡有指畫皆用右也　道出其前曰載丘在前故載也　道出其後曰昌丘　水出其前曰阯丘阯基阯也言所出然　水出其後曰阻丘此水以爲險也　水出其右曰沚丘沚止也西方義氣有所制止也　水出其左曰營丘　丘高曰陽丘體高近陽也　宗丘邑中所宗也

## 釋道第六

道一達曰道路道蹈也　路露也人所踐蹈而露見也　二達曰岐旁物兩爲岐在邊曰旁此道並通出似之也　三達曰劇旁古者列樹以表道道有夾溝以通水潦恒見修治此道旁轉多用功稍劇也　四達曰衢齊魯謂四齒杷爲欋欋杷地則有四處此道似之也　五達曰康康昌也昌盛也車步併列並用之言充盛也　六達曰莊莊裝也裝其上使高也　七達曰劇驂驂馬有四耳今此道有七比於劇也　八達曰崇期崇充也道多所通人充滿其上如共期也　九達曰逵齊魯謂道多爲逵師此形然也　城下道曰壕壕翱也都邑之內翱翔祖駕之處也　步所用道曰蹊蹊係也射疾則用之故還係於正道也　徑經也人所經由也　麋兔之道曰亢行不由正亢陌山谷草野而過也　涂度也人所由得通度也

釋名卷第一

# 釋名卷第二

劉熙字成國撰



## 釋州國第七

青州在東取物生而青也州注也郡國所注仰也　徐州徐舒也土氣舒緩也　楊州州界多水水波揚也　荊州取名於荊山也必取荊爲名者荊警也南蠻數爲寇逆其民有道後服無道先彊常警備之也　豫州地在九州之中京師東都所在常安豫也　涼州西方所在寒涼也　雍州在四山之内雍翳也　并州曰土無也其州或并或設故因以爲名也　幽州在北幽昧之地也　冀州亦取地以爲名也其地有險有易帝王所都亂則冀治弱則冀彊荒則冀豐也　兗州取兗水以爲名也　司州司隸校尉所主也　益州益阨也所在之地險阨也　古有營州齊衛之地於天文屬營室取其名也　燕宛也北方沙漠平廣此地在涿鹿山南宛宛然以爲國都也　宋送也地接淮泗而東南傾以爲殷後若云滓穢所在送使隨流東入海也　鄭町也其地多平町町然也　楚辛也其地蠻多而人性急數有戰爭相爭相害辛楚之禍也　周地在岐山之南其山四周也　秦津也其地沃衍有津潤也　晉進也其土在北有事於中國則進而南也又取晉水以爲名其水迅進也　趙朝也本小邑朝事於大國也　魯魯鈍也國多山水民性樸魯也　衛衛也旣滅殷立武庚爲殷後三監以守衛之也　齊齊也地在勃海之南勃齊之中也　吳虞也太伯讓位而不就歸封之於此虞其志也　越夷蠻之國也度越禮義無所拘也此十二國上應列宿各以其地及於事宜制此名也至秦改諸侯置郡縣隨其所在山川土形而立其名漢就而因之也　河南在河之南也　河内河水從岐山而南從雷首而東從譚首而北郡在其内也　河東在河水東也　河西在河水西也　上黨黨所也在山上其所最高故曰上也　潁川因潁水爲名也　汝南在汝水南也　汝陰在汝水陰也　東郡南郡皆以京師方面言之也　北海海在其北也　西海海在其西也　南海在海南也宜言海南欲同四海名故言南海　東海海在其東也　濟南濟水在其南也　濟北濟水在其北也義亦如南海也　濟陰在濟水之陰也　南陽在國之南而地陽也凡若此

類郡國之名取號於此則其餘可知也縣邑之名亦如之　大曰邦邦封也封有功於是也　國城曰都者國君所居人所都會也　周制九夫爲井其制似井字也四井爲邑邑猶悒也邑人聚會之稱也　四邑爲丘丘聚也　四丘爲甸甸乘也出兵車一乘也　鄙否也小邑不能遠通也　縣懸也懸係於郡也　郡群也人所群聚也　五家爲伍以五爲名也又謂之鄰鄰連也相接連也又曰比相親比也　五鄰爲里居方一里之中也　五百家爲黨黨長也一聚之所尊長也　萬二千五百家爲鄉鄉向也衆所向也

## 釋形體第八

人仁也仁生物也故易曰立人之道曰仁與義　體第也骨肉毛血表裏大小相次第也　軀區也是衆名之大揔若區域也　形有形象之異也　身伸也可屈伸也　毛貌也冒也在表所以別形貌且以自覆冒也　皮被也被覆體也　膚布也布在表也　肌懻也膚幕堅懻也　骨滑也骨堅而滑也　肢枝也似木之枝格也　肉柔也　筋力也肉中之力氣之元也靳固於身形也　膜幕也幕絡一體也　血濊也出於肉流而濊濊也　膿醲也汁醲厚也　汁涕也涕涕而出也　津進也汁進出也　汋澤也有潤澤也　汗涅也出在於表涅涅然也　髓遺也遺遺也　髮拔也拔擢而出也　鬢峻也所生高峻也　髦冒也覆冒頭頸也　眉媚也有嫵媚也　頭獨也於體高而獨也　首始也　面漫也　額鄂也有垠鄂也故幽州人則謂之鄂也　角者生於額角也　頰鞍也偃折如鞍也　目默也默而內識也　眼限也瞳子限限而出也　睫插接也插於眼眶而相接也　瞳子瞳重也膚幕相裹重也子小稱也主謂其精明者也或曰眸子眸冒也相裹冒也　鼻嘒也出氣嘒嘒也　口空也　頰夾也兩旁稱也亦取挾斂食物也　舌泄也舒泄所當言也　齒始也少長之別始乎此也以齒食多者長也食少者幼也　頤養也動於下止於上上下咀物以養人也　牙樝牙也隨形言之也　輔車其骨強所以輔持口也或曰牙車牙所載也或曰頷頷含也口含物之車也或曰頰車亦所以載物也或曰鼸車鼸鼠之食積於頰人食似之故取名也凡繫於車皆取在下載上物也　耳耏也耳有一體屬著兩邊耏耏然也　脣緣也口

之緣也　吻免也入之則碎出則免也又取抆也漱
唾所出恒加抆拭因以爲名也　舌卷也可以卷制
食物使不落也　鼻下曰立人取立於鼻下狹而長
似人立也　口上曰髭髭姿也爲姿容之美也　口
下曰承漿漿水也　頤下曰鬚鬚秀也物成乃秀人
成而鬚生也亦取須體幹長而後生也　在頰耳旁
曰髯隨口動搖髯髯然也　其上連髮曰鬢鬢濱也
濱崖也爲面額之崖岸也　鬢曲頭曰距距拒也言
其曲似拒也　項確也堅確受枕之處也　頸徑也
徑挺而長也　咽咽物也　嬰在頤纓理之中也青
徐謂之脰物投其中受而下之也又謂之嗌氣所流
通阨要之處也　胡互也在咽下垂能斂互物也
胷猶啌也啌氣所衝也　臆猶抑也抑氣所塞也
膺壅也氣所壅塞也　腹複也富也腸胃之屬以自
裹盛復於外複之其中多品似富者也　心纖也所
識纖微無物不貫心也　肝幹也五行屬木故其體
狀有枝幹也凡物以大爲幹也　肺敎也言其氣敎
鬱也　脾裨也在胃下裨助胃氣主化穀也　腎引
也腎屬水主引水氣灌注諸脉也　胃圍也圍受食
物也　腸暢也通暢胃氣去滓穢也　臍劑也腸端

之所限劑也　胞鞄也鞄空虛之言也主以虛承水
汋也或曰膀胱言其體短而横廣也　自臍以下曰
水腹水汋所聚也又曰少腹少小也比於臍以上爲
小也　陰蔭也言所在蔭翳也　脅挾也在兩旁臂
所挾也　肋勒也檢勒五臟也　膈塞也塞上下使
氣與穀不相亂也　腋繹也言可張翕尋繹也　肩
堅也　甲闔也與胷脅皆相會闔也　臂裨也在旁
曰裨也　肘注也可隱注也　腕宛也言可宛屈也
掌言可以排掌也　手須也事業之所須也　節
有限節也　爪紹也筋極爲爪紹續指端也　背倍
也在後稱也　脊積也積續骨節終上下也　尾微
也承脊之末稍微殺也　要約也在體之中約結而
小也　髖緩也其腋皮厚而緩也　臀殿也高厚有
殿遌也　尻廖也尻所在廖牢深也樞機也要髀股
動搖如樞機也　髀卑也在下稱也　股固也爲强
固也　膝伸也可屈伸也　脚却也以其坐時却在
後也　脛莖也直而長似物莖也　膝頭曰膞膞團
也因形團團而名之也　或曰蹁蹁扁也亦因形而
名之也　足續也言續脛也　趾止也言行一進一
止也　蹄底也　足底也　踝確也居足兩旁磽确

然也亦因其形踝踝然也　足後曰跟在下旁著地
一體任之象木根也　踵鍾也鍾聚也上體之所鍾
聚也

釋名卷第二

# 釋名卷第三

劉熙字成國撰



## 釋姿容第九

姿資也資取也形貌之稟取爲資本也　容用也合事宜之用也　妍研也研精於事宜則無蚩繆也蚩癡也　兩脚進曰行行抗也抗足而前也　徐行曰步步捕也如有所伺捕務安詳也　疾行曰趨趨赴也赴所至也　疾趨曰走走奏也促有所奏至也　奔變也有急變奔赴之也　仆踣也頓踣而前也　超卓也舉脚有所卓越也　跳條也如草木枝條務上行也　立林也如林木森然各駐其所也　騎支也兩脚枝別也　乘陞也登亦如之也　戴載也在其上也　檐任也任力所勝也　負背也置項背也　駐株也如株木不動也　坐挫也骨節挫屈也　伏覆也偃安也　僵正直畺然也　側逼也　據居也　企啓開也目延竦之時諸機樞皆開張也　竦從也體皮皆從引也　視是也察是非也　聽靜也靜然後所聞審也　觀翰也望之延頭翰翰也　望

茫也遠視茫茫也　跪危也兩膝隱地體危俛也
跽忌也見所敬忌不敢自安也　拜於文夫爲跌跌
然屈折下就地也於婦人爲扶自抽扶而上下也
攀翻也連翻上及言也　掣制也制頓之使順已也
牽弦也使弦急也　引演也徒演廣也　掬局也
使相爲近也　撮捽也暫捽取之也　攎乂也五指
俱往也　捉捉也使相促及也　執攝也使畏攝已
也　拈黏也兩指翕之黏著不放也　扶鐵也其處
皮薰黑色如鐵也　蹋蹋也榻著地也　批裨也兩
相裨助共擊之也　摶博也四指廣博亦似擊之也
挾夾也在旁也　捧逢也兩手相逢以執之也
懷回也本有去意回來就已也亦言歸也來歸已也
抱保也相親保也　戴載也載之於頭也　提地
也臂垂所持近地也　挈結也結束也束持之也
持跱也跱之於手中也　操抄也手出其下之言也
攬斂也斂置手中也　擁翁也翁撫之也　撫敷
也敷手以拍之也　拍搏也手搏其上也　摩娑猶
末殺也手上下之言也　蹙遵也遵迫之也　踐殘
也使殘壞也　踖藉也以足藉也　履以足履之因
以名之也　蹈道也以足踐之如道路也　跐弭也

足踐之使弭服也　躡攝也登其上使攝服也　匍
匐小兒時也匍猶捕也藉索可執取之言也匐伏也
伏地行也人雖長大及其求事盡力之勤猶亦稱之
詩曰凡民有喪匍匐救之是也　偃蹇也偃息而臥
不執事也　蹇跛蹇也病不能作事今託病似此而
不宜執事役也　望佯佯陽也言陽氣在上舉頭高
似若望之然也　沐禿也沐者髮下垂禿者無髮皆
無上貌之稱也　卦賣卦掛也自掛於市而自賣邊
自可無慙色言此似之也　倚簁倚伎也簁作清簁
也言人多技巧尚輕細如簁也　窶數猶局縮皆小
意也　齧掣掣卷掣也齧噬齧也語說卷掣與人相
持齧也　脈摘猶譎摘也如醫別人脈知疾之意見
事者之稱也　貸騃者貸言以物貸予騃者言必棄
之不復得也不相量事者之稱也此皆見於形貌者
也　卧化也精氣變化不與覺時同也　寐謐也靜
謐無聲也　寢權假卧之名也寢侵也侵損事功也
眠泯也無知泯泯也　覺告也　寤忤也能與物
相接忤也　欠欽也開張其口聲脣欽欽也　嚏踕
也聲作踕而出也　笑鈔也頰皮上鈔者也

釋長幼第十

人始生曰嬰兒胸前曰嬰抱之嬰前乳養之也或曰嫛婗嫛是也言是人也婗其啼聲也故因以名之也　男任也典任事也　女如也婦人外成如人也故三從之義少如父教嫁如夫命老如子言靑徐州曰娪娪忤也始生時人意不喜忤忤然也　兒始能行曰孺孺濡也言濡弱也　七年曰悼悼逃也知有廉恥隱逃其情也亦言是時而死可傷悼也　毀齒曰齔齔洗也毀洗故齒更生新也　長丈丈長也言體長也　幼少也言生日少也　十五曰童故禮有陽童牛羊之無角者曰童山無草木曰童言未巾冠似之也女子之未笄者亦稱之也　二十曰弱言柔弱也　三十曰壯言丁壯也　四十曰強言堅強也　五十曰艾艾治也治事能斷割芟刈無所疑也　六十曰耆耆指也不從力役指事使人也　七十曰耄頭髮白耄耄然也　八十曰耋耋鐵也皮膚變黑色如鐵也　九十曰鮐背背有鮐文也或曰黃耇鬢髮變黃也耇垢也皮色驪悴恒如有垢者也或曰胡耇咽皮如雞胡也或曰凍梨皮有斑黑如凍梨色也或曰齯齯大齒落盡更生細者如小兒齒也　百年曰期頤頤養也老昏不復知服味善惡孝子期於盡養道而已也　老朽也老而不死曰仙仙遷也遷入山也故其制字人旁作山也

## 釋親屬第十一

親襯也言相隱襯也　屬續也恩相連續也　父甫也始生己也　母冒也含生己也　祖祚也祚物先也又謂之王父王暀也家中所歸暀也王母亦如之　曾祖從下推上祖位轉增益也　高祖高皐也最在上皐韜諸下也　兄荒也荒大也故靑徐人謂兄爲荒也　弟第也相次第而上也　子孳也相生蕃孳也　孫遜也遜遁在後生也　曾孫義如曾祖也　玄孫玄懸也上懸於高祖最在下也　玄孫之子曰來孫此在無服之外其意疏遠呼之乃來也　來孫之子曰昆孫昆貫也恩情轉遠以禮貫連之耳　昆孫之子曰仍孫以禮仍有之耳恩意實遠也　仍孫之子曰雲孫言去已遠如浮雲也皆爲早娶晚死壽考者言也　父之兄曰世父言爲嫡統繼世也又曰伯父伯把也把持家政也　父之弟曰仲父仲中也位在中也　仲父之弟曰叔父叔少也　叔之弟曰季父季癸也甲乙之次癸最在下季亦然也　父之世叔父母曰從祖父母言從己親祖別而下也亦

言隨從己祖以爲名也　父之姊妹曰姑姑故也言於己爲久故之人也　姊積也猶日始出積時多而明也　妹昧也猶日始入歷時少尚昧也　姑謂兄弟之女爲姪姪迭也共行事夫更迭進御也　夫之父曰舅舅久也久老稱也　夫之母曰姑亦言故也　母之兄弟曰舅亦如之也　妻之父曰外舅母曰外姑言妻從外來謂至己家爲婦故反以此義稱之夫妻匹敵之義也　妻之昆弟曰外甥其姊妹女也來歸己内爲妻故其男爲外甥之甥甥者生也他姓子本生於外不得如其女來在己内也　姊妹之子曰出出嫁於異姓而生之也　出之子曰離孫言遠離己也　姪之子曰歸孫婦人謂嫁曰歸姪子列故其所生爲孫也　妻之姊妹曰娣娣弟也言與己妻相長弟也　母之姊妹曰姨亦如之禮謂之從母爲娣而來則從母列也故雖不來猶以此名之也　姊妹互相謂夫曰私言於其夫兄弟之中此人與己姊妹有恩私也　舅謂姊妹之子曰甥甥亦生也出配他男而生故其制字男旁作生也　妾謂夫人之嫡妻曰女君夫爲男君故名其妻曰女君也　嫂叟也叟老者稱也叟又縮也人及物老皆縮小於舊也　叔

少也幼者稱也叔亦俶也見嫂俶然却退也　夫之兄曰公公君也君尊稱也　俗間曰兄章章灼也章灼敬奉之也又曰兄忪是己所敬見之怔忪自肅齊也俗或謂舅曰章又曰忪亦如之也　少婦謂長婦曰姒言其先來己所當法似也　長婦謂少婦曰娣娣弟也己後來也或曰先後以來先後言之也　青徐人謂長婦曰稙長禾苗先生者曰稙取名於此也荆豫人謂長婦曰熟熟祝也祝始也　兩婿相謂曰亞言一人取姊一人取妹相亞次也又竝來至女氏門姊夫在前妹夫在後亦相亞而相倚共成其禮也又曰友婿言相親友也　婦之父曰婚言婿親迎用昏又恒以昏夜成禮也　婿之父曰姻姻因也女往因媒也　天子之妃曰后后後也言在後不敢以副言也　諸侯之妃曰夫人夫扶也扶助其君也　卿之妃曰内子子女子也在閨門之内治家也　大夫之妃曰命婦婦服也服家事也夫受命於朝妻受命於家也　士庶人曰妻妻齊也夫賤不足以尊稱故齊等言也　天子妾有嬪嬪賓也諸妾之中見賓敬也　妾接也以賤見接幸也姪娣曰媵媵承事嫡也　配輩也一人獨處一人往輩耦之也　匹辟也往

相辟耦也耦遇也二人相對遇也　嫡敵也與匹相敵也　庶摭也拾摭之也謂拾摭微陋待遇之也　無妻曰鰥鰥昆也昆明也愁悒不寐目恒鰥鰥然也故其字從魚魚目恒不閉者也　無夫曰寡寡踝也踝踝單獨之言也　無父曰孤孤顧也顧望無所瞻見也　老而無子曰獨獨隻獨也言無所依也

釋名卷第三

# 釋名卷第四

劉熙字成國撰



## 釋言語第十二

道導也所以通導萬物也　德得也得事宜也　文者會集衆綵以成錦繡會集衆字以成辭義如文繡然也　武舞也征伐動行如物鼓舞也故樂記曰發揚蹈厲太公之志也　仁忍也好生惡殺善含忍也　義宜也裁制事物使合宜也　禮體也得事體也　智知也無所不知也　信申也言以相申束使不相違也　孝好也愛好父母如所悅好也孝經說曰孝畜也畜養也　慈字也字愛物也　友有也相保有也　恭拱也自拱持也亦言供給事人也　悌弟也　敬警也恒自肅警也　慢漫也漫漫心無所限忌也　通洞也無所不貫洞也　達徹也　敏閔也進叙無否滯之言也故汝潁言敏曰閔也　篤築也築堅實稱也　厚後也有終後也故青徐人言厚曰後也　薄迫也單薄相逼迫也　懿僾也言奥僾也　良量也量力而動不敢越限也　言宣也宣彼此

之意也　語敘也敘已所欲說也　說述也序述之
也　序杼也拽抒其實也　泄世也發泄出之也
發撥也撥使開也　撥播也播使移散也　導陶也
陶演己意也　演延也言蔓延而廣也　頌容也序
說其成功之形容也　讚錄也省錄之也　銘名也
記名其功也　勒刻也刻識之也　紀記也紀識之
也識幟也有章幟可按視也　視是也察其是非也
是嗜也人嗜樂之也　非排也人所惡排去也
基據也在下物所依據也　業捷也事捷乃有功業
也　事偉也偉立也凡所立之功也故青徐言立曰
偉也　功攻也攻治之乃成也　取趣也　名明也
名實事使分明也　號呼也以其善惡呼名之也
善演也演盡物理也　惡扼也扼困物也　好巧也
如巧者之造物無不皆善人好之也　醜臭也如臭
穢也　遲頽也不進之言也　疾截也有所越截也
緩浣也斷也持之不急則動搖浣斷自放縱也
急及也操功之使相逮及也　巧考也考合異類共
成一體也　拙屈也使物否屈不爲用也　燥燋也
濕浥也　彊畺也　弱衄也　言委也　能該也
無物不兼該也　否鄙也鄙劣不能有所堪成也

躁燥也物燥乃動而飛揚也　靜整也　逆遌也
不從其理則生殿遌不順也　順循也循其理也
清青也去濁遠穢色如青也　濁瀆也汁滓演瀆也
貴歸也物所歸仰也汝頴言貴聲如歸往之歸也
賤踐也卑下見踐履也　榮猶熒也熒熒照明貌
也　辱衄也言折衄也　禍毁也言毁滅也　福富
也其中多品如富者也　進引也引而前也　退墜
也　羸累也恒累於人也　健建也能有所建爲也
哀愛也愛乃思念之也　樂樂也使人好樂之也
委萎也萎蕤就之也　曲局也相近局也　蹤從
也人形從之也　跡積也積累而前也　扶傳也傳
近之也將救護之也　縛薄也使相薄著也　束促
也相促近也　覆孚也如孚甲之在物外也　蓋加
也加物上也　威畏也可畏懼也　嚴儼也儼然人
憚之也　政正也下所取正也　教傚也下所法傚
也　侍時也尊者不言常於時供所當進者也　御
語也尊者將有所欲先語之也亦言職卑尊者所勸
御如御牛馬然也　雅雒也爲之難人將爲之雒雒
然憚之也　俗欲也俗人所欲也　艱根也如物根
也　難憚也人所忌憚也　吉實也有善實也　凶

空也就空亡也　停定也定於所在也　起啓也啓一舉體也　翱敖也言敖遊也　翔佯也言仿佯也　出推也推而前也　入納也納使還也　候護也司護諸事也　望惘也視遠惘惘也　狡交也與物交錯也　夬決也有所破壞決裂之於終始也　始息也言滋息也　消削也言減削也　息塞也塞滿也　姦奸也言奸正法也　究偽也偽易常正也　誰相也有相擇言不能一也　往暀也歸暀於彼也故其言之於卬頭以指遠也　來哀也使來入已哀之故其言之低頭以招之也　麤錯也相遠之言也　納弭也弭弭兩致之言也　疏索也獲索相遠也　密蜜也如蜜所塗無不滿也　甘含也人所含也　若吐也人所吐也　安晏也晏晏然和喜無動懼也　危阢也阢阢不固之言也　成盛也　敗潰也　亂渾也　治值也物皆值其所也　煩繁也物繁則相雜撓也　省嗇也臞嗇約少之言也　間簡也事功簡省也　劇巨也事功巨也　貞定也精定不動惑也　淫浸也浸淫旁入之言也　沈澹也澹然安著之言也　浮孚也孚甲在上稱也　貪探也探入他分也　廉斂也自檢斂也　潔確也確然不群貌也

汚洿也如洿泥也　公廣也可廣施也　私恤也所恤念也　勇踴也遇敵踴躍欲擊之也　怯脅也見敵恐脅也　斷段也分為異段也　絕截也如割截也　罵迫也以惡言被迫人也　詈歷也以惡言相彌歷也亦言離也以此掛離之也　祝屬也以善惡之詞相屬著也　詛阻也使人行事阻限於言也　盟明也告其事於神明也　誓制也以拘制之也　佐左也在左右也　助乍也乍往相阻非長久也　飾拭也物穢者拭其上使明由他物而後明猶加文於質上也　蕩盪也排盪去穢垢也　啜惙也心有所念惙然發此聲也　嗟佐也言之不足以盡意故發此聲以自佐也　噫憶也憶念之故發此聲憶之也　嗚舒也氣憤滿故發此聲以舒寫之也　念黏也意相親愛心黏著不能忘也　憶意也恒在意中也　思司也凡有所司捕必靜思忖亦然也　克刻也刻物有定處人所克念有常心也　慮旅也旅衆也易曰一致百慮慮及衆物以一定之也

## 釋飲食第十三

飲奄也以口奄而引咽之也　食殖也所以自生殖也　啜絕也乍啜而絕於口也　餐乾也乾入口也

吮循也不絕口稍引滋汋循咽而下也　嗽促也
用口急促也　含合也合口停之也銜亦然也　咀
藉也以藉齒牙也　嚼削也稍削也　鳥曰啄如啄
物上復下也　獸曰齧齧齾也所臨則禿齾也　餅
并也溲麪使合并也　胡餅作之大漫沍也亦言以
胡麻著上也蒸餅湯餅蝎餅髓餅金餅索餅之屬皆
隨形而名之也　糝黏也相黏黏也　餌而也相黏
而也　兗豫曰溏浹就形名之也　餈漬也烝燥屑
使相潤漬餅之也　饋分也衆粒各自分也　飧散
也投水於中解散也　嘆汪也汁汪郎也　臛蒿也
香氣蒿蒿也　糜煮米使糜爛也　粥濯於糜粥粥
然也　漿將也飲之寒温多少與體相將順也　湯
熱湯湯也　酪澤也乳作汁所使人肥澤也　韲濟
也與諸味相濟成也　葅阻也生釀之遂使阻於寒
温之間不得爛也　醶投也味相投成也　醢海也
冥也封塗使密冥乃成也　醢多汁者曰醢醢瀋也宋
魯人皆謂汁爲瀋醢有骨者曰臡如吮反臡胒也骨肉相
摶胒無汁也　豉嗜也五味調和須之而成乃可甘
嗜也故齊人謂豉聲如嗜也　麴朽也鬱之使生衣
朽敗也　糵缺也漬麥覆之使生牙開缺也　鮓

也以鹽米釀之如葅熟而食之也　腊乾昔也　脯
搏也乾燥相搏著也又曰脩脩縮也乾燥而縮也
膊迫也薄椓肉迫著物使燥也　膾會也細切肉令
散分其赤白異切之已乃會合和之也　炙炙也炙
於火上也　脯炙以餳蜜豉汁淹之脯脯然也　釜
炙於釜汁中和熟之也　脂銜也銜炙細密肉和以
薑椒鹽豉已乃以肉銜裹其表而炙之也　貊炙全
體炙之各自以刀割出於胡貊之爲也　膾細切猪
羊馬肉使如膾也　生脡以一分膾二分細切合和
挺攪之也　血脂以血作之增其酢豉之味使苦苦
以消酒也　消膏而加葅其中亦以消酒也　生瀹
葱薤曰兌言其柔滑兌兌然也　韓羊韓兔韓雞本
法出韓國所爲也猶酒言宜成醪蒼梧清之屬也
腴奧也藏肉於奧內稍出用之也　脟赴也夏月赴
疾作之久則臭也　分乾切猪肉以梧分乾其中而
和之也　肺䐑䐑饡也以米糝之如膏饡也　鷄纖
細擗其腊令纖然後漬以酢也兔纖亦如之　餳洋
也煮米消爛洋洋然也　飴小弱於餳形怡怡也
哺餔也如餳而濁可餔也　酒酉也釀之米麴酉釋
久而味美也亦言踧也能否皆彊相踧待飲之也又

入口咽之皆蹴其面也　緹齊色赤如緹也　盎齊盎滃滃然濁色也　汎齊浮蟻在上汎汎然也　沉齊濁滓沉下汁清在上也　醴齊醴禮也釀之一宿而成禮有酒味而已也　醳酒久釀酉澤也　事酒有事而釀之酒也　苦酒淳毒甚者酢苦也　寒粥末稻米投寒水中育育然也　干飯飯而暴乾之也　糗齲也飯而磨之使齲碎也　餱候也候人饑者以食之也煮麥曰麮麮亦齲也煮熟亦齲壞也　柰油搗柰實和以塗繒上燥而發之形似油也柰油亦如之　桃濫水漬而藏之其味濫濫然酢也　柰脯切柰暴乾之如脯也　鮑魚鮑腐也埋藏奄使腐臭也　蟹胥取蟹藏之使骨肉解之胥胥然也　蟹齏去其匡齏熟搗之令如齏也　桃諸藏桃也諸儲也藏以為儲待給冬月用之也　瓠蓄皮瓠以為脯蓄積以待冬月時用之也

釋綵帛第十四

青生也象物生時色也　赤赫也太陽之色也　黃晃也猶晃晃象日光色也　白啓也如冰啓時色也　黑晦也如晦冥時色也　絳工也染之難得色以得色為工也　紫疵也非正色五色之疵瑕以惑人者也　紅絳也白色之似絳者也　緗桑也如桑葉初生之色也　綠瀏也荊泉之水於上視之瀏然綠色此似之也　縹猶漂漂淺青色也有碧縹有天縹有骨縹各以其色所象言之也　緇滓也泥之黑者曰滓此色然也　皂早也日未出時早起視物皆黑此色如之也　布布也布列眾縷為經以緯橫成之也又太古衣皮女工之始始於是施布其法使民盡用之也　踈者言其經緯踈也　絹絙也其絲絙厚而踈也　縑兼也其絲細緻數兼於布絹也細緻染縑為五色細且緻不漏水也　練爛也煑使委爛也　素朴素也已織則供用不復加巧飾也又物不加飾皆自謂之素此色然也　綈似蛦蟲之色綠而澤也　錦金也作之用功重於其價如金故其制字帛與金也　綺欹也其文欹邪不順經緯之縱橫也有杯文形似杯也有長命其綵色相間皆橫終幅此之謂也言長命者服之使人命長本造意之意也有棋文者方文如棋也　綾淩也其文望之如冰淩之理也　繡修也文修修然也　羅文踈羅也　纚簁也纚可以簁物也令辟經絲貫杼中一間并一間踈踈者苓苓然并者歷辟而密也　紡纚絲織之曰踈踈寥

也寥寥然也　縠粟也其形足足而踧視之如粟也
又謂沙縠亦取踧踧如沙也　繐齊人謂涼謂惠言
服之輕細涼惠也　紈渙也細澤有光渙渙然也
蒸栗染紺使黃色如蒸栗然也　紺含也青而含赤
色也　絲猶洏洏柔而無文也　綸倫也作之有倫
理也　絮胥也胥久故解落也　紬抽也抽引絲端
出細緒也又謂之絓絓挂也挂於帳端振舉之也
繭曰幕也貧者著衣可以幕絡絮也或謂之牽離煑
熟爛牽引使離散如絲然也

釋首飾第十五

冠貫也所以貫韜髮也　纓頸也自上而繫於頸也
笄係也所以係冠使不墜也　祭服曰冕冕猶俛
也俛平直貌也亦言文也玄上纁下前後垂珠有文
飾也　有衮冕衮卷也畫卷龍於衣也　有驚冕驚
雉之憋惡者山雞是也驚憋也性急憋不可生服必
自殺故畫其形於衣以象人執耿介之節也　毳冕
毳芮也畫藻文於衣象水草之毳芮溫暖而潔也
黻冕黻紩也畫黻紩文綵於衣也此皆隨衣而名之
也所垂前後珠轉減耳　章甫殷冠名也甫丈夫也
服之所以表章丈夫也　牟追牟冒也言其形冒髮
追追然也　收夏后氏冠名也言收斂髮也　委貌
冠形又委貌之貌上小下大也　弁如兩手相合抃
時也以爵韋爲之謂之爵弁以鹿皮爲之謂之皮弁
以韎韋爲之也　纚以韜髮者也以纚爲之因以爲
名　總束髮也總而束之也　幘蹟也下齊員蹟然
也兑上下小大兑兑然也或曰聅聅折其後也或曰
幘形似幘也賤者所著曰兑髮作之裁裹髮也或曰
牛心形似之也　帽冒也巾謹也二十成人士冠庶
人巾當自謹修於四教也　簪兓也以兓連冠於髮
也又枝也因形名之也　揥摘也所以摘髮也　導
所以導櫟鬢髮使入巾幘之裏也或曰櫟鬢以事名
之也　鏡景也言有光景也　梳言其齒疏也數言
比比於疏其齒差數也比言細相比也　刷帥也帥
髮長短皆令上從也亦言瑟也刷髮令上瑟然也
鑷攝也攝取髮也　綃頭綃鈔也鈔髮使上從也或
曰陌頭言其從後橫陌而前也齊人謂之幓言幓斂
髮使上從也　王后首飾曰副副覆也以覆首亦言
副貳也兼用衆物成其飾也　編編髮爲之次第髮
也　髲被也髮少者得以被助其髮也　鬄剔也剔
刑人之髮爲之也　步搖上有垂珠步則搖也　簂

帓也帓廓覆髮上也魯人曰頍頍傾也著之傾近前
也齊人曰幌飾形貌也華象草木華也　勝言人形
容正等一人著之則勝也　蔽髮前爲飾也　爵釵
釵頭及上施爵也　瑱鎮也懸當耳旁不欲使人妄
聽自鎮重也或曰充耳充塞也塞耳亦所以止聽也
故里語曰不瘖不聾不成姑公　穿耳施珠曰璫此
本出於蠻夷所爲也蠻夷婦女輕淫好走故以此琅
璫鎚之也今中國人傚之耳　脂砥也著面柔滑如
砥石也　粉分也研米使分散也　胡粉胡餬也脂
和以塗面也　黛代也滅眉毛去之以此畫代其處
也　脣脂以丹作之象脣赤也　香澤者人髮恒枯
悴以此濡澤之也　强其性凝强以制服亂髮也
以丹注面曰勺勺灼也此本天子諸侯群妾當以次
進御其有月事者止而不御重以口說故注此於面
灼然爲識女史見之則不書其名於第録也　赮粉
赮赤也染粉使赤以著頰上也

釋名卷第四

釋名卷第五

劉熈字成國撰

釋衣服第十六　釋宮室第十七

## 釋衣服第十六

凡服上曰衣衣依也人所依以芘寒暑也　下曰裳
裳障也所以自障蔽也　領頸也以壅頸也亦言總
領衣體爲端首也　襟禁也交於前所以禁禦風寒
也　袂掣也掣開也開張之以受臂屈伸也　袪虛
也　袖由也手所由出入也亦言受也以受手也
衿亦禁也禁使不得解散也　帶蔕也著於衣如物
之繫蔕也　系繫也相連繫也　衽襜也在旁襜襜
然也　裾倨也倨倨然直亦言在後常見踞也　玄
端其袖下正直端方與要接也　素積素裳也辟積
其要中使蹙因以名之也　王后之上服曰褘衣畫
翬雉之文於衣也伊洛而南雉青質五色備曰翬鷂
翟畫鷂雉之文於衣也江淮而南雉素質五采皆備
成章曰鷂　闕翟翦闕繒爲翟雉形以綴衣也　鞠
衣黃如菊花色也　襢衣襢坦也坦然正白無文采
也　褖衣褖然黑色也　韠蔽也所以蔽膝前也婦
人蔽膝亦如之齊人謂之巨巾田家婦女出自田野

以覆其頭故因以爲名也又曰跪襜跪時襜襜然張
也　佩倍也言其非一物有倍貳也有珠有王有容
刀有帨巾有觿之屬也　襦耎也言温耎也　袴跨
也兩股各跨別也　褶襲也覆上之言也　禪衣言
無裏也　襡屬也衣裳上下相連屬也荆州謂禪衣
曰布襡亦是襜襦言其襜襜弘裕也　褠禪衣之無
胡者也言袖夾直形如溝也　中衣言在小衣之外
大衣之中也　裲襠其一當胷其一當背也　帕腹
横帕其腹也　抱腹上下有帶抱裹其腹上無襠者
也　心衣抱腹而施鉤肩鉤肩之間施一襠以奄心
也　衫芟也衫末無袖端也　有裏曰複　無裏曰
單　反閉襦之小者也却向著之領反於背後閉其
襟也　婦人上服曰袿其下垂者上廣下狹如刀圭
也　襈撰也青絳爲之緣也　裙下群也連接裾幅
也　緝下橫縫緝其下也　緣裙裙施緣也　緣襡
襡施緣也　帔披也披之肩背不及下也　直領邪
直而交下亦如丈夫服袍方也　交領就形名之也
曲領在内以中襟領上横壅頸其狀曲也　單襦
如襦而無絮也　要襦形如襦其要上翹下齊要也
半袖其袂半襦而施袖也　留幕冀州所名大褶

下至膝者也留牢也幕絡也言牢絡在衣表也　袍
丈夫著下至跗者也袍苞也苞内衣也婦人以絳作
衣裳上下連四起施緣亦曰袍義亦然也齊人謂如
衫而小袖曰侯頭侯頭猶言解瀆臂直通之言也
被被也被覆人也　衾广也其下廣大如广受人也
汗衣近身受汗垢之衣也詩謂之澤受汗澤也或
曰鄙袒或曰羞袒作之用六尺裁足覆胷背言羞鄙
於袒而衣此耳　褌貫也貫兩脚上繫要中也　偪所
以自逼束今謂之行縢言以裹脚可以跳騰輕便也
襪末也在脚末也　履禮也飾足所以爲禮也
複其下曰舄舄腊也行禮久立地或泥濕故複其末
下使乾腊也　屨拘也所以拘足也　齊人謂韋屨
曰扉扉皮也以皮作之不借言賤易有宜各自蓄之
不假借人也　齊人云搏腊搏腊猶把鮓麤貌也荆
州人曰麤麻韋草皆同名也麤措也言所以安措足
也　屩蹻也出行著之蹻蹻輕便因以爲名也　屐
搘也爲兩足搘以踐泥也　鞾跨也兩足各以一跨
騎也　鞣釋鞾之缺前壅者胡中所名也鞣釋猶速
獨足直前之言也　鞋解也著時縮其上如履然解
其上則舒解也　帛屐以帛作之如屩者不曰帛屩

者屩不可踐泥也也踐泥者也此亦可以步泥而浣
之故謂之屐也　晚下如舄其下晚晚而危婦人短
者著之可以拜也　鞾韋履深頭者之名也鞾襲也
以其深襲覆足也　仰角屐上施履之名也行不得
蹶當仰履角舉足乃行也

釋宮室第十七

宮穹也屋見於垣上穹隆然也　室實也人物實滿
其中也　室中西南隅曰奧不見戶明所在祕奧也
西北隅曰屋漏禮每有親死者輒撤屋之西北隅
薪以爨竈煑沐供諸喪用時若值雨則漏遂以名之
也必取是隅者禮既祭改設饌于西北隅令撤毀之
示不復用也東南隅曰窔窔幽也亦取幽冥也　東
北隅曰宧宧養也東北陽氣始出布養物也　中央
曰中霤古者寢穴後室之霤當今之棟下直室之中
古者霤下之處也　宅擇也擇吉處而營之也　舍
於中舍息也　宇羽也如鳥羽翼自覆蔽也　屋亦
奧也其中溫奧也　廟貌也先祖形貌所在也　寢
寢也所寢息也　城盛也盛受國都也　郭廓也廓
落在城外也　城上垣曰睥睨言於其孔中睥睨非
常也亦曰陴陴裨也言裨助城之高也亦曰女墻言

其卑小比之於城若女子之於丈夫也　寺嗣也治
事者嗣續於其內也　廷停也人所集之處也　獄
确也實确人之情偽也又謂之牢言所在堅牢也又
謂之圜土築其表墻其形圜也又謂之囹圄囹領也
圄御也領錄囚徒禁御之也　亭停也亦人所停集
也　傳傳也人所止息而去後人復來轉相傳無常
主也　瓦踝也踝确堅貌也亦言腂也在外腂見也
梁彊梁也　柱住也　檼隱也所以隱桷也或謂
之望言高可望也或謂之棟棟中也居屋之中也
桷确也其形細而疎确也或謂之椽椽傳也相傳次
而布列也或謂之榱在檼旁下列衰衰然垂也　梠
旅也連旅旅也或謂之㮰㮰縣也縣連榱頭使齊平
也上入曰爵頭形似爵頭也　楣眉也近前若面之
有眉也　棳儒也梁上短柱也棳儒猶侏儒短故以
名之也　牾在梁上兩頭相觸牾也　欒攣也其體
上曲攣拳然也　盧在柱端都盧負屋之重也　斗
在欒兩頭如斗也斗負上負檼也　笮迮也編竹相
連迫迮也　屋脊曰甍甍蒙也在上覆蒙屋也　壁
辟也辟禦風寒也　墻障也所以自障蔽也　垣援
也人所依阻以為援衛也　墉容也所以蔽隱形容

也　籬離也以柴竹作之踈離離也青徐曰椐椐居
也居於中也　柵蹟也以木作之上平蹟然也又謂
之撤撤緊也詵詵然緊也　殿有殿鄂也陛卑也有
高卑也天子殿謂之納陛言所以納人言之階陛也
階梯也如梯之有等差也　陳堂塗也言賓主相
迎陳列之處也　屏自障屏也　蕭廧在門內蕭蕭
也將入於此自肅敬之處也　宁佇也將見君所佇
立定氣之處也　序次序也　夾室在堂兩頭故曰
夾也　堂猶堂堂高顯貌也　房旁也在堂兩旁也
楹亭也亭亭然孤立旁無所依也齊魯讀曰輕輕
勝也孤立獨處能勝任上重也　簷檐也接檐屋前
後也　霤流也水從屋上流下也　闕在門兩旁中
央闕然爲道也　罘罳在門外罘復也罳思也臣將
入請事於此復重思之也　觀觀也於上觀望也
樓謂牖戶之間有射孔樓樓然也　臺持也築土堅
高能自勝持也　櫓露也露上無屋覆也　門捫也
在外爲人所捫摸也　障衛也　戶護也所以謹護
閉塞也　窻聰也於內窺外爲聰明也　屋以草蓋
曰茨茨次也次比草爲之也　寄上曰廬廬慮也取
自覆慮也　草圓屋曰蒲蒲敷也總其上而敷下也

又謂之庵庵奄也所以自覆奄也　大屋曰廡廡幠
也幠覆也并冀人謂之庌庌正也屋之正大者也
井清也泉之清潔者也井一有水一無水曰瀱汋瀱
竭也汋有水聲汋汋也　竈造也造創食物也　爨銓
也銓度甘辛調和之處也　倉藏也藏穀物也　庫
舍也物所在之舍也故齊魯謂庫曰舍也　廐勼也
勼聚也牛馬之所聚也　廩矜也寶物可矜惜者投
之其中也　囷綣也藏物繾綣束縛之也　庾裕也
言盈裕也露積之言也盈裕不可稱受所以露積之
也　囤屯也屯聚之也　圌以草作之團團然也
廁言人雜在上非一也或曰溷言溷濁也或曰圊至
穢之處宜常修治使潔清也或曰軒前有伏似殿軒
也　泥邇也邇近也以水沃土使相黏近也　塗杜
也杜塞孔穴也　堊亞也次也先泥之次以白灰飾
之也　墍猶煟煟細澤貌也

釋名卷第五

釋名卷第六

劉熙字成國撰

釋牀帳第十八　釋書契第十九

釋典藝第二十

釋牀帳第十八

人所坐卧曰牀牀裝也所以自裝載也長狹而卑曰榻言其鶴榻然近地也　小者曰獨坐主人無二獨所坐也　枰平也以板作其體平正也　几庪也所以庪物也　筵衍也舒而平之衍衍然也　席釋也可卷可釋也　簟簟也布之簟簟然平正也　薦所以自薦籍也　蒲草也以蒲作之其體平也　氊旃也毛相著旃旃然也　褥辱也人所坐褻辱也　裘溲猶屢數毛相離之言也　榻登施大牀之前小榻之上所以登牀也　貂席連貂皮以為席也　枕檢也所以檢項也　帷圍也所以自障圍也　幕幕絡也在表之稱也　小幕曰帟張在人上帟帟然也　幔漫也漫漫相連綴之言也　帳張也張施於牀上也小帳曰斗形如覆斗也　㡘廉也自障蔽為廉恥也　幢容也施之車蓋童童然以隱蔽形容也　戶㡘施於戶外也　牀前帷曰帖言帖帖而垂也　幄屋也以帛衣板施之形如屋也　承塵施於上承塵土也　搏辟以席搏著壁也　扆倚也在後所依倚也　屏風言可以屏障風也

釋書契第十九

筆述也述事而書之也　硯研也研墨使和濡也　墨痗也似物痗墨也　紙砥也謂平滑如砥石也　板般也般般平廣也　奏鄒也鄒狹小之言也　札櫛也編之如櫛齒相比也　簡閒也編之篇篇有間也　簿言可以簿疏密也　笏忽也君有教命及所啟白則書其上備忽忘也　槧板之長三尺者也槧漸也言其漸漸然長也　牘睦也手執之以進見所以為恭睦也　籍籍也所以籍疏人名戶口也　檄激也下官所以激迎其上之書文也　檢禁也禁閉諸物使不得開露也　璽徙也封物使可轉徙而不可發也　印信也所以封物為信驗也亦言因也封物相因付也　謁詣也詣告也書其姓名於上以告所至詣者也　符付也書所勑命於上付使傳行之也　節赴也執以赴君命也　傳轉也轉移所在執以為信也　券綣也相約束繾綣以為限也　莂別也大書中央中破別之也　契刻也刻識其數也

策書教令於上所以驅策諸下也　漢制約敕封侯
曰冊冊賾也敕使整賾不犯之也　示示也過所至
關津以示之也　誥啓也以君語官司所至誥也
書庶也紀庶物也亦言著之簡紙永不滅也　畫挂
也以五色挂物上也　書稱刺書以筆刺紙簡之上
也又曰寫倒寫此文也書姓字於奏上曰書刺作再
拜起居字皆達其體使書盡邊徐引筆書之如畫者
也下官刺曰長刺長書中央一行而下之也又曰爵
里刺書其官爵及郡縣鄉里也　書稱題題諦也審
諦其名號也亦言第因其第次也　書文書檢曰署
署予也題所予者官號也　上敕下曰告告覺也使
覺悟知己意也　下言上曰表思之於內表施於外
也又曰上示之於上也又曰言言其意也　約約束
之也敕飭也使自警飭不敢廢慢也　謂猶謂也猶
得敕不自安謂謂然也

## 釋典藝第二十

三墳墳分也論三才之分天地人之治其體有三也
五典典鎮也制法所以鎮定上下其等有五也
八索索素也著素王之法若孔子者聖而不王制此
法者有八也　九丘丘區也區別九州土氣教化所
宜施者也此皆三王以前上古羲皇時書也今皆亡
惟堯典存也　經徑也如徑路無所不通可常用也
緯圍也反覆圍繞以成經也　圖度也盡其品度
也　讖纖也其義纖微也　易易也言變易也　禮
體也得其事體也　儀宜也得事宜也　傳傳也以
傳示後人也　記紀也紀識之也　詩之也志之所
之也興物而作謂之興敷布其義謂之賦事類相似
謂之比言王政事謂之雅稱頌成功謂之頌隨作者
之志而別名之也　尚書尚上也以堯爲上始而書
其時事也　春秋春秋冬夏終而成歲春秋書人事
卒歲而究備春秋溫涼中象政和也故舉以爲名也
國語記諸國君臣相與言語謀議之得失也又曰
外傳春秋以魯爲內以諸國爲外外國所傳之事也
爾雅爾昵也昵近也雅義也義正也五方之言不
同皆以近正爲主也　論語紀孔子與諸弟子所語
之言也　法逼也莫不欲從其志逼正使有所限也
律累也累人心使不得放肆也　令領也理領之
使不得相犯也　科課也課其不如法者罪責之也
詔書詔昭也人暗不見事宜則有所犯以此示之
使昭然知所由也　論倫也有倫理也　稱人之美

曰讚讚纂也纂集其美而叙之也　叙杼也杼洩其實宣見之也　銘名也述其功美使可稱名也　誄累也累列其事而稱之也　謚曳也物在後爲曳言名之於人亦然也　譜布也布列見其事也　統緒也主緒人世類相繼如統緒也　碑被也此本王莽時所設也施其轆轤以繩被其上以引棺也臣子追述君父之功美以書其上後人因焉無故建於道陌之頭顯見之處名其文就謂之碑也　詞嗣也令撰善言相續嗣也

釋名卷第六

# 釋名卷第七

劉熙字成國撰



## 釋用器第二十一

斧甫也甫始也凡將制器始用斧代木已乃制之也　鐮廉也體廉薄也其所刈稍稍取之又似廉者也　斨戕也所伐皆戕毀也　仇矛讎也所伐則平如討仇讎也　錐利也　椎推也耒亦推也　鑿有所穿鑿也　鐫鐫也有所鐫入也　耜似也似齒之斷物也　犂利也利則發土絕草根也　檀坦也摩之使坦然平也　鋤助也去穢助苗長也齊人謂其柄曰橿橿然正直也頭曰鶴似鶴頭也　枷加也加杖於柄頭以撾穗而出其穀也或曰羅枷三杖而用之也或曰丫丫杖轉於頭故以名之也　鍤插也插地起土也或曰銷銷削也能有所穿削也或曰鏵鏵刳也刳地爲坎也其板曰葉象木葉也　把播也所以播除物也　拂撥也撥使聚也　耨以鋤嫗耨禾也　鎛亦鋤類也鎛迫也　鎒溝也既割去壟上草又

辟其土以壅苗根使壟下爲溝受水潦也　鉏殺也
言殺草也　銍獲禾鐵也銍銍斷禾穗聲也　斪謹
也板廣不可得制削又有節則用此斪之所以詳謹
令平滅斧跡也　斸斸彌也斪有高下之跡以此斸
彌其上而平之也　鋸倨也其體直所截應倨句之
平也　钃誅也主以誅除物根株也

釋樂器第二十二

鍾空也內空受氣多故聲大也　磬罄也其聲罄罄
然堅緻也　鼓郭也張皮以冒之其中空也　鼗導
也所以導樂作也　鼙裨也裨助鼓節也　鼙在前
曰朔朔始也在後曰應應大鼓也　所以懸鼓者橫
曰簨簨峻也在上高峻也從曰虡虡舉也在旁舉簨
也簨上之板曰業刻爲牙捷業如鋸齒也　瑟施弦
張之瑟瑟然也　箏施弦高急箏箏然也　筑以竹
鼓之筑柲之也　箜篌此師延所作靡靡之樂也後
出於桑間濮上之地蓋空國之侯所存也師涓爲晉
平公鼓焉鄭衛分其地而有之遂號鄭衛之音謂之
淫樂也　枇杷本出於胡中馬上所鼓也推手前曰
枇引手却曰杷象其鼓時因以爲名也　塤喧也聲
濁喧喧然也　篪啼也聲從孔出如嬰兒啼聲也

簫肅也其聲肅肅而清也　笙生也象物貫地而生
也　竹之貫匏以匏爲之故曰匏也竽亦是也其中
汙空以受簧也　簧橫也於管頭橫施於中也以竹
鐵作於口橫鼓之亦是也　搏拊也以韋盛糠形如
鼓以手附拍之也　柷狀如伏虎如見柷柷然也故
訓爲始以作樂也　敔衙也衙止也所以止樂也
舂牘也牘築也以舂築地爲節也　籥躍也氣躍出
也　篴滌也其聲滌滌然也　鐃聲鐃鐃也　人聲
曰歌歌柯也所歌之言是其質也以聲吟詠有上下
如草木之有柯葉也故兗冀言歌聲如柯也　竹曰
吹吹推也以氣推發其聲也　吟嚴也其聲本出於
憂愁故其聲嚴肅使人聽之悽歎也

釋兵第二十三

弓穹也張之穹隆然也其末曰簫言簫梢也又謂之
弭以骨爲之滑弭弭也中央曰弣弣撫也人所持撫
也簫弣之間曰淵淵宛也言曲宛也　弩怒也有勢
怒也其柄曰臂似人臂也鉤弦者曰牙似齒牙也牙
外曰郭爲牙之規郭也下曰懸刀其形然也合名之
曰機言如機之巧也亦言如門戶之樞機開闔有節
也　矢指也言其有所指向迅疾也又謂之箭前進

也其本曰足矢形似木木以下爲本本以根爲足也
又謂之鏑鏑敵也可以禦敵也齊人謂之鏃鏃族也
言其所中皆族滅也關西曰釭釭鈫也言有交刃也
其體曰幹言挺幹也其旁曰羽如鳥羽也鳥須羽而
飛矢須羽而前也齊人曰衛所以導衛矢也其末曰
栝栝會也與弦會也栝旁曰叉形似叉也其受之器
以皮曰箙謂柔服用之也織竹曰笮相迫笮之名也
步叉人所帶以箭叉其中也馬上曰鞬鞬建也弓矢
並建立其中也　刀到也以斬伐到其所刀擊之也
其末曰鋒言若鋒刺之毒利也其本曰環形似環也
其室曰削削峭也其形峭殺裹刀體也室口之飾曰
琫琫捧也捧束口也下末之飾曰琕琕卑也在下之
言也短刀曰拍髀帶時拍髀旁也又曰露拍言露見
也　佩刀在佩旁之刀也或曰容刀有刀形而無刃
備儀容而已　剪刀剪進也所剪稍進前也　書刀
給書簡札有所刊削之刀也　封刀鉸刀削刀皆隨
時名之也　戟格也旁有枝格也　戈句矛戟也戈
過也所刺擣則決過所鉤引則制之弗得過也　車
戟曰常長丈六尺車上所持也八尺曰尋倍尋曰常
故稱常也　手戟手所持擿之戟也　矛冒也刃下

冒矜也下頭曰鐏鐏入地也　松櫝長三尺其矜宜輕
以松作之也櫝速櫝也前刺之言也　矛長丈八尺
曰矟馬上所持言其矟矟便殺也又曰激矛激截也
可以激截敵陣之矛也　仇矛頭有三叉言可以討
仇敵之矛也　夷矛夷常也其矜長丈六尺不言常
而曰夷者言其可夷滅敵亦車上所持也　矠徐本作移
矛長九尺者也矠霍也所中霍然即破裂也　殳矛
殳殊也長丈二尺而無刃有所撞挃於車上使殊離
也　盾遯也跪其後避以隱遯也大而平者曰吳魁
本出於吳爲魁帥者所持也隆者曰須盾本出於蜀
須所持也或曰羌盾言出於羌也約脅而鄒者曰陷
虜言可以陷破虜敵也今謂之曰露見是也狹而長
者曰步盾步兵所持與刀相配者也狹而短者曰孑
盾車上所持者也孑小稱也以縫編板謂之木絡以
犀皮作之曰犀盾以木作之曰木盾皆因所用爲名
也　彭排彭旁也在旁排敵禦攻也　鎧猶塏也塏
堅重之言也或謂之甲似物孚甲以自禦也　劍檢
也所以防檢非常也又其在身拱時斂在臂內也其
旁鼻曰鐔鐔尋也帶所貫尋也其末曰鋒鋒末之言
也　鋋延也達也去此至彼之言也　鉤鑲兩頭曰

鉤中央曰鑲或推鑲或鉤引用之之宜也　九旗之名日月爲常畫日月於其端天子所建言常明也　交龍爲旂旂倚也畫作兩龍相依倚也通以赤色爲之無文采諸侯所建也　通帛爲旃旃戰也戰戰恭已而已也三孤所建象無事也　熊虎爲旗軍將所建象其猛如虎與衆期其下也　鳥隼爲旟旟譽也軍吏所建急疾趨事則有稱譽也　雜帛爲旆以雜色綴其邊爲燕尾也將帥所建象物雜也　龜蛇爲旐旐兆也龜知氣兆之吉凶建之於後察度事宜之形兆也　金羽爲旞旞猶滑也順滑之貌也　析羽爲旌旌精也有精光也　緌有虞氏之旌也注旄竿首其形燊燊然也　綏夏后氏之旌也其形衰衰也　白旆殷旌也以帛繼旐末也　翿陶也其貌陶陶下垂也　幢童也其貌童童也　旛幡也其貌幡幡也　校號也將帥號令之所在也　節爲號令賞罰之節也　鐸度也號令之限度也　金鼓金禁也爲進退之禁也　戚感也斧以斬斷見者皆感懼也　鉞豁也所向莫敢當前豁然破散也

## 釋車第二十四

車古者曰車聲如居言行所以居人也今曰車車舍也行者所處若車舍也　天子所乘曰玉輅以玉飾車也輅亦車也謂之輅者言行於道路也　象輅金輅木輅各隨所以爲飾名之也　鉤車以行爲陣鉤股曲直有正夏所制也　胡車車胡以罪没入爲官奴者引之殷所制也　元戎車在軍前啓突敵陣周所制也　輦車人所輦也　柏車柏伯也大也丁夫服任之小車也　羊車羊祥也祥善也善飾之車今犢車是也　墨車漆之正黑無文飾大夫所乘也　重較其較重卿所乘也　役車給役之車也　棧車棧靖也麻靖物之車也皆庶人所乘也　輂車戎者所乘也　容車婦人所載小車也其蓋施帷所以隱蔽其形容也　衣車前戶所以載衣服之車也　獵車所乘以畋獵也　小車駕馬輕小之車也駕馬宜輕使之局小也　高車其蓋高立載之車也　安車蓋卑坐乘今吏之乘小車也　羸車羔車各以所駕名之也　檻車上施欄檻以格猛獸之車也　軺車軺遙也遠也四向遠望之車也　輜車載輜重臥息其中之車也輜廁也所載衣物雜廁其中也　軿車軿屏也四面屏蔽婦人所乘牛馬也輜軿之形同有邸曰輜無邸曰軿　輈句也轅上句也衡橫也橫馬頸上

也　游環在服馬背上驂馬之外轡貫之游移前却無常處也　脅驅在服馬外脅也　陰蔭也横側車前以陰笭也　靷所以引車也鋈金塗沃也治白金以沃灌靷環也續續靷端也　文鞇車中所坐者也用虎皮有文采因與下舉相連著也　䡨伏也在前人所伏也　軾式也所伏以式敬者也　靴䩛車中重薦也輕靴䩛小貂也　轂埇也體堅埇也　轅援也車之大援也　枕横在前如臥牀之有枕也枕横也横在下也　薦板在上如薦席也齊人謂車枕以前曰縮言局縮也兖冀曰育御者坐中執御育育然也　較在箱上爲辜較也　立人象人立也　或曰陽門在前曰陽兩旁似門也　槅枙也所以枙牛頸也馬曰烏啄下向叉馬頸似烏開口向下啄物時也　隆强言體隆而强也或曰車弓似弓曲也其上竹曰郎疏相遠晶晶然也　輱棭也重棭非一言之也　輞罔也罔羅周倫之外也關西曰輮言曲輮也或曰軝軝緜也緜連其外也　輪綸也言彌綸也周匝之言也　輳言輻輳入轂中也　輿舉也　軸抽也入轂中可抽出也　釭空也其中空也　鐧間也間釭軸之間使不相摩也　轄害也車之禁害也　輠

裹也裹軹頭也　軹指也如指而見於轂頭也　笭横在車前織竹作之孔笭笭也　蓋在上覆蓋人也　軬潘也蔽水雨也　轑蓋叉也如屋構橑也　杠公也衆叉所公共也　輁棿猶柲齧也在車軸上正輪之秘齒前却也　屐似人屐也又曰伏兔在軸上似之也又曰輹輹伏也伏於軸上也　鉤心從輿心下鉤軸也　縛在車下與輿相連縛也　棠蹼也在車兩旁蹼幰使不得進却也　幰憲也禦熱也　紲制也牽制之也　紛放也防其放弛以拘之也　䩭咈也牽引咈戾以制馬也　勒絡也絡其頭而引之也　銜在口中之言也　鑣苞也所以在旁苞斂其口也　鞅嬰也喉下稱嬰言纓絡之也其下飾曰樊纓其形樊樊而上屬纓也　韅經也横經其腹下也　靽半也拘使半行不得自縱也　羇檢也所以檢持制之也　韁彊也繫之使不得出彊限也　鞧遒也在後道迫不得使却縮也　負在背上之言也　鞙懸也所以懸縳軛也

釋船第二十五

船循也循水而行也又曰舟言周流也其前立柱曰椳椳巍也巍巍高皃也　其尾曰柂柂拕也後見拕

曳也且弼正船使順流不使他戾也　在旁曰櫓櫓膂也用膂力然後舟行也　引舟者曰筰筰作也作起也起舟使動行也　在旁撥水曰櫂櫂濯也濯於水中也且言使舟櫂進也又謂之札形似札也又謂之楫楫捷也撥水使舟捷疾也所用斥旁岸曰交一人前一人還相交錯也　帆泛也隨風張幔曰帆使舟疾汎汎然也　舟中牀以薦物者曰笭言但有簀如笭牀也南方人謂之笭突言濕漏之水突然從下過也　其上板曰覆言所覆慮枕也其上屋曰廬象廬舍也其上重室曰飛廬在上故曰飛也又在上曰爵室於中候望之如鳥雀之警示也軍行在前曰先登登之向敵陣也　狹而長曰艨衝以衝突敵船也　輕疾者曰赤馬舟其體正赤疾如馬也　上下重牀曰艦四方施板以禦矢石其內如牢檻也　五百斛以上還有小屋曰斥候以視敵進退也　三百斛曰艒艒貂也貂短也江南所名短而廣安不傾危者也　二百斛以下曰艇其形徑挺一人二人所行也

釋名卷第七

# 釋名卷第八

劉熙字成國撰

釋疾病第二十六　釋喪制第二十七

## 釋疾病第二十六

疾病者客氣中人急疾也病並也並與正氣在膚體中也　疹診也有結氣可得診見也　疢久也在體中也　痛通也通在膚脈中也　癢揚也其氣在皮中欲得發揚使人搔發之而揚出也　眩懸也目視動亂如懸物遙遙然不定也　歷澀澀從耳鼻中出歷歷然也　禿無髮沐禿也毼頭生創曰瘕毼亦然也　盲茫也茫茫無所見也　瞽鼓也瞑瞑然目平合如鼓皮也　矇有眸子而失明蒙蒙無所別也　瞍縮壞也　瞎迮也膚幕迮迫也　眸子明而不正曰通視言通達目匡一方也又謂之麗視麗離也言一目視天一目視地目明分離所視不同也　目匡陷急曰眇眇小也目眥傷赤曰䁾䁾末也創在目兩末也　目生膚入眸子曰浸浸侵也言侵明也亦言浸淫轉大也　聾籠也如在蒙籠之內聽不察也　鼻塞曰鼽鼽久也涕久不通遂至窒塞也　齲朽也蟲齧之齒缺朽也　瘖唵然無聲也　癭嬰也在頸

嬰喉也　癰喉氣著喉中不通稸成癰也　消激激
渴也腎氣不周於胷胃中津潤消渴故欲得水也
嘔傴也將有所吐脊曲傴也　欬刻也氣奔至出入
不平調若刻物也　喘湍也湍疾也氣出入湍疾也
吐瀉也故揚豫以東謂瀉爲吐也　乳癰曰妬妬
褚也氣積褚不通至腫潰也　心痛曰疝疝詵也氣
詵詵然上而痛也　脴否也氣否結也　小兒氣結
曰哺哺露也哺而寒露乳食不消生此疾也　注病
一人死一人復得氣相灌注也　泄利言其出漏泄
而利也下重而赤白曰䐜言厲䐜而難也　陰腫曰
隤氣下隤也又曰疝亦言詵也詵詵引小腹急痛也
痺卑氣疼疼然煩也　痔食也蟲食之也　酸遜
也遜遁在後也言脚疼力少行遁在後以遜遁者也
消弱也如見割削筋力弱也　懈解也骨節解緩
也　厥逆氣從下厥起上行入心脅也　瘧酷虐也
凡疾或寒或熱耳而此疾先寒後熱兩疾似酷虐者
也　疥齘也癢搔之齒類齘也　癬徙也浸淫移徙
處日廣也故青徐謂癬爲徙也　胗展也癢搔之捷
展起也　腫鍾也寒熱氣所鍾聚也　癰壅也氣壅
否結裹而潰也　痳懍也小便難懍懍然也　創戕
也戕毀體使傷也　痍侈也侈開皮膚爲創也　瘢
漫也生漫故皮也　痕根也急相根引也　瘤流也
血流聚所生瘤腫也　贅屬也橫生一肉屬著體也
肬丘也出皮上聚高如地之有丘也

## 釋喪制第二十七

人始氣絶曰死死澌也就消澌也　士曰不祿不復
食祿也大夫曰卒言卒竟也　諸侯曰薨薨壞之聲
也　天子曰崩崩壞之形也崩硼聲也　殪翳也就
隱翳也　徂落徂祚也福祚殞落也徂亦往也言往
去落也　罪人曰殺殺竄也埋竄之使不復見也
罪及餘人曰誅誅株也如株木根枝葉盡落也　死
於水者曰溺溺弱也不能自勝之言也　死於火者
曰燒燒燋也　戰死曰兵言死爲兵所傷也　下殺
上曰弑弑伺也伺間而後得施也　懸繩曰縊縊阨
也阨其頸也　屈頸閉氣曰雉經如雉之爲也　獄
死曰考竟考得其情竟其命於獄也　市死曰棄市
市衆所棄言與衆人共棄之也　斫頭曰斬斬腰曰
腰斬斬暫也暫加兵即斷也　車裂曰轘轘散也肢
體分散也　煮之於鑊曰烹若烹禽獸之肉也　槌
而死曰掠掠狼也用威大暴於犲狼也　老死曰壽

終壽久也終盡也生已久遠氣終盡也　少壯而死曰夭如取物中夭折也　未二十而死曰殤殤傷也可哀傷也　父死曰考考成也亦言槁也槁於義爲成凡五材膠漆陶冶皮革乾槁乃成也　母死曰妣妣比也比之於父亦然也　漢以來謂死爲物故言其諸物皆就朽故也既定死曰尸尸舒也骨節解舒不復能自勝斂也　衣尸曰襲襲匝也以衣周匝覆衣之也　以囊韜其形曰冒覆其形使人勿惡也　已衣所以束之曰絞衿絞交也交結之也衿禁也禁繫之也　含以珠具含其口中也　握以物著尸手中使握之也　衣尸棺曰斂斂藏不復見也　棺關也關閉也　槨廓也廓落在表之言也　尸已在棺曰柩柩究也送終隨身之制皆究備也　於西壁下塗之曰殯殯賓也賓客遇之言稍遠也塗曰攢攢木於上而塗之也　三日不生生者成服曰縗縗摧也言傷摧也　絰實也傷摧之實也　絞帶絞麻總爲帶也三年之縗曰斬不緝其末直翦斬而已期曰齊齊齊也　九月曰大功其布如麤大之功不善治練之也　小功精細之功小有飾也　緦麻緦絲也績麻緦如絲也　錫縗錫治也治其麻使滑易也　疑儗也儗於吉也　繐細如繐也　疏疏如繐也　環絰末無餘散麻圓如環也　弁絰如爵弁而素加絰也　重死者之資重也含餘米以爲粥投之甕而懸之比葬未作主權以重主其神也　葬藏也　壙曠也藏於空曠處也　輿棺之車曰轜轜耳也懸於左右前後銅魚搖絞之屬耳耳然也　其蓋曰柳柳聚也衆飾所聚亦其形僂也亦曰鼈甲以鼈亦然也　其旁曰牆似屋牆也　翣齊人謂扇爲翣此似之也象翣扇爲清涼也翣有黼有畫各以其飾名之也兩旁引之曰披披擺也各於一旁引擺之備傾倚也　從前引之曰紼紼發也發車使前也　懸下壙曰縴縴將也徐徐將下之也　棺束曰緘緘函也古者棺不釘也旁際曰小要其要約小也又謂之衽衽任也任制祭會使不解也　送死之器曰明器神明之器異於人也　塗車以泥塗爲車也　芻靈束草爲人馬靈名之也　喪祭曰奠奠停也言停久也亦言樸奠合體用之也　朔望祭曰殷奠所用殷衆也　既葬還祭於殯宮曰虞謂虞樂安神使還此也　又祭曰卒哭卒止也止孝子無時之哭朝夕而已也　又祭曰祔祭於祖廟以後死孫祔於祖也　期而小祥

亦祭名也孝子除首絰服練冠也祥善也加小善之
飾也　又期而大祥亦祭名也孝子除縗服服朝服
縞冠如大善之飾也　間月而禫亦祭名也孝子之
意澹然哀思益衰也　冢腫也象山頂之高腫起也
　墓慕也孝子思慕之處也　丘象丘形也陵亦然
也　假葬於道側曰肂肂翳也　日月未滿而葬曰
渴言謂欲速葬無恩也　過時而不葬曰慢謂慢傲
不念早安神也　葬不如禮曰埋埋痗也趨使葬腐
而已也　不得埋之曰棄謂棄之於野也　不得停
尸曰捐捐於地遺者也

釋名卷第八終

國家圖書館出版品預行編目資料

訓詁學概論

齊佩瑢著. – 初版. – 臺北市：臺灣學生，2025.05
面；公分

ISBN 978-957-15-1966-1 (平裝)

1. 訓詁學

802.1 114004548

訓詁學概論

著 作 者 齊佩瑢
出 版 者 臺灣學生書局有限公司
發 行 人 楊雲龍
發 行 所 臺灣學生書局有限公司
地 址 臺北市和平東路一段 75 巷 11 號
劃撥帳號 00024668
電 話 (02)23928185
傳 真 (02)23928105
E-mail student.book@msa.hinet.net
網 址 www.studentbook.com.tw
登記證字號 行政院新聞局局版北市業字第玖捌壹號
定 價 新臺幣五〇〇元
出版日期 二〇二五年五月初版
I S B N 978-957-15-1966-1

80212 有著作權・侵害必究